김미정 판타지 장편 소설

잃어버린 세계

The Lost World

8

잃어버린 세계 8

김미정 판타지 장편 소설

초판 1쇄 찍은 날 § 2002년 10월 25일
초판 1쇄 펴낸 날 § 2002년 11월 5일

지은이 § 김미정
펴낸이 § 서경석

편집장 § 문혜영
편집책임 § 권민정
편집 § 장상수 · 박영주 · 이종민
마케팅 § 정필 · 강양원 · 김규진

펴낸곳 § 도서출판 청어람
등록번호 § 제1081-1-89호
등록일자 § 1999. 5. 31
어람번호 § 제1-0307호

주소 § 경기도 부천시 원미구 심곡1동 350-1 남성B/D 3F (우) 420-011
전화 § 032-656-4452 팩스 § 032-656-4453
http://www.chungeoram.com
e-mail § eoram99@chollian.net

값 7,500원

ISBN 89-5505-232-4 (SET)
ISBN 89-5505-513-7 04810

김미정 판타지 장편 소설

잃어버린 세계

The Lost World

8 완결

영원히 끝나지 않는 이야기

도서출판
청어람

목

차

Part 27

어둠의 도래

어둠의 도래 2

　시간은 얼마 남지 않았다. 째깍거리는 시한폭탄의 초침처럼 종말을 향해서 치닫고 있었던 것이다. 그러나 그것을 막을 수 있는 사람들은 존재하지 않을지도 모른다. 깨어진 우정으로 더 이상 손을 쓸 수 없을 정도로 비탄에 빠져 버렸기 때문이다. 정말로 손가락 하나 까딱할 힘조차 남기지 않고. 자신의 침대에 누워 있던 에오로는 지끈거리는 머리를 손으로 짚으면서 몸을 일으켰다. 대체 어디서부터가 꿈이고 어디서부터가 현실일까. 차라리 모든 것이 꿈이었으면 하고 에오로는 이를 악물었다.
　"모르겠어… 아무리 생각해도 모르겠어."
　자신의 소망, 그 단 하나를 위해서 소중한 친구까지 죽일 수 있단 말야? 에오로 본인으로서는 아무리 큰 소망이 있다고 해도 그런 일은 불가능할 것 같았다. 아아, 하고 작게 신음 소리를 내뱉은 에오로는 어렵사리 일어난 문 쪽으로 걸어갔다. 이대로 과연 무엇이 될까? 자신은 아무것도 할 수 없는 그저 평범한 인간일 뿐인데.

그저 시간이 멈춰져 세계가 멸망하는 꼴을 보고만 있어야 한단 말인가? 문고리를 붙잡고 잠시 몸을 비틀거린 에오로는 결국 문에 기대어선 채로 눈을 감았다. 진현이 죽었다… 그리고 현홍은 변해 버렸다… 그의 손에 키엘이 죽었다. 도무지 견디기 힘든 사실들이 에오로의 마음을 아프게 했다. 손을 쓸 수 없을 정도로 부서져 버린 지금의 관계가 그에게는 견디기 힘든 사실이었다.

"에오로……."

눈을 감고 소리 죽여 눈물을 흘리던 에오로는 문밖에서 자신의 이름을 부르는 목소리를 듣고 흠칫 놀라 고개를 들었다. 그리고 서둘러서 손등으로 눈물을 훔쳐 냈다. 조용히 문을 열자 문밖에 서 있던 사람은 슈린이었다. 새까만 머리카락을 보자 또다시 진현이 생각나서 에오로는 자신도 모르게 심장이 쿵 하고 뛰는 것을 느꼈다. 하얀 셔츠와 하얀 바지, 언제나 입었던 흰 코트는 집이기 때문에 벗어놓은 것 같았다. 조금 피곤한 얼굴이 된 것만을 제외하면 슈린은 평소와 다른 것이 없었다.

멍청한 얼굴이 된 에오로에게 슈린이 나직하게 말했다.

"넌 나랑 처음 만났을 때에도 그렇게 울고 있었지."

"응?"

처음 만났을 때? 그건 십 년도 더 전의 일인데? 에오로는 고개를 갸웃거리면서 슈린을 올려다보았다. 그러자 슈린은 입가에 희미한 미소를 떠올리면서 에오로의 머리를 거칠게 쓰다듬었다.

"아영이 잠시 얘기 좀 하자고 하더라."

"아, 일어났어?"

"응, 겨우. 지금 니드와 에이레이도 아영의 방에 있어. 우리도 가보자."

조금 쉰 음성이었지만 슈린의 목소리를 들으니 에오로는 자신도 모르게 조금 두근거리던 가슴이 진정되는 것 같았다. 언제나 나이 차이는 얼마 나지 않으면서 형처럼 굴었던 슈린이다. 그래도 그것이 묘하게 좋았다. 눈가를 손으로 쓰다듬은 에오로는 슈린과 함께 아영의 방으로 향했다.

어제는 키엘의 장례식을 했었다. 비록 참관인은 다섯 명밖에 되지 않는 조촐한 장례식이었지만 아영이 불러낸 샐리온의 불길에 타오르는 키엘의 시신을 보았다.

그 순간을 생각하니 다시 울컥하고 눈물이 치솟는 것을 느낀 에오로는 거칠게 고개를 저었다. 겨우 정신을 차려보니 어느새 아영의 방 앞에 도착해 있었다. 어딘지 모르게 멍해 보이는 에오로의 어깨를 슈린이 살며시 토닥여 주었다.

"너도 더 쉬는 게 좋겠구나."

걱정해 주는 그의 말에 에오로는 쓰게 웃으며 고개를 저었다. 힘든 것은 자신도 마찬가지일 텐데 사람 걱정해 주는 말이나 하고… 에오로는 자신도 모르게 웃음이 나왔다. 그리고 살며시 문을 열어 아영의 방으로 들어갔다. 슈린의 말대로 아영의 방에는 침대에 앉아 있는 아영을 비롯하여 니드와 에이레이도 와 있었다. 가장 피곤해 보이는 얼굴을 한 것은 니드와 에이레이였다. 특히 에이레이는 발갛게 변한 눈과 초췌한 얼굴을 하고 있어서 보는 사람의 가슴을 아프게 만들었다.

니드는 에이레이와 같은 소파에 앉아서 종종 에이레이의 어깨를 두드려 주었다. 방 안의 분위기는 싸늘하기 그지없었다. 자신의 침대에 앉아서 이불을 무릎까지 덮고 있던 아영이 고개를 돌려 슈린과 에오로에게 말했다.

"앉아… 할 얘기가 있으니까."

기운이 쭉 빠진 목소리, 그러나 얼굴만은 평상시처럼 밝게 보이려고 노력하는 사람처럼 보였다. 에오로는 머뭇거리면서 니드 옆에 앉았다.

아직까지 눈가에 고인 눈물을 닦아내는 에이레이를 위로하던 니드가 살짝 고래를 돌려 에오로를 보았다. 그리고 부드럽게 웃으면서 작은 목소리로 소곤거렸다.

"많이 쉬었니?"

"아, 아… 예."

정말로, 정말로 아픈 것은 니드가 아닐까? 처음부터 진현과 현흥, 그리고 키엘과 함께 여행을 한 당사자이니까. 키엘을 자기 자식처럼, 동생처럼 보살핀 사람이 바로 니드였는데……. 왜 자신의 주변에는 억지로 웃으려고 노력하는 사람들이 많은 것인지. 우울한 기분에 에오로는 조금 고개를 숙였다.

아영은 연한 하늘색의 잠옷에 흰색 카디건을 걸치고 있었다. 살며시 이불을 걷고 바닥에 발을 디딘 아영은 조심스럽게 몸을 움직여 슈린의 맞은편 의자에 앉았다.

하아, 하고 작게 한숨을 내쉰 아영이 무겁게 입을 열었다.

"나… 앞으로 어떻게 해야 할지 모르겠어. 우혁이 오빠라도 옆에 있었다면 좋겠는데 그것도 아니고… 지금 이 상황도 사실 나는 잘 이해 못하겠거든. 현흥이가, 현흥이가 그랬다는 것도 사실은… 나, 아직도 믿어지지가 않아."

울먹이는 목소리로 말을 한 아영은 순간 눈가에 고인 눈물을 손으로 닦아냈다. 항상 밝고 활기 차던 그녀 또한 눈앞에서 그런 일이 벌어지는 것을 보고 냉정을 유지할 수는 없었던 모양이다. 현흥이 키엘을 죽인 후… 그러니까 시간이 이상하게 변한 그때 이후로 벌써 이틀이 지났다. 당일에는 모두들 제정신이 아니었지만 하루가 지난 어제는 죽은 키엘의 장례식도 치렀다. 그리고 오늘……. 하지만 모두들 이제부터 어떻게 해야 할지 아는 사람은 아무도 없었다.

그때 슈린이 조용히 무언가를 테이블 위에 올려놓았다. 에이레이의 등을 두드려 주던 니드가 고개를 갸웃거렸다. 진지한 표정이 된 슈린을 보면서 니드가 물었다.

"이, 이 상자는……?"

니드의 물음에 슈린은 한참 동안 대답하지 못했다. 모두들 궁금한 표정으로 테이블 위에 올려진 상자를 보았다. 그리 크지도, 작지도 않은 적당한 크기의 은색 상자였다. 은으로 만들어졌는지, 아니면 백금인지 싸구려처럼 보이지는 않았다. 무엇보다 은은한 빛을 머금고 있는 것이 예사 물건처럼 보이지 않았다. 겨우 마음을 진정시킨 에이레이가 숨을 몇 번 내쉰 후 슈린에게로 고개를 돌렸다.

"이 상자는 뭐지? 왜 이걸……."

그녀의 물음에 슈린은 굳게 감고 있던 눈을 뜨면서 조용히 상자의 뚜껑을 열었다. 사람들의 시선이 모두 상자 속으로 꽂혔다. 상자 속에는 부드러운 벨벳 천이 깔려 있었다. 그리고 동그랗게 파진 홈이 있었는데 모두 열 개였다. 그중 세 개에는 이상한 빛깔을 가진 구슬들이 놓여 있었다. 미간을 찌푸리고 그것을 바라본 아영이 순간 파랗게 질린 얼굴로 자리에서 벌떡 일어났다. 왜 그러냐고 묻는 에오로의 질문에도 아영은 대답하지 못했다.

창백한 얼굴로 그녀는 눈을 돌려 슈린을 보았다. 처연한 눈빛… 슈린은 그런 눈으로 아영을 올려다보았다. 두 손을 들어 입가를 가린 아영이 더듬거리면서 말했다.

"그, 그럼… 너, 넌! 그… 조건을 받아들였단 말야?!"

떨리고 있는 목소리로 물은 그녀의 질문에 슈린은 묵묵하게 고개를 끄덕였다. 대체 조건이란 게 무엇인데? 에오로는 도무지 모르겠다는 표정으로 두 사람을 번갈아 바라보았다. 그것은 에이레이와 니드 역시 마찬가지였다. 비틀거린 아영은 겨우 소파의 귀퉁이를 잡으면서 주저앉지 않을 수 있었다. 새파랗게 변한 입술이 파르르 떨렸다. 완전히 질려 버린 얼굴로 아영은 한 손을 들어 자신의 얼굴을 덮으면서 입을 열었다.

"왜… 왜 그랬는데! 우혁이 오빠도, 나도… 그리고 현홍이도! 다 거절한 이야기인데! 왜, 왜 너는……!"

완전히 소외가 되어버린 세 명을 제외하고 아영과 슈린은 알 수 없는 말을 주고받았다. 두 손을 모아 무릎 위에 올리고 고개를 숙인 슈린은 눈을 질끈 감으면서 대답했다.

"어쩔 수가 없었습니다. 저도 현홍과 마찬가지였으니까요……."

"소망 때문이라고?!"

발끈하여 소리친 아영이 소파에 앉아 있는 슈린의 멱살을 잡아 올렸다. 방금 전까지 힘없이 비틀거리던 아영은 어디 갔는지 지금 아영의 힘은 슈린을 일으켜 세우고도 남는 것이었다. 놀란 다른 사람들이 서둘러 아영의 어깨를 붙잡았다. 그러나 그녀는 놀라운 힘으로 손을 뿌리치고는 슈린의 멱살을 잡고 소리를 질렀다.

"현홍이도! 너도! 그런 소망이 뭔데!! 대체 무엇 때문에 그런, 그런 일을 한 거야?! 모르겠어! 대체 머리 속이 어떻게 돌아가는지, 두 사람 모두 이해를 못하겠어! 그래서 키엘이! 키엘이 죽었다고?! 현홍이가 하지 않았다면, 그럼 네가 키엘을 죽였을 거잖아!"

그녀의 말에 에이레이는 창백한 얼굴로 슈린을 올려다보았다. 그리고 니드는 흠칫하면서 한 발자국 뒤로 물러났다. 무슨 얘기란 말인가? 그래… 그때 현홍이 했던 이야기. 열 개의 영혼을 모아야 이 세계가 멸망하지 않을 수 있다는. 그리고 그 열 개의 영혼들 중에 키엘이 해당이 되었기 때문에 죽었다는 그런 말. 이마를 짚고 비틀거린 니드는 슈린을 보면서 중얼거리듯 질문했다.

"저, 정말… 아영의 말이 정말이니, 슈린?"

슬픈 목소리로 되묻는 그를 슈린은 눈을 질끈 감고 보지 않았다. 아영은 두 손을 놓고 뒤로 물러나 소파에 털썩 주저앉았다. 힘이 완전히 빠져버려서 더 이상 서 있을 힘도 없었다. 그제야 대충 상황이 파악된 에오로가 대신 슈린의 멱살을 잡았다. 그는 화로 발갛게 상기된 얼굴을 숨기려 고개를 숙였다. 그리고 소리쳤다.

"왜?! 왜… 너도, 현홍이도… 왜 그러는데?! 끝까지 가보지 않고 왜 여기서 단념하고 쉬운 길을 선택하는 건데?!"

눈물이 흘러서 얼굴을 차갑게 만들었다. 끝까지 싸워봐야 하는 것 아냐? 마지막에 마지막까지 포기하지 않고 싸워야 한다고, 그렇게 생각했는데.

이를 악물며 에오로의 손에 흔들리던 슈린이 에오로의 손을 뿌리쳤다. 다른 사람들 앞에서는 쉽게 눈물을 흘리지 않는 에오로가 지금은 입술을 깨물며 눈물을 흘리고 있었다. 더 이상은 참을 수가 없었던지… 하염없이 눈물이 흘렀다. 그 모습을 보면서 슈린은 흠칫 어깨를 떨었다. 어쩔 수 없는 일이다. 그래, 보통 사람들은 이해하지 못할지도 모른다.

한 가지 소망을 위해서 다른 모든 것을 희생한다는 것을 말이다. 그러나 그 소망이 가장 소중한 것이라면 어떻게 하겠는가? 두 주먹을 불끈 쥔 채로 입술을 악문 슈린은 결국 봇물이 터지듯 소리치고 말았다. 마지막까지 비밀로 하려던 사실을 말이다. 저렇게 눈물에 젖은 눈동자로 자신을 바라보는 네 명의 시선에 결국…….

"그, 그럼… 그럼 어쩌란 말야!"

고개를 숙인 채로 부르르 떠는 슈린을 다른 네 사람은 넋을 놓고 쳐다보았다. 슈린은 고개를 번쩍 치켜들었다. 그의 얼굴을 본 나머지 사람들이 흠칫 놀라워했다. 항상 진지하고 슬픈 표정은 거의 보여주지 않았던 슈린이 지금 눈가에 눈물이 고여 있었던 것이다. 특히 슈린과 어렸을 적부터 자라왔던 에오로는 입을 쩍 벌리면서 슈린을 올려다볼 수밖에 없었다. 불끈 쥔 두 주먹이 부르르 떨렸다. 슈린은 악에 받친 목소리로 외쳤다.

"열 개의 영혼이 없으면 시간이 멈춰 버리고 말아! 세피로트의 나무는 소거될 거고, 그럼 이 세계 역시 멸망해 버리겠지! 그렇게, 그렇게 되면 어떻게 될 것 같아! 응? 지금까지 내가 알고 있던 모든 사람들을 두 번 다시 만나지 못하고, 소중했던 사람들은 다 사라져 버려! 그런 걸 견뎌낼 수 있을 거라고 생각해? 말해 봐! 그렇게 생각하냐고!"

그 역시 구석까지 몰려 있었다. 세계, 즉 소중한 사람들과 열 개의 영혼이 저울질되고 있었던 것이다. 신족으로부터 그 이야기를 듣고 얼마나 혼자서 아파했던가. 아무에게도 말하지 못했고, 말할 수도 없었다. 열 개의 영혼을 가진 사람들의 목숨을 빼앗고 영혼을 모으면 세계는 다시 소생할 수 있다. 그렇다면 어떻게 하겠는가?

질린 얼굴이 되었던 에이레이도, 슈린을 망연히 쳐다보던 니드도, 소파에 앉아서 눈을 감고 있던 아영도… 그리고 슈린의 앞에 서 있던 에오로도 슈린의 외침이 말을 잃고 말았다.

자신들이었다면 어떻게 하겠는가? 어떻게… 어떻게? 흐윽, 하고 울음소리를 낸 에이레이는 바닥에 주저앉아서 눈물을 떨구었다. 그렇다면 이건… 이건 대를 위해서 소를 희생하는 논리가 된다. 정말로 싫지만, 정말로 싫은 논리지만……

"아아……!"

무릎에 얼굴을 묻고 에이레이는 소리를 내어 울었다. 왜, 왜 하필이면 자신들에게 이런 시련이 내리는 것인가! 처음부터 이런 바보 녀석들과 동료가 되지 않았다면! 그랬다면 이런 슬픔도 없었을 텐데!

"잊지 않으면 돼."

흠칫.

에이레이는 눈물을 멈추고 고개를 번쩍 들었다. 다른 이들 모두 고개를 돌려 목소리가 들린 쪽으로 시선을 옮겼다. 방문에 등을 기대고 서 있는 사람이 있었다. 아니, 사람이 아니다. 눈물로 범벅이 된 얼굴을 들어 그를 바라본 에이레이는 다시 입술을 깨물면서 눈물을 흘릴 수밖에 없었다. 왜, 이제야 온 거야.

"바보… 왜, 왜 이제야……."

그녀의 눈물 섞인 물음에 문에 기대어 있던 그는 희미한 미소를 띠면서 걸어왔다. 조금 말라 보이는 얼굴, 창백한 안색, 그리고 거칠어 보이는 검은 머리카락. 그러나 그 머리카락은 예전 우혁의 도움으로 자신의 어머니에게 갔던 당시보다 많이 길어 있었다. 헐렁하게 묶은 검은 머리카락이 허공에 출렁거렸다. 인간의 청년처럼 보이도록 입었던 복장은 이제 온데간데없었다. 다만 화려한 붉은 자수가 수놓아진 검은색의 옷을 입고 있었다.

조용히 옆으로 물러나는 에오로에게 고맙다는 듯 고개를 끄덕여 보인 셀로브는 무릎을 구부리고 앉았다. 그리고 눈물로 얼룩져 있는 에이레이의 뺨을 조용히 매만져 주었다.

"미안, 너무 늦게 와서."

그의 목소리를 들은 에이레이는 손으로 입을 틀어막고 고개를 숙였다. 천천히 손을 뻗어 그녀의 어깨를 다정하게 안아준 셀로브가 다시 나직하게 말했다.

"이제 아무 데도 가지 않을게."

마치 다짐과 같은 그의 말에 에이레이는 살짝 고개를 끄덕였다. 멍청한 얼굴로 두 사람을 바라보던 니드는 주먹을 쥐면서 고개를 돌렸다. 이상하게 눈앞에 떠오르는 자신의 옛 사랑 때문이었다.

울다가 지쳐 버린 에이레이는 아영의 침대에 누워서 잠을 청했다. 셀로브는 한참 동안을 그런 에이레이를 내려다보며 측은한 얼굴이 되었다. 그런 그를 보며 아영이 낮게 말했다.

"너무 늦었어……."

힘없고 쉬어버린 목소리. 그것을 들은 셀로브는 에이레이의 머리를 한 차례 쓰다듬은 다음 소파 쪽으로 걸어왔다. 바닥에 쓸리는 옷자락을 조심스럽게 들어 올린 셀로브는 힘없이 미소를 지었다. 마치 귀족이라도 된 것 같은 그의 복장을 보면서 에오로가 조용히 물었다.

"어머니를 제대로 만나셨나 보군요."

우혁이 드래곤 족을 통해서 알아봐 준 셀로브의 어머니, 즉 운골리언트의 행방을 따라 마계로 갔던 셀로브였다. 살며시 고개를 끄덕인 셀로브가 대답했다.

"그래, 다행이지."

그는 마계로 간 뒤 마계의 변방 지역에서 살고 있던 어머니를 만났다. 실상 몇백 년 만의 만남이었기 때문에 서먹했지만 그것도 잠시였다. 그녀에게 마족으로서 배웠어야 했던 많은 것들을 배우고 온 셀로브는 한층 성장해 있었다. 사실 어머니인 운골리언트를 셀로브에게 다시는 인간계로 가지 말고 마계에서 살라고 붙잡았었다. 그러나 그럴 수 없는 이유가 바로 이곳에 있었다. 소중한 사람, 자신에게 있어서 마음을 가르쳐 준 소중한 여자와 동료라고 할 수 있는 친구들.

현재 마계에서 이곳 인간계는 위험 지역으로 분류가 된 곳이었다. 인간계에서 살던 악마들까지도 마계로 다시 돌아왔고, 종종 인간계를 출입했던 이들 또한 출입을 삼간 채로 마계에 머물렀다. 언제 시간이 완전하게 멈춰져 버릴지 몰랐기 때문이다. 그것을 알면서도 셀로브는 이곳에 왔다.

"그런데 대체 무슨 일이 있었던 거야?"

오는 길에 키엘이라는 이름이 적힌 비석이 정원의 한 켠에 있는 것을 보았다. 눈을 믿지 못했다. 그러나 지금의 상황을 보면 사실이라는 것을 알 수 있었다. 차가운 그의 얼굴을 보면서 슈린은 이를 악물었다. 잠시 머뭇거린 아영이 조용히 셀로브가 마계로 간 후의 일들을 얘기해 주었다. 마족의 황태자라고 자신을 밝히면서 나타난 진현의 일부터 키엘이 현홍의 손에 그렇게 되었다는 것도.

쟁반에 먹을 것과 차를 가져온 니드와 에오로는 방 안의 분위기가 더욱 싸늘해졌다는 것을 알 수 있었다. 그러나 묻지 않아도 이유를 알 수 있었기에 아무런 말도 하지 않고 소파에 앉았다.

두 손을 모으고 잠깐 고개를 숙인 셀로브는 말이 없었다. 하긴 충격일 것이다. 셀로브 역시도 에이레이와 같이 키엘과 가장 많이 놀아준 인물이기도 했으니까. 사람들이 그렇게 생각하고 있었지만 진짜 셀로브가 입을 다문 이유는 그것이 아니었다.

'마계의 황태자……'

자신이 마계에 도착한 지 얼마 지나지 않아서 예전 마계의 제1황태자가 새로이 나타났다는 소문을 들었다. 자신이 태어나기도 전의 일이라서 자세히 알지는 못했지만, 그래… 진현은 전생에 고위 마족이라고 그렇게 자신의 몸이 느꼈다. 그렇다면 진현은 다시 전생의 인물로 환생을 했단 말인가? 뭐가 뭔지 모르겠지만 일이 상당히 많이 틀어졌다는 것 정도는 알 수 있었다. 무엇보다 지금의 가장 큰 변수는 진현이 아니다.

무슨 생각을 한 것인지 키엘을 자신의 손으로 죽이고 사라진 현홍.

지금 가장 큰 변수는 바로 그였다. 그가 어디서, 어떻게 행동을 할지 아무도 몰랐기 때문에 예상을 할 수가 없는 것이다. 자신이 가진 어둠의 힘을 완벽하게 자각한 그가 그 자신의 소망을 위해서 행동할 때에 어떤 일이 벌어질까?

한숨을 쉰 셸로브는 고개를 들어 주위에 앉아 있는 사람들을 보았다. 처음 두 개의 구슬을 모으기 위하여 그에 해당하는 사람들의 목숨을 빼앗은 슈린. 이제 모든 것을 다 털어놓은 시점에서 그는 무슨 생각을 하고 있을까?

그러나 그의 마음을 이해하지 못하는 이가 여기서 어디 있을까? 열 명이 희생해서 세계를 구할 수 있다면 아마 모든 사람들이 다 그렇게 행동했을 터. 마치 세상을 초월한 사람처럼 슈린은 종종 허무한 미소를 내비쳤다. 주먹을 굳게 쥐었다 편 셸로브가 한쪽 소파에 등을 기대고 있는 아영을 보았다. 언제나 밝았던 그녀조차도 더 이상은 버틸 여력이 없었나 보다.

아영은 셸로브의 시선을 느낀 것인지 숙이고 있던 고개를 들어 셸로브를 보았다.

생긋, 하고 희미한 미소를 짓는 아영을 보면서 셸로브 역시도 작게 웃었다.

"그럼 이제는 어떻게 해야 하죠? 이대로 기다려야만 하나요?"

질문을 한 것은 에오로였다. 그는 가끔씩 옆에 앉아 있는 슈린의 등을 쓸어 내려주었다. 슈린이 했던 일들과 사실을 알고 화를 냈지만 이해할 수 있었기에… 그의 행동을.

잠시 동안 아영은 입을 다물었다. 그리고 셸로브조차도 쉽게 대답하지 못했다. 그때 아영이 조심스럽게 입을 열었다.

"혹시나 정령 왕들이 아는지 모르겠네. 지금 불러내 볼게."

그렇게 말하면서 자리에서 일어난 아영이 조용히 허공을 향해 손을 휘저었다.

"노아스, 실피드, 나와줘."

그녀의 부름에 허공이 잠시 동안 출렁거렸다. 땅의 정령 왕 노아스와 바람의 정령 왕 실피드. 창문도 열어 놓지 않았는데 방 안에는 바람이 불었다. 그리고 대리석으로 된 바닥에 잠시 동안 흔들렸다. 창가에 놓아둔 화분의 흙이 출렁거렸고, 그것은 바닥으로 쏟아져 내려 커다란 사람의 형상이 되었다. 흙 속에서 모습을 드러낸 것은 건장한 청년의 모습을 한 땅의 정령 왕 노아스였다. 바람이 허공에서 넘실거리다가 곧 무표정한 얼굴을 한 반쯤은 투명한 사람으로 모습을 변화시켰다.

푸른색의 머리카락과 인간들이 입는 검은 정장을 걸치고 있는 바람의 정령 왕 실피드는 아영을 보더니 곧 고개를 살짝 숙여 보였다. 물론 노아스 역시 마찬가지였다. 정중하게 허리를 숙여 인사를 한 노아스가 고개를 들어 아영의 얼굴을 바라보았다.

「괜찮으십니까, 아영님?」

걱정스러운 그의 물음에 아영은 살풋 웃으면서 고개를 끄덕여 주었다. '걱정 많이 했지? 미안해' 라고 말하는 얼굴로 말이다. 실피드는 조용히 주위에 있는 다른 사람들도 둘러보았다. 차갑다고 할 수 있는 그의 표정에 에오로는 움찔하면서 입을 다물었다. 그것은 소심한 니드도 마찬가지였다. 노아스는 그런 실피드의 팔을 웃으면서 툭 건드렸다. 그러자 실피드는 조심스럽게 시선을 돌리면서 허공을 바라보았다.

아영의 곁으로 접근한 노아스는 피곤해 보이는 아영의 뺨을 살짝 어루만지면서 그녀의 귓가에 속삭였다.

「당신께서 명령하신 대로 '그분' 께는 정령들을 붙여두었습니다. 아무리 어둠의 힘을 가진 분이시라고 해도 자연이 없는 곳으로 가실 수는 없습니다.」

다른 사람들에게는 들리지 않을 작은 목소리. 그의 말에 아영은 살짝 턱을 끄덕였다. 그녀는 이미 정령 왕들에게 현홍의 행방을 추적하라고 명령해 놓은 상태였다. 어디로 사라졌는지, 어디에서 무엇을 하는지 나중에 만나면 반드시 따져 물어볼 것이다. 끝까지 포기하지 않겠다고 한 말, 왜 거짓말을 했냐고 물어볼 것이다. 아영은 잠시 동안 힘을 주어 주먹을 쥐었다. 그녀의 굳은 표정을 본 노아스는 어두운 표정을 지었다.

이제 얼마 남지 않았습니다, 아영님. 모든 것들의 종말이 정말로… 얼마 남지 않았습니다. 그렇게 말해 주고 싶은 것을 노아스는 간신히 참아 냈다. 그의 표정을 본 실피드가 조용히 그의 어깨를 붙잡았다. 그답지 않게 흠칫 놀라는 노아스를 보며 실피드는 미간을 찌푸렸다. 말이 없는 그로서는 최대한의 표현인 셈이었다. 아영은 두 정령 왕을 번갈아 보곤 고개를 갸웃거렸다.

"둘, 표정이 왜 그래? 무슨 일 있었어?"

아영의 물음에 노아스는 미소를 지으면서 고개를 저었다.

「아니오. 아닙니다, 아영님.」

"그래……."

조금 미심쩍었지만 아영은 그저 기분이겠거니 생각했다. 무엇보다 가장 자신을 잘 알아주는 노아스가 자신에게 숨기는 것이 있으리라고는 생각하지 못했기 때문이다. 등을 돌리고 소파에 앉는 아영의 모습에 노아스는 눈을 질끈 감았다. 그의 마음속으로 실피드의 낮고 높낮이가 없는 목소리가 들려왔다.

「네가 지금 하려는 짓은 시한부 환자에게 죽을 날짜를 알려주려는 짓과 다름이 없다.」

그의 말을 들은 노아스는 순간 발끈하여 실피드를 노려보았다.

「그럼 이대로 가만히 있으란 말인가! 아무리 발버둥 쳐도 이제는, 이제는 시간을 원래대로 돌이키는 짓은 무모한 일이란 것을! 그것을 그냥 입 다물고 있으라고?!」

「…….」

두 정령 왕은 서로를 보면서 더 이상 대화를 나누지 못했다. 이상하게 가슴이 쓰려와 노아스는 이를 악물면서 아영에게로 고개를 돌렸다. 자신과 실피드를 말없이 바라보는 아영의 시선에 노아스는 다시금 움찔하고 말았다. 이대로 숨겨야 한단 말인가? 아무리 노력해도 세계가 멸망하는 것은 막을 수 없다는 사실을……. 실피드는 고개를 돌렸고 노아스 역시 입을 다물자 아영은 무표정한 얼굴로 둘을 바라보았다.

그리고 살짝 미소를 지으면서 실피드에게 물었다.

"아, 실피드. 혹시 알고 있어? 세피로트의 나무에 대한 자세한 것들을 말야."

실피드는 잠시 동안 고개를 숙이고 작게 한숨을 내쉰 후 눈을 감으면서 마치 책을 읽듯 설명을 해 나갔다.

「혼돈에게서 태어난 두 존재입니다. 어둠과 빛이 태어나기도 이전에 세피로트의 나무는 태어나 아직 만들어지지 않은 세계를 떠받들 존재가 되었습니다. 생명의 나무라고 불리며 세계의 어머니라고 불리는 세피로트의 나무는 세계의 가장 최하층에 서서 이 무거운 세계를 지탱하고 있습니다. 그리고 그녀와 함께 혼돈에게서 태어난 존재, 그것이 바로 세계를 굽어보는 존재 타임 키퍼Time Keeper-카오스 스톤Chaos Stone입니다.」

"카, 카오스 스톤?"

실피드의 설명을 듣고 난 후 방 안은 침묵에 사로잡혔다. 묵묵히 앉아 있던 슈린은 어깨를 움찔하며 고개를 들었다. 카오스 스톤, 그것에 대한 설명은 이미 신족에게서 들었었다. 하지만 타임 키퍼라고? 그 호칭을 왜 신족은 얘기해 주지 않았지? 이상한 예감에 주먹을 불끈 쥔 슈린은 입을 다물고 생각했다. '시간을 지키는 자' 타임 키퍼가 있다면 왜 지금 이 세계의 시간이 이렇게 되었을까? 알 수 없는 불안감에 슈린은 이마에 식은 땀이 맺히는 것을 느꼈다.

그러나 그 불안감은 슈린만이 느끼고 있는 것이 아니었다. 카오스 스톤이라는 단어를 듣는 순간 아영은 온몸에 소름이 돋는 것 같았기 때문이다. 그녀는 왜 자신이 이렇게 떨어야 하는지 알지 못한 채로 입술을 깨물었다. 오싹하도록 차가운 손길이 자신을 어루만지는 것만 같았다. 갑자기… 왜 이렇게 떨리는 것일까?

들어서는 안 되는 일을 들은 사람마냥 두근거리는 심장을 애써 진정시킨 아영이 다시 입을 열었다.

"혹시… 그 두 존재가 어디 있는지 알고 있어?"

자신이 무엇을 묻는지도 알지 못했다. 왜 노아스가 창백하게 변한 얼굴로 자신을 바라보는지, 표정의 변화가 거의 없는 실피드가 입을 굳게 다무는지 아영은 알 수 없었다. 실피드가 대답이 없자 아영은 다시금 굳게 쥔 두 손에 힘을 주면서 물었다. 아니, 물어보려고 했다. 그러나 아영이 입을 열려는 그 순간 창문을 통해서 무언가가 황급하게 방 안으로 날아들었다. 놀란 셀로브가 경계 태세를 취하면서 손을 들어 올렸다.

동시에 슈린은 에오로와 니드의 앞으로 서서 곧 빛의 창을 소환시킬 준비를 했다. 두 정령 왕조차도 황급히 아영의 앞을 가로막았다. 하지만 그들의 예상은 틀렸다. 빛의 덩어리가 창문을 통과했는데도 창문은 깨어지지도, 흔들리지도 않았다. 마치 허상이라도 지나간 것처럼 말이다. 방으로 들어온 그 존재를 보면서 슈린의 안색이 일순간 달라졌다.

"저, 저건……!"

그의 당황한 목소리에 다른 이들 모두 '그것'을 바라보았다. 방 안에 있는 모든 이들이 같은 표정을 지은 것은 바로 그 순간이었다. 마치 작은 반딧불처럼 밝게 빛나는 그것은 방 안을 떠돌아다니다가 곧 멈추었다. 니드는 입을 손으로 막으면서 덜덜 떨고 있었다. 본 적이 있었기 때문이다, 그 존재를. 그것도 얼마 전에 가장 가슴 아프게 그 아이를 떠나보냈을 때.

"아, 아아……."

그의 비통한 신음 소리에도 환한 빛에 둘러싸인 그것은 잠시 동안 허공을 돌다가 사람들의 중앙에 있는 테이블 쪽으로 빠르게 날아갔다. 황급하게 에오로는 옆으로 비켜났다. 동그란 구슬, 빛의 구슬은 슈린이 내놓았던 상자 안으로 스며들듯이 사라졌다. 테이블 위에 놓여 있던 상자가 조금 흔들렸다. 그 모습을 보면서 두 정령 왕의 표정 또한 달라졌다. 노아스의 팔을 붙잡고 허공을 떠돌던 구슬을 본 아영이 입술을 깨물면서 중얼거렸다.

"또, 또다시……."

덜덜 떨고 있는 그녀의 움직임이 다 느껴졌기에 노아스는 침울한 표정이 되었다. 자신의 두 눈을 믿지 못하겠다는 듯, 얼굴색이 하얗게 변한 슈린은 떨리는 손으로 테이블 위에 있는 상자의 뚜껑을 열었다. 극히 조심스럽게… 마음속에서 휘몰아치는 두 감정에 자신도 놀라워하면서. 조용히 슈린에 의해서 뚜껑이 열려진 상자의 안을 본 에오로는 손으로 얼굴을 덮으면서 뒤로 물러났다. 그 기억이 또다시 떠올랐기 때문이다. 아마도 이 방에서 그때를 경험한 이들은 모두 그렇겠지만.

작은 빛의 구슬이 세 개가 들어 있었다, 상자 안에는. 그러나 조금 전과는 달리 지금은 모두 네 개였다. 각자 다른 빛을 머금고 반짝거리는 빛의 구슬은 모두 네 개. 결국 니드는 두 손으로 얼굴을 덮으며 소파에 털썩 주저앉았다.

그럴 리가 없어… 그럴 리가 없어. 응? 현홍아… 넌, 넌 아니지?

덜덜 떨리는 손은 주체가 되지 않았다. 키엘이 죽었을 때 그의 몸에서 빠져나간 그 아이의 영혼처럼 아름다운 빛깔을 가진 빛의 구슬이 하나 늘어난 것을 보면서 니드는 도저히 참을 수가 없었다. 질끈 눈을 감는 그의 눈가에는 다시금 눈물이 고였다. 슈린은 망연하게 서서 상자 안을 내려다보고 있었다. 그는 온몸을 축 늘어뜨리고 서 있는 인형처럼 보였다. 하지만 생각 외로 표정은 무표정했다.

그의 가슴속에서는 두 가지의 감정이 휘몰아치고 있었다. 하나는 현홍이 그런 짓을 해서는 안 된다라는 슬픈 감정. 또 하나는 정말로 우습게도 자신에게 환멸을 느낄 정도로 솔직한 감정이었다. 그것은 현홍이 그런 짓을 해줘서 다행이라는 것.

후훗, 하고 실소를 내뱉은 슈린은 자신의 이마를 짚으면서 고개를 저었다. 어쩌면 이렇게 솔직할 수가 있는가. 자신이 그런 가슴 아픈 일을, 자신이 그런 슬픈 일을 하지 않아도 된다고 안도의 한숨까지 나올 뻔하지 않았는가. 현홍이 자기 대신 그 희고 고운 손을 피로 물들이고 있어서 다행이라는 생각까지 하다니. 결국 인간이라는 것은 어쩔 수 없는 동물인가 보다. 이렇게 자신만을 위해서 생각하고 행동을 하니.

넋이 나간 듯이 그가 허무한 웃음을 내뱉고 있을 때 아영은 노아스의 팔을 붙잡고는 입술을 깨물었다. 그러나 그녀의 시선은 상자 속에 담긴 네 개의 구슬에 가 있었다. 네 개가 모였다. 이제 남은 것은 여섯 개. 정말로 그 여섯 개를 모으면 세계는 멸망하지 않는 것일까? 시험을 해보고 싶은 마음을 어쩔 수 없었다. 정말로 남은 여섯 개의 영혼이 모이는 모습을 보고 싶다고 외치는 자신의 마음을 아영은 외면할 수가 없었다. 두 눈을 꼭 감은 아영은 노아스의 등에 얼굴을 묻었다.

「이제 여섯 개…….」

허망한 듯이 중얼거리는 노아스의 얼굴을 보며 실피드는 말없이 눈을 감았다. 더 이상은 손을 쓸 수도 없다. 째깍거리면서 흘러가는 시간을 막을 도리가 없는 것처럼 이제는 기다리는 수밖에 없는 것. 수많은 사람들의 알 수 없는 생각을 아는지 모르는지 상자 속에 담긴 네 개의 영혼은 그저 아름답게 반짝일 뿐이었다.

어둠의 도래 3

"잘 있으라고 말은 하지 않았지."

현홍은 조용히 고개를 들어 올려 하늘을 올려다보았다. 눈가를 덮을 정도로 길어진 머리카락을 손가락으로 조용히 걷어 올린 현홍은 시선을 돌렸다. 언제, 어디서 갈아입었는지 모르지만 그의 복장은 많이 변해 있었다. 발목까지 오는 긴 검은색 코트, 목까지 올라오는 검은 티, 예전의 그라면 찾아볼 수 없을 것 같은 온통 검은색의 옷이었다. 바람에 펄럭거리는 검은 코트 자락을 손끝으로 살짝 여미며 그는 눈을 감았다.

움직이지 않는 흰색의 구름과 바람이 불어도 흔들리지 않는 나뭇가지들. 그러나 지금 이곳, 이 숲의 나무들은 분명히 울고 있을 것이다.

원래 새하얀 얼굴을 가진 현홍이 조금 더 창백한 빛을 띠고 있었다. 얼굴은 무표정의 극치였지만. 그는 자신의 왼쪽 눈가를 손끝으로 쓰다듬으며 중얼거렸다.

"이제… 여섯이야."

예전에도 보았던 곳, 앉아 있었던 의자와 식탁. 자신과 친구들이 함께 식사를 했던 이곳. 직접 손길을 가해서 만든 나무 의자 하나에 앉아 있는 그림자가 하나 있었다.

뚝, 뚝.

길고 고운 손가락을 타고 흐르는 뜨뜻한 느낌에 현홍은 이질감을 느꼈다. 그러나 심장은 이미 얼어붙어 버릴 정도로 차갑게 만들어져 버렸다. 그 아이를… 키엘의 목을 자신의 손으로 떼어낸 그 순간부터 말이다. 붉은 물감에 손을 집어넣었다가 빼낸 것처럼 보였다. 숲의 그림자에 가려져 보이지 않았던 그 그림자가 작게 꿈틀거렸다. 아직 완벽하게 숨이 끊어지지 않은 것이었나. 미간을 살짝 찌푸린 현홍이 한 발자국 앞으로 걸어갔다.

평소라면 신지도 않을 검은 구두 소리가 거실을 가득 메웠다. 그때 목소리가 들려왔다.

"검은 옷도 꽤 잘… 어울리는군요……."

꺼져 가는 생명을 알게 해주듯 미약한 목소리였다. 손을 들어 올리던 현홍은 잠시 동안 손을 멈추었다. 일을 할 때나 입을 것 같은 거칠고 두꺼운 작업복을 입고 있던 그는 입가에 미소를 머금고 있었다. 심장은 이미 없어진 지 오래였다. 차갑고 차가워서 몸속으로 들어오던 그 순간 온몸이 얼어버릴 것 같은 손에 말이다. 그러나 인간이 아닌 이상 심장이 없다고 해서 완벽하게 죽는 것은 아니었다. 자신이 만든 의자에 기대어 힘없이 고개를 들어 올린 그는 힘겹게 말을 이었다.

"수천… 년의 목숨도 이제 여기서 끝이로군요. 그래요, 알고 있었습니다… 당신들을 처음 만났을 때…그때 나는 얼마 남지 않았다는 것을… 알 수 있었죠."

"……."

무표정한 얼굴로 현홍은 그를 내려다보았다. 이곳에 온 지 얼마 지나지 않아서 만났던 존재… 셀로브를 만나게 해주었던 존재라고 할 수 있는 그. 이 숲의 오래된 아버지.

컥, 하고 신음 소리를 낸 엔트의 입가에서 걸쭉한 핏줄기가 흘러내렸다. 그것은 바닥에 떨어지자 이내 초록색의 수액으로 변했지만. 심장이 있던 왼쪽 가슴은 허하게 변해 있었다. 온통 피투성이였다. 그러나 얼굴 하나만은 편안해 보였다. 오랫동안 살아왔던 세월이 길어서였을까. 그는 죽음이 무섭지 않다는 듯 고요한 얼굴을 들어 현홍을 보았다.

"혀, 현홍… 처음 당신들을 만나서… 즐거웠, 즐거웠습니다. 나무를 사랑하고… 자연을 사랑하는 당신들의 모습… 그리고 서로를 아끼는 모습이… 정말로 보기 좋았습니다. 그런데… 왜 당신은 이런 일을 하는 것… 그런 것입니까?"

보통 때라면 나무들이 바람에 휘날려 울음소리를 내야 하건만, 시간이 멈추어진 숲은 고요하기 그지없었다. 그런 적막 속에서 엔트는 천천히 손을 뻗었다. 곧장 아래로 떨어져 내릴 것 같은 손이었지만 힘겹게 피로 얼룩진 손을 들어 올린 엔트는 슬픈 미소를 지었다. 그의 몸은 천천히 무너져 내리고 있었다. 떨어져 나간 문 사이로 바람이 방 안으로 몰아닥쳤다. 현홍은 여전히 무표정하게 엔트를 바라볼 뿐이었다.

현홍이 입고 있는 검은 코트의 소맷자락을 간신히 붙잡은 엔트는 계속해서 말을 이었다.

"저는… 압니다. 당신이 얼마나… 아파하는지. 식물을 속일… 생각은 마세요. 후, 후훗… 알고 있습니다. 그 무표정한 가면 아래로… 당신이 숨죽여 울고 있다는 것… 현홍… 부디, 부디… 그 눈물만큼… 행복해지길……"

쏴아아아—

스륵, 하고 미끄러져 내려간 엔트의 손은 순간 나뭇잎으로 화해서 사라져 버렸다. 의자에 기대어 있던 피투성이 몸도, 평안해 보이던 얼굴도… 모두 갈색의 낙엽이 되어 사방에 흩날렸다. 식물이니까 죽은 다음에 흙으로 돌아가지. 쉽게… 낙엽으로 변하는 그런 것. 바람과 함께 방 안에 소용돌이치는 낙엽들에서 현홍은 등을 돌렸다. 어차피 이런 곳에서 마음 아파하기 위해 이런 짓을 하고 있는 것은 아니다. 모든 것은 자신의 손으로 선택했던 것.

엔트의 집을 빠져나온 현홍은 고개를 들어 숲을 돌아보았다. 멈추어진 시간, 흘러가지 못하는 시간… 자신이 바라는 소망을 위해서 엔트의 피로 얼룩진 손을 들었다. 붉게 얼룩져서 원래의 그 희고 고왔던 손이 맞는지 알 수조차 없을 정도로 변해 버린 손을 보면서 현홍은 키득 하고 웃었다. 그의 입가에 띠어진 미소는 누가 보기에도 차갑고 냉정하게 보였다. 하지만 왜… 왜, 눈동자는 크게 흔들리고 있는 것일까?

차가운 표정으로 자신의 손을 보던 현홍은 주먹을 굳게 쥐면서 이를 악물었다.

"그래… 어차피 피로 물든 이 손은 다시 깨끗해지지 않아."

평소라면 밝고 부드러워야 하는 그의 목소리에는 냉정한 감정만이 묻어 나왔다. 입술을 질끈 깨문 현홍은 눈을 돌려 허공을 바라보며 다시 말했다.

"날 욕해도 좋아. 그런 것에 귀를 기울일 만큼 한가하지 않으니까. 하지만 결코 포기하지 않아."

굳게 다짐하는 듯 중얼거린 현홍의 몸은 한줄기 바람과 함께 어디론가 사라져 버렸다. 검은 그의 코트 자락처럼 어두운 숲 속을 뒤로한 채.

*　　　*　　　*

네 번째의 구슬이 모였다.

슈린은 신족에게서 받은 상자를 탁자 위에 올려놓았다. 저 상자를 샤테이엘에게서 받았을 때 자신은 맹세했다. 소중한 것을 위해서라면 열 명쯤은 희생하겠노라고. 그러나 현홍의 손에 죽어간 키엘의 시신을 보면서 그의 다짐은 무너져 버렸다. 자신과는 상관없는 다른 사람의 영혼은 잘도 거둬들였으면서 말이다. 후훗, 하고 자조하는 듯한 미소를 띤 슈린은 얼굴을 손으로 덮었다.

우습게도, 정말로 우습게도 왜 그 생각은 못했단 말인가.

그 열 개의 영혼들 중에서 자신과 가까운, 자신이 소중하게 여기는 사람들이 끼어 있을지도 모른다는 생각. 소중한 사람들을 위해서 하는 일이… 어쩌면 소중한 사람들을 죽이는 일이 될 것이라는 생각을 왜 못했을까. 두 손으로 얼굴을 감싼 슈린은 고개를 숙이면서 비통한 표정을 지었다. 현홍의 손에 죽어간 키엘을 생각하면 마음 한구석이 쓰려왔다.

"난 그만큼 강하지 못해."

바라는 소망을 위해서 키엘을 죽이는 현홍만큼. 어디의 누군가가 현홍의 손에 죽었다고 생각하니 슈린은 묘한 감정에 휩싸일 수밖에 없었다. 언젠가는 자신의 손에 그렇게 되었어야 할 존재. 그러나 지금 현홍에게 죽어갔을 그 사람을 생각하니 웃기게도 불쌍하다는 생각이 든 것이다. 그럼 자신에게 죽은 이 나라의 국왕과 그 남자는?

"제기랄!"

자신에게 욕지거리를 내뱉은 슈린은 거칠게 머리카락을 쓸어 넘기면서 침대에 주저앉았다. 지금은 이 문제로 머리를 싸매고 있을 시간이 없다. 가장 중요한 것은… 그래, 앞으로의 일이 어떻게 될 것이냐는 것. 아무것도 알 수가 없는 이 시점에서 자신이 할 일이 무엇이 있을까? 조용한 방 안에서 생각을 정리하던 슈린은 문득 실피드가 설명했던 세계의 위대한 두 존재에 대한 것을 머리 속에 떠올렸다. 생명의 나무 세피로트와 시간의 샘물 카오스 스톤. 세피로트가 세계의 어머니라고 불린다면 카오스 스톤은 세계의 아버지, 그리고 더불어 세피로트의 반대에 선 자가 된다.

무엇보다 가장 궁금한 것은 왜 그 이름이 나왔을 때 자신의 몸이 떨렸냐는 것. 마치 맹수 앞에 직면하게 되었을 때 같지 않았는가? 지금 역시도 머리 속에 카오스 스톤에 대한 것을 떠올렸을 뿐이다. 그런데 왜 몸이 떨리고 머리가 아파올까. 알아서는 안 되는 것을 알아버린 것처럼 카오스 스톤이라는 단어만 떠올려도 이렇게 거부 반응이 몸에서 일어났다. 한숨을 깊게 내쉰 슈린은 조용히 머리 한쪽을 누르면서 고개를 저었다.

타임 키퍼, 카오스 스톤……. 분명 그 존재에 무언가가 있다고 결론을 내린 슈린은 욱신거리는 머리를 한 손으로 짚고 침대에 누웠다. 눈을 감고 머리 속을 진정시켜 보려 애를 썼지만 쉽사리 통증과 울렁거림은 줄어들지 않았다. 더불어 묘한 느낌까지도. 그때였을까, 작은 날갯짓 소리가 귓가에 들려왔다. 화들짝 놀란 슈린이 재빨리 상체를 일으켰다. 샤테이엘일 것이라는 예상을 깨고 그의 방에 나타난 것은 다른 존재였다.

방 안을 가득 메우는 새하얀 4장의 날개, 그리고 허공에 휘날리는 붉은색의 머리카락… 하얀 얼굴과 그 이마에 찍힌 알 수 없는 문양의 인印. 샤테이엘보다 더 화려하고, 우선적으로 주변에 붉게 타오르는 듯한 빛의 입자들. 아름답고도 장중한 그 모습에 슈린은 순간적으로 아무런 말도 할 수 없었다. 표백이라도 된 것처럼 새하얀 옷자락을 날리면서 나타난 그 존재는 조용히 주변을 돌아보았다. 무겁고도 위엄있는 표정의 그를 보며 슈린은 미간을 찌푸렸다.

한 번도 본 적이 없었지만, 어쨌거나 신족인 천사이니 자신과 무슨 관계가 있는 인물이라는 것은 알 것 같았다. 침대에서 조심스럽게 일어난 슈린이 입을 열었다.

"누구… 십니까?"

그의 질문에 방에 나타난 천사는 조용히 고개를 돌려 슈린을 보았다.

위대한 천상의 짐승 하요트. 실상 그가 이곳 인간계에 모습을 드러낸 것은 예전 진현이 있었을 때뿐이다. 그때 역시도 개인적인 일로 내려온 것뿐. 슈린을 본 하요트는 자신의 붉은 머리카락을 조심스럽게 쓸어 넘기며 말했다.

"이렇게 보는 것은 처음이로군. 새로이 선택된 인간 슈린이라고 했던 가?"

마치 거대한 목소리가 가슴속에서 들리는 것 같았다. 슈린은 지금 저 자가 이곳에 있는 것만으로도 방 안의 공기가 달라진 것을 알 수 있었다. 이마에서 흘러내리는 땀방울을 닦아낸 슈린이 숨을 몰아쉬었다. 분명히 거대하고 위엄있는 자인 것은 틀림이 없지만 인간으로서는 상대할 자가 아니었다. 흰 날개를 태울 것같이 용솟음치는 불꽃을 보면서 슈린은 이를 악물었다.

"당신은……?"

"내 이름은 하요트. 이번 일의 책임자라고 할 수 있지."

하요트? 들어본 기억이 나는 것 같았다. 샤테이엘이 말했던 자신의 상관이자 이번 일의 신족 책임자라고. 하지만 지금까지는 계속해서 샤테이엘에게 일을 위임했으면서 왜 지금 나타난 것일까? 하요트에게서 뿜어져 나오는 기운과 화끈거리는 화기 때문에 슈린은 숨을 몰아쉬며 셔츠의 단추를 풀었다. 그가 조금 힘들어하는 것을 보자 하요트는 천천히 자신의 이마에 있는 인을 손가락으로 매만졌다. 작은 빛이 인에서 흘러나온 직후 하요트의 기운은 점점 줄어들기 시작했다. 타오를 것 같던 불꽃의 기운은 입자만이 남아 방 안을 메웠고 공기를 누르던 기운도 줄어들어서 슈린은 숨통이 트이는 것 같았다.

한숨을 쉰 슈린은 미심쩍은 눈으로 하요트를 보았다. 조용히 걸음을 옮겨서 방에 있는 테이블 쪽으로 걸어간 하요트는 의자에 앉으며 슈린에게 손을 뻗었다.

"자네도 앉도록 하지, 할 얘기가 있으니."

꽤나 정중하게 자신을 대해주는 하요트를 보며 슈린은 조금 불편한 기분을 느꼈다. 그렇지만 마땅히 거절할 명분도, 자신이 거절할 입장도 되지 않았기에 조심스러운 태도로 하요트의 맞은편에 앉았다. 네 장의 날개를 곱게 접어서 앉아 있는 하요트의 모습은 정말로 그 이름에 걸맞게 위대하고 성스럽다는 것을 알게 해주었다. 가만히 있는데도 이 정도의 위압감이라니… 새삼 놀라게 된 슈린은 조용히 하요트의 얼굴을 바라보았다. 무슨 생각을 하는 것인지 하요트는 잠시 동안 눈을 감고 말이 없었다.

몇 분 정도의 시간이 지난 후에서야 눈을 뜬 하요트는 슈린의 침대 옆에 있는 탁자 쪽으로 손을 뻗었다. 그러자 탁자 위에 있던 상자가 하요트 쪽으로 천천히 날아왔다. 슈린은 움찔하면서 고개를 돌렸다. 테이블 위에 천천히 내려앉는 상자를 보면서 하요트가 무겁게 입을 열었다.

"이제 남은 것은 여섯 개로군."

그의 말에 슈린은 입을 다물고 고개를 숙였다. 원래 영혼을 모으는 임무는 자신에게 있었다. 그러나 지금 비록 두 개의 영혼은 자신의 손으로 거두어들였다고는 하나 나머지 두 개는 현홍의 손으로……. 주먹을 불끈 쥔 슈린은 하요트에게 말했다.

"알고 계시겠지만, 마족의 선택을 받은 현홍이… 영혼을 거두어들이고 있습니다. 이게 어떻게 된 겁니까?"

잔뜩 긴장한 슈린은 어깨가 아파올 정도였다. 그러나 이 질문만은 반드시 하고 싶었기에 슈린은 말할 수밖에 없었다. 왜, 현홍이? 다른 사람은 몰라도 절대로 그런 일을 할 것 같지 않았던 현홍이 스스로의 손에 피를 묻히고 있는 건가?

진지한 그의 눈빛을 보며 하요트는 살며시 고개를 숙였다. 세계를 구하기 위해 네 명의 인간에게 그 무거운 짐을 맡겼다. 하지만 역시 운명에게는 어쩔 수 없단 말인가? 세계는 멸망을 향해 굴러가기 시작했다. 아무리 발버둥 쳐도 역시 무리였단 말인가? 항상 냉엄하고 위엄있던 하요트의 얼굴에 그림자가 드리워졌다.

이제는 도저히 손을 쓸 방도가 없다는 것을 신족도, 마족도, 드래곤 족도, 정령족도 알고 있었다. 모르는 것은 인간뿐. 테이블 위에 놓인 상자의 뚜껑을 조용히 쓰다듬으며 하요트는 대답했다.

"그가 왜 그런 행동을 하는지 아직까지 밝혀진 바는 없다. 다만 그가 어떤 고위 마족과 계약을 했다는 것만 알아낼 수 있었다."

"고위 마족이라고요?! 하지만 그는 마족에게서 선택을 받은 인물 아닙니까? 그런데 또 마족과 계약을 맺을 수 있습니까?"

슈린은 하요트가 한 말이 자신은 한 번도 생각하지 못한 사실이었기 때문에 자리에서 벌떡 일어서며 소리쳤다. 지금 자신의 앞에 있는 자가 신족 중에서도 제법 중요한 임무를 맡은 인물이라는 것도 중요하지 않았다. 아마 신이 눈앞에 있어도 이렇게 소리를 쳤을 테니까 말이다. 이해할 수 있게 설명해 달라는 얼굴로 슈린이 자신이 쳐다보자 하요트는 낮은 음성으로 말했다.

"마족들은 신족과는 달리 개별적으로 움직이는 종족이다. 그렇기 때문에 다른 마족과 계약을 했다고 하더라도 이중으로 계약을 체결할 수 있지. 어쨌거나, 계약을 한 인간으로서는 조건만 달성하면 되니까."

그의 대답에 슈린은 고개를 숙이고 다시 생각을 정리했다. 그렇다면 현홍이 영혼을 모으는 이유가 혹시 마족과의 계약을 이행하기 위해서일까? 그리고 그 대가로 어둠의 힘을 자유자재로 쓸 수 있게 되었다고 한다면……. 너무 생각에 집중한 탓일까? 슈린은 머리가 아파서 이마를 짚으면서 다시 의자에 앉을 수밖에 없었다. 아무리 아무리 생각을 정리해도 현홍이 갑자기 태도를 바꾼 것은 이해할 수가 없을 것 같았다. 무슨 일이 있어도 끝까지 노력해 본다고 했던 현홍이 아닌가? 그런데 왜? 무슨 마음의 변화가 생겼기에…….

그런 슈린을 본 하요트는 다시 무겁게 입을 열었다.

"너도 바라는 소망이 있겠지?"

슈린은 고개를 들어 하요트를 바라보았다. 바라는 소망, 그것이 없다면 왜 신족의 손을 잡았겠는가. 이를 악물고 고개를 돌리는 슈린에게 하요트는 나직하게 말했다.

"그렇다면 너도 그 바라는 소망을 위해서 온 힘을 쓸 수 있는가?"

"무슨……?"

갑자기 왜 이상한 말을? 슈린은 고개를 살짝 갸웃거렸다. 바라는 소망을 위해서 온 힘을 쓴다는 것이 무슨 뜻인가? 슈린은 천천히 자리에서 일어나며 하요트를 노려보았다. 무슨 말을 하려고 그러는 것일까? 지금 이 상황에서 뭔가 방법이 있다는 말일까? 자신을 미심쩍게 바라보는 슈린에게 하요트는 씁쓸한 미소를 지어 보였다. 얼음장 같은 얼굴이라고만 생각했는데 그가 어딘지 모르게 서글퍼 보이는 미소를 짓자 슈린은 당황할 수밖에 없었다.

천천히 자리에서 일어난 하요트가 슈린에게 손을 내밀었다. 자신도 모르게 흠칫해서 한 발자국 뒤로 물러난 슈린이 물었다.

"무슨 의미입니까? 이 손은……."

방 안에는 잠시 침묵이 감돌았다. 하요트는 손을 내민 채로 뭔가를 생각하는 표정이 되었다. 무슨 말을 할까? 심장이 떨려오는 것을 느낀 슈린은 숨을 몰아쉰 후에 이를 악물었다. 뭔지는 몰라도 불길한 예감과 더불어 오한이 몸을 감돌았다. 그래, 그 이름… 카오스 스톤의 이름을 머릿속에 떠올릴 때처럼 말이다. 슈린이 그런 생각을 하면서 다시금 한 발자국 뒤로 물러설 때 하요트가 무겁게 말했다. 그의 붉은 눈동자에는 위압감이 깃들어 있었기에 슈린은 하요트의 눈을 보고 몸이 무거워지는 것을 느꼈다.

"너도 내 손을 잡겠는가? 현홍처럼 말이다."

"그게 무슨 말씀입니까?"

주먹을 불끈 쥔 슈린은 애써 눈을 감으면서 하요트의 시선에서 벗어났다. 그러나 하요트의 음성에서는 벗어나지 못했다.

"현홍 역시 자신의 소망을 위해서 마족과 계약을 했지. 그 자신이 낼 수 있는 모든 힘을 넘어선 힘을 조건으로. 나 역시 너에게 힘을 줄 수 있다. 네가 바라는 소망을 이룰 수 있는 힘을 말이다."

무슨 말이야? 슈린은 눈을 부릅뜨면서 하요트를 노려보았다. 지금 이 자는 나에게 무엇을 바라고 이런 말을 하는 것인가? 이를 악문 슈린이 하요트에게 외쳤다.

"웃기지 마십시오! 소망도, 무엇도 다 좋습니다! 그래요, 어차피 인간이라는 것은 이기적이니까! 하지만, 하지만 그 소망을 위해서 친구를 해치란 말입니까? 현홍처럼 그 손을 친구의 피로 물들이면서까지 소망을 이루란 말입니까?!"

"그렇다면 세계와 함께 친구들이 사라지는 것을 볼 건가?"

"큭!"

발끈한 슈린이 주먹을 움켜쥐었지만 어쩌겠는가? 한 대 팰 수도 없고. 이를 악문 채로 부들부들 떨고 있는 슈린을 보면서 하요트는 고개를 살짝 저었다.

"자신의 소망을 위해서라면 다른 사람들의 목숨쯤이야 어찌 되든 상관이 없는 현홍과는 다르군."

"시끄러워!"

악에 받쳐 소리를 지른 슈린은 헉, 하고 정신을 차렸다. 지금 왜 이렇게 흥분을 하고 있나. 자신을 책망하는 말을 중얼거린 슈린은 이마를 손으로 짚으며 등을 돌렸다. 지금은 그저 쉬고 싶다는 생각밖에 없었다. 머리도 아팠고 수많은 생각이 머리 속에서 소용돌이쳤기 때문이다. 더 이상 이상한 말을 들었다가는 머리가 터져 나갈 것 같았다. 손을 살짝 허공에 휘저으며 슈린은 가까스로 말했다.

"…지금은, 지금은 그런 얘기 듣고 싶지 않습니다. 쉬고 싶습니다… 너무 많은 일들이 있었습니다."

그의 말에 하요트는 슈린에게 내밀었던 손을 거두어들였다. 그리고 자신의 손과 슈린을 번갈아 바라본 후 조용히 방에서 사라졌다. 어떻게, 어디로 사라졌는지도 모를 만큼 조용히 빛으로 화해 사라져 버린 것이다. 그 후 슈린은 온몸에 힘이 빠져 침대에 엎어질 수밖에 없었다. 이상하게도 하요트의 말이 계속해서 귓가에 맴돌았다.

"세계와 함께 사라지는 것……?"

그래, 이대로 세계의 멸망을 막지 못한다면 자신이 그토록 바랬던 소망은 물거품이 되는 것이다. 그렇지만 자신이 무슨 일을 할 수 있겠는가? 아무런 힘도… 아무것도 모르는 자신이. 슈린은 조용히 눈을 감고 피곤한 몸을 침대에 기댄 채 잠이 들었다. 차라리 꿈에서 깨어나지 않았으면 하고 바라면서.

"바보같이……"

아영은 천천히 걸음을 옮겼다. 방금 전까지 들어가지 못했던 슈린의 방 앞에 서 있던 아영은 힐끔 문을 쳐다보면서 그렇게 중얼거렸다. 이번 일에 대해서 슈린에게 상담하려고 갔었는데 의외의 이야기를 들을 수 있게 되었다. 총총히 자신의 방으로 향하며 아영은 미간을 찌푸렸다. 일은 어떻게 되어가고 있는 걸까? 현홍은 현홍 나름대로 자신을 위해서 행동하고 있는데 왠지 자신만 아무것도 안 하고 있는 것 같아서 못내 섭섭했다. 그리고 바보 같은 자신을 탓할 수밖에 없었다.

어떻게 해야 할까? 아무것도 모르는데… 아무것도 알 수가 없는데 자신은 어떻게 해야 할까? 세피로트의 나무, 그리고 알 수 없는 또 다른 존재인 카오스 스톤. 아무래도 이 두 가지가 마음속 깊이 걸렸다. 시간이 멈추어가고 있는 것. 열 개의 영혼을 모아야, 새로운 나무를 만들어야 세계를 구할 수 있다는 것. 지금 알고 있는 것은 이 두 가지 사실뿐. 그런데 정말로 열 개의 영혼을 모으면 이 세계를 구할 수 있기는 한 걸까? 그것조차 확실하지 않잖아.

골치가 아파서 거칠게 머리를 긁적인 아영은 자신의 방에 도착했다. 한숨을 푹 쉬면서 문을 열고 방으로 들어선 아영은 눈을 깜빡이면서 정면을 바라보았다.

"다, 당신… 안 죽었어?!"

너무나도 의외의 인물이 자신의 방에 있었던 것이다. 너무 놀라서 소리를 지르고 말았지만 아영은 자신의 입을 틀어막으며 방문을 꼭 닫았다. 그리고 문에 등을 기댄 채로 파리하게 질린 얼굴이 되었다. 입을 뻐끔거리고 있는 그녀에게 방 안에 있던 다른 존재가 어눌하게 웃으면서 말했다.

"너무하잖아. 그 정도에 죽을 정도는 아니거든."

흰색의 가운과 훤칠한 키, 입에 문 담배를 빙빙 돌리면서 그는 생긋 웃

었다. 차라리 그냥 곱게 죽어버리지 하고 중얼거린 아영은 주먹을 불끈
쥐면서 다시 외쳤다.

"그럼 왜 나타난 거야! 지금 일이 어떻게 돌아가는 줄 알아!"

소리를 빽 지르는 아영을 보면서 그… 그러니까 저번에 주작에게 죽
을 정도로 맞은 후에 사라진 메피스토펠레스는 입 앞에 검지손가락을 세
워 들면서 작게 말했다.

"다른 사람들 달려오겠다."

"아, 아차."

황급하게 입을 막은 아영이 주위를 두리번거렸다. 그리고 곧 눈을 가
늘게 뜨면서 메피스토펠레스를 노려보았다. 전에 주작과 싸울 때에는 정
말로 죽기 일보 직전처럼 보이더니만, 어째 전보다 더 쌩쌩해져서 돌아
온 것을 보니 기분이 심히 나빴다. 그렇다고 죽었으면 하고 바란 것은 아
니지만. 묘한 감정에 아영이 주먹을 부르르 떨면서 이상한 신음 소리를
흘리자 메피스토펠레스는 고개를 갸웃거렸다. 그는 동그란 테이블 쪽으
로 걸어갔다. 그리고 푹신한 소파에 기대어앉으면서 아영에게 손짓을 했
다.

"자, 잠시만 앉지."

"누구한테 명령이야?"

으르렁거리듯이 말하는 아영에게 메피스토펠레스는 어깨를 으쓱거려
주었다. 하지만 이대로 서서 멀찍이 떨어져 얘기를 나눌 수도 없고 해서
아영은 할 수 없이 조심스럽게 소파 쪽으로 다가갔다. 그런 아영을 보면
서 메피스토펠레스는 재미있다는 듯이 웃었다. 바뀐 것 없이 조금 가벼
워 보이는 그를 보며 아영은 투덜거렸다.

"쳇, 영락없이 죽을 줄 알았더니만 용케도 살아 있군 그래."

그녀의 악의 섞인 말에 메피스토펠레스는 손사래를 치면서 말했다.

"그 정도에 죽으면 지금까지 못 살아 있지. 이것 봐, 고위 악마를 너무 우습게 보지 말라고."

"흥! 주작에게 흠씬 두들겨 터져 놓고 말은 잘하네."

입술을 샐쭉 내민 아영이 메피스토펠레스의 맞은편에 앉았다. 소파에 등을 기댄 채 여유롭게 앉아 있는 메피스토펠레스의 얼굴을 보니, 오늘도 뭔가 할 말이 있어서 찾아온 것 같기는 했다. 여유로워 보이는 얼굴이라든가, 태도 등에 변화가 없는 것으로 보아 그때의 상처 역시 모두 치료가 된 듯 보였다. 가운에서 꺼낸 라이터로 담배에 불을 붙인 메피스토펠레스는 조용히 허공을 향해 연기를 뿜어냈다.

그때 아영은 언뜻 본 메피스토펠레스의 얼굴이 굉장히 진지하다는 것을 알 수 있었다. 아니, 잘못 본 것이 틀림없어 하고 뺨을 토닥이는 아영에게 메피스토펠레스가 말했다.

"그건 그렇고… 많은 일이 있었다고 들었다."

그의 낮은 목소리에 아영은 움찔하면서 입술을 깨물었다. 많은 일 정도가 아니다. 지금까지 있었던 일들만 생각하면 머리가 아파오는 것을. 아영은 무릎 위에 양손을 올리고 진지한 얼굴로 물었다.

"그래, 많은 일들이 있었어. 어떻게 된 거지, 현홍은?"

가장 묻고 싶은 말은 그것이었다. 세계가 멸망하지 않게 하기 위해서는 어떻게 해야 해, 정말로 지금 마계의 황태자가 진현이야 등등의 질문도 있었지만, 지금 아영이 가장 궁금하게 여기는 것은 현홍의 신상에 대한 것이었다. 가만히 있던 현홍이 난데없이 키엘을 죽이질 않나, 손수 영혼들을 모으질 않나. 대체가 알 수가 없어라고 중얼거린 아영은 숨을 몰아쉬면서 고개를 숙였다. 다시금 눈앞에서 죽어간 키엘의 모습이 생각나서였다. 슬쩍 손을 들어서 눈가를 가린 아영을 보며 메피스토펠레스는 잠시 동안 대답하지 않았다.

그리고 담배를 손에 든 채 메피스토펠레스가 무겁게 말했다.

"나도 잘은 몰라. 하지만 알고 있는 것은 현홍이 나보다 고위의 악마와 계약을 했다는 것."

"그건 슈린과 신족의 대화를 엿들어서 알아. 더, 더 자세한 것은 몰라? 왜 계약을 했다든지! 그런 것 말이야!"

안타까워서 목소리를 높이는 아영에게 메피스토펠레스는 고개를 저어 보였다.

"후우, 알고 있는 것은 현홍과 계약한 악마가 벨리알님이라는 것밖에는……."

생소한 이름에 아영은 고개를 갸웃했다. 벨리알이라고? 어디선가 들어본 것은 같았지만 그 악마가 누군지는 자세히 모르는 아영이 다시 되물었다.

"벨리알? 그게 누군데?"

그녀의 물음에 메피스토펠레스는 골치가 아픈 듯이 이마를 손으로 짚으면서 대답해 주었다.

"서열 5위에 있는 대악마야. 이번 『잃어버린 세계』건을 마족에서 위임하신 분이지."

"그럼, 현홍을 이곳으로 보낸 장본인?"

"맞아."

아영은 잠시 동안 멍청한 표정으로 허공을 바라보았다. 현홍을 이곳으로 보낸 악마가 현홍과 계약을 했다고? 그런데 그게 무슨 계약이지? 다시금 질문이 머리 속을 가득 메워 아영은 테이블을 양손으로 짚고 상체를 숙이면서 메피스토펠레스 가까이로 얼굴을 들이밀었다. 움찔한 메피스토펠레스가 조금 뒤로 물러나자 그의 멱살을 한 손으로 붙잡은 아영이 사납게 말했다.

"현홍을 이곳에 보낸 그 악마가 왜 현홍과 계약을 한 건데? 그리고 그 악마는 지금 어디 있어? 그 녀석 불러와! 현홍 어디 있는지 묻게! 당장!!"

말하지 않으면 목이라도 따버릴 것 같은 얼굴로 아영이 외치자 메피스 토펠레스는 손을 내저으면서 서둘러 말했다.

"그, 그건 우리도 몰라! 현재 벨리알님께서는 위치가 파악이 안 된단 말이다! 우리도 찾아보려 노력하고 있지만, 그런 대악마가 마음먹고 모습을 감추면 찾기 어려워."

"지금 그걸 말이라고 하는 거얏! 거짓말하지 말고 불어!!"

이제는 두 손으로 메피스토펠레스의 멱살을 붙잡고 흔드는 아영이었다. 그러나 모르는 것을 대답해 줄 수는 없지 않은가. 메피스토펠레스는 아영의 양 어깨를 붙잡으면서 진정하라고 외쳤다. 흥분한 아영의 귀에는 전혀 들리지 않았지만. 그때였을까, 조용하고 낮은 목소리가 허공에서 울려 퍼졌다.

「그의 말은 사실입니다, 아영님.」

"얼라?"

익숙한 목소리에 아영은 서둘러서 메피스토펠레스의 옷을 놓고 고개를 돌렸다. 허공에는 바람의 정령 왕 실피드가 모습을 드러내고 있었다. 표정이 없는 얼굴로 아영을 내려다보던 실피드가 조금 아래로 내려온 후에 아영에게 고개를 숙여 보였다. 까만색의 정장과 어깨까지 오는 푸른색의 머리카락, 차갑다기보다는 무표정한 얼굴. 그는 조용히 땅에 발을 디뎠고, 곧 투명하던 몸은 인간처럼 실체를 가지게 되었다. 평상시에도 완벽하게 실체를 가지는 일이 없었던 그였기에 아영은 고개를 갸웃거렸다.

"사실이라고? 그럼……."

실피드는 살았다는 듯이 한숨을 내쉬는 메피스토펠레스를 힐끔 쳐다본 후에 아영에게 대답했다.

「저희 정령족 역시 그에 대해 알아보았습니다. 메피스토펠레스의 말대로 고위 악마 벨리알은 얼마 전 마계에서 모습을 감추었습니다. 그리고 그의 행방 또한 묘연합니다.」

"세, 세상에……."

정말이었단 말야 하는 눈초리로 메피스토펠레스를 쏘아봐 준 아영은 고개를 숙였다. 그럼 혹시 벨리알이라는 녀석이 현홍을 조종하는 게 아닐까? 그런 의문도 갑작스럽게 생겨났다. 현홍과 계약을 한 악마가 벨리알, 그리고 그 벨리알은 어디로 갔는지 모른다고 하니 자연스럽게 그런 의문이 생겨나는 것도 당연했다. 하지만 그녀의 의문은 실피드의 말 한마디에 사라지고 말았다.

「벨리알이라는 악마가 현홍님을 조종하는 것은 아닙니다. 어디까지나 악마의 계약은 조건 충족에 의해서 생깁니다. 현홍님께서 벨리알의 조건을 충족시켜 준다고 맹세했기 때문에 벨리알이 현홍님께 힘을 준 것뿐입니다.」

내 마음 읽은 거야 하고 실피드에게 중얼거린 아영은 한숨을 푹 내쉬면서 소파에 주저앉았다. 그럼 대체 뭐란 말야? 정말로 현홍 자신의 소망을 위해서 키엘을 죽이고 다른 영혼들을 모으고 있다는 거야? 인상을 쓰면서 작게 욕지거리를 내뱉는 아영에게 메피스토펠레스가 말했다.

"우리가 아무리 악마라고 하지만 인간의 마음을 좌지우지할 능력은 없어. 그건 신조차 마찬가지야. 우리가 인간을 유혹한다고 하는 것은… 다만 그 인간의 마음에 속삭이는 것뿐이지. 본능대로 움직이라고. 현홍 같은 경우도 마찬가지야."

"이해 못하겠어."

인상을 쓰면서 아영이 중얼거리듯 말하자 메피스토펠레스는 한숨을 푹 내쉬면서 다시 설명했다.

"그러니까! 내가 너한테 '네 마음대로 하게 힘을 줄 테니까 나랑 손잡겠어?!' 라고 말했을 때 받아들일지 거부할지는 순전히 네 의지다 그 말이야."

"에엑?!"

"더불어서 '대신 내 조건을 들어줘' 라고 하는 말도 붙겠지만."

아영은 눈을 동그랗게 뜨고 실피드에게로 고개를 돌렸다. 그러자 실피드는 살짝 턱을 움직여 긍정의 뜻을 표시했다. 그렇다면, 정말로 현홍은 자기 자신을 위해서? 순간 머리가 어지러워서 아영은 이마를 붙잡고 고개를 숙였다. 미쳤어, 미쳤어! 현홍이 그런 말에 넘어갔단 말야? 왜, 대체 왜 그랬어! 황현홍! 지금 이곳에 있다면 멱살이라도 붙잡고 흔들고 싶었다. 뭐가 그렇게… 뭐가 그렇게 구석까지 몰렸기에 그런 말에……. 입술을 깨물면서 고개를 번쩍 치켜든 아영이 메피스토펠레스를 노려보았다. 담배를 입에 물다가 아영의 사나운 눈길을 보고 흠칫한 메피스토펠레스는 어눌하게 웃으면서 손을 내저었다.

"자, 잠깐! 어디까지나 이 일은 벨리알님의 개인적인 일이야. 마신께서도 『잃어버린 세계』에 대한 문제를 모두 벨리알님께 위임하고 있었으니 우리들 쪽에서도 도무지 이해하기가 힘들다고! 현재 우리 측에서도 현홍과 벨리알의 행방을 뒤쫓고 있는 중이야."

「메피스토펠레스의 말은 사실입니다. 벨리알의 행방이 마계에서 사라짐과 동시에 저희 정령족에게 통보를 해왔습니다. 다른 종족에게도 말입니다. 현재 벨리알과 현홍님은 수배 중이나 다름이 없습니다.」

"잠깐! 수배 중이라니? 무슨 소리야!"

메피스토펠레스는 힐끔 실피드를 바라보았고 실피드는 잠시 입을 다물고 있다가 대답했다.

「열 개의 영혼을 모으는 일은 신족이 선택한 인간에게 부탁한 일입니다. 하지만 현홍님께서는 현재 독자적으로 열 개의 영혼에 해당하는 인물들을 사살하고 계신 것이나 다름이 없습니다. 슈린님께서 영혼을 거두어들이는 일은 해당하는 인물에게 아무런 고통이 없습니다. 하지만…….」

"현홍은 피를 보면서 영혼을 모으고 있잖아. 죽는 인물 역시 고통스러울 거고."

아영은 멍청한 표정으로 실피드와 메피스토펠레스를 번갈아 보았다. 그럼 현홍이 하는 짓은 뭐야? 왜 슈린이 할 일을 자신이 하고 있는 거지? 어차피… 어차피 슈린이 해야 할 일인데 자신의 손을 피로 물들이는 이유가 뭐야?

양손으로 머리를 감싸고 고개를 숙이는 아영을 보면서 실피드는 주먹을 쥐었다. 담배를 피워 물고 무슨 생각을 하는지 허공을 바라보던 메피스토펠레스가 시선으로 돌려 실피드를 보았다. 그의 시선을 느낀 실피드였지만 애써 입을 열지 못했다. 그답지 않게 서글픈 얼굴로 뭔가 숨기는 것이 있는 얼굴이 된 실피드였다.

주먹을 쥐었다 폈다를 반복한 실피드는 간신히 아영의 어깨를 한 손으로 짚으면서 나직하게 말했다.

「아영님…….」

살며시 고개를 든 아영이 실피드를 올려다보았다. 곧 울어버릴 것 같은 얼굴로. 아영의 얼굴을 내려다본 실피드는 조금 흠칫거리면서 입을 열었다가 닫았고, 메피스토펠레스는 작게 혀를 차면서 고개를 저었다. 왜 그러냐는 듯 아영은 잠시 눈가를 손으로 비빈 후에 실피드와 메피스토펠레스를 바라보았다. 담배 하나를 다 태운 메피스토펠레스가 새로운 담배를 가운 주머니에서 꺼낼 때 실피드가 간신히 말했다.

「…드릴 말씀이 있습니다.」

"응?"

아영은 고개를 잠시 동안 갸웃거렸다. 할 말이 있으면 그냥 곧장 해버리는 실피드였다. 그런데 왜 이렇게 뜸을 들일까. 뭔가 중요한 이야기인가 보다 하고 아영은 차분하게 실피드의 말을 기다렸다. 하지만 조금의 시간이 지나도 실피드는 쉽사리 입을 열지 않았다. 그의 말을 재촉하는 듯 메피스토펠레스는 거칠게 라이터의 뚜껑을 열었다가 닫았다. 그것은 시계의 초침처럼 실피드의 등을 떠미는 행동이었다. 결국 실피드는 눈을 감으면서 무거운 어조로 말해야만 했다.

「현홍님을…….」

"응? 현홍이가 왜?"

아영은 눈을 동그랗게 뜨며 소파에서 일어났다. 이왕 말을 꺼낸 것, 실피드는 마른침을 삼킨 후에 결단을 내리듯 또박거리는 음성으로 말을 이었다.

「지금 『잃어버린 세계』에 관계된 모든 종족들에게… 현홍님의 소거 명령이 내려져 있습니다.」

지금 무슨 말을 들은 거지? 굳은 실피드의 얼굴과 고개를 돌리는 메피스토펠레스의 얼굴이 겹쳐서 보였다. 아영은 일어선 그 자세 그대로 몸이 굳어버린 것 같았다. 제대로 이해하지 못했다는 듯 아영은 웃으면서 실피드의 팔을 붙잡았다.

"무, 무슨 말이야? 응?"

소거? 뭘 소거한다는 말이야? 덜덜 손이 떨리는 것을 보면서 아영은 실피드의 얼굴을 올려다보았다. 하지만 실피드는 눈을 감고 입을 다문 채 대답이 없었다. 오싹한 느낌이 등을 훑고 지나갔다. 벌레가 온몸을 기어가는 것 같아서 소름이 돋았다. 실피드의 팔을 놓고 몇 발자국 뒤로 물러난 아영이 휘청거리는 무릎을 간신히 진정시켰다. 하지만 그대로 무릎을 꿇을 것 같아서… 몸의 힘이 쭉 빠져서… 입술을 파르르 떨면서 실피드를 쳐다보던 아영이 고개를 돌려서 메피스토펠레스 쪽으로 고개를 돌렸다.

담배에 불을 붙인 메피스토펠레스가 입을 열었다.

"현홍의 지금 행동은 공적이지 못한… 말 그대로 개인적인 것이다. 자신의 힘을 개인적으로 쓰고 있다는 거지. 그의 목적이 무엇인지 아직은 알지 못했지만 이대로 놔두면 위험하다는 결론이 회의에서 나왔다. 현홍은 지금 마룡왕 칼 레드보다 더 위험한 일을 계획 중이라는 정보가……."

"입 닥쳐!"

당장이라도 이를 드러내며 달려들 맹수처럼 아영은 소리를 질렀다. 메피스토펠레스와 실피드는 어깨를 흠칫하면서 아영을 보았다. 두 주먹을 불끈 쥔 채 아영은 부들부들 떨고 있었다. 입술을 깨물고 있는 힘이 너무 강했던지 입술이 터져 피가 흘렀지만 그녀는 개의치 않았다. 머리 속이 새하얗게 변해서 아무것도 눈에 보이지가 않았다. 누구… 누구 맘대로 소거를 한단 말야? 길어진 손톱이 손바닥을 아프게 찔렀다.

"너희들… 너희들, 지금 장난해? 사람이 무슨 쓰레기야? 재활용품이야! 필요할 때는 쓰다가! 필요가 없어지면 내다 버리고! 없애 버리고! 현홍을 소거한다고?! 살아 있는 목숨이 무슨 물건이야! 물건이냐고!"

목이 떨어져 나갈 듯이 소리친 아영은 두 손을 들어 자신의 머리카락을 쥐면서 눈을 감았다. 이대로는 정말로 정신이 나가 버릴 것 같아서… 그래서 정말로 미칠 것 같았다. 실피드는 조심스럽게 아영의 어깨를 붙잡았다.

「아영님…….」

"이거 놔!!"

거칠게 실피드의 손을 뿌리친 아영은 이를 악물면서 실피드를 노려보았다. 자신에게 그런 표정을 지은 것은 이번이 처음이었기 때문에 실피드조차도 놀랄 정도였다. 눈물이 가득한 눈으로 실피드를 노려봐 준 아영은 다시 고개를 돌려 메피스토펠레스를 보면서 웃었다. 시니컬하게 입꼬리를 올리면서 웃는 아영의 모습은 미친 여자처럼 보이기에 충분했다. 그러나 그녀가 왜 저런 행동을 하는지 잘 알고 있는 메피스토펠레스는 입을 다물면서 굳은 표정을 지었다.

뺨을 타고 흘러내리는 눈물을 감당할 수가 없었다. 천천히 뒷걸음질을 친 아영은 두 손을 내려 몸을 축 늘어뜨렸다. 정말로 넋이 나간 사람처럼 멍한 시선을 허공으로 던지는 아영이었다. 하지만 입가는 여전히 웃고 있었다. 키득거리며 이마를 짚으면서 고개를 젖힌 아영이 중얼거렸다.

"우스워… 정말로 우스워. 쓰레기야… 그래, 나도… 현홍도 모두 다 쓰레기야. 쓸모있으면 재활용해서 다시 쓰고, 필요없어지면 그대로 쓰레기통 행이지. 킥킥, 하긴 세상이 쓰레기통이니까 그 속에서 사는 나도 쓰레기인 건 당연하잖아? 하하, 아하하……!"

깔깔, 웃고 있는 아영의 모습을 보면서 실피드는 당혹감을 감추지 못했다. 이 정도로 마음의 타격을 입은 것일까. 인간이 아닌 그로서는 이해하기가 힘들었지만 아영이 얼마나 슬프고 분노하고 미칠 것 같은지 그 기분을 알 수 있었다. 아영과 교감을 하고 있는 그였으니까. 찌잉ㅡ 하고 귀울음이 머리를 자극해서 실피드는 미간을 찌푸리면서 아영에게로 손을 뻗었다. 이대로는 정신이 붕괴되어 버릴지도 모른다는 생각에.

「아, 아영님!」

메피스토펠레스 역시 아영의 모습에 내심 놀라면서 자리에서 일어났다. 어느새 방의 구석까지 몰린 아영은 계속해서 멍한 눈초리로 허공을 바라보며 중얼거릴 뿐이었다. 정신이 나간 사람처럼 그렇게 중얼거렸다.

"세계가… 그래, 차라리 세계가 무너져 버리면 이런 일은 없을 거야. 모든 것이 없어진 세계에 쓰레기도 없을 테니까. 쓰레기통 같은 세계가… 엎어져 버리는 거야, 그럼… 그럼……."

"이봐! 정신 차려!'

서둘러서 아영에게로 다가간 메피스토펠레스는 서둘러서 아영의 어깨를 붙잡으려 했다. 하지만 순간 아영의 주위에서 회색의 기운이 넘실거리는 것을 볼 수 있었다. 화들짝 놀라서 뒤로 물러난 메피스토펠레스는 눈을 커다랗게 떴다. 그것은 실피드 역시 마찬가지였다. 아영의 정신이 자신의 마음속 깊은 심연으로 가라앉고 있었기에 실피드는 비틀거리면서 소파의 한쪽을 붙잡았다. 더불어서 아영의 주위에 나타난 기운을 느낀 실피드는 이를 악물며 고개를 들었다.

「서, 설마……!」

항상 무표정하고 냉정한 표정 일색이던 실피드의 얼굴이 지금은 경악과 놀라움에 물들어 있었다. 이제는 완전히 정신을 잃은 아영이 앞으로 쓰러졌다. 그녀를 도와야 하지만 실피드는 그럴 수 없었다. 이미 아영이 쓰러진 그곳은 공간 자체가 달라졌기 때문이다. 자신의 옷자락을 움켜쥔 실피드가 단말마처럼 외쳤다.

「그만둬! 그녀를 데리고 가면……!」

거대한 힘이 아영의 주변에 결계를 쳐서 그녀 곁으로 다가가지 못했던 메피스토펠레스가 고개를 돌렸다. 그는 인상을 쓰면서 실피드를 보았지만 지금 실피드에게 대답할 여력 따위는 없었다. 다만 그저…안타까운 얼굴로 아영을 바라볼 뿐이었다.

Part 28

세피로트

세피로트 I

급격한 힘의 소용돌이.

아영의 주변에는 그러한 힘이 맴돌고 있었다. 회색의 장막이 처지듯이 아영의 몸 주변에 나타난 그것을 보면서 메피스토펠레스는 미간을 찌푸렸다. 지금까지 본 적도 없는 저것은 대체 무엇인가? 한 가지 알 수 있는 것은 아영이 가진 네 정령 왕들의 힘을 합친 것만큼이나 거대한 힘이라는 것뿐. 자신과 정신을 잇고 있는 아영이 정신을 잃자 실피드 역시도 그 힘이 급격하게 떨어졌다. 그렇지만 여기서 쓰러질 수는 없었다. 저것만은… 저것만은 막아야 한다.

비틀거리면서 아영에게 걸어가는 실피드의 어깨를 메피스토펠레스가 황급히 붙잡았다. 당장에라도 쓰러질 것 같은 몸으로 무슨 짓이란 말인가. 그러나 실피드는 메피스토펠레스의 팔을 뿌리치려 하며 앞으로 나아갔다.

「이, 이거 놔! 지금 아영님을 잡지 않으면… 그를 말리지 않으면!」

"그? 그라니?"

다급하게 묻는 메피스토펠레스의 목소리도 현재 실피드의 귀에 들리지 않았다. 이를 악물고 겨우 메피스토펠레스의 손을 뿌리친 실피드는 서둘러서 아영에게 뛰어갔다. 잡아야 한다. 여기서 '그'에게 그녀를 빼앗길 수는 없다. 하지만 실피드의 그런 소망에도 불구하고 축 늘어진 아영의 몸은 서서히 허공으로 떠올랐다. 더불어서 실피드의 몸 역시도 아영의 주변에 처진 힘의 결계로 인해 반대 방향으로 튕겨져 나갔다. 사대정령 왕이 모두 모인 것과 같은 힘을 가진 그였기에. 현재 힘이 떨어진 실피드로서는 막을 수가 없었다.

바닥에 쓰러지는 실피드의 몸을 메피스토펠레스가 서둘러 받아냈다. 그는 허공에 떠 있는 아영의 몸을 바라보았다. 회색의 장막은 그녀의 몸을 집어삼키듯이 감싸 안았다. 주먹을 부르르 떤 실피드가 허공을 향해서 소리쳤다.

「그만둬! 그녀는… 그녀는 너에게 아무런 도움도 줄 수 없어!」

다급한 그의 외침에도 아영의 몸을 감싸 안은 힘은 거두어질 기미가 보이지 않았다. 멍청한 얼굴이 된 메피스토펠레스와 실피드가 바라보는 가운데, 이윽고 아영의 몸을 완벽하게 집어삼킨 회색의 힘은 점점 어떤 형태를 띠기 시작했다. 실피드는 이를 악물면서 고개를 사납게 저었다. 안 된다, 이래서는 안 된다! 운명이 대체 어디로 떠돌고 있기에 어둠의 심연에서 결코 모습을 드러내는 일이 없던 그가 이렇게 나선단 말인가! 천천히 꿈틀거리던 힘은 조용히 사람의 형태로 변해갔다. 회색 후드로 눈가까지 가린 남자의 형태로 말이다.

처음 보는 모습에 메피스토펠레스는 고개를 갸웃거렸다. 후드 사이로 흘러내리는 검고 긴 머리카락, 새하얀 얼굴. 온통 짙은 회색 옷으로 감겨 있는 그의 양팔에는 아영이 안겨 있었다. 무엇을 말하고 싶었던 걸까. 비록 얼굴은 제대로 알아보지 못했지만 그의 입가가 작게 움직였다. 거대한 그의 몸이 점점 꿈틀거렸다. 처음처럼 안개와 비슷하게 변해가는 그를 보며 메피스토펠레스와 실피드가 할 수 있는 일은 아무것도 없었다.

마지막으로 볼 수 있었던 것은 그의 몸에 흡수가 되어가듯이 사라져가는 아영의 몸과 새하얀 얼굴 위에 떠 있던 미묘한 미소. 그것을 끝으로 허공에 나타났던 정체 모를 존재는 아영과 함께 사라져 버렸다. 순식간에 일어난 일에 메피스토펠레스는 아연실색한 표정을 지었다. 실피드는 고개를 숙이면서 주먹을 불끈 쥐었다.

그때 아영의 방문이 벌컥 열렸다. 아마 실피드와 메피스토펠레스의 목소리를 들었던 것 같았다. 문을 열고 들어온 사람은 슈린과 에오로였다. 에이레이나 니드보다 훨씬 가까운 곳에 자신들의 방이 있었기 때문이다. 에오로의 경우에는 목소리를 듣고 들어온 것이지만 슈린은 기운을 느꼈다. 거대한 기운… 도저히 그냥 넘길 수 없는 힘을 말이다.

"무, 무슨 일… 아니! 메피스토펠레스?!"

에오로는 아영에게 무슨 일이 생겼나 해서 들어왔다가 메피스토펠레스가 있는 모습을 보고 화들짝 놀랐다. 어눌하게 웃으면서 손을 살짝 흔드는 메피스토펠레스에게 슈린이 소리쳤다.

"당신! 아영에게 무슨 짓을 한 겁니까?!"

"아니, 내가 아니라……."

왜 나만 의심하는 거야 하고 속으로 중얼거린 메피스토펠레스는 머리를 긁적이면서 실피드의 얼굴을 살펴보았다. 지금까지 살아오면서 정령왕인 실피드와는 몇 번 만난 적이 있었다. 그리 깊은 관계는 아니었다. 몇 년에 한 번씩 있는 종족 간의 회의에서 정령족의 왕 시겔 오베론을 보좌하는 모습만을 보아왔을 뿐. 하지만 늘 실피드를 보면서 생각했었다. 참으로 바람처럼 차분하고 무심한 이인 것 같다고. 그래서 지금처럼 동요하는 모습은 상상도 할 수 없던 모습이었다. 조용히 한숨을 내쉰 메피스토펠레스가 실피드를 부축하며 자리에서 일어났다.

그리고 대체 무슨 일인지 알 수 없다는 얼굴을 한 슈린과 에오로에게 말했다.

"말해 줄 테니까 앉아. 사실 나도 뭐가 뭔지 모르겠지만."

멀뚱히 서 있던 두 사람은 서로를 바라본 후에 고개를 끄덕이면서 소파 쪽으로 다가갔다. 슈린은 메피스토펠레스의 도움을 받으면서 소파에 앉고 있는 실피드를 보며 고개를 갸웃거렸다. 처음에는 인간처럼 실체를 가지고 있어서 실피드인지 못 알아봤었다. 무엇보다 지금 저 모습은 대체 뭐란 말인가? 아영은 어디로 갔는지 볼 수도 없고. 그런 의문을 삼키면서 자리에 앉은 슈린이 메피스토펠레스에게 물었다.

"무슨 일인 겁니까? 그리고… 당신, 무사하셨습니까?"

"어째 말속에 죽었으면 하는 바람이 묻어나는 것 같은데."

어깨를 으쓱거린 슈린은 어서 대답이나 해주십시오 하고 말을 재촉했다. 실피드의 옆에 자리를 잡고 앉은 메피스토펠레스는 가운의 주머니에서 담배를 꺼내었다. 슈린의 옆에 앉아 있던 에오로는 걱정스러운 눈으로 실피드를 보고 있었다. 고개를 숙이고 있고 어깨 정도 길이의 머리카락이 흘러내려서 표정을 알기는 힘들었지만 몇 번 실피드를 보면서도 저런 모습은 처음 보는 에오로였다. 안절부절못하고 있는 에오로와 마찬가지로 슈린 역시 실피드의 모습에 의아함을 감추지 못했다. 그런 그들의 의문을 풀어주기 위해서 메피스토펠레스가 입을 열었다.

"방금 아영이 누군가에 의해서 사라졌다."

"뭐요?!"

에오로는 고함을 버럭 지르면서 자리에서 벌떡 일어났다. 고함을 지르고 싶은 것은 슈린 역시 마찬가지였지만 그는 미간을 찌푸리면서 입을 다물었다. 자신이 느낀 기운은 위협적이지 않았다. 그저 크고 강한 힘이라는 것뿐. 무엇보다 사대정령 왕들과 비슷한 느낌의 힘이었는데? 고개를 갸웃한 슈린이 침착하게 되물었다.

"그 누군가가 대체 누구입니까? 그 힘은 분명히 강한 힘이었습니다만 아영에게 위협적이지는 않았습니다."

「…히에로스.」

대답을 한 것은 고개를 숙이고 있던 실피드였다. 정신을 잃은 것이 아닐까 걱정이 될 정도로 가만히 있던 실피드가 천천히 고개를 들어 올렸다. 손을 들어 이마를 짚은 그의 표정은 굉장히 어두워 보였다. 더불어서 하얀 뺨으로는 땀이 흘러내리고 있었다. 메피스토펠레스는 입에 문 담배를 무릎에 떨어뜨리고 말았다. 물론 얼굴 역시도 경악에 질린 표정이었다. 무릎의 담배를 주울 생각도 하지 않고 메피스토펠레스는 더듬거리면서 말했다.

"히, 히에로스? 방금 그게 히에로스였단 말야?"

도대체 히에로스가 누구이기에? 궁금하다는 얼굴이 된 두 사람을 내버려 둔 채로 실피드는 천천히 자리에서 일어났다. 아영과의 정신 교감이 끊어졌기 때문에 지금처럼 타격이 큰 것이었다. 아마 정령계로 돌아가면 다른 정령 왕들에게 잔소리를 좀 들을 것이다. 소파 한 자락을 붙잡고 일어난 실피드는 몇 번 비틀거렸다. 그리고 조용히 메피스토펠레스를 돌아보며 힘없이 말했다.

「설명을 부탁한다. 나는 정령계로 돌아가서 이 사실을 보고해야 해.」

그 말만을 남기고 실피드는 홀연히 바람으로 화해서 사라졌다. 잡기도 전에 사라져 버려서 메피스토펠레스는 멍한 표정으로 실피드가 있던 자리만을 바라보아야 했다. 이걸 어떻게 혼자서 설명하냔 말야? 왠지 자신에게만 떠넘기고 사라진 것 같아서 메피스토펠레스는 이마를 짚으면서 고개를 저었다.

두근… 두근…….

심장이 고동치는 소리가 귓가에 들려왔다. 뭘까? 어딘지 모르게 따듯하고 포근해서 막연하게 졸음이 왔다. 어머니의 품에 안겨 있을 때처럼 한없이 편안했다. 그래서 아영은 그냥 자기로 하고 눈을 감았다. 잠 올 때는 자는 게 최고, 놀고 싶을 때는 노는 게 최고라는 그녀의 근성 문제였다.

「정말로 자고 싶은 건가?」

조금은 황당하다는 말투. 눈을 감고 누워 있던 아영은 미간을 찌푸리면서 손을 들어 귀를 막았다. 하지만 잠시 후 등 쪽을 콕콕 찌르는 느낌이 들었다. 손가락으로 찌르고 있는 걸까. 다시금 목소리가 들려왔다.

「이것 봐, 날 부른 것은 너라고.」

한 번, 두 번, 세 번… 일어날 때까지 찌를 기색으로 연신 등을 찌르고 있었다. 아침에 일어나라는 엄마의 말을 무시하고 이불을 뒤집어쓰는 학생처럼 버티던 아영도 결국에는 팔다리를 휘저으면서 자리에서 일어날 수밖에 없었다.

"으아아, 잠 좀 자자고! 깜깜하잖아! 밤인데… 어?!"

눈을 뜨고 일어난 아영은 멍하니 허공을 바라보았다. 여기가 어딜까? 사방은 온통 검은 공간이었다. 별 하나 없는 밤하늘처럼 어디가 끝이고 어디가 시작인지 알 수 없을 만큼 새까만. 자신이 앉아 있는 곳은 바닥일까? 멍청하게 주저앉아 있는 아영은 자신의 주변을 돌아보았다. 그리고 조금 놀란 표정과 함께 고개를 갸웃거렸다. 허공만을 제외한 자신이 앉아 있는 바닥에는 붉은색의 장미들이 사방에 널려 있었다. 피를 머금은 것처럼 암적색의 아름다운 장미들을 보면서 아영은 조용히 자리에서 일어났다. 한 발자국 내디딜 때마다 발끝에 느껴지는 장미의 느낌에 조금 소름이 돋을 정도였다.

온 사방에 널려 있었기 때문에 장미들을 밟지 않고 앞으로 나아간다는 것은 무리가 있었다. 그래도 장미 꽃봉오리들만 있어서 가시가 발바닥에 박히지는 않았다. 아영은 조심스럽게 주변을 살피면서 걸어갔다. 여기는 어디일까? 왜 자신이 이곳에 있는 것일까? 조금 걱정스럽기도 했지만 아무런 소리도 들려오지 않고 고요한 이 공간은 마음을 편하게 해주는 것 같았다. 발바닥에 묻어나는 장미 꽃잎들이 조금 기분을 이상하게 만들었지만. 조용히 걸음을 옮기던 아영은 먼발치에 서 있는 누군가를 볼 수 있었다.

'누구?'

고개를 갸웃한 아영은 조용히 발소리를 죽여가며 그에게로 다가갔다. 사방에 널려진 붉은 장미들과 조금 안 어울리는 듯한 모습이었다. 회색의 후드를 둘러쓰고 있어서 그냥 커다란 회색 그림자처럼 느껴졌다. 등을 돌리고 어딘가를 바라보는 듯 보였다. 그렇게 서 있던 그가 조용히 고개를 돌려 아영 쪽으로 시선을 옮겼다. 하지만 아영은 볼 수 없었다. 후드가 눈가까지 덮고 있어서였다. 보이는 것이라고는 후드 아래로 흘러내리는 길고 검은 머리카락과 입가 정도?

천천히 걸어간 아영은 어느새 정체를 알 수 없는 그와 몇 발자국 정도의 사이를 둔 채 멈추어 섰다. 뭔가 말을 하지 않을까 하고 입을 다물고 있었지만 그는 말이 없었다. 다만 입꼬리를 살짝 움직여 미소를 지을 뿐이었다. 그 미소가 상당히 묘해서 아영은 움찔하며 입을 열었다.

"누구?"

조심스럽게 물었지만 한참 동안 대답은 들려오지 않았다. 손가락을 꼼지락거리면서 대답을 기다리던 아영의 귓가에 방금 전에 들렸던 그 목소리가 들려왔다.

「네가 날 불렀지 않나.」

불렀다고? 뭘? 아영이 눈을 동그랗게 뜨고 자신의 앞에 서 있는 사내를 올려다보았다. 그리 작지 않은 그녀가 한참 올려다봐야 할 정도로 커다란 사내… 회색의 후드를 둘러써서 얼굴을 볼 수도 없는 그는 입가에 지은 미소를 살짝 흐리게 만들면서 다시 말했다.

「더 이상은 아무것도 듣고 싶지 않아. 더 이상은 아무것도 하고 싶지 않아……. 그것이 네가 나에게 한 말이었다.」

"무슨 말인지 모르겠어. 여기는 어디야?"

검은 공간에 있는 것이라고는 바닥에 깔린 셀 수 없이 많은 장미들, 그리고 서로를 바라보면서 서 있는 두 사람. 남자는 천천히 자신의 손을 들어 올려서 후드를 넘기기 시작했다. 거친 천으로 만든 후드가 조용히 넘어가자 사내의 얼굴이 드러났다. 눈을 깜빡인 아영이 고개를 갸웃거렸다. 후드를 벗기는 했지만 그는 눈을 천으로 가리고 있었다. 눈이 다친 사람처럼 검은 천으로 말이다. 대신 그의 이마에는 알 수 없는 무늬가 새겨져 있었다. 마치 흉터처럼 새겨져 있는 그것은 동그란 바퀴처럼 보였다.

"이름이… 뭐야?"

다시 한 번 아영이 되물었다. 그러자 남자는 입가에 미소를 흘리면서 조용히 대답했다.

「히에로스. 모르지는 않을 거라고 생각하는데.」

"히… 에로스? 그럼 당신이 정신계의 정령 왕 히에로스야?!"

사대속성을 지배하는 정령 왕과 같지만 다른 존재. 정신을 지배하는 정령들의 왕 히에로스. 그는 타 정령 왕들 넷의 힘을 합친 것보다 강했다. 무엇보다 항상 자신의 심연 속에서 모습을 드러내지 않는 그였기에 그의 모습을 본 존재들이 거의 없을 정도였다. 놀랄 수밖에 없었다. 히에로스를 불렀다고? 자신이? 아영은 멍한 눈으로 히에로스를 올려다보았다. 다른 정령 왕과 시겔에게 들었던 것과 같이 대단해 보이기는 했다. 하지만… 이상한데?

"그런데 말야, 내가 널 불렀다고? 하지만 난 네 이름을 부른 적도 없는데?"

그녀의 말에 히에로스는 작게 소리 내어 웃었다. 어딘지 모르게 비웃는 것 같아서 기분이 안 좋아진 아영이 입술을 샐쭉 내밀었다. 자신의 눈가를 가리고 있는 천을 손으로 매만지며 히에로스가 말했다.

「입으로 소리 내어 부르는 것만 부르는 것이 아니다. 마음속으로 넌 나를 불렀지. 그렇지 않나? 넌 분명히 마음속으로 말했어. '아무것도 생각하고 싶지 않아' 라고.」

"아……!"

손을 들어 입을 막은 아영이 한 발자국 뒤로 물러섰다. 그래, 실피드에게 현홍을 소거한다는 얘기를 듣고 난 다음에 분명히… 그냥, 아무것도 생각하지 않도록 세계가 멸망해 버렸음 하고 말했다. 그리고 속으로는 더 이상은 이런 일을 겪고 싶지 않다고도. 그런 생각이 정신계의 정령 왕인 히에로스를 불러들이는 결과가 된 것인가? 그럼 이제 어떻게 되는 거지? 묻는 듯한 얼굴로 자신을 쳐다보는 아영에게 히에로스는 살짝 어깨를 으쓱거려 보였다.

「이곳은 네 마음속 심연이다. 글쎄, 나가는 방법을 묻고 싶은 건가?」

아영은 살짝 고개를 끄덕였다. 어리숙한 표정을 지으며 고개를 끄덕거리는 아영을 보고 히에로스는 피식 웃었다. 그는 조용히 아영에게로 걸어갔다. 순간 아영은 움찔해서 뒤로 물러서려고 했지만 히에로스의 움직임이 더 빨랐다. 어느새 아영의 옆으로 걸어온 히에로스는 그 커다란 손을 들어 아영의 어깨를 짚으며 말했다.

「뒤를 봐라.」

그의 말에 아영은 왜 그러냐고 묻고 싶었지만 그냥 입술을 깨물면서 뒤로 고개를 돌렸다. 하지만 보이는 것은 여전히 끝없이 넓은 검은 공간과 바닥에 깔려진 붉은 장미들이었다. 변한 것은 없었다. 아니, 있나? 자신이 걸어온 자리만 장미들이 밟혀져 어질러져 있다는 것. 조금 미안한 마음이 드는 것은 왜일까? 그녀의 그런 마음을 읽은 것처럼 히에로스가 담담한 어투로 말했다.

「이곳에 깔려진 장미들은 인간과 다름이 없다.」

"뭐?"

흠칫, 하고 어깨를 떤 아영이 고개를 들어 올려서 히에로스를 보았다. 그러나 보이는 것은 조그맣게 움직이는 입술뿐이었다. 눈가가 보이지 않으니 표정도 알 수가 없었다. 히에로스의 말은 계속해서 이어졌다.

「지금 네가 걸어온 길을 보아라. 장미들을 밟고 왔지? 너희 인간의 인생도 그러한 것이다. 이곳, 원하는 곳까지 걸어오기 위해서는 희생 역시 불가피한 것이다.」

"하, 하지만! 그렇다고 해서 소망을 위해 다른 사람들을 죽여야 해?! 응?"

발끈하여 외치는 아영이었지만 히에로스의 말을 이해하지 못한 것은 아니었다. 그저 그 논리라는 것이 자신이 느끼기에는 너무 차갑고 아픈 것이어서… 그래서. 살며시 고개를 돌려 아영을 내려다본 히에로스가 말을 덧붙였다. 그는 마치 눈을 가리고 있어도 다 보이는 사람처럼 아영의 머리카락을 쓰다듬어 주었다.

「네가 걸어온 길은 분명히 희생이 있었다. 그렇지만 다시 한 번 봐라. 빙 둘러서 왔다면 더 많은 수의 장미들이 네 발에 밟혔겠지?」

아영은 말없이 히에로스를 보며 무겁게 고개를 끄덕였다. 그의 말이 무엇을 뜻하는지 알 수 있을 것 같았다. 뭘 말해 주고 싶은 것인지. 바라는 것이 있다면 어느 정도의 희생은 어쩔 수 없다는 것, 그리고 소망을 이루기로 마음먹었다면 다른 곳에는 시선을 두지 않고 직진해야 한다는 것. 한숨을 푹 내쉰 아영이 자리에 풀썩 주저앉았다. 그렇다면 어떻게 해야 하지? 현홍의 일을 이해해야 한다는 말일까? 연속으로 깊은 한숨을 내쉬는 아영을 보면서 히에로스가 웃음기 섞인 목소리로 말했다.

「정답은 하나다.」

"응?"

어리둥절한 표정으로 자신을 바라보는 아영에게 히에로스는 미소를 지어주었다. 천에 가려진 눈은 과연 웃고 있을까? 왜 저 눈은 가리고 있는 걸까? 아영은 문득 그런 궁금함을 느껴야 했다. 히에로스는 조용히 아영의 어깨를 두드리면서 말을 이었다.

「마음이 시키는 대로 행동하는 것이지. 결과가 만족스럽지 않더라도 자신이 원하는 일을 했다면 후회할 일은 없지 않겠어?」

정령 왕인지, 아니면 무슨 조언자라도 되는 것인지 히에로스는 미소를 지으며 아영에게 그렇게 말했다. 멍청한 얼굴이 되었던 아영은 피식, 하고 웃으면서 머리를 긁적거렸다. 그래, 마음이 원하는 대로, 마음이 시키는 대로 한다면 후회는 없을지도 몰라. 아영은 자신의 가슴을 내리누르면서 생긋 웃었다. 어쩐지 속이 시원해진 것 같다고 중얼거리며 아영은 무릎을 털고 자리에서 일어났다. 밝은 얼굴이 되어 자신을 바라보는 아영의 표정이 보이는 걸까? 히에로스 역시 입가에 부드러운 미소를 지으면서 살짝 고개를 끄덕였다.

"잠깐! 그러니까 아영이 히에로스라는 정신계 정령 왕과 함께 사라졌다고요?!"

테이블을 두 손으로 내려치면서 소리치는 에오로를 보며 메피스토펠레스는 고개를 살짝 끄덕였다. 힘이 쭉 빠져서 다시 소파에 털썩 하고 앉아버린 에오로는 멍한 얼굴로 자신의 옆에 있는 슈린을 바라보았다. 하지만 생각 외로 슈린의 얼굴은 담담했다. 지금 아영이 어디로 갔는지, 어떻게 되었는지도 모르는데 평상시의 표정 그대로 담담하게 메피스토펠레스만을 바라볼 따름이었다.

무릎에 양손을 올리고 가만히 얘기를 듣던 슈린이 조용한 어조로 말했다.

"왜 아영이 그렇게 되었습니까?"

그의 조용한 물음에 메피스토펠레스는 입을 다물고 힐끔 시선을 다른 곳으로 돌렸다. 지금 슈린이 묻고 있는 것은 분명히 아영이 정신을 잃어버릴 정도로 흥분한 이유를 묻는 것이렷다? 하지만 현홍이에 대한 문제를 말해 준다면 여기 있는 이 두 사람도 날뛸지 모른다는 생각에 메피스토펠레스는 등 뒤로 식은땀만 흘릴 뿐이었다.

애써 자신들을 바라보고 있지 않은 메피스토펠레스의 행동은 너무 속이 훤히 들여다보였다. 에오로가 고개를 갸웃갸웃거리고 있을 때 슈린은 작게 한숨을 내쉬었다. 그리고 거의 보이지 않을 정도로 작게 입을 달싹였다.

"현홍 때문이로군요."

"응?"

슈린의 말에 메피스토펠레스는 속으로 낭패라고 생각하면서 슈린을 바라보았다. 다만 아무것도 모르는 에오로만이 메피스토펠레스와 슈린을 번갈아 볼 뿐이었다. 다시 한 번 작게 한숨을 내쉰 슈린은 조용히 자리에서 일어났다. 그리고 에오로의 팔을 붙잡아 올리면서 말했다.

"더 이상 신경 쓰게 하는 일은 없었으면 합니다. 지금의 일들만 해도 머리가 아플 지경이니까요."

그렇게 말한 슈린은 더 이상의 말 없이 아영의 방을 빠져나갔다. 멍청한 표정으로 있던 에오로는 메피스토펠레스를 한번 힐끔 본 다음 슈린을 따라 나갔고 남은 사람은 메피스토펠레스뿐이었다. 생각보다 많은 것을 알고 있는 꼬마로군이라고 중얼거린 메피스토펠레스는 이마를 손으로 짚으면서 고개를 들었다. 새하얀 천장을 올려다보며 메피스토펠레스는 작게 중얼거렸다.

"일이 어떻게 되려나?"

자신의 상관인 마신도, 다른 누구도 이번 일에 대해서는 아무런 말도 해주지 않았다. 이대로 시간 축이 완전히 멈춰 버릴까? 그렇게 되면 자신이 바랐던 소망은 어떻게 되는 건가? 입에 문 담배를 이로 잘근잘근 깨물며 자리에서 일어난 메피스토펠레스는 흰 가운 자락을 펄럭이면서 조용히 어둠 속으로 가라앉았다. 마지막에 그가 중얼거린 말은 절대로 그렇게 할 수는 없어… 라는 알 수 없는 말.

그가 마계로 몸을 옮길 때 슈린은 에오로와 헤어져 자신의 방으로 가는 중이었다.

메피스토펠레스가 아무런 말을 하지 않아도 알 수 있을 것 같았다. 아영이 흥분할 일이 뭐, 많은 것도 아니고 정령 왕인 실피드뿐만이 아니라 마족인 메피스토펠레스까지 함께 있었다고 가정한다면… 간단한 것이 아닐까? 그녀가 정신을 놓아버릴 정도로 충격적인 일이라면 말이다. 입술을 살짝 깨문 슈린은 조용히 자신의 방문을 열고 안으로 들어갔다. 그리고 미간을 찌푸리면서 자신의 방에 서 있는 인물을 바라보았다.

보낸 지 몇 시간도 안 되어 다시 올 줄은 몰랐던 슈린은 내심 당황한 미소를 지으면서 자신의 방에 발을 디뎠다. 가만히 서서 허공을 바라보는 그에게로 슈린은 나직하게 말했다.

"쉽게 포기하지 못하는 것은 신족의 특성입니까?"

그의 물음에 하요트는 천천히 고개를 돌려 슈린을 보면서 턱을 까닥였다. 최소한 며칠의 시간은 내줄 줄 알았는데 이렇게 급하게 찾아온 것은 무슨 이유에서일까? 조금은 쉬고 싶다라고 중얼거리면서 슈린은 걸음을 옮겨 하요트의 곁으로 다가갔다. 아까와 마찬가지로 자신의 힘을 상당 부분 줄이고 있어서 함께 있는 데 불편함은 없었다. 물론 외모에서 주는 위압감을 제외하자면 말이다. 새하얀 날개의 끝자락이 조금 흔들렸다. 그러자 날개에서 떨어져 나온 붉은 불씨와 같은 빛의 입자들이 방바닥을 아름답게 수놓았다.

두 손을 모으고 서 있던 하요트가 천천히 허공을 한 손을 내뻗었다. 슈린은 자신에게 내미는 줄 알고 조금 놀라 뒤로 물러났다. 그러나 하요트는 희미한 미소를 지으면서 고개를 저었다. 허공으로 내밀어진 손 위에 무언가 나타났다. 슈린은 반쯤 투명한 모습이고 해서 처음에는 제대로 알아보지 못했다. 자세히 그것을 바라보니 무언가 나무 같은 모습이었다.

"그건 대체……?"

고개를 갸웃거리면서 묻는 슈린을 힐끔 쳐다보며 하요트는 그 특유의 낮은 어조로 대답해 주었다.

"세피로트의 나무."

"세피로트?!"

놀란 얼굴이 된 슈린은 더욱 자세하게 허공에 나타난 그 영상을 바라보았다. 신족에게 들었던 그 세피로트의 나무란 말인가? 생명의 나무라 불리면서 이번 일의 가장 중요한 역할을 하는 것일지도 모르는 바로……. 하요트가 보인 그 영상은 아주 오래되어 보이는 고목이었다. 그

리고 크기 역시도 가늠이 안 되어 보이는 커다란 나무. 나무의 주변으로
는 끝도 없이 펼쳐진 물이 있었다. 호수의 중앙에 솟아난 나무처럼 세계
를 지탱하고 있다는 그 세피로트는 고고함을 넘어 위대해 보였다. 하지
만 왜 이것을 자신에게 보여주는 것일까?

그의 속마음을 안 것인지 허공에 뜬 영상을 지우면서 하요트가 몸을
돌렸다. 하요트는 처음 만났을 때보다 더 무겁고 어두운 표정을 하고 있
었다. 이상하게 그의 표정을 보면서 슈린은 걱정스러움이 먼저 앞섰다.
불길한 느낌… 또다시 몸을 엄습하는 오한에 슈린은 정신이 번쩍 드는
것 같았다. 이를 악물고 하요트를 응시하자 하요트가 천천히 입을 열었
다.

"세피로트의 나무로 가는 길을 알려주기 위해서다."

"……!"

방금 자신이 들은 말이 정말로 환청이 아닌가? 세피로트의 나무로 가
는 길? 너무 놀라서 지금 하요트가 한 말조차도 진짜인지 가짜인지 알 수
없을 정도였다. 하얗게 질린 얼굴이 된 슈린을 보며 하요트는 눈을 감고
고개를 숙였다. 어쩔 수 없는 일이라고 작게 중얼거리면서.

더 이상은 버틸 수가 없다. 열 개의 영혼이 모이기를 기다리면서 손가
락을 빨고 있을 수만은 없다고… 신족 내에서 열린 회의의 결론이었다.
이대로 선택되어진 인간들에게만 맡겨놓을 순 없었던 것이다. 그들에게
최소한의 정보를 주면서 자신들이 원하는 결과를 얻으려고 했던 것은 과
신이라고 말했다.

어쩔 수 없이 최후의 수단이 강구되어졌다. 직접적인 세피로트와의 접
촉… 바로 그것이었다. 실상 신과 마신조차도 태어날 때와 운이 다해 다
시 혼돈으로 가라앉을 때 말고는 마주칠 수 없다고 불리는 어머니 세피
로트. 인간들이 믿는 신이라고 해도 원래부터 영원히 존재하는 것이 아

니다. 혼돈에서 태어난 두 존재인 어머니 세피로트와 아버지 카오스 스톤 사이에서 신과 마신은 태어난다. 그리고 일정한 괘도를 그리면서 그동안 가지고 있던 육체는 버리고 모든 것의 어머니인 혼돈의 품에 잠이 든다. 그런 괘도를 계속해서 빛을 이루는 신과 어둠을 이루는 마신이 반복하고 있는 것이다.

아무 말도 하지 않고 자신을 바라보는 하요트에게 슈린은 조금 떨리는 목소리로 물었다.

"세, 세피로트는 세계의 어머니라고 불리는 존재입니다. 혼돈에서 태어난 첫 번째 산물. 그런데 인간이 세피로트에게 다가갈 수 있다는 말입니까?"

그의 질문을 들은 하요트가 작게 고개를 끄덕였다. 그리고 천천히 허공을 향해 손을 뻗으면서 중얼거리듯 말했다.

"인간의 바로 옆에 어둠과 빛이 있는 것처럼 세계를 지탱하는 세피로트 역시 인간의 가장 가까운 곳에 위치해 있다."

마치 허공에 있는 무언가를 낚아채듯 주먹을 불끈 쥔 하요트는 천천히 고개를 돌려 슈린을 보았다. 그의 말을 쉽사리 이해하기 힘든 슈린은 살짝 고개를 갸웃거렸다. 하요트의 말은 무엇을 뜻하는 것일까? 그러니까… 그렇게 대단한 존재가 인간의 바로 옆에 존재한다는 말일까? 잘 모르겠지만 세피로트의 나무로 가는 길을 알려준다는 것은 확실히 반가운 말이었다. 어쩌면 중요한 사실을 알 수 있을지도 모르니까 말이다. 입술을 깨물면서 슈린은 속으로 미소를 지었다.

이대로 가만히 앉아서 멸망하기를 기다릴 생각은 절대로 없다. 신족에게 받은 힘이 있는 이상 끝까지 발버둥은 쳐보리라. 내가 바라는 소망을 위해서 말이다. 결국 굳게 다짐을 한 얼굴로 슈린은 조용한 어조로 하요트에게 말했다. 입가에는 희미한 미소를 띠고.

"그걸 왜 제게 가르쳐 주시는지는 몰라도… 좋습니다. 그 길을 가르쳐 주십시오."

"……."

하요트는 말없이 슈린의 얼굴을 바라보았다. 알 수 없는 생각과 자신감이 깃들어 있는 얼굴을 슈린은 하고 있었다. 알고 있는가, 이 앞에 무엇이 있을지를? 얼마나 많은 위험과 고통이 있을지 생각은 하고 있는 것인가?

"죽을 수도 있다, 가는 도중에."

무거운 하요트의 목소리에 슈린은 잠시 어깨를 움찔거렸다. 그러나 그런 위험이 없을 거라고는 생각하지도 않았다. 이를 악문 슈린은 다시금 미소를 지으면서 손을 내밀었다. 천천히 자신에게 내밀어지는 손을 하요트는 내려다보면서 미간을 찌푸렸다. 자신이 내밀었지만 잡지 않았던 손을 이제는 슈린이 먼저 내밀고 있었다. 하요트는 눈을 감고 다시 생각해 보았다. 과연 자신이 잘하는 짓인가 그렇게 되물었다. 하지만 여기서 자신이 말을 번복할 수는 없었다. 이 문제는 자신보다 훨씬 높은 자들의 결론.

더 이상은 방관할 수 없다는 그들의 말. 하요트는 조용히 슈린의 손을 잡았다. 그리고 고개를 숙였다. 비록 자신이 천계에서는 가장 피를 많이 묻히는 존재로서 다른 천사들에게 냉정하다, 잔혹하다라는 말을 많이 듣는 입장이라고 해도 이번 일은 도무지 마음에 걸려서 쉽게 지우기가 힘들었다. 슈린은, 그리고 선택받은 이들은 자신들을 함정 속으로 떠밀고 있다는 사실을 어떻게 생각할까? 후에, 아주 많은 시간이 지나간 후에 그 사실을 알게 된다면? 그러나 어쩔 수가 없다.

이제 와서 이 손을 뿌리칠 수는 없는 것이다. 하요트의 손에서 작은 빛이 일어났다. 서서히 안개처럼 퍼져 오르던 그것은 슈린의 손을 타고 흘러가 그의 전신을 빛으로 물들였다. 슈린은 자신의 몸에 흐르는 뜨거운 기운에 눈을 감고 숨을 몰아쉬었다. 그의 검은 머리카락들이 바람이라도 부는 듯이 허공에 흩날렸다. 천천히 빛이 꺼지고 난 후에 눈을 뜬 슈린은 자신의 양손을 내려다보았다. 원래 신족으로부터 선택받았을 때 생겼던 문장과 또 다른 문장이 왼손에 나타나 있었다.

황금색의 수레바퀴 모양을 한 그것을 내려다보는 슈린에게 하요트가 말했다.

"그 문장이 있어야만 세피로트가 있는 차원의 문을 열 수 있다."

"음? 그렇다면 세피로트의 나무는 이곳과는 다른 세계에 있다는 말입니까?"

하요트는 살짝 고개를 끄덕이면서 대답해 주었다.

"그래. 비록 다른 세계라고 하지만 그렇게 멀진 않다. 천계와 마계가 바로 옆에 있는 것처럼 말이지. 모든 차원은 서로서로 붙어 있는 샘이다. 그러나 그것은 하나의 유리벽에 가로막힌 것과 같아서 너무나도 가까운 곳에 있지만 볼 수 없는 것이지."

이해하겠다는 듯 고개를 끄덕인 슈린은 조용히 두 개의 문장이 그려진 자신의 양손을 바라보았다. 이제 이걸로 원하는 힘은 모두 손에 넣었다. 생긋, 하고 웃은 슈린은 조용히 두 손을 내리면서 하요트를 보았다. 무슨 생각을 하는지 하요트는 아까부터 어두운 얼굴이었다. 뭔가 말을 하고 싶지만 하지 못하는 얼굴… 그런 모습. 그것이 무엇인지 대충은 알 것 같던 슈린은 입을 다물고 자신의 침대 옆에 있는 탁자 쪽으로 걸어갔다. 탁자 위에는 샤테이엘에게서 받은 상자가 있었다. 조심스럽게 두 손으로 집어 올린 슈린이 하요트에게 다시 걸어가면서 말했다.

"이건 어떻게 해야 합니까? 이제 저는 영혼을 모으는 일에서 손을 뗀 것이 아닙니까?"

하요트는 미간을 찌푸리며 슈린을 응시했다. 어떻게 알고 있지? 그렇게 묻는 듯한 눈빛이 된 하요트에게 슈린은 빙긋이 웃어주면서 어깨를 으쓱거렸다.

"아아, 모를 리 없지 않습니까? 당신들의 생각을 말입니다. 신족과 그 외의 다른 종족에게서 나온 회의의 결과를."

"그걸 어떻게?!"

굳은 얼굴이 되어 하요트는 미심쩍은 눈으로 슈린을 보았다. 현홍처럼 예지의 힘은 주지 않았다. 그렇다면 저 말은 그저 감일까? 알 수 없는 미소를 지으며 슈린이 다시 대답했다.

"후훗, 지금까지의 일을 쭉 연결해 보면 결과가 나오지 않습니까? 제게 영혼을 모으는 임무를 준 것은 그저 명분일 뿐. 현홍이 어차피 자신의 손을 더럽히리라는 것도 당신들의 계산에 있었다는 사실, 모두 알고 있습니다."

"……."

인간을 우습게 보지 말라고 했던가? 어쩐지 지금의 상황에서는 그 말이 바로 들어맞을 것 같았다. 흰 옷자락 사이에 감춰진 두 주먹을 힘있게 쥔 하요트는 잠시 이를 악물었다. 어디까지 알고 있을까? 슈린의 말을 들어보자면 대강은 모두 알고 있을 터. 무겁게 한숨을 내쉰 하요트가 천천히 자신의 붉은 머리카락을 쓸어 내리며 말했다.

"꽤 많은 것을 알고 있군."

그의 눈가가 가늘어지는 것을 본 슈린은 한 손을 들고 고개를 내저었다.

"아아, 아니오. 제가 아는 것은 일부분이지요. 현홍처럼 깊은 곳까지 알지는 못합니다."

"……!"

하요트가 흠칫 날개를 떠는 것을 슈린은 놓치지 않고 보았다. 네 장의 날개가 작게 떨렸지만 곧 멈추었고, 대신 하요트가 손을 들어 얼굴을 가렸다. 그는 입술을 살짝 깨물고 난 후 조용히 등을 돌리면서 창가로 걸어갔다. 그와 함께 슈린의 손에 들려 있던 상자 역시 허공에 떠올라 따라가듯 하요트에게로 날아갔다. 등을 돌리고 있어서 슈린은 하요트의 표정을 보지 못했다. 그러나 지금 하요트의 표정은 그 어느 때보다 무겁고 어두웠다.

그는 슈린마저 현홍의 뒤를 따르는 것이 아닐까 하는 생각을 하고 있었다. 슈린의 생각 그대로였으니까. 천천히 고개를 돌려 슈린을 보며 하요트는 희미한 미소를 지었다.

"그 문장만 있다면 언제 어디서든 세피로트의 나무가 있는 차원으로 갈 수 있다. 그리고 그 후에는 누구도 도움을 주지 못해. 혼자만의 싸움이 될 거다."

"알고 있습니다."

고개를 숙여 보인 슈린이 다시 고개를 들었을 때 이미 하요트의 모습은 방 안 어디서도 찾아볼 수 없었다. 다만 옅은 색의 붉은 빛의 가루들만이 방 안으로 쏟아져 내릴 뿐. 하요트의 모습이 사라진 방은 아까보다 훨씬 어두웠다. 그러나 그것도 나름대로 포근하다는 생각이 들었다. 그 날… 시간이 멈추어간다는 얘기를 들은 그 후부터 해는 질 줄 몰랐으니까. 밤인지 낮인지, 대체 며칠이 지났는지도 딱히 알 수가 없었다. 아직까지는 그나마 감에 의존한다고 할 수 있지만 아마 며칠만 더 지나간다면 인간이 스스로 시간을 알 수 있는 능력마저도 고갈되어 버릴 테지.

피식, 하고 웃어버린 슈린은 조용히 허공을 향해 왼손을 뻗었다. 가만히 놓고 있을 생각은 없다. 혼자서라도 갈 것이다. 그런 생각을 하면서 왼손을 들어 올리자 하요트의 말대로 허공이 조금 일그러지기 시작했다.

아마도 이 안에 들어간다면… 그렇다면…….

"잠깐, 잠깐! 혼자 갈 생각이야?"

"……?!"

갑자기 알 수 없는 곳에서 들려온 목소리에 슈린은 화들짝 놀라서 손을 거두었다. 그 목소리의 주인공이 벌써 나타날 것이라고는 생각하지 못했기에 슈린의 놀라움은 더할 수밖에 없었다. 멍청하게 허공을 바라보자 곧 회색의 장막이 어디서부턴가 뻗쳐져 나왔다. 뒤로 약간 물러선 슈린은 입을 다물고 그 장면을 바라보았다. 연극의 막이 내릴 때처럼 허공의 한쪽을 가득 메운 회색 장막 사이로 사뿐하게 바닥에 내려선 인물이 있었다.

긴 갈색의 머리카락이 허공에서 찰랑거렸다. 그것을 본 슈린은 쓰게 웃으면서 고개를 작게 저었다. 바닥에 내려선 아영은 슈린을 보더니 살풋 미소 지었다. 그녀의 뒤로 펼쳐진 회색 장막은 다시 서서히 걷혔고 슈린은 입을 열었다.

"벌써 돌아오실 줄이야. 빠르게 습득하셨군요, 그의 힘을."

그의 말에 아영이 눈을 동그랗게 뜨면서 입술을 오므렸다. 놀랐다는 듯, 이마를 손으로 탁 친 아영은 빙긋 웃으면서 말했다.

"다 알고 있었네? 누가 말했어? 메피스토펠레스? 실피드?"

"글쎄요… 어쨌거나 축하드립니다."

"뭐, 별것 아냐."

그녀가 그렇게 말하기는 했지만 슈린은 느낄 수 있었다. 사대정령 왕을 부릴 때보다 더욱더 강해진 아영의 힘을 말이다. 사대정령 왕이 모두 모일 때만큼의 힘을 가졌다고 평가가 되는 정신계의 정령 왕 히에로스, 그를 제어할 수 있는 아영은 아마도 우혁 정도의 힘은 넘을 것이 분명했다. 그 우혁이 어디서 무엇을 하는지는 모르겠지만. 그러고 보니 우혁은 대체 어디에서 무엇을 하고 있는 걸까? 잠시 고개를 갸웃거린 슈린에게 아영이 다가왔다. 그녀는 진지한 얼굴로 생각에 잠긴 슈린의 팔을 툭툭 쳐주면서 말했다.

"나도 데리고 가줄 거지?"

배시시 웃는 아영의 얼굴을 내려다보며 슈린은 어떻게 말을 해야 할지 잠시 고민했다. 놔두고 간다고 해도 말을 들을 인물은 아니지 않나? 그 것도 그렇고… 과연 아영이 혼자서 세피로트의 나무가 있는 곳까지 오지 못할까? 그것은 아닐 것이다. 사람의 심연 속까지 들어갈 수 있는 히에 로스를 부리는 그녀가 그런 힘도 없을 리는 없다. 결국 슈린은 졌다는 표 정으로 고개를 끄덕여야 했다.

이제 세피로트의 나무로 가는 길마저 알아냈다. 점점 종말에 다가가고 있는 세계처럼 자신들의 일도 얼마 남지 않았다고 슈린은 생각했다. 그 것이 과연 어떠한 결말일지는 그 역시도 모르고 있었지만 말이다.

세피로트 2

　조심스럽게 손을 뻗은 현홍은 바닥에 떨어져 있는 흰 날갯죽지를 집어 올렸다. 새하얀 날개는 피로 범벅이 되어 있었고 사방에 흰색의 깃털들이 흉흉하게 흩날렸다. 그뿐만이 아니었다. 주변에는 온통 피로 난자가 되어진 사람, 아니, 천사들이 널려져 있었다. 숲인 것은 분명하지만 어찌된 것인지 나무들은 그루터기만을 남겨둔 채로 잘려 나가거나 불이 붙어 있었다. 사방에 타오르는 불길, 그리고 땅에 패인 구멍들은 전쟁터를 방불케 했다. 흙먼지와 함께 피구름들이 코를 막게 할 정도였다.

　그러나 그 피는 천사의 성혈聖血. 아련하게 빛이 나고 있는 피 웅덩이를 내려다보면서 현홍은 피식, 하고 웃음을 삼켰다. 검은 코트가 바람에 흩날렸다. 갈기갈기 찢어진 몸을 한 같은 천사들의 시신을 보며 아직까지 살아남아 있던 운 좋은 천사 하나가 입을 열었다.

　"그대가 그러고도 선택받은 인간이라는 말인가! 신의 뜻을 어기면서!"

　상처 입은 몸을 하고도 말 하나는 잘했다. 손에 들린 날개를 멀찍이 집어 던진 현홍은 입가에 차가운 미소를 지으며 팔짱을 꼈다. 삐딱하게 고개를 틀고 남아 있는 천사들을 힐끔 바라본 현홍이 냉기 어린 목소리로 말했다.

"우습군. 날 뽑은 것은 마계 쪽이 아니던가? 신이 나에게 뭐라고 할 권리가 있다고 생각하나?"

예전의 그라면 상상하지도 못할 정도로 위압감이 깃든 목소리였다. 차갑고 거대한 어둠이 묻어나는 그의 말에 천사는 입을 다물고 말았다. 한 줄기의 바람이 불어 사방을 가득 메웠다. 시원하게 부는 바람에 현홍은 살며시 눈을 감고 고개를 들었다. 그의 암적색 머리카락이 부드럽게 바람에 찰랑거렸다. 매끄러운 얼굴에 튄 핏방울, 그리고 양손 가득 묻어 있는 붉은 피… 그의 손에 죽어간 천사들의 시체. 이것들이 모두 소름 끼칠 정도로 아름다워 보였다.

천사라고 해서 전투를 하지 않는 것은 아니다. 천계를 수호하는 하요트 수하의 천사들은 전투 천사라고 하여 마족 간의 전투나 그 외의 전쟁에서 다른 천사들과 천계를 보호하기 위해 싸운다. 현재 현홍과 싸움을 벌인 천사들은 그러한 투천사들 중에서도 최상급에 속하는 전사들이었다. 빛의 창과 검, 그리고 방패를 거머쥐고 있던 천사들 중 하나가 현홍에게로 달려들었다.

"운명이라고 생각하고 죽어라!"

운명이라고? 현홍은 감았던 눈을 번쩍 뜨면서 입을 굳게 다물었다. 그래, 운명……. 그 빌어먹을 운명 때문에! 검은 코트가 사방으로 흩날렸다. 그와 함께 현홍의 주변에서는 검은 그림자가 치솟았다. 그의 그림자에서 뿜어져 나온 힘은 마치 창날처럼 되어서 하늘을 향해 쏟아 올려졌다. 급격한 속도로 현홍에게 달려들던 천사는 그 속도 때문에 쉽게 멈추지 못했다.

"컥!"

천사의 아름다운 금발이 피로 물들었다. 창에 꿰인 천사는 잠시 몸을 부르르 떨다가 날개를 축 늘어뜨리면서 움직임이 멎었다. 검은 창날의 아래로 흘러내리는 핏줄기를 보며 현홍은 싸늘하게 웃었다. 붉은 입가가 호선으로 그려지는 것과 동료가 죽어가는 것을 본 남은 천사들은 이를 악물고 현홍에게 달려들었다. 허공에 날아오르는 천사들로 인해 그림자가 졌다. 하늘을 올려다보면서 현홍은 잠시 동안 멍한 얼굴이 되었다.

자신의 얼굴로 떨어지는 수없이 많은 깃털들… 너무나도 아름다운 광경에 넋이 나간 것 같았다. 하지만 여기서 넋을 놓고 있으면 죽는다. 현홍을 손을 들어 올렸다. 여기서는 죽을 수 없어라고 작게 중얼거렸다. 피 묻은 손에서는 검은 불길이 일어났다. 그렇다… 그것은 지옥의 불길, 살아 있는 것과 영혼마저도 태워 없애 버린다는 지옥의 검은 불길.

그리고 그 불길 속에서 한 자루의 검이 태어났다. 투명한 날을 가지고 황금과 붉은 루비로 치장이 된 화려한 모양새의 검이었다. 현홍은 조용히 검을 붙잡고 자신에게로 떨어지는 시퍼런 검과 창날을 바라보았다. 검을 든 그의 손이 허공에서 빠르게 움직였다. 다른 잡다한 움직임 따위는 없었다. 그저 검을 허공에서 몇 번 휘두른 것뿐이었다. 하지만 그것 하나만으로도 현홍에게 달려들던 천사들의 움직임은 뚝 끊겼다. 실이 끊어진 인형처럼 잠시 동안 허공에 머물던 천사들의 육체가 사방으로 갈라졌다.

촤아악―!

피가 분수처럼 땅으로 떨어졌다. 형태를 알아보기 힘든 천사의 육체 또한 피와 함께 아래로 떨어졌다. 사방에 난자하는 붉은 피와 모래먼지를 피해 현홍은 훌쩍 뛰어 높다란 나무 위에 착지했다. 나무 꼭대기에 선 현홍은 아래를 내려다보며 무표정한 얼굴로 일관했다. 흙먼지 가득한 곳에서 천사들의 아름다운 흰 날개와 육체는 더 이상 예전의 아름다움을 간직하지 못했다. 서서히 천사들의 육체는 밝은 빛으로 화해서 사라졌다. 저들에게 있어서 죽음이라는 것은 육체의 죽음일 뿐이다.

그의 검에는 피 한 방울 묻어 있지 않았다. 모든 것이 불꽃 속에서 타들어가 버렸으니까. 투천사의 무리가 자신을 공격해 온 것은 이것으로 세 번째인가? 작게 중얼거린 현홍은 무표정한 얼굴은 들어 하늘을 올려다보았다. 흐르지 않는 구름들의 무리, 울지 않는 새들은 나뭇가지에 올라앉아 석상이라도 된 것처럼 보였다. 아직까지 속성은 변하지 않았지만 이것 역시 언제 멈출지 모른다.

"이제 시간이 없어……."

작은 목소리로 중얼거리는 현홍에게는 힘이 없어 보였다. 방금 전 천사들의 육체를 갈가리 찢어놓았던 사람처럼 보이지 않았다. 그의 손에 들린 검이 우웅— 하고 긴 공명을 했다. 그것을 내려다보면서 현홍은 빙긋 웃었다. 천천히 검날을 손끝으로 쓰다듬어 주면서 현홍이 다시 입을 열었다.

"그래, 아직 남았어, 여섯 개의 영혼이……. 그것들을 다 모을 때까지는 멈추지 않아."

입술을 살짝 깨문 현홍은 고개를 들어 올려 바람을 맞았다. 눈을 감고 조용히 바람의 냄새를 맡으면서 그는 말했다. 하늘을 향해서.

"운명의 수레바퀴가 돌기 시작했다. 이제 그것을 막을 수 있는 것은 아무것도 없어. 하지만 나는 끊임없이 싸울 거다. 내가 바라는 소망을 이루기 위해서, 내가 원하는 결말을 얻기 위해서 운명과 싸울 거다."

그의 말은 마치 하늘에게 고하는 말처럼 들렸다. 새까만 코트 자락이 사방에 펄럭거렸고 바람은 세차게 불었다. 그 후 검은 현홍의 몸으로 빨려 들어가듯이 사라졌다. 시리도록 푸른 하늘은 시간이 멈추기 시작했을 때와 마찬가지로 아름답게 반짝였다. 그것을 보며 현홍이 작은 한숨을 내쉬었을 때였을까, 갑자기 커다란 힘의 기류가 허공에 맴돌았다. 미간을 찌푸린 현홍은 고개를 돌려 그것을 바라보았다.

검은 구덩이에서는 회색의 안개가 빠져나왔고 이상한 유황 냄새 비슷한 것이 났다. 대체 무엇일까? 현홍은 굳은 얼굴로 자신의 몸속으로 사라진 검을 다시 한 번 소환했다. 투명한 날을 허공에 몇 번 휘두르자 현홍의 몸 주위에는 눈에 보이지 않는 결계가 쳐졌다. 천천히 검은 구멍에서 빠져나온 회색의 안개가 하나의 형상으로 뭉쳐 갔다. 꿈틀거리던 그것은 사람의 형상으로 바뀌어갔다.

이윽고 회색 안개는 새하얀 옷을 입은 사내의 모습으로 바뀌었다. 현홍은 사실 속으로 움찔했지만 애써 내색하지 않았다. 새하얀 코트와 백발에 가까운 은발 머리카락을 가진 그는 마계의 제2황태자인 카리안 드 라헬 헬레스폰트였다. 흰 벨벳 장갑을 낀 손을 들어 머리카락을 쓸어 넘긴 그는 빙긋 미소 지었다. 자신과는 정반대로 새까만 코트를 입고 있는 현홍을 보며 살짝 고개를 까닥인 카리안이 입을 열었다.

"처음 만나는 것이니 인사는 해야겠지. 난 카리안. 카리안 드 라헬 헬레스폰트라고 한다. 널 선택한 마족의 황태자이지."

"……."

이미 그것은 말하지 않아도 잘 알고 있는 사실이었다. 무표정한 얼굴로 일관하던 현홍은 카리안을 응시한 후 등을 돌렸다. 사라지려는 현홍의 모습에 카리안은 급히 말했다.

"너무 성급하군. 이렇게 보여도 형님의 말씀을 전하려고 왔는데 말야."

현홍의 움직임이 순간적으로 멈춰졌다. 그러나 그는 고개를 돌리지도 다른 행동을 취하지도 않았다. 다만 그대로 멈추어 선 것뿐이었다. 하지만 카리안은 그런 것만으로도 만족했는지 자신의 턱을 매만지면서 작은 목소리로 말했다.

"후훗, 그래도 그 말이 뭔지 궁금하기는 한가 보군. 대신 조건이 있다. 형님의 말씀을 들려주는 데 조건을 거는 것은 조금 우습지만."

뭐가 그리 즐거운 것인지 입가의 미소는 연신 내비치고 있는 카리안에게 현홍이 살며시 고개를 돌려 보았다. 카리안은 문득 현홍의 얼굴을 보고 인상을 구겼다. 비록 만난 것은 처음이라고 해도 자료 화면 내지는 먼 발치에서는 몇 번 본 적이 있었다. 키스카… 자신의 이복형인 키스카의 바로 전생이라고 할 수 있는 인간 김진현의 가장 소중한 인물이 아닌가? 그런 인물을 카리안이 못 본 척 지나칠 리 없었다. 그런데 왜 저리도 바뀌었는가?

감정이라고는 일말도 찾아볼 수 없는 검은 눈동자… 무표정한 얼굴에서는 차가움마저 묻어났다. 자료에서는 잘 울고 잘 웃으며 주위 사람들을 소중하게 여기는 마음 여린 그가 아니었는가? 카리안 역시 주위 사람들로 인해 현홍이 눈물 흘리는 것을 본 적이 있었다. 그러나 지금의 현홍은 정말로 그 현홍이 맞는가 알 수가 없을 정도로 바뀌어져 있었다. 놀라움을 속으로 감추며 카리안은 짐짓 진지하게 입을 열었다.

"우리 마족은 이미 너에게서 손을 뗐다. 그런데 이상하게도 너에게 주었던 마족의 힘은 없어지지 않고 있더군. 설명해 줄 수 있겠나?"

그의 질문에 현홍은 입을 열지 않았다. 단 한 번의 표정 변화도 없는 현홍을 보며 카리안은 어깨를 으쓱거렸다.

"좋아, 그 질문이 어렵다면 현재 우리 마족에서는 너에게 개별적인 힘을 주어 행동을 하게 한 벨리알을 찾고 있다. 그의 행방은 말해 줄 수 있을까?"

카리안은 초조하게 현홍의 대답을 기다렸다. 하지만 한참이 지나도록 현홍은 대답할 생각을 하지 않았다. 입을 꾹 다물고 자신만을 바라보는 현홍의 태도가 못마땅했는지 카리안은 조용히 손을 들어 얼굴을 덮었다. 이대로라면 억지로라도 마계로 끌고 가야 할까. 하지만 이길 가능성은 있는가? 마계와 신계의 조약에 따라 고위급 간부 이상은 모두 인간계에 나올 때 제어를 하고 있어야 했다. 현재 카리안 역시 원래 마계에서 낼 수 있는 힘의 절반가량이 봉인당한 상태였다. 이것은 어디까지나 공무를 위한 일이니 혹시나 봉인을 풀더라도 신계의 잔소리를 들을 가능성은 적었다.

그렇다면 전투인가? 카리안이 자신도 모르게 힘을 끌어올리고 있을 때 현홍이 검을 들어 올렸다. 역시, 라고 작게 중얼거리면서 카리안이 손을 앞으로 내밀며 힘을 압축시켰다. 하지만 그의 예상은 빗나갔다. 검을 들어 올린 현홍이 나직하게 말했다.

"…이거다."

"뭐?"

미성임에는 분명하지만 현홍의 말에는 위압감이 잔뜩 들어 있었다. 눈을 꿈틀거린 카리안이 고개를 갸웃거렸다. 현홍은 자신의 검을 내려다보면서 다시 한 번 나직한 어투로 말했다.

"이 검이 벨리알이다."

"……!"

자신도 모르게 입을 쩍 벌린 카리안은 서둘러 표정을 관리해야 했다. 저 투명한 날을 가진 화려한 검이 벨리알이란 말인가? 악마들의 모습 바꾸는 것이야 특별할 것이 없지만 검으로 변해 있을 줄이야. 하지만 바로 이곳에 있다면 이야기는 더 잘 풀린다. 희미한 미소를 지은 카리안이 정중하게 팔을 벌리면서 허공에서 한 발자국 걸어나갔다.

"이런이런, 마계 서열 5위의 고위 악마인 벨리알이 검으로 변해 있을 줄이야. 그럴 것이라고는 생각하지 못했어. 등잔 밑이 어두웠군. 그렇다면 얘기가 빠르지. 벨리알을 나에게 넘겨다오. 그는 마계에서 징계를 받아야 한다. 조약을 어기고 함부로 행동한 벌을 말이다."

"……."

벨리알이 변해 있다는 검의 날이 우웅— 하고 다시금 울었다. 그 모습을 본 현홍은 천천히 눈을 감으며 중얼거리듯 말했다.

"벨리알이 모습을 변화시킨 게 아니다."

방금 전에는 저 검이 벨리알이라고 하지 않았는가? 자신을 놀리는 것일까 하고 생각한 카리안은 조금 기분이 나빠졌다. 그는 표정을 굳히면서 손으로 턱을 매만졌다.

"농담하는 건가? 방금 전에는 검이 벨리알이라고……."

"이 검이 벨리알이라고 했을 뿐이다. 벨리알이 모습을 바꾼 것이 아니다."

무슨 말인지 알 수가 없어서 카리안은 조금 고개를 갸웃거려 보였다. 검이 벨리알인데 벨리알이 모습을 바꾼 것이 아니라고? 미간을 찌푸리고 자신을 노려보는 카리안에게 현홍은 고개를 들어 보였다. 새하얀 얼굴, 여자인지 남자인지 의심스럽게 보이는 그 얼굴로 자신을 바라보자 카리안은 자신도 모르게 휘익 하고 작게 휘파람을 불었다. 저 정도의 미인이라면 남자든지 여자든지 상관하지 않지. 속으로 그렇게 생각한 카리안은 조용히 현홍의 말을 기다렸다. 작고 붉은 입술이 자그맣게 달싹여졌다.

"내가 벨리알을 봉한 것이다."

"뭐?!"

생각 외로 현홍이 주는 말의 충격은 대단했다. 카리안은 미심쩍다는 얼굴이 되어 현홍을 보았다. 바람이 불어 현홍의 검은 코트 자락을 허공에 날리게 만들었다. 제아무리 마족의 대표가 되었다고 해도 그 힘은 아주 소수에 불과했다. 힘이라기보다는 특별한 능력에 가까운 그런 것. 무엇보다 벨리알은 마계에서 서열 5위에 해당하는 고위 악마이다. 그런 벨리알이 현홍에 의해 봉해졌다고? 그런 의문을 가지면서 카리안은 이를 악물었다. 벨리알이 현홍에게 졌단 말인가? 그가 그렇게 생각하고 있을 때 현홍이 피식 하고 미소를 띠었다. 그 웃음마저도 한기가 어려 있어서 카리안은 그리 좋은 기분을 느끼지 못했지만.

천천히 검을 들어 올린 현홍은 검의 손잡이 부근에 장식되어진 커다란 루비에 입을 맞추며 중얼거렸다.

"네 생각처럼 내가 벨리알을 억지로 봉한 것은 아니야. 이건 어디까지나 그와 나의 계약의 일부분. 자, 나는 대답했다. 이제 네가 입을 열 차례다, 카리안."

위압적인 어투로 말하는 현홍이었고 무엇보다 악마는 거짓말을 하지 않는다라는 부분이 있었다. 카리안은 조금 속은 기분이 들었지만 자신의 약속도 있었기 때문에 어쩔 수 없이 말해 주었다.

"후, 좋아. 형님은 너에게 이렇게 전해달라고 했다. '나를 만나고 싶다면 최종 결전지로 와라'라고."

짧막한 말이었지만 그 말에는 많은 뜻이 담겨 있었다. 무엇보다 지금 카리안의 입으로 듣기는 했지만 키스카의 힘이 전혀 줄어들지 않고 현홍의 귀로 흘러 들어왔다. 무슨 생각을 하는 것일까? 현홍의 검은 눈동자가 살짝 흔들렸다. 그러나 결코 차가운 표정을 풀지는 않았다. 잠시 동안 입을 다물고 있던 현홍이 조용히 물었다.

"그는 날 기억하지 못할 텐데?"

기억했으면 하지만… 그렇게 말하고 싶었다. 하지만 현홍은 검을 쥔 손에 힘을 주면서 애써 그 말을 목구멍으로 삼켰다. 질문을 들은 카리안은 어깨를 살짝 으쓱거린 후에 퉁명스럽게 답했다.

"나도 자세한 것은 모른다. 기억은 하지 못하지만 너에 대한 얘기를 다른 사람에게 들었다는 것만 알 뿐이다. 어쨌거나 약속은 지켰다."

자신이 원하는 수확은 하나도 얻지 못했지만 카리안은 어쩔 수 없이 돌아가야 했다. 오랜 시간 동안 자신 정도의 고위 마족이 돌아다닌다면 신족과의 회의에서 잔소리를 들을 것이 뻔했으니까. 손을 살며시 허공에 휘젓자 그가 나타났을 때처럼 똑같은 검은 구멍이 생겨났다. 회색의 연기가 풀풀 풍기는 검은 구멍에 들어가기 직전 카리안은 고개를 돌려 현홍이 들고 있는 검을 바라보았다. 그의 시선을 느낀 것인지 다시금 검날이 진동했다. 그 모습에 카리안은 입가에 비웃음과 비슷한 미소를 띠었다. 무슨 잔꾀를 부리는 것인지는 몰라도 과연 네가 생각하는 것처럼 될까, 벨리알?

묘한 미소를 띤 채 카리안이 사라지자 현홍은 잠시 동안 그 자리에 멀거니 서 있었다. 한차례 세찬 바람이 불어 그의 암적색 머리카락을 사납게 흔들어놓았다. 손을 들어 머리카락을 잡아 누르면서 현홍은 고개를 들어 하늘을 올려다보았다. 어떻게… 어떻게 날 알고 있는 거지? 전생의 기억은 없을 텐데, 응? 자신도 모르게 이를 악문 현홍은 눈을 감으면서 미간을 찌푸렸다. 그의 표정에는 알 수 없는 상념들이 뒤섞여 복잡해 보였다.

"너희끼리만 가겠다고?! 절대로 허락 못해!"

"……."

슈린은 책망 섞인 표정으로 자신의 뒤에 서 있는 아영을 힐끔 바라보았다. 그러자 아영은 흠칫하더니 어색한 웃음을 흘리면서 머리를 긁적였다. 그들의 앞으로는 화가 머리 끝까지 난 에오로가 서 있었다. 물론 그의 뒤로는 마찬가지로 화가 났다는 표정 내지는 실망했다는 표정이 된 나머지 세 사람이 서 있었다. 사실 슈린은 아영과 몰래 세피로트로 가는 길을 열려고 했다. 그런데 다른 사람들 몰래 혹시나 모를 일을 대비해서 짐을 챙겨서 나오던 아영이 에오로에게 들킨 것이 문제였다.

거기다가 아영이 에오로의 물음에 대답을 다 하는 바람에 지금 이 지경이 된 것이었다. 활동하기 편한 옷으로 갈아입고 나온 아영이 팔을 들어 머리를 받히면서 퉁명스럽게 말했다.

"아아, 거기 위험할지도 모른단 말야. 안 돼, 안 돼."

그녀의 말을 들은 에오로가 더욱 험한 표정을 지으면서 눈썹을 치켜올렸다. 그 모습에 아영은 움찔하면서 고개를 돌려야 했다. 주먹을 불끈 쥔 에오로가 목이 터지도록 다시 소리쳤다.

"위험한데 너희 둘이서 가겠단 말야?! 절대로! 결코! 무슨 일이 있어도! 너희 둘만 가는 것은 못 봐!"

꽤나 고집스럽게 나오는데, 하고 중얼거린 아영은 거칠게 머리를 긁적였다. 바로 앞에서 고함을 빽빽 질러대고 있었기 때문에 슈린은 귀를 막으며 고개를 가로저었다. 사실을 알면 이렇게 나올지 알고 있었다. 그래서 애써 입을 다물고 있었던 건데. 골치가 아픈 듯이 이마를 손으로 짚은 슈린이 생각을 정리할 때 팔짱을 끼고 퉁명스러운 얼굴을 한 셀로브가 입을 열었다.

"에오로의 말이 맞아. 그렇게 위험한데 둘이서 가겠다고?"

셀로브마저……. 슈린은 이를 악물고 셀로브를 바라보았다. 흰 셔츠와 검은 바지를 입고 있는 그는 예전처럼 평범한 인간 청년처럼 보였다. 하지만 어머니인 운골리언트를 만난 후 그가 가진 힘은 서너 배 이상 폭등했기 때문에 가만히 있어도 위압감이 흘러나왔다. 벽에 등을 기댄 채로 팔짱을 끼고 선 그가 담담한 표정으로 말을 이었다.

"위험한 곳일수록 같이 가야 한다는 생각은 안 해봤나? 둘이서 가면 어떤 위험이 있을지……."

"알고 있습니다."

무감정하게 대답한 슈린은 셀로브의 눈을 응시했다. 그의 옆에 서 있던 에이레이는 진지한 얼굴을 하고 있다가 곧 어깨를 으쓱거리면서 고개를 저었다. 슈린이 왜 자신들에게 말을 안 했는지 알 수 있었기 때문이다. 그렇지만 정말로 둘만 보낼 수는 없는 노릇 아닌가. 에오로는 두 주먹을 불끈 쥐고는 다시금 외쳤나.

"둘이 갔다가! 갔다가 혹시라도 잘못되면 어쩌란 말야?!"

"…그럼!"

갑자기 슈린이 언성을 높이자 에오로는 깜짝 놀라면서 한 발자국 뒤로 물러났다. 슈린은 손을 들어 얼굴을 가리면서 고개를 숙였다. 그리고 말했다.

"그럼! 나보고 어쩌라고! 너랑 다른 사람들이랑 같이 가면 위험한 게 없어져? 네가 나한테 무슨 도움을 줄 수 있는데! 아영처럼 힘을 가지고 있어? 정체를 모르는 적들과 싸울 수 있냔 말이다!"

"슈, 슈린……."

차갑도록 현실적인 슈린의 말에 에오로의 얼굴이 하얗게 질려 버렸다. 슈린의 뒤에 서서 상황을 지켜보던 아영은 저럴 필요까지는 없는데라고 작게 중얼거렸다. 하지만 슈린의 마음을 이해하지 못한 것이 아니었기에 그저 지켜보기로 했다. 슈린의 말에 안색이 달라진 것은 니드와 에이레이 역시 마찬가지였다. 그들 역시 평범한 인간에 지나지 않으니까. 같이 간다고 해서 무슨 도움을 줄 수 있겠는가.

니드는 두 손을 모아쥐고 입술을 깨물었다. 무력한 자신이 간다면 오히려 짐만 될 것이 뻔했다. 분위기가 어두워진 것을 보며 아영이 서둘러서 슈린의 앞으로 걸어나왔다.

"자, 진정해. 나도 슈린과 같은 생각을 했어. 솔직히 같이 가면 너희들이 신경 쓰여서 혹시나 적과 싸우더라도 어렵다고."

조용한 어조로 말한 아영이 제발 이해해 줘라고 말하는 듯한 표정으로 다른 사람들을 둘러보았다. 누가 이해를 하지 못하겠는가. 하지만 머리로는 이해를 해도 마음으로는 쉽게 이해가 안 되는 사실이었다. 에오로는 분한 듯 이를 악물고 고개를 돌렸다. 벌겋게 상기된 그의 얼굴을 본 아영이 조심스럽게 에오로의 어깨를 두드려 주었다.

"걱정 마, 사실… 그냥 뭘 알아보러 가는 거야. 적이 나타날 확률은 적다고."

이건 거짓말. 하요트가 슈린에게 한 말은 '죽을 수도 있다' 라는 말이었지만 여기서 그런 말을 하면 바짓가랑이를 붙잡아서라도 안 놓아줄 것이 분명할 테니까. 그녀의 자신감 깃든 목소리에 에오로는 조금 인상을 풀었다. 하지만 걱정스러운 표정인 것은 분명했다. 슈린은 여전히 다른 사람들과 눈을 마주치지 않고 다른 벽 쪽을 바라보고 있었다. 아마도 눈이 마주치면 더욱더 내버려 두고 가지 못할 것 같아서가 아닐까. 아영은 쯧쯧 하고 작게 혀를 찬 다음 조용히 슈린의 등을 떠밀려서 웃었다.

"금~방 다녀올게. 어차피 그리 시간이 걸리지는 않을 거야."

배낭을 낚아채듯 어깨에 멘 후 아영과 슈린은 방을 나섰다. 그렇게 나가는 두 사람을 바라보는 나머지 사람들의 표정은 그리 밝지 않았다. 겨우 방을 빠져나온 아영이 슈린의 팔을 툭 치면서 말했다.

"그렇게 말할 필요는 없잖아. 상처받기 딱 좋은 말밖에 안 했잖아."

핀잔을 주는 듯한 그녀의 말에 슈린은 쓴 미소를 지으며 대답했다.

"그렇게라도 말하지 않았다면 저는 어쩌면 그들을 데리고 갔을지도 모르니까요."

쓴 미소와 맞물려 들리는 슈린의 무거운 목소리에 아영은 입을 다물었다. 하긴 자신도 조금만 더 다른 사람들의 걱정스러운 얼굴을 보고 있었다면 그들과 함께 행동했을 테니까. 슈린의 마음을 모르는 것도 아니었다. 자신이 예전에 입었던 청바지의 바짓단을 한 번 접어 올린 아영은 운동화 신은 발을 통통 굴렀다. 어차피 이렇게 된 것, 둘이서 갈 수밖에. 피식 웃어버린 아영이 슈린의 어깨를 툭툭 쳐주었다.

"우리가 무사히 돌아오면 그걸로 모든 것이 다 된 거야. 자, 어서 가자."

활기 차게 말하는 아영에게 슈린은 고개를 끄덕여 보였다. 슈린은 살며시 왼손을 허공으로 들어 올렸다. 그러자 그의 손바닥에 그려진 황금색 수레바퀴 모양의 문장이 빛을 반짝였다. 은은하게 반짝이던 문장에서 빛이 흘러나와 허공에 커다란 구멍을 만들었다. 속은 전혀 볼 수가 없었다. 오색의 빛깔로 반짝이고 있었기 때문이다. 그것을 보면서 슈린과 아영은 어깨를 움츠리며 긴장을 해야 했다. 어쩌면… 다시는 돌아오지 못할 수도 있다. 이런 생각을 하니 더욱 긴장이 되어서 아영은 마른침을 삼켰다.

깊게 한숨을 내쉰 슈린이 아영 쪽으로 고개를 돌리며 나직하게 말했다.

"가도록 하죠."

"으, 으응."

슈린이 먼저 빛이 새어 나오는 구멍 속으로 발을 들이밀었다. 순간 슈린의 몸이 이상하게 흐릿해진다고 생각할 찰나, 그는 분자 상태로 변해 구멍 속으로 빨려 들어갔다. 윽, 하고 짧게 탄성을 내지른 아영은 잠시 동안 안절부절못하다가 결심을 한 듯 입술을 깨물면서 구멍 속으로 들어갔다. 그녀의 몸 역시 미립자 상태로 변해 사라졌다. 구멍은 잠시 동안 번쩍거리다 곧 상처가 아물듯이 허공에서 모습을 감추었다.

순간적으로 아영은 몸이 붕 뜨는 느낌을 받았다. 그렇게 한참, 아니, 한참인지 순간인지도 모를 시간이 지난 후 아영은 눈을 떴다. 멀미를 한 것처럼 머리가 어지러워서 비틀거린 아영의 팔을 누군가가 붙잡아주었다. 이마를 손으로 짚은 아영이 고개를 들어 올렸다. 슈린이 자신의 옆에 서 있었다. 그녀는 슈린에게 고맙다고 말한 뒤에 주위를 둘러보았다. 하지만 눈앞에 펼쳐진 풍경은 도무지 이해하기가 힘들었다.

"와, 완전히 허허벌판이잖아?"

슈린 역시 아영의 말에 동의를 하듯 고개를 끄덕여 보였다. 아영의 말처럼 주위에는 아무것도 없었다. 끝이 보이지 않는 지평선만이 사방에 펼쳐져 있었다. 더 이상한 것은 허공의 빛이 마치 오색의 구슬처럼 영롱하다가는 것. 반짝이는 빛을 가진 구름이 하염없이 떠다녔다. 주황색과 분홍색이 뒤섞인 듯한 하늘을 올려다보면서 아영은 눈을 가늘게 떴다. 이곳에서 대체 어디로 가야 세피로트의 나무가 있는 곳에 도착할 수 있단 말이지? 그런 의문을 가진 채로 아영은 사방을 살피면서 말했다.

"어디로 가야 하지? 세피로트의 나무는 크다며? 여기에서 나무 꼭대기라도 보여야 하는 것 아야?"

"글쎄요, 하요트에게서도 자세한 사항은 듣지 못해서… 죄송합니다."

"아니 뭐, 죄송할 것까지야."

머리를 긁적거린 아영은 다시 입을 다문 채로 주위를 살피며 한 발자국씩 앞으로 걸어갔다. 오색의 구름과 코끝을 간지럽게 만드는 야릇한 향기. 이 향기는 대체 뭘까? 향나무? 꽃 향기인가? 고개를 갸웃거린 아영이 코를 킁킁거리면서 사방을 살피자 슈린이 물었다.

"뭘 하시는 겁니까?"

"킁, 이 냄새 안 나? 이상한 냄새가 나잖아."

그러고 보니, 하고 미간을 찌푸린 슈린 역시도 사방을 살피면서 냄새를 맡기 시작했다. 잠시 후 아영이 한쪽 방향으로 손가락으로 가리키면서 말했다.

"아, 이쪽 방향에서 엄청 강하게 풍겨오는걸?"

아무래도 사방에 풍기는 향기는 나무 향기… 향나무 같은 나무에서 풍기는 냄새 같았다. 아영이 가리킨 방향으로 고개를 돌린 슈린 역시 고개를 끄덕였다.

"그렇군요. 그럼 혹시……?"

"음, 내 생각에는 이쪽 방향에 뭔가 있을 것 같아. 단순한 생각이지만 막연히 이곳에 있을 수는 없잖아?"

아영의 말에 슈린은 살풋 웃으면서 고개를 끄덕였다. 배낭을 고쳐 멘 아영은 터벅거리면서 자신이 가리킨 방향을 향해 걸어갔다. 슈린은 조심스럽게 주위를 살피면서 그녀의 뒤를 따랐다. 아무것도 없는 허허벌판, 어디서 적이 나온다는 말인가? 하지만 방심은 할 수 없기 때문에 긴장을 늦춰서는 안 된다. 얼마 정도를 걸었을까? 시간 감각이 둔해진 것 같아서 제대로 알지는 못했지만 상당히 오랫동안 걸은 것 같은데… 결국 아영이 풀썩 소리를 내면서 바닥에 주저앉고 말았다.

그녀는 운동화를 신은 것을 천만다행이라고 생각하며 종아리를 주물렀다. 피곤한 것은 슈린 역시 마찬가지였다. 나무 향… 이라고 생각되는 향기가 짙게 나는 방향으로 걸어가고 있지만 세피로트의 나무는커녕 주위의 풍경조차 변함이 없으니까 말이다. 어깨를 손으로 주무르며 슈린은 뻐근한 목을 들어 올렸다. 허공에 흐르는 오색 빛깔의 구름들이 흘러가는 모습을 보니 이상하게 마음이 심란했다. 이대로 영원히 이곳에서 나가지 못하는 것은 아닐까? 계속해서 제자리를 맴도는 것은 아닐까? 그런 걱정이 마음을 무겁게 했다.

아영은 배낭을 뒤적거리기 시작했다. 배에서 꼬르륵 하고 작은 소리가 들려서였다. 입가에 희미한 미소를 지으면서 아영의 옆에 무릎을 굽히고 앉은 슈린이 말했다.

"밥 먹은 지 그리 시간이 안 지난 것 같습니다만?"

"아아, 몇 시간이 지났는지 알게 뭐야. 그런데 정말로 얼마만큼 걸어가야 하는 거지? 나 식량은 하루치 정도밖에 안 들고 왔는데."

기껏해야 책 한 권 들어갈 만한 크기의 가방에 용케 그 정도를 챙겨왔다고 생각하면서도 슈린은 아영이 건네는 물통을 받아 들었다. 빵을 입에 문 채로 아영은 무릎과 엉덩이를 털어내며 자리에서 일어났다. 기본 체력은 있기 때문에 약간의 휴식만 있다면 오랫동안 걸을 수 있을 것 같았다. 슈린이 내미는 물통을 가방 안에 다시 집어넣은 후 아영은 다시금 걸음을 재촉했다. 피로하더라도 어떻게든 세피로트의 나무로 가야 한다. 빵을 문 입을 우물거리면서 아영이 말했다.

"뭐랄까, 이렇게 한참을 제자리를 돌 것 같은 예감이 든다고 하면 어떻겠어?"

"불길한 말씀 마세요라고밖에 할 수 없는 제가 밉군요."

"아아……."

한숨을 푹 내쉰 두 사람은 어쩔 수 없이 걸음을 재촉해야 했다. 그들이 하는 것이라고는 대화를 나누는 일과 걷는 일, 이 두 가지밖에 없었다. 하염없이 변하는 것이라고는 흘러가는 구름들밖에 없었다. 새하얀 대지는 지평선의 끝만이 보일 뿐 다른 지형은 전혀 보이지 않았다. 계속해서 끝없는 대지를 바라보고 있으니 멀미가 나는 것 같던 아영은 손으로 입을 막으면서 고개를 저었다. 걱정스러운 얼굴로 슈린이 아영의 어깨를 붙잡았다.

아영은 쓰게 웃으면서 괜찮다는 듯 고개를 끄덕였다.

"괜찮아. 조금 어지러워서 그래. 하아, 얼마만큼 걸었을까?"

"아, 글쎄요. 많이 걸었다는 것은 분명합니다만."

문득 아영은 예전에 읽었던 동화가 생각났다. 후훗, 이 시점에서 그런 유치한 생각을 하다니… 하고 자신을 책망했지만. 그렇지만 지금 상황에서 뭘 어쩌라고? 결국 아영은 배낭을 벗어 다시 속을 뒤적거렸고 슈린은 뭘 하는지 궁금한 표정이 되었다. 잠시 후 아영의 손에 들려 나온 것은 곱게 포장해 온 빵이었다. 고개를 갸웃거린 슈린이 물었다.

"그걸로 어쩌시려고?"

"음? 으응, 예전에 본 우리 세계 동화가 생각나서 말야. 여기라면 동물이 주워 먹을 일도 없으니까 거리를 표시하기에는 적당하지 않을까? 아니면 나중에 돌아갈 때도 표시가 될 테고."

"아아, 그렇군요."

고개를 끄덕인 슈린에게 아영은 주먹만한 크기의 빵을 넘겨주었다. 엄지손톱 정도의 크기로 잘게 뜯어서 바닥에 흘리면서 두 사람은 다시금 걸어갔다. 굉장히 지루했다. 특히 대화가 많은 아영에게 있어서, 비록 예전보다는 많이 밝아지고 말이 많아졌지만 슈린은 과묵한 편에 속했다. 에오로나 다른 사람들이 왔다면 어쩌면 지루하지는 않았을 거다. 그렇게 생각한 아영은 자신을 책망하며 머리를 손으로 쥐어박았다. 새하얀 대지 위에 슈린이 뜯어서 바닥에 흘린 빵 조각들은 길게 선을 그으면서 이어졌다.

하품을 크게 한 아영이 뒤를 돌아보았다. 빵 조각들이 길게 이어져 있어서 마치 자신들의 뒤를 따라오는 것 같았다. 그렇지만 슈린의 손에서 빵이 사라질 때까지 그들의 앞에는 아무것도 나타나지 않았다. 망연자실한 표정으로 정면만을 바라보면서 아영이 입술을 깨물었다. 그리고 두 주먹을 불끈 쥔 채로 허공을 향해 소리를 질렀다.

"제기랄! 나보고 뭘 어쩌란 말야?! 왜 이리 한도 끝도 없는 거냐고! 어이! 세피로트인가 뭔가! 말을 해봐, 해보란 말얏!"

당장이라도 사대정령 왕을 불러내 주위를 초토화시킬 것처럼 외치는 아영의 어깨를 살며시 붙잡으면서 슈린이 당황한 목소리로 말했다.

"지, 진정하십시오. 혹시나 세피로트의 나무가 노하게 된다면……."

"아악! 머리 아파! 짜증나!"

머리를 쥐어뜯으면서 고개를 확하니 돌린 아영의 움직임이 멈추었다. 갑자기 왜 그러나 싶어서 슈린은 아영 쪽으로 살짝 시선을 돌렸다. 양손으로 머리카락을 쥔 채로 아영은 멍청하게 뒤쪽을 바라보고 있었다.

"왜 그러십니까?"

"아, 아니… 저기……."

조심스럽게 손을 뻗는 아영의 손가락을 따라 슈린의 시선 또한 자신들이 지나왔던 뒤쪽으로 향하게 되었다. 그는 미간을 찌푸리면서 인상을 굳혔다. 지금까지 자신이 바닥에 흘리고 왔던 빵 조각들이 하나도 남김없이 사라진 것이다. 어떻게 된 거지? 슈린은 의문에 휩싸여 사방을 둘러보았다. 인기척 따위는 없었다. 그럼 빵 조각들이 바닥으로 꺼졌단 말인가? 아영은 등에 배낭에 제대로 메면서 입을 다물고 진지한 얼굴이 되었다. 긴장감, 두 사람은 천천히 등을 맞대면서 경계하기 시작했다. 빵 조각들이 증발한 것일까? 아니면…….

갑자기 발 밑이 커다랗게 움직였다. 아영이 비틀거리자 슈린은 재빠르게 그녀의 팔을 붙잡으며 보호했다. 지진처럼 거대한 울음소리와 함께 땅이 쩌적, 하고 갈라지는 것이 아닌가! 당황한 슈린은 한 손을 재빨리 내밀면서 입으로 뭔가를 중얼거렸다. 그러자 슈린의 키보다 더 기다란 빛의 창이 나타났다. 흰색의 대지가 갈라지면서 시커멓고 커다란 무언가가 고개를 치켜들었다. 그것을 보며 아영은 윽, 하고 한 발자국 뒤로 물러났다. 그것은 마치 용만한 크기의 백사였다. 두꺼운 비늘은 창을 찔러도 씨도 안 먹힐 것처럼 보였다. 시뻘건 혀를 낼름거리면서 괴물은 눈을 돌려 아영과 슈린을 보았다.

보통 사람치고 파충류 좋아하는 사람 드물다고, 그것은 아영 역시 마찬가지였다. 팔에 소름이 돋는 것을 느낀 아영은 인상을 찌푸리면서 몇 발자국 다시 뒤로 물러났다. 그때 다시금 발 밑이 흔들리면서 굉음이 울려 퍼졌다. 이를 악문 아영은 황급하게 슈린의 옆으로 다가갔다. 그녀의 뒤로 처음 나타난 괴물과 한 종족인 듯 외양은 똑같지만 색깔만 조금 다른 괴물이 나타났다. 그리고 여러 차례, 지진처럼 부서지고 갈라진 대지의 틈으로 수없이 많은 거대한 괴물들이 머리를 들이밀었다.

대략 세어봐도 수십 마리는 될 듯했고 무엇보다 덩치가 엄청나서 괴물들의 머리 끝 부분이 낮게 깔린 구름에 닿을 정도였다. 질려 버린 표정으로 아영은 두 손을 내밀었다. 그러자 서서히 그녀 손 주위의 공기가 압축되어져 갔다. 잠시 후 그녀의 손에 들린 것은 거의 눈에 보이지 않을 정도로 투명한 검이었다. 검으로 어깨를 두드리면서 아영은 입맛을 다셨다.

"역시나 너무 조용하다 했더니… 이럴 줄 알았어. 그럼 슈린, 절반을 부탁해."

"후훗, 전부 다 맡겨도 괜찮습니다만?"

"나도 몸 좀 풀어야 하지 않겠어? 이 녀석들, 보아 하니 몸으로 때우는 녀석들 같은데 몸 풀기 용으로는 딱 아니야?"

그렇게 말하며 아영은 인간으로서는 상상도 할 수 없는 점프력으로 도약했다. 괴물들이 그들에게 아가리를 벌리며 덤벼든 것도 그때였다. 고개를 설레설레 저은 슈린은 한 손으로 창을 돌리면서 자신에게 다가오는 괴물을 보았다.

"악의는 없지만……."

군악대를 지휘하는 선봉처럼 창을 재주 좋게 허공에 돌리며 슈린은 가볍게 발을 굴렀다. 그에게 입을 벌리며 덤벼들던 뱀은 머리를 땅에 박았으나 곧 아무렇지도 않은 듯 고개를 틀었다. 빛으로 만들어진 황금의 창이 허공에서 아름다운 호선을 긋자 몇 마리 괴물의 머리가 피를 뿜으며 땅으로 떨어졌다. 분수처럼 솟아나는 핏줄기를 피해 땅에 착지한 슈린의 등으로 방심한 틈을 노린 괴물이 아가리를 벌리며 덤벼들었다. 슈린은 재빨리 창을 들어 괴물의 공격을 막아내기 직전 괴물의 움직임이 뚝, 하고 끊겨 버렸다.

곧 괴물은 정확히 반으로 갈라져 버렸다. 그 괴물의 뒤로 아영이 검을 빙빙 돌리면서 웃고 있었다. 아직 많이 남아 있는 괴물들을 보면서 아영은 귀찮다는 듯 검을 땅에 꽂고 두 손을 모았다. 이런 피라미들한테 시간을 낭비하고 싶지 않아라고 작게 중얼거린 그녀는 천천히 화염이 용솟음치는 손을 들어 올렸다. 그리고 자신에게 달려드는 괴물들의 무리에게 손을 뻗으며 외쳤다.

"모두 다 없어져 버려—!"

그녀의 팔을 타고 흐르던 불길은 곧 하나의 형태가 되어 괴물들 사이로 날아갔다. 그것은 마치… 예전 주작처럼 생긴 불새였다. 거대한 불로 이루어진 새는 화염의 날개를 퍼덕이며 괴물들 사이에 떨어졌고 곧 엄청난 기세의 불기둥이 하늘을 향해 치솟았다. 그 뜨거운 느낌에 슈린마저 인상을 쓰면서 뒤로 물러나야 했다. 대부분의 괴물들이 그 불기둥 속에서 괴로운 듯 몸을 뒤틀었다. 뱀가죽이 타는 역한 냄새가 사방을 메웠고 아영은 미간을 찌푸리며 손을 휘저었다.

몇 마리 남지 않았던 괴물들을 서둘러서 내지 속으로 숨어들어 갔다. 남은 것이라고는 갈라지고 층층이 틀어진 대지와 수없이 많은 재들. 그러나 재는 곧 바람에 의해 먼 곳으로 날아가 버렸다. 공기로 만든 검을 사라지게 한 아영은 코를 잡으면서 고개를 저었다.

"으으, 피 냄새도 싫지만 단백질 타는 냄새도 싫네. 다음부터는 깔끔하게 죽이는 방법을 생각해야겠어."

그녀의 곁으로 온 슈린이 생긋 미소를 지으면서 말했다.

"후훗, 굉장하시군요. 멋진 솜씨입니다."

"칭찬 고마워. 슈린도 나날이 실력이 느는 것 같은데?"

아영의 말에 슈린은 설마요, 라고 짧게 답하면서도 내심 정곡을 찔린 기분이 들었다. 이곳으로, 세피로트의 나무로 오는 길을 여는 문장을 받은 이후로 확실히 전보다 강해진 것을 알 수 있었다. 하지만 이렇게 강해져서 뭘 하는가. 자신의 힘도 아닌데, 어차피 잠시 빌린 힘일 뿐인데 말이다. 아영이 옷에 묻은 먼지를 툭툭 터는 동안 슈린은 고개를 돌리면서 자신들이 걸어가고 있던 방향 쪽으로 시선을 옮겼다. 그래, 언젠가는 사라져야 할 힘인 것을. 그러나 서글프다거나 안타까운 것은 절대 아니었다. 자신이 바라는 일만 할 수 있다면 힘을 돌려주는 것뿐만이 아니라 다른 무엇도 할 수 있다.

그렇기에 세피로트의 나무를 반드시 만나야 한다. 내가 바라는 것을 위해! 이를 악문 슈린은 주먹을 힘껏 쥐면서 다짐했다. 아영과 슈린은 다시금 방향을 정해 걸어갔다. 괴물들은 더 이상 덤비지 않았다. 아무래도 톡톡히 겁을 먹은 모양이다. 세피로트의 나무는 과연 어디 있단 말인가? 그리고 이 앞에는 어떤 난관이 있을까? 따분하다는 표정으로 걷던 아영은 문득 생각했다. 세피로트의 나무… 그렇게 위대한 자라면 자신들이 이곳에 들어왔다는 것을 모르고 있을까?

그런 생각에 걸음을 멈춘 아영은 고개를 들어 하늘을 보았다.

세피로트 3

가장 중요한 것은 마음이라고 생각했다.

아니, 지금도 가장 중요한 것은 마음이다. 어떤 일이 있든지 마음이 시키는 대로 하면 그만큼의 후회는 덜 수 있다. 처음부터 그렇게 살아왔다. 대학 교수인 아버지, 어머니 사이에서 위로는 세 명의 오빠들이 있는 집의 막내딸로 자라오며 분명 자신이 가장 중요하다고 생각한 아영이었다. 항상 자기 멋대로 행동했고 남에게 상처를 입히면서도 그것이 무엇인지 자세히 알지는 못했다. 그렇다, 무신경했던 것이다.

마음이 중요하다고 가르쳐 준 것은 어떤 친구였다. 가장 친했고 지금도 그렇게 생각한다. 누구도 그 친구의 자리에 들어올 수 없을 만큼. 새까만 어둠 속에서 아영은 눈을 떴다. 어둡지는 않았다. 아니, 온통 검은 어둠뿐이었지만 마치 수없이 많은 반딧불처럼 크고 작은 빛들이 떠다니고 있었다. 머리가 욱신거려서 아영은 바로 앉은 후에도 이마를 짚고 고개를 숙이고 있어야 했다. 왜 갑자기 옛날 생각이 떠오른 것일까. 고개를 저은 아영은 천천히 허공을 바라보았다.

그래, 잘 생각해 보니 하늘을 향해서 이렇게 외쳤을 때였던 것 같다. '엿보는 것은 나쁜 짓이니까 어서 모습을 드러내라고!' 라는 말. 그리고 난 후 갑자기 눈앞이 캄캄해지면서 정신을 잃었다. 이곳은 어디일까? 주위 어디를 살펴보아도 슈린의 모습을 없었다. 아영은 주섬주섬 자신의 배낭을 챙겨서 일어났다. 이상하게 수면제를 먹고 난 후 얼마 되지 않아 졸음이 올 때처럼 몸이 나른하게 느껴졌다. 머리를 긁적거린 아영은 정처없이 걸음을 옮겼다.

어디로 가는지, 자신이 왜 움직이고 있는지도 불분명한 상태에서 그저 이대로 걷다 보면 뭔가가 나오겠지 하는 생각에 걷고 있었다. 게슴츠레 뜨고 있는 눈을 손등으로 비비며 아영은 계속해서 걸었다. 축 늘어진 어깨를 추스를 생각도 하지 않았다. 얼마만큼 걸었을까? 하나의 문이 그녀의 앞을 가로막았다. 멍청하게 아영은 문고리를 쳐다보았다. 이 문의 저편으로는 과연 무엇이 있을까? 이상하게 한숨이 나와서 아영은 잠시 동안 숨을 골랐다.

그리고 조용히 손을 뻗어 문고리를 잡아당겼다. 어디로든 가버렸으면 했다.

"어머, 아영아. 이제 오니? 학교는 어땠어?"

환하게 쏟아진 빛 속에서 누군가의 목소리가 들렸다. 순간적으로 빛 때문에 눈을 뜨지 못한 아영은 잠시 동안 그 목소리가 누구의 목소리였는지 생각해야 했다. 그렇지만 단 몇 초도 지나지 않아 아영은 번득 고개를 치켜들었다. 익숙한 풍경이었다. 포근해 보이는 벽지와 잘 꾸며진 거실, 곳곳에 놓아진 장식품들과 화병들은 상류층의 집안이라고 보기에 손색이 없었다. 새파랗게 질린 얼굴이 되어 아영은 주위를 둘러보았다.

자신은 지금… 현관 앞에 서 있었다. 손에 들린 배낭을 바닥에 툭 하니 떨어뜨린 아영의 귀로 다시금 자상한 목소리가 들려왔다.

　"너도 참, 왜 그러고 섰어? 저녁 먹어야지. 자, 어서 들어오렴."

　"…어, 엄마?"

　가느다랗게 떨리는 음성으로 아영은 그렇게 되물었다. 소파에 앉아서 한가로운 모습으로 뜨개질을 하던 여성의 손이 멈추어졌다. 그녀는 부드럽게 웃으면서 아영을 향해 말했다.

　"얘가, 갑자기 왜 그러니? 어서 씻어야지 저녁 시간에 맞출 수 있다?"

　"……."

　손등을 들어서 눈가를 비빈 아영이었지만 소파에 앉아 자상하게 웃고 있는 엄마의 모습은 없어지지 않았다. 돌아온 거야? 정말로… 정말로 돌아온 거야? 자신도 모르게 왈칵 눈물이 흘러서 아영은 흐윽, 하고 울음소리를 내뱉었다. 그러자 소파에 앉아 있던 그녀의 어머니 지숙은 뜨개질거리를 옆으로 밀쳐 둔 채 아영에게로 다가왔다. 걱정스러운 얼굴을 하며 지숙은 조심스럽게 아영의 어깨를 끌어안고 토닥여 주었다. 그녀의 포근한 품에서 아영은 더욱 눈물이 흐르는 것 같았다.

　"무슨 일 있었니? 응? 왜 그래?"

　등을 토닥여 주는 손길이 너무나도 부드러워서 아영은 한참을 지숙의 품에 안겨 눈물 흘렸다. 엄마의 품이 그립다고 생각한 것은 정말로 오랜만이었다. 한참 동안 눈물을 흘린 아영은 헤헤, 하고 웃으면서 눈물을 닦으며 고개를 들었다. 자신과 비슷한 키를 가진 지숙의 얼굴이 눈에 들어왔다. 언제나 자상한 엄마였다. 전업 주부로 오빠들과 자신을 기르면서 언제나 아이들에게 좋은 엄마가 되도록 노력하는 여성이었다. 그리고 더불어 내조 역시 잘하는… 말 그대로 현모양처인 사람. 눈물을 닦아낸 아영이 턱을 지숙의 어깨 위에 올리면서 눈을 감았다.

"엄마, 정말 엄마 맞지?"

"얘가, 징그럽게 갑자기 왜 그래? 학교에서 힘들었나 보구나."

"응, 으응, 정말로 힘들었어."

너무 힘들어서 가슴이 아플 정도였어. 이것이 꿈이든, 아니면 그동안 있었던 일이 꿈이든 상관이 없었다. 지금 이 순간… 이 순간의 편안함이 계속되었으면 하는 바람뿐이었다. 그때 2층으로 통하는 나무 계단을 내려오는 그림자가 하나 있었다. 외국으로 유학을 가 있는 첫째와 둘째를 제외한 셋째 오빠였다. 아영은 눈을 깜빡이면서 그를 바라보았다. 한 손에 책을 들고 오는 폼이 영락없는 공부벌레처럼 보였다. 자신과 가장 많이 싸운 오빠였지만 아영은 지금 눈앞에 있는 사람이 그라는 것에 안도를 할 정도였다.

그녀의 시선을 느낀 것인지 윤씨 집안 셋째 아들인 윤진우는 미간을 찌푸리면서 날카롭게 한마디 했다.

"뭐야? 왜 울고 난리야?"

항상 티격태격하던 그였지만 아영의 우는 모습은 거의 보지 못했기 때문에 나름대로는 놀란 것이었다. 아영은 배시시 웃으면서 고개를 저었다. 원래라면 당장 대들고 봤어야 하는데. 네 명의 남매 중에서 가장 머리가 좋은 진우는 조금 시니컬한 면을 가지고 있었다. 차갑고 어딘지 모르게 세상에 무뚝뚝한 면이 말이다. 그래서 그와 정반대의 성격인 아영과 어렸을 때부터 이것저것 사소한 것으로 잘 다투었다. 그런데 왜일까. 아영은 저런 차가운 그의 목소리를 듣는 지금이 너무 기뻤다.

이제야 돌아왔다는 것이 실감이 났다. 그래, 이렇게 따뜻한 공기는 집에서밖에 느낄 수 없는 거야. 그렇게 생각한 아영은 깊게 한숨을 내쉬면서 어깨를 축 늘어뜨렸다. 정말로 기쁘고, 그래서 처음 엄마를 봤을 때는 실감하지 못했었다. 환상이야, 환각이야라고 중얼거렸을 정도로. 그렇지만 엄마의 따뜻한 온기와 예전에는 거슬렸던 오빠의 목소리를 듣고서 깨달았다. 아아, 정말이지 오랜만에 보는 가족이 이렇듯 소중하게 느껴질 줄이야.

자신의 손을 꼭 잡고 있는 엄마의 손도 거짓이 아니다. 고개를 끄덕인 아영은 지숙을 다시 한 번 껴안았다. 평상시에는 이런 짓 잘 하지 않는 애가, 하며 당황한 지숙의 목소리가 들렸다. 소중한 것은 곁에 없어야 깨달을 수 있다는 말은 정말로 맞는 말이다. 두 팔을 활짝 벌리면서 운동화를 벗어 던진 아영은 후닥닥 진우에게로 뛰어갔다. 어리둥절한 표정을 짓고 있던 진우는 아영이 두 팔을 벌리고 자신에게로 뛰어오자 화들짝 놀라며 뒤로 물러났다.

그러나 아영은 그에 아랑곳하지 않고 진우를 껴안으면서 소리쳤다.

"오빠—! 진우 오빠!"

"뭐, 뭐 하는 짓이야?!"

이십 년이 넘는 세월 동안 아영이 이렇게 적극적으로 자신을 껴안는다던가 한 적은 단 한 번도 없었기 때문에 진우는 당황하여 외쳤다. 그러나 진우의 가슴에 뺨을 기대면서 아영은 한동안 그를 놓아주지 않았다. 콧등에 걸린 안경을 손으로 어렵사리 벗겨내면서 진우는 알 수 없다는 표정으로 지었다. 그가 속으로 애가 뭘 잘못 먹었나 내지는 머리를 어디에 부딪친 것이 아닐까라는 생각을 하고 있을 때 아영이 말했다.

"아아, 정말이다. 정말로 진우 오빠구나."

"뭐? 너… 어디 아프냐?"

그의 넓고 따뜻한 품에서 아영은 다시 눈물이 흐르는 것 같았다. 서둘러서 손등으로 눈가를 훔친 아영이 손을 휘저으면서 계단을 향해 뛰어갔다.

"아무것도 아냐!"

멍청한 표정으로 자신을 보는 진우와 지숙을 남겨둔 채로 아영은 2층에 있는 자신의 방으로 올라왔다. 다른 상류층 가정 집처럼 가정부가 있다거나 아주 넓은 정원과 집은 아니다. 하지만 여섯 명의 가족이 살기에 부족하지 않았고 집도 적당히 넓은 정도였다. 그래, 적당하게… 대학 교수인 아버지가 벌어오는 돈으로 살 수 있을 정도. 항상 엄마는 집 안 구석구석을 깨끗하게 청소했다. 그것은 두 아들이 유학을 간 후에도 변함이 없었다. 아늑한 저녁노을이 들어오고 있는 붉어진 복도를 보며 아영은 멍한 표정을 지어야 했다.

매일 보던 이 집이 이렇듯 아름답고 포근했던가? 아영은 스스로에게 질문했다. 항상 보아왔던 곳이니까 오히려 지겨운 기분만 잔뜩 있었다. 그래서 태어나고 자란 이 집을 떠나 이사를 가자고 늘 졸랐었다. 지금에 와서 이런 기분을 느끼다니. 아영은 자조하는 듯한 미소를 지으면서 곱게 드라이 플라워가 걸려진 자신의 방문을 쳐다보았다. 천천히 방문을 열었다. 왜 가슴이 두근거릴까? 그러나 방 안으로 들어선 아영은 익숙한 냄새에 안도의 한숨을 내쉬었다. 변함이 없었다. 창가에 올려진 몇 개의 화분과 열은 분홍색의 커튼, 그리고 곱게 접혀진 이불이 올려져 있는 침대.

책상 위에는 사진이 들어간 몇 개의 액자와 선물로 받은 인형들이 그녀를 반겼다. 포푸리가 걸린 방의 문고리를 살짝 매만져 보았다. 매일 느끼는 감촉이지만 오늘만은 색달랐다. 아영은 손에 든 배낭을 방 한구석에 내려놓은 채로 자신의 방을 둘러보았다.

"아아……."

왜 눈물이 나올까? 입가에는 여전히 미소가 걸려 있었다. 이 눈물은… 그래, 너무나도 안심이 되었기 때문에 나오는 눈물과 같은 것이다.

커튼과 마찬가지로 분홍색의 이불이 깔린 침대로 걸어간 아영은 겉옷만 벗은 채로 풀썩 침대에 엎어졌다.

"너무 편해."

그 어느 고급 호텔이 이곳보다 더 아늑하고 포근할까? 자신도 모르게 한숨이 나왔다. 베개에 얼굴을 묻은 채로 아영은 한참 동안 흐르는 눈물을 주체하지 못했다. 나중에는 눈이 아파서 더 이상 울지 못할 정도였다. 머리까지 아파서 벌떡 일어난 아영은 고개를 저었다. 이게 꿈이든 뭐든 상관없었다. 이제는 더 이상 그런 아픈 곳에 가고 싶지 않으니까. 그렇게 중얼거리며 아영은 옷을 주섬주섬 갈아입었다. 그곳에서 입었던 옷들은 다 필요가 없다는 생각이 들었다. 그저 막연하게 두 번 다시는 보고 싶지 않다고.

짧은 핫팬츠와 티셔츠로 갈아입은 다음 방에 딸린 화장실로 들어갔다. 아들이 셋이나 있어서 혼자만 딸인 아영을 위해 일부러 그녀의 방에는 화장실 겸용의 샤워실을 만들어주었다. 옷을 벗어 옷걸이에 건 아영은 샤워기의 물을 틀었다. 따뜻한 물이 나오려면 조금 기다려야 하니까 변기 뚜껑에 털썩 앉아버린 아영은 고개를 들어 김이 맺혀가는 천장을 바라보았다. 뭘까, 시원하면서도 가슴 한구석이 두근거리는 이 기분은.

"뭔가 잊어버린 것 같은데?"

그녀는 어느새 이계에서 있었던 일을 하나씩 잊어버리고 있었다. 이유는 어쩌면 당연할지 모른다. 소중한 사람들이 죽어간 그곳의 기억, 힘들고 외로웠다. 그래서 잊고 싶은 것이다. 따뜻한 물이 나오는 샤워기를 집어 올린 아영은 몸에 물을 뿌렸다. 머리 속이 조금 어두워진 것 같았다. 고개를 살짝 갸웃거린 아영은 아무것도 아니겠지라고 중얼거리며 샤워를 시작했다.

대략 30분이 넘는 시간 동안 깔끔하게 샤워를 마친 아영은 수건으로 머리카락을 닦으며 방을 나섰다. 계단을 내려오니 부엌에 있는 식탁 위에는 푸짐하게 저녁 식사가 차려져 있었다. 활짝 웃으며 아영은 한자리를 차지하고 앉았다. 앞치마를 입고 보글거리는 찌개를 식탁 위에 올리면서 지숙이 말했다.

"머리카락은 제대로 잘 말려야지. 물이 떨어지잖니."

"에헤헤, 수건으로 묶어놓을게."

기분 좋게 웃은 아영이 수건으로 머리카락을 돌돌 말아 틀어 올리자 지숙은 쓴 미소를 지으며 고개를 저었다. 잠시 후 진우가 부엌에 모습을 드러냈다. 그는 아영의 옷차림과 머리를 보고 한심한 듯이 혀를 찼다. 그렇지만 아영은 여전히 웃어넘겼다. 당장이라도 왜 그러냐고 따지고 들어야 아영다운데 말이다. 진우는 아까부터 이상하다고 느끼면서도 별말없이 의자에 앉았다. 앞치마를 벗어서 의자에 걸쳐 놓으며 지숙이 자리에 앉자 아영은 턱을 괴고 웃으면서 두 사람을 번갈아 보았다. 지숙과 진우는 서로를 힐끔 쳐다보더니 곧 어깨를 으쓱거렸다.

식사를 마친 후 아영은 피로가 한꺼번에 몰려오는 것 같았다. 그래서 후식도 먹지 않은 채로 다시 방으로 올라왔다. 이제는 정말로 믿을 수 있다. 다시금 사람들의 호흡과 체온을 느끼며 아영은 고개를 끄덕였다. 이것은 꿈이 아니다. 그래, 꿈이 아냐. 아니라고. 길게 기지개를 켠 아영은 환하게 웃으며 침대에 드러누웠다. 뻐근한 몸을 이곳저곳 매만진 후 아영은 눈을 감았다. 사실 잠이 드는 것은 무서웠다. 또 그런… 「꿈」을 꾸면 어떻게 하지? 애써 잠을 자지 않으려고 했지만 피로감과 안도감 때문에 졸음이 절로 왔다.

제발 부탁이니까 이 현실이 꿈이 아니길… 그리고 그런 꿈은 꾸지 말길. 아영은 그렇게 중얼거리면서 깊은 어둠 속에 몸을 뉘었다. 그리고 그녀는 알지 못했다. 삐걱거리는 소리를 내면서 열린 그녀의 방문 틈으로 누군가의 시선이 그녀에게 꽂히는 것을 말이다. 황금색의 눈동자를 가진 무언가가······.

"꺅─! 지각이야!"

때르르릉, 하고 울리는 시계를 올려다보던 아영의 비명 소리였다. 그녀는 이불로 걷어차고 일어나 서둘러 아래층으로 내려왔다. 9시에 첫 수업이 있는데 벌써 8시가 넘었다. 지하철을 타고 가도 20분이나 걸리는 거리에다가 내려서 10분 거리에 학교가 있었다. 비명을 지르면서 구를 듯이 아래로 내려온 아영은 황급히 부엌으로 뛰어갔다. 항상 그랬듯 엄마인 지숙이 앞치마를 입고 식사를 준비하는 중이었다. 자신이 늦게 일어났으면서 아영은 괜스레 투정을 부리고 싶었다.

여느 학생이 그러듯이.

"엄마! 어떡해! 일찍 좀 깨워주지!"

짜증 섞인 어투로 아영이 말하자 긴 젓가락을 들고 있던 지숙이 고개를 돌렸다. 그녀는 아영을 보더니 고개를 갸웃거리면서 입을 열었다.

"어머, 왜 이렇게 일찍 일어났니? 오늘 무슨 날이니?"

"무슨 날은 무슨 날! 학교 가야 하는데 늦었단 말야! 아앙, 난 몰라!"

인상을 쓰면서 냉장고 문을 연 아영이 우유팩을 꺼내었다. 잠시 입을 다물고 있던 지숙이 다시금 고개를 갸웃거리면서 중얼거렸다.

"그러니? 어머, 학교에 무슨 일이 있나 보구나."

"수업이 있으니까 그렇지! 지하철 타고 가도 절대로 제 시간에는 못 도착할 거야!"

투덜거리면서 우유를 팩째로 들이마시는 아영의 행동에도 지숙은 책망할 생각을 하지 않았다. 그러려니 하면서 고개를 끄덕인 지숙은 다시 요리 쪽으로 시선을 돌렸다. 희고 큰 접시에 알맞게 김이 솔솔 올라오는 잡채를 옮기면서 지숙이 말했다.

"토요일에도 수업이 있었었구나, 난 몰랐는데."

"푸웃―!"

입에 담긴 우유를 그대로 뿜어낸 아영은 한동안 망연자실한 표정으로 냉장고를 바라보고 서 있었다. 그녀가 온전하게 정신을 차린 것은 접시를 식탁에 놓은 지숙이 수저들을 정리할 때 즈음이었다. 토, 토요일이었어? 아영은 얼굴이 붉어지는 것을 느끼면서 손에 든 우유팩을 식탁 위에 올려놓고 등을 돌렸다. 후훗, 하고 작은 웃음소리가 들리자 결국 아영은 두 손으로 뺨을 감싸면서 위층으로 올라갔다. 등 뒤에서는 지숙이 '어서 씻고 내려오렴. 어서 먹고 학교 가야지' 하는 우스갯소리를 했다. 겨우 방으로 돌아온 아영은 자신의 머리를 쥐어박으면서 중얼거렸다.

"멍청하게, 토요일인지 평일인지도 모르다니!"

진우 오빠까지 있었다면 톡톡히 자신을 놀렸으리라. 아으으, 하는 이상한 소리를 지르면서 제풀에 부끄러워 쓰러져 버린 아영은 한쪽 벽에 걸린 달력을 보았다. 달력은 9월달을 표시하고 있었다.

"……."

잠시간 아영은 입을 다물고 달력을 응시했다. 그렇다면 자신의 인생 중 며칠은 어디로 사라져 버린 걸까? 분명 시겔 놈―좋은 감정은 가지고 있지 않다―을 만났을 때가 8월 말쯤이었는데……. 정확한 날짜는 잘 모르겠지만 그래도 며칠은 흘렀다는 느낌이었다. 하지만 가족들도 모두 아침에 나간 사람이 들어온 것처럼 대해주었다. 고개를 갸웃갸웃하면서도 '뭐, 상관없겠지'라고 중얼거리는 것은 아영의 천성이 그렇기 때문이 아닐까.

어쨌거나 토요일인데도 일찍 일어나 버렸다. 다시 자는 것은 좀 그렇고… 그렇다고 집에서 뭔가 할 일이 있는 것도 아니었다. 침대에 걸터앉아 생각을 정리하고 있을 때 책상 쪽에서 무언가 요란한 소리를 내면서 울었다. 서둘러 소리의 진원지를 찾던 아영은 첫 번째 서랍에 넣어둔 자신의 핸드폰을 찾아낼 수 있었다. 최신 가요가 벨소리로 흘러나오는 핸드폰을 열어 귀에 가져간 아영이 말했다.

"여보세요?"

—어머, 어머, 아영이니? 어제는 왜 전화 안 받았어? 나 미선이야.

"미선이?!"

화들짝 놀란 아영은 환하게 웃으면서 당장 수다에 몰입했다. 원래 여자란 동물은 한번 전화기 잡으면 기본이 한 시간이라는 것… 알 만한 사람은 다 안다. 아침 먹으라는 지숙의 목소리가 아련하게 들렸지만 아영은 개의치 않은 채로 핸드폰을 붙잡고 자신의 대학 친구와 다다다, 수다를 떨었다.

"깔깔, 미안해. 어제 좀 일이 있어서 그랬어. 그런데 이 아침에 웬일이야?"

—아침은 무슨, 대낮이구만. 넌 지금 일어났지? 그럴 줄 알았어. 야, 오늘 시내에서 놀자. 노래방도 좀 가고. 얼마 전에 꽤 괜찮은 이태리 레스토랑 찾아놨거든. 같이 가자.

"정말? 좋지, 좋지! 그럼, 나중에… 음, 준비할 시간이 필요하니까 12시에 만나자. 응, 남포동 문우당 서점 앞에서 만날까? 그래, 나중에 보자."

핸드폰을 닫고 난 후 아영은 한숨을 푹 내쉬며 고개를 숙였다. 역시 사람이란 마음 맞을 때 놀 만한 친구가 있어야 하는 법. 오늘 하루는 즐겁게 보낼 수 있겠다고 생각한 아영은 서둘러서 나갈 준비를 했다. 우선은 아침 식사는 먹고 난 다음에 씻고, 친구를 만난다지만 옷도 예쁜 것으로 고르면서 아영은 정말로 즐거웠다. 얼마 전까지만 해도 편한 옷만 주로 입었는데… 치마도 잘 못 입고 항상 싸움에 대비해야 했어. 이런 생각을 하니 뭔가 울컥하는 기분도 들었다. 자신이 왜? 난 편하게 살고 싶어.

그렇게 투덜거리면서 아영은 엄마인 지숙이 사준 향수를 손목에 살짝 뿌렸다.

　나는 아직 21살이야. 친구랑 같이 놀고 싶고, 맛있는 음식, 예쁜 옷도 입고 싶어. 세계의 종말이든 싸움이든 그런 것에 상관하고 싶지 않아. 긴 머리카락을 빗질한 아영은 거울에 비친 자신을 보았다. 파우더를 바른 얼굴이 익숙하지 않아 보였다. 그런데 왜… 누군가가 생각이 날 듯 말 듯 할까. 이상하다, 마치 머리 속의 한구석이 지워진 것 같았다. 머리카락을 포니테일처럼 묶어 올린 아영은 고개를 갸웃거렸다. 생각이 나지 않았다.

　하지만 별것 아니라고 치부한 아영은 곧 이어 옷장을 열어 옷을 뒤적거렸다. 9월이지만 낮은 좀 더우니까 상의는 흰색의 레이스가 달린 여성스러운 셔츠, 그리고 하의는 무릎 길이의 데님 스커트로 하자. 아영은 그렇게 생각하면서 자신의 코디 센스에 스스로 만족한 듯 고개를 끄덕거렸다(약간의 공주병). 옷을 갈아입고 데님 가방에 화장품과 휴지, 핸드폰 등을 챙겨 넣은 아영은 마지막으로 지갑을 들고 방을 나섰다.

　"후훗, 나가는 김에 가을 옷도 좀 사야지."

　용돈은 늘 넉넉하게 받는 편이다. 그리고 생각 외로 알뜰하게 옷이나 신발을 사기 위해 모으기도 하는 성격이었다. 가방을 빙빙 돌리면서 계단으로 내려오니 그녀의 막내 오빠인 진우 역시 현관에서 신발을 신고 있었다. 그리고 지숙이 현관 앞에 서 있었다. 계단을 내려온 아영은 폴짝 뛰면서 지숙의 팔을 붙잡고 매달렸다.

　"엄마, 나 오늘 미선이랑 놀다 올게."

　"한밤중에 들어오는 것은 아니지? 오늘은 아버지도 들어오신다."

　"어, 논문은 끝났어? 음, 그렇다면 일찍이 들어올게. 많~이 타협 봐서 8시!"

지숙은 헤헤, 웃으면서 말하는 아영을 보면서 못 말리겠다는 식으로 웃었다. 신발장에서 구두를 꺼낸 아영은 재빨리 신발을 신었다. 진우는 어디를 가는지 세미 정장 스타일의 옷을 입고 있었다. 고개를 갸웃거린 아영이 물었다.

"여자 만나러 가?"

그녀의 물음에 진우는 안경 밑의 눈을 가늘게 떴다. 지금까지 살아온 24년 동안 여자라고는 근처에도 가보지 않은 자신에게 할 질문이란 말인가. 미간을 찌푸린 진우는 바지 주머니에서 차 키를 꺼내면서 퉁명스럽게 말했다.

"아냐, 군대 간 친구 녀석이 휴가 나와서 가는 거다. 여자는 무슨 놈의 여자냐."

혀를 작게 내민 아영이 진우의 팔짱을 끼면서 말했다.

"큰오빠 차 몰고 가는 거야? 그럼 나 남포동까지만 태워다 주라. 응? 나중에 들어올 때 맛난 것 사가지고 올게."

"얘, 얘가 어제부터 대체 왜 이래? 이것 좀 놓고 말해."

쑥스러운지 살짝 귀 끝이 빨개지는 진우를 보면서 지숙과 아영은 호홋, 하고 작게 웃었다. 지숙의 인사를 받으면서 진우와 아영은 밖으로 나왔다. 정원은 그렇게 넓지 않았지만 적당히 꾸밀 수 있을 정도의 넓이였다. 집안의 가장인 아버지의 취향대로 정원에서는 두 마리의 개를 키우고 있었다. 아영은 동물을 싫어하는 것은 아니었지만 저렇게 덩치가 큰 개는 싫었다. 정원에서 키우는 개는 도베르만과 시베리안 허스키였다. 주인이 나오자 벌떡 일어서서 정자세로 앉아 있는 도베르만과는 달리 시베리안 허스키는 연신 꼬리를 흔들면서 진우와 아영을 반겼다.

훈련이 안 된 것은 아니지만 엄격하게 훈련소까지 가서 훈련을 시킨 도베르만과는 달리 시베리안 허스키는 새끼 때부터 오냐오냐하면서 키워서일 것이다. 두 마리의 머리를 살짝 쓰다듬고 난 진우는 차고로 가서 차를 몰아가지고 나왔다.

원래 차는 두 대였다. 대학 교수이자 도장의 관장이기도 한 아버지가 모는 차가 한 대, 그리고 나머지 형제들이 종종 번갈아가면서 모는 차가 한 대. 보통은 제일 맏이인 첫째가 몰았지만 지금은 첫째와 둘째 모두가 유학을 가 있는 상태. 덕분에 차는 졸지에 셋째인 진우의 몫이 되었다.

회색의 매끈한 몸매를 가진 국산 스포츠 카에 탄 아영이 말했다.

"흐음, 나도 면허증이나 따볼까?"

"네가? 아서라, 네가 차 몰면 아무도 같이 안 탈 거다."

초보한테 어떻게 목숨을 맡기냐, 하며 냉정하게 말하는 진우를 째려봐 준 아영은 입술을 삐죽 내밀었다. 그래도 운동 신경은 있는 편인데. 하지만 기계에는 조금 손재주가 없는 편이라 진우의 말도 맞는 말이었다.

차로 남포동까지 가려면 조금 시간이 많이 걸리는 편이었다. 무엇보다 자주 막히니. 결국 약속 장소에서 조금 떨어진 곳에서 아영은 차에서 내렸다. 토요일이라 그런지 조금 이른 시간인데도 사람들은 많았다. 알 수 없는 노래를 흥얼거리면서 아영은 약속 장소로 향했다. 그저 아무 일 없지만 기분이 좋았다. 매연 섞인 공기도, 터질 것처럼 많은 사람들도 짜증 나 보이지 않았다.

아아, 정말로… 복잡하다는 것이 이렇게 좋을 줄이야. 에헤헤, 하고 웃으면서 아영은 머리를 긁적였다. 약속 장소로 지정한 곳은 원래가 사람이 많은 곳이었다. 찾기도 편하고 교통도 편리해서인 것 같았다. 그리고 기다리다 지겨우면 서점 안에 들어가 책을 뒤적여도 좋고. 손목시계를 들여다보니 약속 시간인 12시가 조금 안 된 시각이었다.

많은 사람들 속에서 아영은 용케도 만나기로 했던 친구를 찾을 수 있었다. 꼭 아줌마처럼 하고 나와서는 조금 짙은 화장과 붉은 루즈를 바르고 있는 화려한 옷차림의 미선을 찾는 것은 그리 어려운 일이 아니었다.

자신도 모르게 어색한 웃음을 지으면서 아영은 슬며시 미선에게로 다가가 어깨를 툭툭 쳐주었다.

"어이, 임미선 양."

"어머, 언제 왔니?"

누가 옷가게 딸 아니랄까 봐. 미선이는 자신이 입고 나온 베이지 색 정장의 옷자락을 펄럭거리며 말했다.

"어때? 올 가을 신상품인데 어울러?"

솔직히 안 어울리는 것은 아니니까 아영은 고개를 끄덕여 주었다. 미선은 호홋, 하고 곱게 웃더니 아영의 팔짱을 끼고 걸음을 재촉했다.

"밥부터 먼저 먹을래? 아침 먹고 왔어?"

미선의 물음에 아영은 고개를 끄덕이며 대답했다.

"응. 지금은 밥 먹기가 조금 그러니까… 좀 돌아다니다가 가자."

미선에게는 아니었지만 아영은 오랜만에 만난 친구였다. 그쪽 세계에 가 있었으니까. 정말로, 정말로 오랜만에…….

"어?"

순간 아영이 걸음을 멈추었다. 그러자 미선이 왜 그러냐는 듯한 표정으로 아영을 바라보았다. 오랜만이라고? 왜? 어째서 오랜만이지? 바로 며칠 전에 만났잖아? 아영은 스스로에게 질문을 던졌다. 뭔가 잊어버렸나? 머리를 긁적거린 아영은 자신의 팔을 잡아끄는 미선을 따라서 다시 걸음을 옮겼다.

그런 그녀를 누군가가 바라보고 있었다. 그녀가 볼 수 없는 어딘가에서 행동 하나하나를 응시하고… 아영의 기억 속에 새로운 기억을 불어넣었다. 그리고 앞으로의 일이 어떻게 흘러갈 것인가 궁금한 듯이 엷게 미소 지었다.

아영은 두 손 가득히 쇼핑백을 들고 낑낑거렸다. 너무 과소비를 했나 싶지만 예전부터 사고 싶었던 옷들이라 딱히 그렇지는 않은 것 같았다. 열쇠로 문을 열고 들어가니 언제나처럼 지숙이 그녀를 반겼다. 그녀는 쇼핑백을 보고는 손으로 입가를 가리며 미간을 찌푸렸다.

"다음달 용돈까지 모두 써버린 것 아니니?"

"아냐! 다음달에 쓸 건 남았다, 뭐."

혀를 삐죽 내민 아영은 쇼핑백을 들고 자신의 방으로 향했다. 오늘 너무 떠들고 놀아버렸는지 몸이 뻐근할 정도였다. 역시 적당한 것이 좋아라고 중얼거리면서 아영은 서둘러서 샤워를 하고 옷을 갈아입었다. 오늘 산 옷들을 옷걸이에 걸고 있을 때 작게 노크 소리가 들려왔다. 잠시 후 지숙이 쟁반에 과일들을 가지고 모습을 드러냈다. 그녀는 한쪽 벽에 놓인 작은 체스 무늬 테이블 위에 쟁반을 내려놓으면서 물었다.

"그래, 잘 놀다 왔니?"

아영은 포크로 배를 찍어 한입 베어 물면서 의자에 앉았다.

"응, 미선이 계집애 남자 친구 생겼다고 엄청 예뻐졌더라. 나도 애인 생기면 그렇게 되려나?"

"호홋, 너는 사귀지 않아도 예쁜걸."

"엄마, 고슴도치도 자기 자식은 다 예쁘대."

헤헤, 웃으면서 아영은 지숙의 팔에 뺨을 가져갔다. 기분이 좋았다. 아늑하고 하염없이 따뜻해서 눈을 뜨고 싶지 않은 잠자리처럼. 이렇게 계속 있고 싶다고 생각했다. 갑자기 왜 이런 생각을 하게 되었나 모르겠지만. 문득 아영은 뭔가가 생각났다는 듯 고개를 들어 올리며 지숙에게 물었다.

"아, 우혁 오빠한테 이번 일요일에 대련해 달라고 해도 될까? 무슨 일

있으려나?"

그녀의 말에 지숙은 눈을 깜빡이다가 고개를 갸웃거리며 말했다.

"우혁? 그게 누군데?"

"어?"

아영은 순간적으로 지숙의 팔을 잡고 있던 손을 놓았다. 하지만 지숙의 표정은 변함이 없었다. 정말로 모르겠다는 사람처럼 의아한 표정이었다. 갑자기 아영은 오싹한 생각이 들었다. 그러나 아니겠지… 아니겠지라고 속으로 중얼거렸다. 주먹을 불끈 쥐면서 아영이 다시 말했다.

"우, 우혁 오빠 말야! 미연이 고모 아들!"

"아영아, 오늘 이상하다? 너희 아버지는 외아들이잖니. 고모가 어디 있어?"

굳게 쥔 주먹에 땀이 맺혔다. 뭐야? 왜 우혁이 오빠가 없다고? 그럴 리가, 그럴 리가 없어! 자리에서 벌떡 일어난 아영은 위에 걸칠 카디건과 핸드폰을 든 채로 방에서 뛰쳐나갔다. 그녀의 뒤로 지숙이 의아한 얼굴로 아영의 이름을 불렀지만 아영은 그 목소리가 귀에 들리지 않았다. 갑자기 무서운 생각이 들었다. 거실에는 진우가 소파에 앉아서 TV를 보고 있었다. 그는 아영이 자신을 보면서 숨을 몰아쉬고 있자 미간을 찌푸려 보았다. 리모컨을 든 손으로 머리를 긁적인 진우가 퉁명스럽게 말했다.

"슈퍼라도 가는 옷차림이네? 아이스크림 좀 사 와라."

오르락내리락하는 가슴을 애써 진정시키면서 아영이 더듬거리는 목소리로 물었다.

"오, 오빠… 우혁이 오빠… 몰라?"

그녀의 당황한 목소리에 진우는 오히려 자신이 놀란 표정을 지었다. 아영의 표정이 마치 겁이라도 잔뜩 집어먹은 것 같은 얼굴임을 보면서 진우가 자리에서 일어났다. 항상 티격태격거리지만 하나밖에 없는 여동

생이었다. 걱정이 안 되는 것은 있을 수 없는 일인 것이다. 진우가 자신에게로 다가오자 아영은 자신도 모르게 뒤로 한 발자국 물러났다. 그 모습에 진우는 제자리에 멈춰 서며 고개를 갸웃거렸다.

"우혁? 처음 듣는데… 대학 선배라도 되냐?"

아냐! 이건, 이건 있을 수가 없어. 어떻게 멀쩡히 있는 사람을 기억하지 못할 수가 있는 거야? 입을 손으로 가린 아영은 흡, 하고 숨을 몰아쉬었다. 아늑하기만 했던 집 안의 공기가 지금은 주체하지 못할 정도로 싸늘하게 느껴졌다. 더 이상은 견딜 수 없을 것 같았다.

아영은 서둘러서 집을 빠져나왔다. 아영의 행동을 이상하게 여긴 진우와 지숙이 걱정스러운 얼굴로 따라 나왔지만 아영은 전속력으로 달렸다. 마치 쫓기는 사람처럼 말이다.

얼마만큼을 달린 걸까? 숨이 턱까지 차서 더 이상은 뛸 수 없을 때가 되어서야 아영은 속력을 줄이면서 비틀거렸다.

"콜록! 콜록!"

목이 따끔거리면서 힘이 들었다. 머리카락도 모두 엉망이 되어버렸다. 긴 바지를 입고 나오지 않아 종아리가 조금 차가워져 아영은 무릎을 구부려 앉으면서 다리를 쓰다듬었다. 주황색의 가로등 불빛만이 싸늘하게 그녀에게로 내리비췄다. 아직 가을이 깊지는 않았지만 바람은 싸늘했다. 다행히도 위에 걸쳐 입을 수 있는 카디건을 가져온 것은 다행일까. 한숨을 내쉬면서 아영은 카디건을 입고는 주위를 둘러보았다. 집 근처니까 지리는 알고 있다. 우선은… 그래, 우선은 우혁이 오빠네로 찾아가 봐야 한다.

그런 생각을 한 아영은 이를 악물면서 자신의 바지와 옷 주머니를 뒤적였다.

"아, 다행이다."

평소에 슈퍼 갈 때 곧잘 쓰곤 하던 작은 동전 지갑이 있었다. 이게 없었으면 지하철이고 버스고 못 탔을 텐데. 안도의 한숨을 내쉰 아영은 지갑을 열어보았다. 푸른색 지폐 몇 장을 보며 안심한 아영은 천천히 지하철 쪽으로 걸어갔다. 몇 발자국 걷지도 않았을 때 아영은 다시 걸음을 멈추고 고개를 돌렸다. 자신이 뛰어왔던 방향, 즉 집 쪽을 보면서 그녀는 입술을 질끈 깨물었다. 무슨 일인지 알아보기 이전에는 돌아가지 않을 거야. 이를 악물며 아영은 서둘러서 움직였다.

우혁의 집은 아영의 집으로부터 꽤 많이 떨어져 있었다. 부산에서는 구석진 곳이라고 할 수 있는 곳에 사니까. 지하철을 타는 것보다는 버스가 나을까? 아영은 비스 정류장에 서서 초조하게 기다렸다. 아직 늦지 않은 시간이라서 다행이었다. 버스를 기다리는 사람들도 많았다. 다들 아영의 옷차림을 힐끔거리면서 보았지만 지금 그녀에게 부끄러움 같은 것은 없었다. 버스의 좌석에 앉아서 아영은 주먹을 쥔 채로 고개를 숙였다. 제발, 제발… 이라고 알 수 없는 기도를 했다.

버스가 우혁의 집 근처에 서자 아영은 서둘러서 뛰었다. 우혁의 집은 아파트였는데 그 아파트는 그대로 있었다. 한숨을 절로 내뱉은 아영은 우혁의 집 문 앞에 서서 잠시 동안 머뭇거렸다. 초인종을 눌러야 하는데 손가락을 가져간 채로 아영은 한참 동안 누를까 말까 고민을 하기에 이르렀다. 그때 음식 쓰레기를 담는 통을 든 한 주부가 그녀를 보았다.

"남의 집 앞에서 뭐 하는 거유? 어이, 처자."

그녀의 말에 아영은 흠칫 놀라서 고개를 돌렸다. 그녀의 얼굴을 힐끔 바라본 여성은 미심쩍은 얼굴이 되어 아영을 유심히 살펴보았다. 아영이 조심스럽게 몇 발자국 뒤로 물러나자 그 여성은 아영이 서 있던 집의 문을 열쇠로 열고 들어갔다.

"이, 이럴 수가……!"

우혁이 살던 집… 분명히 이곳이 맞는데. 왜, 왜 다른 사람이 살고 있는 거지? 비틀거리던 아영은 천천히 고개를 돌렸다. 명청한 표정으로 아영은 완전히 체념한 사람처럼 보였다. 우혁의 집은 1층이었고, 바로 앞으로 산책로가 마련되어져 있었다. 그 산책로로 이어진 계단에 털썩 주저앉아 버린 아영은 무릎을 끌어안으며 고개를 숙였다. 바로 조금 전까지만 해도 즐거웠다. 가족이 있고, 친구가 있고, 익숙한 환경이 있는 이곳에 온 것이… 너무나도 즐거웠다.

그런데 왜… 잊혀진 사람이 있는 걸까? 우혁을 왜 모른다고 하는 걸까? 카디건의 주머니에서 주섬주섬 핸드폰을 꺼낸 아영은 떨리는 손으로 현홍의 집 전화번호를 눌렀다. 잠시 동안 신호가 가는 듯하다가 곧 이어 딱딱 끊어지는 기계음으로 목소리가 들려왔다. 없는 국번이니 다시 걸어 달라는 목소리가……. 핸드폰을 닫아버린 아영은 인상을 쓰며 고개를 무릎 사이에 파묻었다. 대체 말도 안 된다. 어떻게 기억이 지워질 수 있단 말인가!

순간 그녀의 귀에 새의 날갯짓 소리가 들렸다. 눈가에 고인 눈물을 슬쩍 닦아낸 아영이 고개를 들어보았다. 바로 앞의 낮은 나뭇가지에 한 마리의 새가 앉아 있었다. 이런 시간에 웬 새야, 하고 투덜거리던 아영은 문득 그 새가 묘하게 생겼다는 것을 알 수 있었다. 아니, 묘하게 생긴 것을 넘어서서… 한쪽 날개밖에 없었다.

"꺅!"

나직하게 비명을 지르면서 후닥닥 일어난 아영은 비위 상한다는 얼굴이 되었다. 날개 하나로 어떻게 살아갈까? 자세히 보니 제법 예쁘장한 새였다. 오렌지색일까? 황금색이 드문드문 섞여서 깃털도 예쁜데… 기분도 좋지 않고 심란하기도 해서 아영은 못 본 척하고 걸음을 옮겼다. 우선은 집으로 가서 생각을 정리해 봐야겠다고 생각하면서. 그때였을까,

나직한 조소의 목소리가 들려왔다.

「편한 세상이 좋지 않은가?」

누구? 황급히 고개를 돌린 아영의 시선은 어쩌면 당연하게도 한쪽 날개밖에 없는 새에게 향했다. 그녀의 예상대로 한쪽 날개를 퍼덕거린 새가 허공으로 날아올랐다. 이 상황에서 어떻게 날 수 있느냐는 생각은 들지 않았다. 이를 악문 아영의 태도에 새의 부리가 다시금 움직였다.

「몇 명이 없는 것이 뭐 어때라? 가족도 있고, 친구도 있는데 그깟 몇 명이 대수란 말인가?」

"누, 누구야?"

아영의 물음에 대답이라도 하듯 간드러지는 여자의 웃음소리가 들려왔다. 발끈한 아영이 뭐라고 소리치기도 전에 허공에 떠 있던 새의 모습이 변하기 시작했다. 움찔한 아영은 계단 위로 한 발 올라섰다. 흐물흐물한 것이 녹아내리기라도 하듯 새의 형태는 바닥으로 흘러내렸다. 그리고 잠시 후 그것은 콘크리트 바닥을 뚫고 자라난 새싹으로 변해 있었다. 고개를 갸웃거린 아영이 뭐라고 말을 할 찰나 새싹은 부쩍 자라났다. 환경 프로그램에서 비디오를 빨리 돌리는 것처럼 새싹은 곧 묘목이 되었고 아영은 입을 쩍 벌리면서 나무가 자라나는 것을 바라보아야 했다.

지금 대체 무슨 일이 일어나고 있는 걸까? 그녀가 그렇게 생각할 때 이미 나무는 아파트의 높이만큼 거대해졌다. 콘크리트 바닥은 두부가 으깨지듯 갈라졌고, 아파트의 외벽 역시 쩍쩍 갈라져 곧 무너지기 일보 직전처럼 보였다. 덜덜 떨면서 나무가 자라나는 것을 아영은 지켜볼 수밖에 없었다. 나무는 계속해서 자라났다. 끝없이…… 다른 나무들과 토양을 빨아먹으면서 자라나는 거대한 나무. 두 손으로 비명이 터져 나올 것 같은 입을 막았다.

"그, 그만둬!"

그녀의 단말마가 허공에 울려 퍼졌다. 아영은 눈을 감은 채 두 손으로 귀를 막았다. 당장 자신조차도 먹어치울 것처럼 꿈틀거리던 나무의 뿌리가 멈추어졌다. 새까만 어둠, 눈을 감고 있으니 당연하겠지만 아무런 소리도 들리지 않았다.

Part 29

선택의 시간

선택의 시간 l

아영은 천천히 눈을 떴다. 덜덜 떨리는 손을 간신히 진정시키면서 눈을 뜬 아영은 주위를 둘러보았다. 아무것도… 아무것도 남아 있지 않았다. 이럴 줄 알았다, 라는 생각이 마음속에 울렸다.

그녀의 눈앞에 펼쳐진 광경은 잔혹했다. 끝이 보이지 않는 모래뿐이었다. 모래언덕과 종종 불어오는 바람이 전부… 그것뿐. 쓰러져 버린 건물과 말라비틀어진 나무 둥치들, 사람이라고는 눈을 씻고 찾아봐도 볼 수가 없었다. 모래 속에 파묻힌 건물들의 잔해를 바라보며, 아영은 눈가가 흐릿해지는 것을 느꼈다.

자신도 모르게 뺨을 타고 흘러내린 눈물이 모래 속에 떨어져 곧 흡수가 되었다. 아무것도 존재하지 않고, 그 어떤 생명체도 살아갈 수 없는 황무지. 아영은 멍하니 허공을 바라보았다. 그래, 어차피 이런 것이다. 알고 있었잖아… 현실이 아니라는 것.

"킥."

웃음이 나와서 아영은 견딜 수가 없었다. 그대로 모래밭에 주저앉은 아영은 두 손으로 얼굴을 감싸면서 키득거렸다. 머리 속에 아무리 넣고, 집어넣어도… 그것이 현실이 아니라는 것, 알고 있었다. 애써 현실이라고, 이것은 꿈이 아니라고 스스로에게 말했던 것뿐. 상처받고 싶지 않았다. 단지 그것뿐이었다. 돌아갈 수 없을 수도 있다는 강박 관념이 너무나 무서워서, 그래서… 이대로 있었으면 바랬을 뿐이다.

"흐윽, 흑……."

눈가에서 흘러넘치는 눈물에 아영의 얼굴은 엉망이 되었다. 비록, 환상일지라도… 방금 전까지 잡고 있던 손의 온기가 지워지지 않는데. 엄마의 따뜻한 웃음과 집 안의 아늑한 느낌이 지워지지 않는데……. 그때 자신의 어깨를 조심스럽게 잡는 손길을 느낀 아영이 고개를 들었다. 눈물에 흐려져서 제대로 얼굴이 보이지 않았다. 잠시 후, 아영은 손등으로 눈물을 훔치고 다시 그 사람을 올려다보았다.

"슈린?"

익숙한 얼굴이었다. 검은 머리카락이 시야를 어지럽게 만들었다. 아영의 물음에 슈린은 짧게 고개를 끄덕였다. 그의 입가에는 쓰디쓴 미소가 걸려 있었다. 살며시 무릎을 구부려 아영의 앞에 앉은 슈린이 낮은 음성으로 말했다.

"기다렸습니다, 「꿈」에서 깨시길……."

그의 말이 아영의 마음을 더욱 아프게 만들었다. 그래서인지 눈물은 더욱 하염없이 흘러내렸고, 그것은 보며 슈린은 자신을 책망해야 했다. 슈린의 팔을 와락 껴안은 아영은 애써 소리를 죽이며 울었다. 차라리, 차라리 처음부터 그런 꿈을 꾸지 않았다면… 이렇게 마음 아프지는 않을 텐데. 또, 다시 보고 싶다는 생각은 하지 않았을 텐데! 끅끅거리며 소리 죽여 우는 아영을 내려다보며 슈린은 한숨을 절로 내뱉었다. 정말이지

짓궂은 장난이라고 중얼거리면서.

눈을 감고 다시 떴을 때… 눈앞에 보여지는 것이 그리워하던 사람들이라면 그 누가 그 손을 뿌리칠 수 있을까. 아영은 아영대로의 꿈을… 슈린은 슈린대로의 꿈을 꾸었다. 어렸을 적, 가장 행복했던 순간들의 모습을… 보았다. 아영과 슈린의 차이점은 단 한 가지. 아영은 그 모습을 보며 손을 뿌리치지 못했다. 하지만 슈린은 조금 더 쉽게 손을 놓을 수 있었다. 「꿈」이야, 라고 중얼거렸으니까. 너무나도 아름답고 평화롭지만 그만큼 잔혹한 꿈. 도저히 눈 뜰 수 없도록 만드는… 그런 「꿈」.

아영의 어깨를 조심스럽게 토닥여 준 슈린은 미간을 찌푸리며 고개를 들었다. 잔인한 짓을 해도, 이렇게 할 수가 있단 말인가. 넓디넓은 황무지 중에서 한 가지 생명을 가진 것, 슈린은 그것을 바라보며 소리쳤다.

"신이라고 하시는 분이 고작 이 정도 장난질입니까! 말씀을 해보시죠!"

그들의 앞에 있는 것은 슈린이나 아영이 생각하지도 못했던 모습이었다. 녹음이 우거진 숲에서 가장 아름답고 거대한 나무일 것이라고 생각했는데… 이제 다 말라비틀어진 짙은 갈색의 나무가 그들의 앞에 있었다. 너무나도 주위의 광경에 잘 어울리는 모습이었다. 지금이라도 죽어버릴 것 같아 보이는… 끝이 보이지 않도록 거대한 나무. 슈린은 물론, 처음 보았을 때 믿지 못했다. 이것이, 이것이 진정으로 세계를 떠받치고 신들의 어머니라고 불리는… 세피로트의 나무란 말인가? 라고 생각했다.

모래 속으로 드러나 보이는 흉해 빠진 뿌리들, 그리고 잎이라고는 마른 것 하나 달리지 못한 몰골. 어쩌면, 정말로 현홍이 말했던 것처럼 세피로트의 나무는 죽어가고 있는 것일지도 모른다. 이를 악물고 슈린이 험한 인상을 짓자 곧 나무가 꿈틀거렸다. 전체적으로 꿈틀거린 것은 아니었고, 그저 중간의 껍질 부분만이 들썩거리는 것이었다. 그리고 그 속에서… 한 여성이 얼굴을 들이밀었다. 투명하다고 할 수 있을 정도로 새하얀 얼굴은 극치의 아름다움이었다.

아니, 아름답다고 말할 수도 없을 정도였다. 어머니… 어머니의 그것. 아무리 아름답지 않은 외모라고 해도, 어머니는 모든 자식들에게 어떤 여성보다 자애롭고 따뜻해 보인다. 그런 느낌이었다. 새까만 머리카락은 비단 자락처럼 아래로 늘어졌다. 천천히 나무 속에서 빠져나오는 모습은 하나의 신비였다. 천천히 땅에 내려선 여성의 등에는 나비의 날개처럼 오색이 찬란한 날개가 있었다. 칼날처럼 날카롭고 길게 길러진 손톱을 보며 슈린은 인상을 썼다.

이마에 있는 것은 마치 돌이나 보석처럼 보였다. 검은 머리카락은 여성의 키보다 더 길었기 때문에 바닥을 뒤덮을 정도였다. 그녀가 감았던 눈을 뜨자… 보이는 것은 고양이의 그것처럼 생긴 가는 눈동자였다. 그것은 아름다운 황금색을 띠고 있었다.

「너무 그렇게 험한 얼굴 하지 말게. 후훗, 즐거울 것이라고 생각했는데… 내 생각이 조금 틀렸나 보군.」

"즐겁습니까? 어쩌면 두 번 다시 만나지 못할 수도 있는 가족을 보여주는 것이 즐겁습니까? 깨어질 꿈인데!"

그답지 않게 잔뜩 화가 난 듯 슈린이 소리쳤다. 그의 말에 그녀, 이 세계를 떠받친다고 할 수 있는 신인 세피로트가 입을 열었다.

「역시 인간이란 이해하기가 힘들군. 깨어질 꿈이라… 영원히 꿈을 꿀 수 있게 해준다고 하면 어떻겠는가?」

"뭐, 뭐라고요?!"

눈을 가늘게 뜨며 말하는 세피로트에게 슈린은 당황한 얼굴을 해 보였다. 그때까지 슈린의 팔을 붙잡고 울고 있던 아영이 천천히 얼굴을 돌렸다. 멀찌감치 떨어진 세피로트를 보면서 아영은 멍한 얼굴을 했다. 눈물

범벅이 된 그녀의 얼굴을 보면서 세피로트는 다시금 미소 지었다. 붉은 입술이 호선을 그리면서 올라가자, 슈린은 이를 악물었다. 제아무리 신이지만… 이렇게 인간을 벌레 취급한단 말인가! 그러자 그의 분한 생각을 들은 사람처럼, 세피로트의 나무는 길게 길러진 손톱 끝을 살짝 저었다.

「벌레 취급을 하는 것이 아니다, 용기있는 인간이여. 나는 그대들에게 선물을 주고 싶을 뿐. 단지 그것뿐이었다. 달콤한 꿈을… 내가 줄 수 있는 가장 달콤한 꿈을 선물로 주었는데, 그대들은 만족하지 못하는 것 같군.」

슈린은 분한 듯이 이를 갈았다. 이해하지 못한다, 신들은. 아니, 인간이 아닌 모든 것은 이해하지 못할 것이다. 인간의 마음과 생각을 말이다.

세피로트는 조용히 자신의 머리를 땅에 끌리면서 슈린과 아영 쪽으로 다가왔다. 사방이 모래로 뒤덮여 있지만 그녀는 그다지 개의치 않는 것 같았다. 고운 발이 옷자락 사이로 보였다. 그녀는 천천히 슈린과 아영의 앞까지 걸어왔다. 자신을 도전적으로 올려다보는 한 인간과 상처받을 대로 받은 한 인간을 내려다보며, 세피로트는 곱게 웃었다. 그녀는 자신의 검지손가락을 뻗어서 두 사람을 가리켰다. 슈린은 길고 날카로운 손톱을 보니, 마치 칼에 찔린 것처럼 느꼈다.

그 상태로, 세피로트가 담담한 목소리로 말했다.

「…너희들이 보았던 그 꿈을 현실로 만들어줄 수 있다. 그래, 어떠냐? 잔혹한 현실보다 차라리 달콤한 꿈속에서 영원히 행복하게 사는 것 말이다. 사랑하는 가족과 친구와… 살 수 있는데 다른 몇 명이 없어진다 한들 뭐가 그리 대수란 말이냐.」

그녀의 목소리를 들으며 아영은 멍청하게 눈물을 삼켰다. 슈린은 그 무슨 헛소리냐고 소리치려 했지만, 그전에 아영의 눈물 섞인 목소리가 먼저 흘러나왔다.

"정말로… 정말로 엄마랑 오빠랑 다 같이 살 수 있어?"

떨리는 그녀의 목소리에 슈린은 물론 세피로트마저도 순간적으로 입을 다물고 말았다. 슈린은 아영의 팔을 붙잡으며 그녀를 말리려고 했지만, 아영은 천천히 자리에서 일어났다.

눈물이 흘러서 더 이상 시야도 선명하지 못했다. 그런 와중에, 그녀는 자신의 앞에 서 있는 세피로트의 손을 붙잡았다. 생생한 엄마의 따뜻한 손길… 그리고 아늑한 집, 가족들의… 느낌을 다시 느낄 수 있다면.

자신의 손을 붙잡으며 안타까운 듯 자신을 올려다보는 아영의 눈빛에 세피로트는 곧 자애로운 미소를 띠며 아영을 품에 안았다. 그리고 천천히… 부드럽게 아영의 등을 쓸어 내려주었다.

「그럼, 물론이지… 소중한 사람들과 함께, 영원히 꿈을 꾸는 거란다. 아픔도 슬픔도 없는 곳에서…….」

"아, 안 됩니다! 아영!"

화들짝 놀란 슈린이 자리에서 일어나 아영을 붙잡으려 했다. 그러나 그의 몸은 모래 더미 속에서 솟아 나온 거대한 나무뿌리들로 인해 저 멀리 떨어지고 말았다. 세피로트의 품에 안긴 아영 역시 잠이 든 상태에서 다른 뿌리들로 인해 원래의 본체 쪽으로 끌어당겨지고 있었다.

"큭!"

신과 싸워서 상대가 될 리 없다. 그러나, 그러나 이대로 있을 수는……. 슈린은 황급하게 두 손을 모아 빛의 창을 만들어냈다. 싸워서 안 된다고 해도 이대로 아영을 포기할 수는 없다. 다 같이 돌아가기로 약속했으니까, 기다리고 있는 사람들에게! 빛의 창이 호선을 긋자 세피로트의 나무뿌리가 후두둑, 허공에서 떨어져 내렸다. 아영의 몸은 어느새 세피로트의 나무 속으로 깊이 들어가고 있었다. 흡수가 되어가는 것일까. 슈린은 있는 힘껏 세피로트의 나무에게로 달려갔다.

그러나 중간 어느 부분에서 굉장한 힘에 의해 저만치 퉁겨져 나가고 말았다. 모래 더미 속에 처박힌 슈린은 복부를 손으로 짚은 채로 비틀거리며 자리에서 일어났다. 그런 그를 세피로트는 한가로운 표정으로 바라보고 있을 뿐이었다. 창을 모래 속에 꽂아 가까스로 쓰러지지 않은 슈린이 소리쳤다.

"당신이 진정 세계를 떠받치고 있다는 그 세피로트의 나무가 맞는 건가?! 모든 것들의 어머니이면서, 왜… 왜 이런 짓을!"

완벽하게 아영이 자신의 본체 속으로 사라지는 것을 지켜본 세피로트는 무표정한 얼굴로 슈린을 보았다. 그녀의 표정은 차갑거나 냉정해 보이지 않았다. 그저, 아무런 표정이 없을 뿐이었다. 그녀는 기다란 손톱으로 자신의 머리카락을 쓰다듬으며 말했다.

「이해할 수 없구나. 항상 아프고 슬픈 현실보다는 달콤한 꿈이 더 나은 것이 아닌가? 너희 인간들은 항상 꿈을 쫓으면서 살고 있는데… 왜 그 꿈을 이룰 수 있게 해주는 것을 뭐라고 하는 거지?」

모든 것의 어머니라고 해도, 부모가 완벽하게 자식의 마음을 모르듯이… 그녀 역시 마찬가지인 건가. 슈린은 조용히 모래 더미에 주저앉았다. 아무리 발악을 해도 아영을 도로 빼앗을 수는 없다. 힘으로는 말이다. 그러니 차라리 설득을 하는 편이 나을 것이다. 조용히 숨을 고르며 슈린이 말했다.

"…신족도, 마족도… 그리고 당신도 이해하지 못합니다. 인간은, 꿈을 이루기 위해서가 아닌 꿈을 쫓기 위해 살아가는 것입니다. 꿈을 이루고 난 후의 인간은… 무력해지고 맙니다."

「이해하기가 힘들군. 꿈을 이루지 않은 상태가 행복하단 말인가? 가장 행복하고 가장 달콤한 꿈을 손끝에 걸쳐 둔 상태가?」

고개를 살짝 갸웃거리며 의아함을 나타내는 세피로트에게 슈린은 가볍게 고개를 끄덕여 보였다. 그런 것이다. 인간은 손 안에 잡혀 있는 것에는 만족감을 가지지 못한다. 꿈을 위해 노력하고, 꿈을 위해 달려갈 때 가장 인간답다. 하나의 꿈을 이룬다면, 또다시 새로운 꿈을 꾼다. 죽을 때까지… 인간은 꿈을 위해서 달려가는 것. 슈린이 아무 말도 하지 않은 채 고개를 숙이고 있자 세피로트는 흐응, 하고 작게 콧소리를 내었다.

이해하지 못한 것이 아니다. 세피로트는 손으로 입가를 가리면서 엷게 미소를 지었다. 자식들은 언제나 부모가 자신들을 이해하지 못한다고 말한다. 하지만 아무리 나쁘고 말썽을 부리는 자식들이라고 해도… 부모는 언제나 그 마음속 깊이까지 알고 있다. 모든 것을 다 알고 있지만, 그래도 이곳까지 온 녀석들은 이번이 처음이라 어딘지 모르게 괴롭혀 주고 싶었다고 할까. 슈린이 보지 못하게 피식 하고 웃어버린 세피로트가 조용히 두 팔을 벌렸다.

부디 이해해 줬으면 하고 바라며 입 다물고 있던 슈린이 눈을 찌푸리면서 고개를 들었다. 사방이 환한 빛으로 감싸인 것은 바로 그때였다. 세피로트의 양팔에서, 빛이 새어 나와 세상을 물들였다. 모래와 폐허만이 있던 이곳에… 천천히 빛이 맴돌기 시작한 것이다. 모래 더미에서는 물이 스며 나왔고, 하나둘씩 새싹들이 돋아났다. 하나의 작은 물 웅덩이가 점점 커다랗고 깊게 만들어졌다. 물은 생명의 모태… 모래들은 생기있는 대지로 바뀌어갔다.

"이, 이런……."

새싹들이 돋아나기 시작한 대지는 어느새 초록색의 벌판으로 바뀌었다. 어딘가에서부터 날아온 새들의 지저귐 소리와 벌판에 뛰어노는 알 수 없는 종류의 동물들. 꽃 향기가 아련하게 퍼지는 이곳에서, 슈린은 망연자실하게 서 있어야 했다.

그는 천천히 고개를 들어 올려 세피로트의 나무를 바라보았다. 당장이라도 쓰러져 죽을 것처럼 보이던 고목은… 푸른색의 잎으로 뒤덮인 나무로 바뀌어져 있었다. 거대한 가지에는 새들이 앉아 노닐었고, 초록의 잎사귀는 바람에 의해 살랑거렸다. 세피로트의 나무에서 나는 향기는… 아영과 자신이 맡은 그 향기였다.

이것이야말로 진정한 자연과 세계를 떠받치고 있는 나무라고… 슈린은 생각했다. 몸을 감싸 안는 듯한 나무의 향기와 부드러운 바람. 아아, 하고 작게 탄성을 내지른 슈린의 귀에 세피로트의 목소리가 들려왔다.

「인간들은 언제나 그렇게 생각한단다. 언제나… 자신을 가장 잘 아는 부모에게조차 모른다는 말을 쉽사리 하곤 하지.」

따스하게 울려 퍼지는 그녀의 목소리에 슈린은 얼굴이 붉어지는 것 같았다. 자식들은 자신을 위해서 노력하는 부모에게 '아무것도 모르면서'라는 말을 연발한다. 왜 모를까, 열 달 동안 자신을 뱃속에 넣은 채로 지내온 어머니인데… 자신의 몸에 있는 영양분을 주면서까지 키워낸 어머니인데. 부끄러움에 몸 둘 바를 몰라 하는 슈린의 모습을 보고 세피로트는 유쾌하다는 듯 까르르 웃었다. 슈린은 누군가가 자신의 어깨를 감싸 안는 것 같다고 느끼곤 고개를 들어 올렸다. 찬란한 오색의 날개가 눈가를 어지럽게 만들었다.

어린 시절, 자신이 보았던 자애롭고 따뜻했던 어머니의 미소처럼… 세피로트는 곱게 미소를 짓고 있었다. 양팔로 부드럽게 슈린의 어깨를 감싸 안아준 세피로트의 나무는 조심스럽게 말했다.

「용기있는 아이야, 자식이 하는 일은 말이다, 이 어머니는 다 알고 있어. 네가 무슨 생각을 하는지… 뭘 바라고 있는지 모두 다. 네가 바라고 있는 일은 너무나도 힘든 일이구나…….」

"……."

슈린은 말없이 세피로트의 가슴에 뺨을 기대었다. 따뜻했다. 마음을 편하게 만들 정도로 부드럽고 따뜻했다. 모든 것의 어머니에게는… 하나의 벌레조차도 자식이나 다름이 없었다. 하물며, 하물며 그녀가 아끼는 인간이라는 존재는……. 슈린은 살며시 세피로트의 손을 잡으며 중얼거리듯 말했다.

"그래도, 그래도… 내가 바라는 것입니다. …어머니."

그의 호칭이 마음에 들었는지 세피로트는 부드럽게 웃었다. 그리고 천천히 그녀는 슈린을 안은 채로 풀밭에 무릎을 꿇고 앉았다. 슈린은 잠시 당황했지만, 세피로트의 부드러운 손길에 이끌려 그녀의 무릎을 베고 누웠다. 너무나도 편해서 절로 잠이 올 정도였다. 하지만 슈린은 그저 눈을 감은 채로 세피로트의 손길을 받아들였다. 지극히도 천천히, 부드러운 손길로… 세피로트는 슈린의 머리를 쓰다듬어 주었다. 귓가를 간지럽게 하는 새의 지저귐과 싱그러운 풀 냄새가 기분을 아늑하게 만들었다. 이대로… 이대로 시간이 멈춰 버린다면.

그런 생각을 하던 슈린은 흠칫하여 몸을 일으켰다. 이러고 있을 시간 따위가 없지 않은가. 한시라도 빨리 세계의 종말을 막지 않는다면……. 손으로 이마를 짚고 고개를 숙이는 슈린의 등을 보며, 세피로트는 아무런 말도 하지 않았다. 두 손을 모으고 가만히 앉아 있는 그녀에게 슈린이 다급하게 말했다.

"부디, 부디 말씀해 주십시오. 세계를… 세계의 종말을 막기 위해서는 어떻게 해야 합니까?"

「…….」

세피로트는 대답없이 가볍게 고개를 저었다. 그것이 무엇을 뜻하는 것일까? 혹시, 세계를 구할 수 없다는 말? 슈린은 이를 악물면서 주먹을 불끈 쥐었다. 안타까워하는 그의 표정을 보면서 세피로트는 미간을 살짝 찌푸렸다. 자식을 바라보는 걱정 어린 어머니의 시선으로 슈린을 보던 세피로트는 조용히 두 손을 모아 무릎 위에 올리며 입을 열었다.

「…네가 지금 하려는 일은 바꿀 수 없는 것을 바꾸려는 것과 같다.」

"그 말은! 그 말은 세계의 종말을 막을 방법이 없단 말입니까?! 열 개의 영혼을 모아서… 새로운 나무를 만들어내도 소용이 없다는 겁니까?!"

그의 말에 세피로트는 살짝 나비의 날개와 같은 그것을 떨었다. 한 손을 들어 뺨을 감싼 그녀는 작게 한숨을 내쉬었다.

「후우, 그런 곳까지 알고 있다니… 요즘 애들은 비밀이 없나 보군.」

세피로트의 농담 같은 어조의 말도 슈린의 귀에는 들리지 않았다. 그는 두 손으로 땅을 짚으며 고개를 숙였다. 그렇다면, 자신이 왜 그런 일을 했단 말인가. 아무런 상관도 없는 두 사람의 영혼을 자신의 손으로 거두어들였다. 그리고… 그리고 현홍이 눈앞에서 키엘의 영혼을 거두어들이는 것을 막지 못했다. 자신이 죽인 것이나 다름이 없는 것이다. 입술을 깨물면서 괴로워하는 슈린의 어깨를 세피로트는 살짝 토닥여 주었다. 그녀의 부드러운 손길에도 슈린은 고개를 들지 않았다. 신족으로부터 받은 힘도 무엇도 다 필요가 없단 말인가.

어느새 그의 눈에서는 가느다랗게 눈물이 흘러내리고 있었다. 그 모습을 세피로트는 말없이 지켜보았다. 기다란 손톱으로 조심스럽게 눈물을 훔쳐 내준 세피로트는 슈린의 어깨를 살며시 안아주었다. 마치 자신을 낳아준 어머니에게 안겨 있는 아이처럼, 슈린은 그녀의 팔과 어깨를 힘껏 끌어안은 채로 소리 죽여 울었다. 자신이 바라던 일은… 역시 할 수 없는 일이었던 말인가.

상처 입은 동물처럼 바들바들 떨며 우는 슈린의 등을, 세피로트는 부드럽게 쓸어 내려주었다. 그리고 눈을 감으며 말했다.

「…울지 마라. 눈물로 바꿀 수 있는 것은 아무것도 없단다. 그저 자신의 마음만 더 아프게 할 뿐이야.」

"하지만… 하지만 그동안의 노력이 물거품이 되어버렸습니다. 정말로… 이제는 어떻게 해야 할지 모르겠단 말입니다!"

꿈을 쫓는 인간에게 있어서, 그 꿈과 소망이 사라지는 것만큼 뼈 아픈 것은 없을 것이다. 슈린의 등을 토닥여 주면서 세피로트는 쓴 미소를 지었다.

「이런, 이런… 아까의 그 당당한 태도는 어디 갔단 말이냐, 용기있는 아이야. 자, 고개를 들어 나를 보렴.」

그녀의 다정한 목소리에 이끌려 슈린은 천천히 고개를 들었다. 눈물에 젖은 검은 눈동자를 들여다본 세피로트는 한숨을 내쉬며 고개를 저었다. 너무나도 순수한 열정과 소망에 사로잡혀 있는 아이의 눈이었기 때문이다. 결국, 세피로트는 슈린의 뺨을 두 손으로 감싸면서 나직한 어조로 말했다.

「후우, 어쩔 수 없는 아이로구나. 바꿀 수 없는 것을 바꾸려고 하다니… 그래, 자식 이기는 부모 없지. 네가 이겼다, 아이야.」

순간 슈린의 얼굴이 밝아졌다. 그는 세피로트의 양팔을 붙잡으면서 서둘러 되물었다.

"그, 그 말씀은……!"

「…완벽하게 다 들어줄 수는 없단다. 이 일은… 나와 동급인 '그'가 계획한 일이라서.」

세피로트의 말을 들은 슈린은 미간을 찌푸렸다. 세피로트의 나무와 동급인… '그'라고? 그렇다면 역시 이 일의 배후에는 자신이 생각하던 그 자가 있었단 말? 슈린의 눈빛을 알아챘는지 세피로트는 손을 들어 입을 가리며 호홋, 하고 작게 웃었다.

「이런, 눈치가 빠른 아이로구나. 그래… 네가 생각하는 '그'가 이번 일을 꾸미고 있다. 하지만 말이다… 그를 미워하지 말아라. 그 역시, 자신이 바라는 일을 위해서 싸우고 있는 거란다.」

그녀의 말을 쉽게 이해할 수 없었지만, 슈린은 고개를 끄덕여야 했다. 그렇지만 자신의 예상이 맞았다니, 어딘지 모르게 기분이 묘했다. 결국… 이번 일은 타임 키퍼—카오스 스톤의 손에 의해 계획되어진 일이었다. 시간이 멈추고 있고… 실피드로부터 시간을 지키는 카오스 스톤의 역할에 대해 들었을 때부터, 어딘지 모르게 의심은 되었었지만. 후우, 하고 작게 한숨을 내쉬는 슈린을 보며 세피로트는 쓴 미소를 지어 보였다.

「그와 나의 '힘'은 대등하단다. 한 치의 오차도 없이. 그렇기에 그가 하는 일을 내가 완전히 방해할 수도, 막을 수도 없다. 그 역시 마찬가지이지. 더욱이… 시간이 정지하고 있음에 따라, 내 힘은 점점 소실되어 가고 있어. 내가… 너에게 해줄 수 있는 일은 단 한 가지뿐이구나.」

어쩐지 모르게 그녀의 목소리는 서글프게 들렸다. 그래서 슈린은 자신도 모르게 가슴이 아파왔다. 그가 자신을 걱정스럽게 쳐다보자 세피로트는 다시금 호홋, 하고 곱게 웃으며 슈린의 머리를 쓰다듬어 주었다.

「아이가 어미를 걱정하는 것과 같구나. 자, 내가 해줄 수 있는 한 가지란다.」

그렇게 말하며 그녀는 손을 뻗었다. 천천히, 그녀의 본체인 초거대의 나무가 슬며시 움직이고 있었다. 가지가 휘어지고, 초록색의 잎이 흔들렸다. 슈린은 미간을 찌푸리고 숨죽여 그 모습을 바라보았다. 사람의 몸통보다 굵은 나뭇가지들이 마치 손처럼 하나의 물건을 끌어안고 있었다. 잔가지와 굵은 가지에 싸여 있는 그것을 보며 슈린은 고개를 갸웃거렸다.

"저것은?"

슈린이 궁금증을 표하자 세피로트가 자리에서 일어나 그에게로 손을 뻗었다.

「자, 같이 가보자.」

미심쩍은 마음이 들었지만, 여기서 주저할 수는 없었다. 세피로트의 손을 잡은 채로 슈린은 조심스러운 발걸음을 옮겼다. 다가가면서 슈린은 나무가 맥박 치고 있는 것을 알 수 있었다. 두근거리는 심장의 고동이… 자신의 귀에 생생하게 들렸다. 그 맥박은 슈린의 심장 고동 소리와 비슷하게 들리며 그의 마음을 안정시켜 주었다. 자신의 가슴을 내리누르며 한숨을 쉰 슈린은 고개를 들어 올려 세피로트의 나무를 올려다보았다. 끝이 보이지 않는 실록의 나무… 세계를 떠받치고 있는 어머니.

그 위용과 아름다움은 실로 대단한 것이었다. 푸른 벌판의 한가운데 우뚝 솟아나 있는 거대한 나무… 그 끝이 보이지 않았기에 정말로 세계를 떠받치고 있는 것이 아닐까, 하는 생각이 들게 했다. 슈린이 세피로트의 나무의 아름다움에 푹 빠져 있을 때 세피로트는 조용히 말했다.

「빛과 어둠이 생겨나기 이전부터… 나는 이 자리에 있었지. 홀로, 이렇게 세계를 떠받친 채로 말이다. 후훗, 이럴 때는 인간과 달리 외로움이라는 감정이 없는 게 정말로 다행이지.」

이상하게도, 그녀는 자신의 말과는 달리 외로워 보였다. 자신을 바라보는 슈린의 시선을 느낀 세피로트는 희미하게 웃어 보인 후, 자신의 본체를 향해 손을 뻗었다. 그러자 나뭇가지들이 천천히 그녀에게로 다가왔다. 나무 자체가 손을 가진 것 같았다. 본체의 나뭇가지들로 둘러싸인 그것은 세피로트의 손 바로 앞까지 다가왔다. 나뭇가지는 천천히 물러나기 시작했다. 애벌레가 허물을 벗듯이 한 겹씩 벗겨지는 그것을 슈린은 두근거리는 마음으로 바라보았다. 이윽고 세피로트의 두 손에 들린 것은 슈린의 예상과는 정반대의 그런 것이었다.

그것은 하나의 검이었던 것이다. 세피로트의 나무가 가진 검이라니.

은색으로 반짝이는 검신에, 화려하게 장식되어진 손잡이. 손잡이 부근에는 세피로트의 모습이 조각되어져 있었다. 조각되어진 그녀의 가슴에 장식되어진 보석은… 실록의 향기가 나는 초록빛의 에메랄드였다.

슈린은 자신의 키 절반쯤 되는 긴 검을 내려다보다가, 곧 고개를 들어 세피로트를 보았다. 이것이 무엇이냐고 묻는 듯한 그의 눈빛에 세피로트는 살풋 웃으면서 말했다.

「이것은 내 정기를 빨아들여, 나의 힘을 머금은 검이란다. 생명의 나무가 가진 힘의 결정체라고 해도 과언이 아니지. 이것을 가지고 가라. 이 검만이… 시간의 샘물을 마르게 할 수 있단다.」

살짝 미간을 찌푸린 슈린은 세피로트에게 검을 받으며 질문했다.

"시간의 샘물을 마르게 할 수 있다는 말씀이 무슨 뜻입니까? 시간의 샘물이 마르면, 시간이… 멈추는 것 아닙니까?"

「후훗, 간단하게 말하면 그럴 수도 있겠구나. 마르지 않는 시간의 샘물… 그것을 지키는 자가 바로 카오스 스톤이란다. 카오스 스톤에 맺힌 물방울이 샘물에 떨어지지. 그것은 모래시계와도 같다.」

"하, 하지만 그렇게 되면 세계는… 세계는 어떻게 되는 겁니까? 저는 시간이 멈추지 않게 하기 위해 싸우고 있는 겁니다!"

세피로트의 말에 대한 요지를 잘 모르는 슈린으로서는 의아할 수밖에 없었다. 세피로트는 자신이 건네준 검을 쓰다듬으며 고개를 조금 숙였다.

「영원히 마르는 것이 아니다. 단지, 조금… 시간을 버는 것이란다. 새로운 샘물의 탄생을 기다릴 수 있도록.」

슈린은 고개를 갸웃해 보였지만, 세피로트는 더 이상 대답해 주지 않았다. 그저 가만히 웃어 보일 뿐. 잠시 후, 세피로트는 허공에 살짝 손을 휘저어 보였다. 그녀의 옷자락과 검은 머리카락이 아름답게 요동 쳤다.

허공에는 소용돌이처럼 보이는 동그란 구멍이 생겨났다.

「자, 이제 친구들에게로 가거라. 인간과 대화를 나누기는 이번이 처음이어서 너무 시간을 지체한 것 같구나. 친구들이 걱정하고 있을 거야. 아, 그리고 가장 중요한 것을 돌려주지 않았군.」

그녀는 손가락을 퉁겼고, 나뭇가지들이 다시금 움직였다. 조금 전 세피로트의 나무 속에 빨려 들어갔던 아영의 몸이 나뭇가지들에 둘러싸인 채로 슈린의 앞에 나타났다.

겨우 안심을 한 슈린은 안도의 한숨을 내쉬며 아영의 몸을 받아 들었다. 그 역시도 기다리고 있을 친구들이 걱정되었기 때문에 서둘러서 구멍으로 들어가려고 했다. 하지만 슈린은 걸음을 멈추고 고개를 돌려 세피로트를 바라보았다.

자애로운 표정으로 자신을 바라보는 세피로트의 눈빛은… 알 수 없는 감정들이 많이 묻어났다. 살짝 흔들리는 그녀의 눈빛이, 왜 이다지도 마음에 걸리는 것일까. 그러나 세피로트는 여전히 미소를 지은 채 마치 떠나는 아들을 보는 어머니의 얼굴을 하고 있었다. 집을 나가는 자식을… 언제까지나 기다리는 얼굴 말이다. 배경으로 보이는 거대한 나무와 푸른 벌판… 파란 하늘이 눈앞을 어지럽게 만들었다. 너무나도 아름다워서……. 머뭇거리고 있는 슈린을 보며 세피로트는 조용히 두 눈을 감고 나직하게 말했다.

「…앞으로도 아픈 일들이 많겠지만 힘을 내거라. 소중한 것을 위해서 싸운다면… 꼭 원하는 것을 이룰 수 있을 거야.」

그녀의 말은 마치 주문처럼 슈린에게 힘을 주었다. 언젠가 다시 만날 수 있을지도 모르지만… 슈린은 느낄 수 있었다. 아마도, 다시는 만나지 못할 것이라고. 정중하게 고개를 숙여 슈린은 인사를 했다. 자신의 아이들을 위해서 몸을 바쳐 세계를 지탱하는 가엾은 운명을 가진 어머니를…

잊지 않겠다고 다짐하며.

떨어지지 않는 무거운 걸음을 옮겨 슈린은 돌아갔다. 기다리고 있는 친구들에게로… 아영을 안고 슈린이 구멍 속으로 모습을 감추자 곧 그 구멍은 서서히 줄어들어 없어져 버렸다.

비록 자신만의 힘은 아니었지만… 인간으로서는 처음 이곳에 온 그들을 세피로트는 잊지 못할 것이다. 아마도 영원히 지켜보겠지. 그들이 진정으로 자신의 소망을 이룰 수 있는지를. 세피로트는 조심스럽게 두 손을 모아 입가에 가져갔다. 기도를 하는 자세로 세피로트는 중얼거렸다.

「안개로 흐려진 미래를 어떻게 헤쳐 나갈지 궁금하구나. 아무리 힘들어도… 아무리 슬퍼도 네 의지를 관철시키렴, 용기있는 아이야. 미래는… 바꿀 수 없을지라도, 노력은 하는 것이 너희들 인간이니까…….」

그녀의 모습은 천천히 옅어지기 시작했다. 그리고 한줄기의 빛으로 변한 그녀는 자신의 본체로 스며들듯 사라졌다. 직후, 푸른 들판은 온데간데없이 사라졌다. 처음의 모습… 황량하게 펼쳐진 모래사막, 말라비틀어진 식물들… 세피로트의 나무는 삐거덕거리는 거대한 소리를 낸 직후 옆으로 넘어졌다. 쩍쩍 갈라진 나무껍질과 수분 하나 없는 모습으로 말이다. 모래를 머금은 바람이 불어 세피로트의 나무 위를 덮었다. 번개를 맞아버린 나무의 모습처럼, 세피로트의 나무는 그렇게… 모래사막의 일부분을 차지하고 있었다.

너무나도 서글프고, 너무나도 애처로운 모습이었다.

처음에 공간의 문을 열었던 그 복도로 돌아온 슈린은 익숙한 광경이 보이자마자 안도의 한숨을 내쉬었다. 익숙하다는 것, 항상 자신의 곁에 있다는 것이 얼마나 위안이 되는지 모른다. 아직까지 잠을 자고 있는 아영을 데리고 그녀의 방으로 가던 그는 자신의 발걸음 소리를 듣고 달려

나온 에오로를 만날 수 있었다. 방문을 걷어차고 뛰쳐나온 그는 슈린의 모습을 보자 눈을 동그랗게 떴다. 한참 동안 의기소침하게 있었던 것이 분명해 보이는 에오로에게 슈린은 살짝 미소를 지어 보였다.

그의 미소를 본 에오로는 그제야 슈린이 돌아왔다는 사실을 깨닫고는 환하게 웃었다. 하지만 그에게 안겨 있는 아영의 모습을 보고 에오로가 서둘러 슈린에게 다가왔다.

"아, 아영은 왜? 어디 다쳤어?"

걱정스러운 에오로의 질문에 슈린은 조금 고개를 저어 보이며 대답했다.

"아니, 괜찮아. 그저… 꿈을 꾸고 있는 것뿐이야."

"응?"

알 수 없는 슈린의 말에 에오로는 고개를 갸웃거렸다. 하지만 슈린은 더 이상 대답해 주지 않았다. 다만 뜻 모를 미소만을 지을 뿐이었다. 슈린은 아영을 안은 채로 그녀의 방으로 향했다. 방문을 열고 들어선 그는 침대 위에 아영을 눕혀주었다. 곤히 자고 있는 아영의 얼굴을 내려다보며 슈린은 생각했다. 왜 아영은 그때 그런 선택을 했을까? 왜 달콤하지만 깨어질 꿈 쪽을 선택했을까? 이해할 수가 없었다. 항상 당당하고 자기 소신이 곧은 아영의 모습만을 보았기에 슈린은 알 수 없었다. 한숨을 작게 내쉬면서 고개를 저은 슈린은 아영의 가슴까지 이불을 덮어준 후에 그녀의 방을 나섰다.

밖에는 이미 에오로가 불러온 니드와 셀로브, 에이레이가 서 있었다. 그들의 표정을 본 슈린은 자신도 모르게 피식 하고 웃고 말았다. 걱정이라는 감정이 뚝뚝 떨어지는 듯한 얼굴이었기 때문이다. 왜 사람이라는 동물은 이렇게 단순할까.

이마를 짚고 웃는 슈린을 보면서 다른 사람들은 모두 고개를 갸웃거렸다. 의아스러운 얼굴을 하고 있던 셀로브가 미간을 찌푸리며 물었다.

"세피로트는, 세피로트의 나무는 만났나?"

그의 질문에 슈린은 살짝 고개를 끄덕였다. 다른 사람들 모두가 안도의 한숨을 내쉬었다. 세피로트의 나무도 만나보았고, 두 사람 모두 다친 곳 없이 무사히 돌아왔으니까. 하지만⋯ 겉으로 다치지 않았다고 해서 그게 정말로 무사한 것일까. 슈린은 굳은 얼굴이 되어 힐끔 아영의 문 쪽을 보았다. 잠에서 깨어나면 모든 것을 알 수 있겠지. 그러나⋯ 만날 수 없는 가족들을 본 그녀의 심정은 어떠할까? 물론 자신 역시 가족을 보았다. 아직 부모님도 죽지 않았고, 형과도 헤어지지 않은 그 행복했던 기억을. 솔직히 말해서⋯ 슈린 역시도 그 꿈에서 깨어나고 싶지 않았던 것은 사실이다.

그러나 쉽게 깰 수 있었던 것은, 이미 부모의 죽음을 눈앞에서 보았던 과거가 있었기 때문이다. 죽은 사람을⋯ 다시 만날 수는 없다. 그 사실을 슈린은 그 꿈속에서도 빠르게 깨달았다. 아영은 그렇지가 못하지 않은가. 부모는 원래의 세계에 버젓이 살아 있고, 행복한 시절을 보내어왔다. 그 행복했던 시절로 돌아갈 수 없을 수도 있다는 지금의 현실에서⋯ 다시 만난 가족이 왜 그립지 않겠는가. 슈린은 고개를 저으며 안타까운 얼굴이 되었다.

달콤한 꿈은⋯ 안 꾸느니만 못하다. 깨어나면, 달콤했던 것만큼 쓰디쓰니까.

선택의 시간 2

"미안했어. 내가 바보 같았지?"

침대에 앉아 있던 아영의 말이었다. 그녀의 방에는 슈린과 그녀 단둘뿐이었다. 예전에는 그렇게 싸웠던 두 사람이 아니었는가? 하지만 진헌이 죽고, 우혁과 현홍이 사라진 이후… 아영과 가장 많이 대화를 나누는 사람은 다름 아닌 슈린이었다.

슈린은 그녀의 침대 옆에 의자를 끌어다 앉았다. 조금은 어둑한 분위기였다. 커튼은 있는 대로 쳐놓고 있어서 저녁이 아닐까 생각이 될 정도로. 그렇지만 시간이 정지하고 있음에 따라 그날 아침의 상황에서 변한 것은 거의 없었다.

슈린은 살짝 고개를 저었다. 그는 희미한 미소를 지은 채로 허리를 약간 숙였다.

"그다지… 인간다운 모습을 본 것 같았을 뿐입니다."

"하하, 그 말투 하고는."

작게 웃으며 손을 조금 내저은 아영은 곧 웃음을 멈추고 정면을 응시했다. 꿈에서 깨어난 지 이제 몇 시간 정도밖에 지나지 않았다. 처음에는 익숙한 무늬의 천장이… 커다란 침대가 너무나도 불편했다. 아니, 다시 눈을 감으면 꿈을 꾸지 않을까 하고 잠이 들려고 노력했다. 그렇지만 꿈은 꿈일 뿐이다. 그녀는 이제야 그것을 깨달았다. 겉으로는 아무리 강한 척해도… 그녀는 속은 어린 여성이었다. 외강내유라고 할까.

세피로트의 나무가 있는 곳에서 눈물을 좀 많이 흘려서인지, 아영의 눈은 조금 부어 있었다. 그렇지만 슈린은 그것을 못 본 척했다. 그녀가 그렇게 대놓고 눈물을 흘리는 모습을 슈린은 그때 처음 보았다. 아영이 빙긋이 미소를 지으며 입을 열었다.

"그래, 다른 사람들에게는 설명 다 해줬어?"

고개를 끄덕인 슈린은 두 손을 모아 무릎 위에 올리며 피식 웃었다.

"모두들 놀라는 눈치더군요. 그렇게… 깊이까지는 말하지 않았습니다. 그냥 수박 겉 핥기 식으로 설명해 줬지요."

"음, 너라면 그럴 줄 알았어."

"그렇습니까……."

두 사람은 동시에 입을 다물었다. 아영은 어색했다. 슈린에게 매달려 눈물을 흘린 것도, 슈린이 극복한 일을 자신이 하지 못했던 것도. 부끄럽고 자신에게 화가 났다. 그래도, 다시 그런 선택을 하라고 한다면… 잘할 자신은 없었다. 어쩐지 얼굴 보기가 민망하다고 할까, 머리를 긁적거리며 어떻게 할까 고민 중인 아영의 귀에 슈린의 나직한 목소리가 들렸다.

"세피로트에게 많은 이야기를 들었습니다."

자신의 생각에 몰입해 있다가 슈린의 목소리가 들리자 아영은 화들짝 놀랐다. 미간을 찌푸리며 고개를 갸웃거리는 슈린에게 아영은 아니라는 듯 손을 내저었다. 호호, 하고 어색한 미소를 흘린 아영이 물었다.

"응? 세피로트에게 뭘 들었다고?"

"…무슨 딴생각하고 계신 겁니까?"

슈린의 정곡을 찌르는 말에 아영은 움찔하면서 입술을 삐죽 내밀었다. 그녀는 어깨를 움츠리고 손가락을 꼼지락거렸다. 자신을 멀뚱히 바라보는 슈린의 시선에 못 이긴 듯 아영이 짜증난 목소리로 말했다.

"에잇! 사실 나 슈린 네 얼굴 보는 것 쪽팔린단 말야! 그렇게 추한 모습으로 펑펑 울었는데……."

점점 작아지는 그녀의 목소리를 들은 슈린은 잠시 동안 눈을 깜빡였다. 그런 걱정까지 할 줄이야. 아영이라면 그냥 있는 듯 없는 듯 넘어갈 줄 알았던 슈린에게 있어서는 의외의 일이었다. 그러나 아영이 그렇다고 해서 슈린도 같이 어색해질 리는 만무한 것. 그는 부드럽게 웃으면서 자신이 앉아 있는 의자에 팔을 걸쳤다. 뻐딱하게 자세를 틀면서 턱을 살짝 틀어 올린 슈린이 우습다는 듯 말했다.

"후훗, 우습군요. 당신도 그런 걱정을 하는 여성일 줄이야."

"야, 야! 나도 사람인데… 당연하지."

이상하게 즐거워 보이는 슈린이 못마땅한 듯 아영이 눈을 가늘게 떴다. 그러자 슈린은 한숨을 작게 내쉰 후에 다시 허리를 숙였다. 그는 조용히 두 손을 모아 쥐고는 눈을 감았다. 아무 말도 하지 않는 슈린을 아영이 의아하게 생각할 즈음… 슈린이 입을 열었다. 그의 입에서 흘러나오는 목소리는 아영의 심장마저 두근거리게 만들 정도로 낮고 부드러운 음색이었다.

"당신만 그랬을 것이라고 생각하지 마십시오. 저 역시… 눈물 흘렸으니까요."

아영은 그의 진지한 말에 입을 다물고 가만히 듣기만 했다. 슈린의 말은 계속해서 이어졌다.

"…아영, 당신은 보지 못했지만 저는 세피로트의 나무에게 눈물을 보였습니다. 사람은 언제나 눈물 흘리고 아파할 수가 있지요. 그것을 다른 사람에게 보이느냐, 아니냐의 차이일 뿐입니다. 눈물을 흘린다고 약한 사람이라 규정 짓지는 않습니다. 그 눈물에 어떠한 의미가 담겨 있느냐가 더 중요하지요. 아영… 당신의 눈물은 누구나 이해할 수 있는 그런 눈물이었습니다. 가족에 대한 사랑이 담겨져 있었으니까요."

그의 말이 끝난 직후 아영은 가만히 슈린의 얼굴을 쳐다보았다. 무슨 말을 해야 할지 머뭇거리고 있을 때, 슈린은 고개를 들어 올렸다. 그리고 미소를 지었다.

"저희들이 놓여 있던 길에는 정답이 없었습니다."

"…내가 그런 선택을 했는데도?"

주먹을 불끈 쥐면서 아영은 되물었다. 슈린은 고개를 끄덕였다. 그러나 아영은 고개를 숙이며 입술을 깨물었다. 뭐가 정답이 없는 거야, 난 바보 같은 것을 선택해 버렸는데. 현실보다 꿈을 선택해 버렸는데… 그게 무슨 정답이야. 그렇게 생각하는 아영의 어깨에 슈린이 살며시 손을 얹었다.

"저 역시 그 꿈에서는 에오로와 스승님이 없었습니다. 그래도… 가족은 있었지요. 두 가지 모두 소중한 존재입니다. 아무리 저울질해도 정답이 나올 리 없습니다. 그런 와중에, 그래도… 당신은 선택을 하지 않았습니까?"

"으응?"

"…저는 선택조차 하지 못했습니다."

슈린은 자신의 손을 거두면서 씁쓸한 표정을 지었다. 고개를 옆으로 돌려 커튼이 쳐진 창문을 바라보며 슈린은 말을 이었다.

"아무도 선택할 수가 없었습니다. 저에게 있어서는 가족도, 스승님과 에오로도 소중하니까요. 그래서… 두 가지 모두를 포기해 버렸습니다. 두 가지 모두 꿈이라고 중얼거려 버렸으니까요. 그렇지만 아영… 당신은 용감하게 한 가지를 선택했습니다."

"……."

"후훗, 지금에 와서 생각해 보면… 저 역시도 또다시 그런 선택을 하라고 하면 못할 것 같군요."

슈린은 그렇게 말하며 웃었다. 그의 말도 맞는 말 같지만… 아영은 왠지 자신이 한없이 초라하게 느껴졌다. 그러나 지금은 그런 것이 중요한 것이 아니었다. 이미 지나간 일이다. 지나간 일을 붙잡고 고민할 시간 따위는 없었다.

"아, 그건 그렇고… 세피로트가 뭐라고 했는데?"

그녀의 질문에 슈린 역시도 지난 일로 고민할 필요가 없다는 것을 깨달았다. 그리고 세피로트에게 들었던 말들을 모두 아영에게 해주었다. 다른 사람들에게는 조금 숨겨도 좋지만 아영은… 어쨌거나 같이 싸워야 할 동료였으니까. 솔직히 말 안 하면 멱살을 잡고 털어서라도 있는 그대로 말을 다 들어내지 않을까, 아영은?

잠시 후 아영은 곰곰이 턱을 괴고 생각에 잠겼다. 지금 현재에 있는 시간의 샘물을 마르게 하라고? 새로운 샘물이 생기면… 세계는 종말하지 않는 것일까? 솔직히 세피로트의 말을 모조리 다 믿기도, 그렇다고 그냥 넘기기도 힘들었다.

슈린은 세피로트에게서 받은 검을 자신의 무릎 위에 올려놓았다. 세피로트의 정기를 흡수한 검이라서 그런지는 몰라도, 굉장한 힘이 느껴졌다. 그러나… 이것을 가지고 시간의 샘물을 마르게 할 수 있을까? 무엇보다, 시간의 샘물이 어디 있는지도 모르는데. 아영도 슈린과 같은 고민을 했는지 곧장 입을 열었다.

"그런데 시간의 샘물이 어디 있는 거래?"

그녀의 말에 슈린은 고개를 저으며 어깨를 으쓱거렸다. 세피로트 역시도 그것에 대해서는 언급이 없었다. 두 사람은 잠시 동안 서로를 바라보며 멍청한 표정을 지었다. 이거, 일이 이렇게 막히냐, 아영이 그런 생각을 하고 있을 때 아영의 방 안에는 거대한 힘이 하나 나타났다. 슈린은 검의 손잡이를 잡으며 경계를 했다. 당황한 아영도 이불을 제치고 나와 주위를 둘러보았다. 그러나 그들이 뭐라고 손을 쓸 새도 없이 아영의 방 전체에는 거대한 결계가 만들어졌다. 아무도 들여다보지 못하고, 아무도 나갈 수 없으며, 아무도 들어올 수 없는 그런 결계가.

두 사람이 당황하여 주위를 둘러보고 있을 때 그들의 앞에 홀연히 모습을 드러낸 이가 있었다. 그와 동시에 아영과 슈린은 인상을 쓰면서 노골적으로 기분 나쁘다는 표시를 했다.

"…너무하잖아. 그렇게 원수 쳐다보듯 하다니."

흰색의 가운을 걸치고… 안에는 검은 옷을 입고 있는 그는 말할 것도 없이 메피스토펠레스였다. 입에 물고 있는 담배를 손에 쥔 그는 마찬가지로 인상을 썼다. 자신을 이렇게 푸대접하는 것이 못마땅했나 보다. 그러나 만나도 만나도 달갑게 여겨지지 않는 이 사람… 아니, 악마를 어쩌란 말인가. 아영은 김샜다는 표정으로 침대에 걸터앉으며 손을 휘저었다.

"…그렇게 잘 알면 제발 좀 나타나지 말아. 허구한 날 나타나는 이유가 뭐야?"

그녀의 톡 쏘는 말에 메피스토펠레스는 고개를 팩하니 돌리면서 투덜거렸다.

"쳇, 이거 중요한 정보를 알아가지고 왔더니 대접 하고는. 그냥 돌아갈까 보다."

"중요한 정보?"

먼저 반응을 한 것은 슈린이었다. 그는 미심쩍은 표정으로 고개를 갸웃거렸지만, 확실히 메피스토펠레스는 자신들보다 좋은 정보통을 가지고 있을 것이라고 생각했다. 그의 생각을 아는지 모르는지 아영은 여전히 퉁명스러운 분위기였다.

"헹! 그래 가지고 지금까지 뭐 중요한 정보 가지고 온 것 있어? 솔직히 말해서 없잖아!"

아영은 따지듯 말했고, 메피스토펠레스는 담배를 입에 물면서 중얼거렸다.

"흐음, 그렇게 말한다면… 카오스 스톤이 있는 곳을 가르쳐 주지 않아도 되겠군."

"……!"

아영과 슈린은 순간적으로 몸을 움츠렸다. 슈린이 황급하게 되묻기도 전에 아영은 이미 메피스토펠레스의 멱살을 붙잡고 흔들고 있었다. 캑캑, 하고 숨이 막힌다는 듯이 발버둥 치는 메피스토펠레스의 행동에도 아랑곳없이 아영은 빽하니 소리를 질렀다.

"불어! 카오스 스톤인가 하는 돌멩이는 어디 있는 거야! 응?!"

"큭, 이… 이것 놔야 말을 하지!"

거우 아영을 말린 슈린은 메피스토펠레스에게 의심스러운 눈길을 주었다. 아영에게서 풀려난 메피스토펠레스는 넥타이를 풀어 소파에 던져 놓은 후 자리에 앉았다. 잘못했다가는 골로 갈 뻔했다고 중얼거리고 있는 그에게 슈린이 다가왔다. 메피스토펠레스의 맞은편에 앉은 슈린은 자신의 옆에 아영을 앉히고 그녀가 함부로 행동하지 않도록 눈치를 주었다.

"정말입니까? 아니, 정말이기는 하겠군요. 악마는 거짓말을 하지 않으니……."

슈린의 말에 메피스토펠레스는 불만스러운 얼굴을 조금 풀면서 입꼬리를 올렸다.

"그래, 악마는 거짓말을 하지 않지. 그러니까 정말로 알고 있다고."

"…무슨 조건을 걸 겁니까? 악마는 공짜도 싫어한다고 하더군요."

싸늘한 눈초리로 자신을 응시한 채 덤덤하게 말하는 슈린을 보며 메피스토펠레스는 정곡을 찔렸다는 표정을 지어 보였다. 확실히 악마는 거짓말을 하지 않지만, 조건이 없다면 진실을 말하지도 않는다. 잘 알고 있으니 얘기가 빠르게 되겠다고 메피스토펠레스는 생각했다. 잠깐 시치미를 떼는 듯한 표정을 지어 보인 메피스토펠레스는 자신을 노려보고 있는 아영과 슈린에게 미소를 지었다.

"그렇게 노려보지 말라고. 어려운 조건은 걸지 않아. 잘 생각해 봐. 나 역시도 이 세계가 멸망하는 것을 두고 볼 수 없는 입장이야. 그러니 우리들은 동지란 말이지."

"흥, 아무도 모르지. 오늘의 동지가 내일은 적이 될지."

아영의 가시 돋친 말에 메피스토펠레스는 심하다, 라고 어눌하게 웃으며 말했다. 그리고 그는 손가락을 깍지 껴 모은 다음 허리를 약간 숙였다. 메피스토펠레스의 입가에 희미한 미소가 번지는 것을 본 아영은 조금 기분이 상했다. 악마다운 미소라는 느낌이었다. 뭔가 감추는 것이 있는 것 같지만… 그 속의 욕망이 그대로 드러나 보이는 미소. 그렇기에 아영은 조금 오싹한 기분을 느끼면서 고개를 돌려야 했다. 그녀의 기분을 아는지 모르는지 메피스토펠레스는 조용히 입을 열었다.

"왜 하요트의 말은 곧이곧대로 믿으면서 내 말은 못 믿는지… 나는 그것이 궁금하군."

그의 말에 슈린은 움찔하며 메피스토펠레스를 보았다. 하지만 메피스토펠레스는 그저 빙긋 웃을 따름이었다. 저 말은… 세피로트의 나무까지 다녀왔다는 것을 안다는 말? 하긴 하요트 같은 거물이 이곳에 왔다 갔다 하는데 마족이 모를 턱이 없지. 슈린은 골치 아프게 되었다고 생각하며 한숨을 쉬었다.

"…믿겠습니다. 그러니 조건을 대십시오."

"하하, 말이 통하는 녀석이로군. 좋아, 그리 어려운 조건도 아니니까 너무 부담 갖지 말도록. 실은……"

메피스토펠레스는 잠시 말을 멈추고 아영과 슈린, 두 사람을 번갈아 보았다. 말을 하려면 빨리 할 것이지 저렇게 멈추면 더 긴장되지 않는가. 아영은 인내심에 한계를 느끼면서도 산통 다 깨서는 안 된다는 착한 생각을 하며 꾹 눌러 참았다.

약간은 지루할 정도의 시간이 지난 다음, 메피스토펠레스가 천천히 손을 앞으로 내밀었다. 그러자 그의 손 안에서 작은 뭔가가 꿈틀거리기 시작했다. 형체가 점점 선명해지는 그것을 보며, 아영과 슈린은 동시에 고개를 갸웃거렸다.

주먹보다 약간 큰 크기의 그것은 목이 긴 도마뱀에 날개를 달아놓은 모습이었다. 드래곤을 작게 축소하면 저런 모습이 될 듯했다. 아영이 메피스토펠레스의 손바닥 위에 올려진 그것을 가리키며 물었다.

"그, 그게 뭐야?"

끽끽거리는 괴상한 울음소리를 내는 괴이한 생명체를 귀엽다는 듯 쓰다듬으며 메피스토펠레스가 대답했다.

"아, 이건 마계의 북쪽에 서식하는 마수야. 이름은 '키케'라고 해. 조건은 이 녀석을 함께 데리고 가달라는 것이지."

검은색의 작은 날개를 파닥거리는 그 동물을 뚫어지게 쳐다보면서, 아영은 어딘지 모르게 이상한 느낌을 받았다. 어디선가 본 듯하다고 할까.

전체적으로 모두 검은색을 가지고 있었지만 두 눈동자만은 아름다운 보라색을 하고 있었다. 꼬리를 조금 흔들며 키케는 파다닥, 날아서 아영의 어깨 위에 앉았다. 당황하면서도, 왠지 기분이 나쁘지 않아서 아영은 키케의 턱을 긁적여 주었다. 키케는 기분 좋은 듯 가르릉거렸다.

하지만 슈린은 그것을 보면서 미간을 찌푸렸다. 작은 몸집에 위험해 보이지는 않았지만… 그 동물의 몸에서는 암흑의 기운이 물씬 풍기고 있었기 때문이다. 기우杞憂일 것이라고 스스로를 안심시킨 슈린은 여유만만한 자세로 팔짱을 끼고 앉은 메피스토펠레스를 보았다. 뭘 생각하고 있는 걸까? 키케라는 이 동물은 감시책 내지는 연락망 정도가 될까? 무슨 생각을 하는지 알 수가 없어서 슈린은 속으로 답답했지만 참아야 했다. 함부로 의심을 하는 것은 나쁘지만… 걱정해서 나쁠 것은 없다.

"…조건은 그것뿐입니까?"

슈린의 질문에 메피스토펠레스는 고개를 끄덕였다. 카오스 스톤이 있는 곳을 가르쳐 준다면서 너무 조건이 가벼운 것 아닌가? 하긴, 하요트는 그냥 가르쳐 주었으니 더욱 의심스러운 것은 어쩌면 그쪽이겠지만.

턱을 괴고 뭔가를 생각하는 슈린을 내버려 두고, 메피스토펠레스는 아영에게 손을 내밀었다. 키케를 쿡쿡 찌르면서 재미있어하던 아영이 고개를 갸웃거렸다.

"왜?"

"슈린에게는 신족이 준 세피로트의 나무로 가는 문장이 있잖아? 그리고 오른손에는 신족의 문양이 있고. 그러니까 마족인 나는 손을 댈 수가 없어. 그러니 카오스 스톤이 있는 차원의 문을 열 수 있는 문장은 너에게 줘야지."

이해했다는 듯 고개를 끄덕인 아영은 메피스토펠레스의 손을 잡았다. 메피스토펠레스는 가만히 눈을 감았다. 그러자 그의 손에서는 검은 안개와 같은 것이 희미하게 일어났다. 그것은 아영의 왼손으로 옮겨갔고, 메피스토펠레스는 눈을 떴다. 아영은 자신의 왼 손바닥을 가만히 내려다보았다. 검은색의… 모래시계처럼 보였다. 희미하게 점처럼 찍힌 것이라 잘 보이지는 않았지만 그래도 그런 모습 같았다. 신기한 듯 고개를 끄덕이고 있는 아영에게 메피스토펠레스가 말했다.

"카오스 스톤이 있는 곳은 이 세계의 가장 위 차원계이다. 세피로트의 나무가 세계를 지탱하기 위해 세계의 가장 아래 차원계에 있듯. 카오스 스톤은 세계를 굽어보는 존재이기 때문이지."

역시 이해했다는 듯 아영은 고개를 끄덕였다. 모든 것이 마무리된 듯하자 메피스토펠레스는 작게 박수를 치면서 자리에서 일어났다.

"자, 자. 그럼, 무운武運을 빌겠어, 제군들."

그렇게 말하며 메피스토펠레스는 다시 작게 미소 지었다. 그의 시선이 아영의 어깨 위에 앉아 있는 키케와 마주친 것을 아무도 보지 못했다. 키케의 자수정 같은 보라색 눈동자에 이채가 스쳐 지나갔다. 마계로 돌아가기 위해 차원의 문을 연 메피스토펠레스가 그 속으로 들어가기 전 깜빡했다는 듯 손을 마주치며 고개를 돌렸다.

"아, 그리고 이번에 카오스 스톤에게 갈 때 말이지… 자네들 동료도 데리고 가는 게 좋을 거야."

"예?"

소파에서 일어난 슈린은 미간을 살짝 찌푸렸다. 갑자기… 무슨 소리인가? 세피로트의 나무에게 갔을 때에도 위험할까 봐 놔두고 간 그들이다. 그런데, 훨씬 더 위험할지도 모르는 카오스 스톤에게 갈 때 그들을 데리고 가라고? 슈린이 의심스러운 표정으로 자신을 보자 메피스토펠레스는 가운의 주머니에 손을 꽂아 넣으면서 말했다.

"그런 얼굴 할 필요 없어. 사실, 저번에는 놔두고 갈 수 있었지만… 또

다시 간다고 하면 그들이 가만히 있겠나? 무엇보다 그들도 도움이 될 수 있을 거야. 그리고……."

피식하고 웃은 메피스토펠레스는 검지손가락을 들어 입가에 가져갔다. 눈을 가늘게 뜨면서 의미 모를 미소를 짓는 그의 얼굴은 정말 악마다워 보였다.

"지금도… 열 개의 영혼을 모으고 있는 현홍이 그들을 노릴지도 모르는 일 아냐?"

"무, 무슨 말씀입니까!"

흠칫 놀란 슈린이 재빨리 되물었다. 아영 역시 인상을 굳히며 메피스토펠레스 쪽으로 고개를 돌렸다. 그녀의 얼굴이 순식간에 어두워졌다. 잊을 수도 없고, 결코 잊지 않을 그 순간… 키엘이 현홍의 손에 죽었을 때가 떠올랐다. 정색을 하는 두 사람의 모습에 메피스토펠레스는 재미있다는 듯 웃었다. 어깨를 으쓱거린 메피스토펠레스가 말을 이었다.

"혹시나 하는 말이지. 그들 속에 열 개의 영혼에 해당하는 자가 있다면? 자신을 방해하는 너희 두 사람이 없는 기회를 놓치겠어? 그는 이미 자신을 따르던 아이조차 죽인 자인데 말야."

"메피스토!"

싸늘한 얼굴로 아영이 짧게 외쳤다. 아이고, 화났어 하면서 메피스토펠레스는 무섭다는 듯 어깨를 움츠렸다. 그러나 그의 얼굴에서 장난기 어린 표정은 사라지지 않았다. 손을 흔들면서 검은 구멍 속으로 들어가는 메피스토펠레스에게서 다시금 나직한 목소리가 들려왔다.

"…조심, 또 조심하는 게 좋아. 소중한 것은 곁에 둬야지, 안 그래?"

웃음기 어린 목소리로 말을 한 메피스토펠레스는 손을 살짝 흔들면서 몸을 감추었다. 그가 만든 검은 구멍이 희미하게 사라지자 슈린은 두 주먹을 불끈 쥐며 부르르 떨었다. 저 말에 담긴 저의가 무엇이란 말인가?

입술을 깨물면서 분해하고 있는 슈린에게 아영이 진지한 목소리로 말했다.

"저, 슈린… 사실 나도 메피스토펠레스와 같은 생각을 하고 있었어."

아영의 말에 슈린이 인상을 쓰면서 고개를 돌렸다. 그 얼굴이 워낙에 무서워서 아영은 자신도 모르게 속으로 신음 소리를 내뱉을 정도였다. 눈을 부릅뜬 채로 자신을 노려보는 슈린에게 황급히 손을 저어 보인 아영은 재빨리 입을 열었다.

"아, 아니… 그러니까 내 말인즉, 조심해서 나쁠 것은 없다는 거야. 그리고… 아무리 위험해도 나에게는 사대정령 왕이 있어. 다른 정령들도 부를 수 있고… 그러니까 함께 가더라도 그들은 지켜줄 수가 있어. 여기 놔두고 가는 것보다는… 낫지 않을까, 하고."

그녀의 말은 일리가 있었다. 하지만 세피로트의 나무가 일러준 대로라면 이번 일의 배후는… 카오스 스톤이다. 그에게로 가는 길이 쉬울 리가 없지 않은가? 슈린은 미간을 찌푸리며 고개를 살짝 숙였다. 이상하게 가슴 한구석이 아파오는 것이… 불안한 마음이 들었다. 이것은 과연 어느 쪽의 선택을 두고 반응하는 것일까? 친구들을, 동료들을… 놔두고 가는 쪽? 아니면 함께… 카오스 스톤에게로 가는 쪽? 어느 쪽도 확신을 내릴 수가 없었다.

안절부절못하면서 선택을 못 내리고 있는 슈린을 보니 아영은 자신도 모르게 웃음이 나왔다.

그리고 문득 의문이 들었다. 슈린의 소망은 무엇일까? 어깨에 앉아 있는 키케의 턱을 살짝 간질이면서 아영은 슈린을 바라보았다. 그녀의 시선을 느낀 슈린이 당황한 표정으로 고개를 돌렸다. 부드러운 미소를 띠며 아영이 말했다.

"슈린, 질문이 하나 있는데……?"

조금 가라앉은 듯한 그녀의 모습에 슈린은 고개를 갸웃거렸다. 하지만 다소곳이 손을 모으고 서서 자신을 바라보는 아영은 분명 진지해 보였다. 무슨 질문일까? 어쩌면… 슈린은 속으로 알 수 있었다, 무슨 질문을 할지. 자신도 모르게 미소가 흘러나와 슈린은 입가에 희미한 미소를 띠었다. 그 미소가 질문을 해도 된다는 표현처럼 보인 아영은 고개를 조금 숙이면서 입술을 작게 달싹였다.

"…슈린이 바라는 소망은 뭐야? 뭘 위해서 그렇게 노력하는 거지?"

방 안에는 잠시 동안 침묵이 감돌았다. 끽끽거리던 키케조차도 입을 다물고 슈린을 응시했다. 아영의 질문을 들은 슈린은 하하, 하고 작게 웃으며 이마를 손으로 짚었다. 그리고 몸을 돌려 창가 쪽으로 걸어갔다. 이미 멈추어진 시간으로 인해… 벌써 며칠 동안이나 아침이 계속되는지 모른다. 그나마, 바람이라도 불기에 시간 감각이 살아나는 듯했다. 창문을 조금 열어본 슈린은 바람에 의해 흩날리는 자신의 머리카락을 쓸어 넘겼다. 비록 옆얼굴밖에 볼 수 없었지만… 아영은 순간적으로 슈린의 쓴 미소를 볼 수 있었다. 검은 머리카락에 가려진 눈가가 어떠한 모습일지, 상상할 수 있었다. 슈린의 입술이 움직였다.

"소망이라… 글쎄요, 정말로 제가 바라는 것인지는 알 수 없습니다. 스스로에게 수백 번을 질문해도 돌아오는 대답은 없기 때문이죠. 하지만 이것 하나만은 확신합니다. 저는… 제 소중한 사람들이 행복하게 살 수 있는 이 세계를 구하고 싶습니다."

"……."

생각 외로 간단한 소망이었다. 아니, 지금 상황이라면 가장 어려운 소망일지도 모른다. 그러나 천천히 고개를 돌리는 슈린의 얼굴에는 강한 의지가 담겨 있었다. 슈린이라면, 자신의 의지를 관철시킬 수 있을 것이다. 무슨 일이 있어도. 아영을 그렇게 생각했다. 살풋 미소를 지은 아영은 방 안을 맴도는 바람에 따라 흘러넘치는 갈색 머리카락을 살며시 쓸어 내렸다.

"나도, 그렇게 소망하고 있어."

환하게 웃으면서 말하는 아영에게 슈린은 미소를 지어 보였다. 소망이라는 것이 뭐 별것이 있을까. 지금 현 시점에 가장 크게 바라는 것일 뿐. 소망은 항상, 언제나 바뀌기 마련이다. 키케는 아영의 긴 머리카락 속에 얼굴을 비비면서 눈을 감았다.

몇 시간이 지났을까.

아영은 멍하니 침대에 앉아서 허공을 바라보고 있었다. 다른 사람들에게 슈린이 말을 했다. 카오스 스톤으로 간다고, 그리고… 가고 싶다면 너희들도 데려가겠다, 라고. 다른 사람들이 안 갈 리가 만무했다. 지금 그들은 짐을 싸고 있었다. 잠시 후면 카오스 스톤이 있는 곳으로 가게 된다. 그런데 왜 이다지도 마음 한구석이 허하단 말인가. 아영은 한 손을 들어 가슴을 내리눌렀다. 심장이 두근거리고, 뭔가… 뭔가 알 수 없는 감정들이 소용돌이쳤다.

가기 전에 꼭 해야 할 일이 있다. 훗, 하고 살짝 웃어넘긴 아영은 조심스럽게 자신의 방을 빠져나왔다. 이불 위에 엎어져 있던 키케가 눈을 뜨며 그녀의 등을 응시했다. 복도는 조용했다. 각자의 방에서 짐 싸기 바쁠 테니까. 살금살금 걸음을 옮겨 아영은 어느 방으로 향했다. 소리가 나지 않도록 문을 살며시 연 아영은 서둘러 방 안으로 뛰어들어 갔다. 사실… 이렇게 할 필요는 없지만 들키고 싶지 않았다, 둘만의 시간을. 침대 위에는 사람의 형체가 있었다. 커튼으로 가려져 있지만 창문으로 스며들어오는 햇빛에 의해… 그 모습은 가슴 두근거리도록 멋있었다.

왕자의 방에 숨어들어 온 시녀처럼 아영은 조용히 발걸음을 옮겼다.

침대에 누워서, 언제까지나 잠을 자는 공주님처럼 그는 눈을 뜨지 않았다. 숨은 쉬고 있지만⋯ 언제 일어날지 모른다. 아영은 조용히 그의 곁에 무릎을 꿇고 앉았다. 햇빛에 반짝이는 세피아 색의 머리카락, 다부져 보이는 인상⋯ 솔루드는 일어나지 않았다. 솔루드의 손을 두 손으로 감싸 쥔 아영은 자신의 빰을 그의 손에 가져갔다. 그리고 눈물이 흘렀다. 후두둑 떨어진 눈물은 금세 침대 시트를 적셨다.

"⋯보고 싶어, 솔루드."

가느다랗게 떨리는 그녀의 목소리가 방 안을 가득 메웠다. 그리 크지는 않지만⋯ 너무나도 깊은 여운을 가지고 있기에. 자리에서 일어난 아영은 조용히 침대에 걸터앉았다. 편안히 자고 있는 솔루드의 얼굴을 내려다보며 아영은 살며시 웃었다. 그러나 그녀의 눈에서는 하염없이 눈물이 흘러내렸다. 천천히, 아영은 고개를 숙였다. 다가오는 솔루드의 얼굴을 보며 눈을 감았다. 입술에 닿는 부드러운 감촉. 이렇게 키스를 해서 잠에서 깬다면 수백 번을 해줄 수 있다. 하지만 솔루드는 깨어나지 않았다. 흐윽, 하고 소리 내어 울음을 내뱉은 아영은 솔루드의 가슴에 얼굴을 묻었다.

덜덜 떨리는 손으로 솔루드의 빰을 매만졌다.

"듣고 싶어⋯ 네 목소리가. 보고 싶어⋯ 네 미소가. 깨어나서 웃어줘, 깨어나서 말해 줘."

간절한 그녀의 목소리에도 솔루드는 아무런 반응조차 보이지 않았다. 무슨 꿈을 꾸고 있을까? 아영은 눈가에 눈물을 닦아내며 솔루드의 빰을 양손으로 감쌌다.

"무슨⋯ 무슨 꿈을 꿔? 이대로, 있는 게 행복해? 응? 말을 해봐! 솔루드!"

다시금 눈물이 왈칵 솟아올라 아영은 솔루드의 가슴에 다시 얼굴을 묻었다. 그리고 하염없이 울기 시작했다. 이대로 카오스 스톤에게 가면…
어쩌면, 어쩌면 두 번 다시 돌아오지 못할 수도 있는데! 그럼, 두 번 다시
는 솔루드를 못 보게 되는데! 이런 생각을 하니 가슴이 메어져 와 눈물이
계속 흘러내렸다.

지금까지 참고 있었어, 솔루드. 널 보러 이 방에 오면 눈물이 나올 것
같아서, 너한테 매달려 하염없이 울 것 같아서 들어오지 않았어. 하지
만… 하지만 이제 떠난단 말야! 어쩌면 돌아오지 못할 곳으로 간단 말야!
솔루드… 솔루드…….

햇빛이 스며들어 오는 창문도… 고요한 방도 무엇도 아영의 마음을
달랠 수 있는 존재는 없었다. 하물며 정령들조차도. 자신들의 주인이 눈
물 흘리는 것을 보며 정령들의 마음도 편치 않았다.

"흐흑… 흑."

다시 못 보는 것은 싫어. 영원히 함께하고 싶어… 그래, 그게 바로 내
소망. 영원히 함께 있고 싶다는 것이 바로 내 소망이야. 그러니… 깨어나
줘.

조금 열려진 문틈 사이로 두 개의 빛이 반짝거렸다. 누군가가 아영의
모습을 보고 있었다. 그리고 그것은 미소를 지었다. 열려진 문은 다시 닫
혔다, 아무런 소리도 없이. 햇빛은 여전히 솔루드와 아영의 모습을 비추
고 있었다. 아영은 뺨을 솔루드의 가슴에 가져다 댄 채로 멍한 얼굴이 되
었다. 눈가에서 흘러내리는 눈물은 더 이상 아영의 제어를 받지 않았다.
그저, 흐르는 것이다. 물이 흐르듯이 말이다.

잠시 후 아영은 조용히 몸을 일으켰다. 너무 울어서 눈이 아팠다. 피
식하고 웃어버린 아영은 침대에서 내려왔다. 눈을 감고 곤히 잠이 든 솔
루드의 뺨을 살며시 쓰다듬으며 아영은 미소 지었다. 웃는 얼굴이 좋다
고 말했다, 솔루드는. 그렇기에 웃어주는 것이다… 지금 아무리 마음이

아파도. 그리고 다시 고개를 숙여 솔루드의 입술에 자신의 입술을 겹쳤다. 다시는, 이 입술의 감촉을 느끼지 못할지라도 영원히 함께하고 싶어, 라는 소망을 이루기 위해서… 자신은 떠나는 것이다.

키스를 하는 시간은 길었다.

이 시간이 영원히 계속되길 바랬지만 그것은… 이루지 못할 마음. 아영은 조용히 입술을 떼며 눈을 떴다. 그리고 몸을 일으켰다. 이제는 떠나야 한다. 침구들과 함께… 마지막이 될지도 모를 싸움터로. 눈을 질끈 감은 아영은 고개를 돌리며 서둘러 방을 나서려 했다. 솔루드의 얼굴을 보면 발길이 떨어지지 않을 것 같아서였다.

"…아영님?"

흠칫.

문을 열고 방을 나서려던 아영은 그 자리에 굳은 듯이 멈출 수밖에 없었다. 귓가에 들려온 것이 환청일 것이라고, 아영은 속으로 자신에게 소리쳤다. 그럴 리가 없잖아, 그럴 리가…….

"아영님? 왜, 울고 계십니까……?"

아영은 두 손을 들어 입을 막았다. 비명이라도 지를 것 같아서… 그래서. 참았던 눈물이 다시 흘러내렸다. 옷자락 스치는 소리가 작게 들렸다. 그리고… 그리고 작은 발걸음 소리도. 자신에게 다가오고 있었다. 믿을 수 없어… 이건 꿈이야. 그래, 달콤한 꿈. 깨어나면 쓰리도록 아픈… 그런 꿈. 눈을 감고 자신에게 중얼거리던 아영은 고개를 번쩍 치켜들었다. 자신의 양 어깨를 감싸 안는 따뜻한 감촉 때문이었다. 항상 잠이 들기 전 자신을 안아주던 그 손길. 덜덜 떨리는 양손으로 아영은 얼굴을 감쌌다. 이 눈물을 보이고 싶지 않았다.

아영을 뒤에서 끌어안고 있는 그의 다정한 목소리가 아영의 귓가에 속삭였다.

"보고, 싶었습니다……."

그것이 결정타였다. 아영은 휘청거리는 무릎을 주체하지 못하고 바닥에 주저앉아 버렸고, 솔루드는 그녀의 허리를 끌어안았다. 천천히 고개를 들어 올린 아영은 입술을 깨물었다. 자신을 내려다보고 있는 얼굴은 분명 그의 얼굴이었다. 눈물에 젖어 있는 아영의 뺨을 크고 강한 손으로 쓰다듬어 준 그는 희미하게 미소를 지었다.

"…솔루드?"

"예, 아영님."

"…정말로, 정말로 솔루드야?"

솔루드의 양팔을 힘껏 붙잡은 아영이 되물었다. 그녀의 물음에 솔루드는 부드러운 표정으로 고개를 끄덕였다. 항상 완고하고, 굳건한 그도… 아영에게만은 자상하고 부드러운 표정을 보여주었다. 그 얼굴을 보며 아영은 왈칵 눈물을 쏟았다. 그런 그녀를 아무 말 없이 감싸 안아준 솔루드는 아영의 등을 쓸어 내려주며 중얼거리듯 말했다.

"지켜주겠다고… 맹세하지 않았습니까, 아영님."

"…응, 으응……."

아영은 웃으면서 고개를 끄덕였다. 볼 수 있어서 다행이야, 들을 수 있어서 다행이야. 두 사람은 한참 동안이나 서로의 체온을 느끼면서 그렇게 있었다. 다시금 느끼게 된 서로가 너무나도 소중해서, 떨어질 수가 없었다.

솔루드가 깨어났다는 소식에 저택이 발칵 뒤집혔다… 는 것은 거짓말이고, 깨어 있는 사람들만 난리가 났다. 왜 다른 사람들은 안 깨어나고 솔루드만 깨어난 것인지 궁금해하는 눈치기는 했으나, 한 명이라도 더 깨어난 것이 어디겠는가. 아영은 솔루드의 옆에서 일 분 일 초도 떨어질 생각을 하지 않았다. 무엇보다 그동안 그녀답지 않게 시무룩했던 아영이 행복해 보이니까… 그것으로 다 잘된 것이었다. 응접실에 모인 사람들은 찰싹 달라붙어 있는 아영과 솔루드를 보면서 쓴 미소를 지었다. 특히 에오로는 도저히 눈꼴 시려서 못 보겠다는 듯 손을 내저었다. 물론 속으로는 다행이라고 생각하면서도.

각자의 짐을 챙겨온 사람들은 잠시 소파에 앉아서 멍하니 시선을 교환했다. 가는 것은 좋지만, 막상 가려고 마음을 먹으니… 어째 쉽게 발길이 떨어지지 않았다. 소파에 앉지 않은 슈린은 팔짱을 낀 채로 창밖을 바라보고 있었다. 에이레이와 셀로브는 함께 앉아서 무슨 생각을 하는지 같은 표정이었다. 희미한 미소를 띤 표정 말이다. 메피스토펠레스에게서 받았다던 괴상한 동물을 자신의 무릎 위에 올리고 앉은 에오로는 키케의 머리를 쓰다듬었다.

"응?"

그런데 손가락 끝에 닿는 느낌이 참 묘했다. 어디선가 느껴본 적이 있는 것 같은… 그런 느낌. 하지만 그의 마음을 아는지 모르는지 키케는 천연덕스러운 표정으로 하품을 한 후 자신의 몸을 핥았다. 원래의 치렁치렁한 복장을 오랜만에 한 니드는 소파에 가만히 앉아서 허공을 바라보고 있었다. 무슨 생각을 하는지 가늠이 되지 않았다. 어딘지 모르게 슬프면서도, 어딘지 모르게 기뻐 보이기도 한 표정. 그는 자신의 긴 머리카락을 하나로 올려 묶었다. 그리고 머리를 다 묶었을 때, 천천히 입을 열었다.

"그만, 갈까?"

그의 나직하면서도 강한 어조에 그동안 각자의 표정을 한 채로 앉아 있던 사람들이 하나의 표정을 떠올렸다. 입가에 희미한 미소를. 돌아오지 못할 수도 있다. 그러나 가장 큰 두려움은 그것이 아니다. 자신만 남기고 가는 것이 더 두려운 것이다. 니드는 조용히 자신의 가방을 어깨에 메며 자리에서 일어났다. 그들은 모두 생각하고 있었다. 이번의 싸움이 마지막이라고는 것을. 몸으로… 마음으로 그렇게 생각했다. 이 싸움이 끝나면, 아마도 많은 것이 바뀔 것이라고. 키케를 자신의 어깨로 옮겨놓은 에오로도 검을 들고 자리에서 일어났다.

에오로는 진지한 표정이었다. 자신이 바라는 것을 위해서 싸울 것이다. 다카를 잃었을 때처럼 무력하게만 앉아 있지는 않을 것이다, 라고 스스로에게 맹세했다. 그리고… 목숨을 다 바쳐서 친구들을 지킬 것이라고도. 흰색의 코트를 입고 있는 슈린은 조용히 시선을 옮겨 아영을 보았다. 솔루드의 팔을 붙잡고 희희낙락한 얼굴을 하고 있던 아영은 미소를 지우고 슈린을 응시했다. 두 사람은 서로 시선을 교환했다. 옷자락을 정돈하면서 자리에서 일어난 아영은 입술을 호선으로 끌어 올렸다. 솔루드는 그녀의 옆에 섰다. 다시는 놓지 않을 것처럼 그녀의 한 손을 꼭 붙잡은 채로. 마지막으로 에이레이와 셀로브가 자리에서 일어났다. 셀로브는 자신의 긴 검은 머리카락을 한 손으로 쓸어 넘기며 퉁명스럽게 말했다.

"자, 이제 가볼까?"

창가에 서 있던 슈린이 아영에게로 걸어갔다. 아영은 메피스토펠레스가 새겨준 문장이 있는 왼손을 앞으로 내밀었다. 검은색의 소용돌이가 천천히 허공에 그려졌다. 에오로는 마른침을 삼켰지만 입은 웃고 있었다. 사람 하나가 들어갈 만큼 커진 검은 소용돌이를 보면서 아영이 말했다.

"얼른 갔다 오자고!"

그녀는 활기 차게 말하면서 소용돌이 속으로 뛰어들었다. 동시에 솔루드가 들어갔고, 이어서 에오로가 잔뜩 어깨를 긴장시킨 채로 안으로 들어갔다. 에이레이와 셀로브는 여유롭게 함께 들어갔으며, 니드는 잠시 동안 자신의 뒤에 서 있는 슈린을 보았다. 슈린은 말없이 희미하게 미소 지으며 고개를 끄덕여 주었다. 니드가 소용돌이 속으로 사라진 후 슈린은 고개를 돌려 창가를 바라보았다. 미간을 살짝 찌푸린 그는 뭔가 말을 할 듯 입술을 깨물었지만 결국 아무런 말도 하지 않은 채로 소용돌이 속에 모습을 감추었다.

아무도 없는 방 안에는 정적만이 감돌았다. 하지만 잠시 후 창문이 열리면서 몰려들어 온 빛의 무리들에 의해 방 안은 순식간에 눈이 부시도록 밝아졌다. 그리고 빛의 무리는 하나하나가 형체를 가지고 바뀌어갔다. 어깨를 소담히 덮는 푸른빛이 도는 은발을 가진 천사 하나가 검은 소용돌이를 보며 곱게 웃었다. 그는 소맷자락을 들어 입가를 가리면서 중얼거리듯 말했다.

"자, 이제 최종 결전이옵니다. 부디, 용서를……."

그의 뒤에 선 수십의 천사들은 모두 각자의 무장을 갖추고 있었다. 창과 검을 가진 그들은 다시 빛으로 화해서 검은 소용돌이 속으로 빨려 들어갔다. 마지막으로 남아 있던 은발의 천사… 침묵의 권능을 맡고 있는 샤테이엘 역시 묘한 미소를 지은 후, 빛으로 화해 소용돌이 안으로 들어갔다. 방 안에 있던 빛들은 사라졌으나… 바닥에는 빛으로 반짝거리는 순백의 날개들이 수없이 많이 깔려 있었다.

그렇지만 그것도 잠시였다. 순백의 깃털들을 짓밟으며 나타난 어둠의 존재들로 인해.

Part 30

사명을 다한 이들

사명을 다한 이들 1

　그들이 제일 처음 본 것은 아무것도 존재하지 않고, 아무것도 살 수 없을 것 같은 황량한 사막이었다. 발이 푹푹 들어가는 모래사막을 보며, 아영은 세피로트의 나무를 떠올렸다. 그리고 그때 보았던 꿈까지도. 고개를 저으면서 정신을 차린 아영이 주위를 둘러보았다. 에이레이는 잔뜩 경계하는 표정으로 허벅지에 매고 있던 단검을 양손에 들었다. 솔루드와 에오로도 각자의 검을 뽑아 들었다. 세피로트의 나무로 가는 길은… 이 정도는 아니었는데. 아영은 속으로 그렇게 중얼거리면서 슈린을 돌아보았다. 그 역시도 같은 생각을 하는 것 같았다.

　바람이 불어 모래바람이 사방에 날리자 솔루드는 자신의 망토를 들어 아영을 가려주었다. 니드는 기다란 천을 터번처럼 둘둘 말았다. 막막했다. 여기서 대체 어디로 가야 한단 말인가? 사방을 둘러보던 슈린이 조용히 한곳을 손으로 가리켰다.

　"저기, 뭔가가 있습니다."

일행들의 시선이 모두 그의 손가락 끝으로 향했다. 슈린의 말대로 멀찍이 떨어진 곳에 희미하게 무언가가 보였다. 사막의 열로 인해서 아지랑이가 피어올라 자세히는 볼 수 없었지만, 우선 일행들은 그곳으로 향했다. 셀로브는 걸리적거리는 긴 겉옷을 벗어 사막 위에 버려두고 걸었다. 에오로의 어깨에 타고 앉아 있는 키케는 사방을 두리번거리면서 꼬리를 살랑거렸다. 셀로브는 문득 그 동물을 바라보았다. 마계는 워낙에 넓어서 마족이라고 해도 모르는 생물들이 많다. 그래서 그 역시도 키케와 같이 생긴 동물은 처음 보는 것이었다.

마족인 그로서는 잘 알 수 있었다. 확실히, 메피스토펠레스가 넘겨준 생물답게 암흑의 기운이 강하게 느껴졌다. 여기, 이곳에 오면서 더욱 강해졌다는 느낌을 받았다. 자신을 보고 있는 셀로브의 시선을 느꼈는지 키케는 고개를 발딱 들었다. 턱을 갸웃거린 키케는 하품을 쩍 한 후에 다시 머리를 날개 사이에 파묻었다. 그 모습을 보며 셀로브는 아무래도 자신이 너무 민감해져 있다고 생각했다. 기껏해야 고위의 악마가 부리는 소악마처럼 정보를 알아보는 역할 정도이겠지.

모래에서 올라오는 뜨거운 열과 구름 한 점 없는 하늘에서 내리쬐는 태양. 에오로는 턱을 따라 흐르는 땀을 손등으로 훔쳤다. 마족인 셀로브를 제외한 모두가 한없는 더위에 시달리고 있었다. 그래도 코트는 벗지 않는 것을 보면, 슈린은 확실히 독하기는 한가 보다라고 아영은 생각했다. 재킷을 벗어 허리에 맨 아영에게 솔루드가 걱정스러운 어조로 물렀다.

"괜찮으십니까?"

살짝 고개를 들어 올린 아영이 환하게 웃으면서 말했다.

"응, 괜찮아. 이 정도쯤이야."

…라고 하지만 정말로 덥다. 재킷 안에 반소매의 옷을 입길 잘했다라

고 스스로에게 칭찬을 보내는 아영이었다. 에이레이는 푹푹 들어가는 사막의 모래에 오히려 친근함을 표했다. 그녀가 나고 자란 환경이 바로 사막이었으니까. 폴짝폴짝 뛰어가는 그녀를 보며 일행들 모두가 부럽다는 시선을 보냈다.

가장 고생이 심한 것은 니드였다. 음유 시인 복장은 액세서리도 많고, 옷도 치렁치렁하고 무거웠다. 더워서 낑낑거리면서도 벗지 않는 니드에게는 일행들 모두가 경이롭다는 시선을 보냈다. 이윽고, 겨우겨우 슈린이 보았던 '그것'에 도착했다.

그것은 다름 아닌 문이었다. 하지만 문만 달랑 있고 건물도 무엇도 없었다. 고개를 갸웃거린 일행이었지만 이 상태에서는 이것 말고 선택할 수가 없지 않은가. 모두들 무기를 들고 경계를 하는 가운데, 슈린이 조심스럽게 문을 열었다. 문의 안쪽은 컴컴했다. 잘 보이지 않아서 슈린은 한 발자국 안으로 들어섰다. 그와 동시에 사막의 모래들이 요동 치기 시작했다. 사람들은 모두 화들짝 놀라며 사방을 쳐다보았다. 모래들이 아래로 꺼지고 있었다. 마치, 배수구에 물이 빨려 들어가는 것처럼 엄청난 양의 모래들이 움직이는 것을 보며 모두 당황할 수밖에 없었다.

슈린은 재빨리 문 안쪽으로 들어가 다른 이들에게 외쳤다.

"모두들! 이곳으로 들어오십시오!"

그의 외침이 있기도 전에 이미 문 안으로 뛰어들어 오고 있었지만 하여간에 무서운 속도로 사라지는 모래를 보며 사람들은 모두 할 말을 잃고 말았다. 잠시 후, 모래들이 사라진 곳은 끝도 보이지 않는 어둠뿐이었다. 만약, 저 아래로 떨어진다면 어떻게 될까? 오싹해져서 몸을 부르르 떤 아영의 팔을 솔루드가 강하게 잡았다. 아마도 걱정이 되었으리라. 굳은 얼굴이 된 그의 팔에 뺨을 가져다 댄 채로 아영은 조용히 말했다.

"괜찮아, 위험한 일은… 하지 않아."

확신을 주는 듯한 그녀의 말에도 솔루드의 마음은 쉽게 풀리지 않았다. 그리고 아영의 손을 잡으며 놓아주지 않겠다는 표정을 지었다. 그 표정에 아영은 환하게 미소 지으며 고개를 끄덕였다. 놓지 않으면 돼, 인연이라는 것은 그리 쉽게 끊어지지 않으니까. 낭떠러지와 같은 검은 구렁텅이를 힐끔 내려다본 셀로브가 중얼거리듯 말했다.

"우연치고는 계획적이군. 우리를 이곳에 몰아넣고 싶었나."

그의 말에 모두는 잔뜩 긴장한 채로 사방을 둘러보았다. 하지만 어두워서… 제대로 어디가 어딘지 파악하기도 힘들어 보였다. 슈린은 조용히 한 손을 앞으로 내밀었다. 그러자 그의 손에 빛의 무리가 뭉치면서 무기인 황금색으로 빛나는 창이 만들어졌다. 동시에 사방은 대낮처럼 환하게 밝아졌다. 마치 돌로 만들어진 지하의 창고처럼 보였다. 견고하게 쌓아 올려진 동그란 공간에 있는 것이라고는 아무것도 없었다. 아니, 아래로 내려가는 듯한 좁은 계단만이 있을 뿐이었다. 그것을 본 에오로가 말했다.

"마치, 내려오라고 하는 것 같지 않아요?"

긍정하는 듯 고개를 끄덕인 니드가 팔짱을 끼면서 허공을 보았다.

"아무래도… 자신을 만나고 싶으면 직접 아래로 내려와라, 라고 하는 말 같아. 이곳을 발견한 것도, 나갈 수 없도록 모래사막이 사라진 것도 모두."

"그렇지만 우리들에게 선택권은 없어. 이대로 이곳에 있을 수는 없는 노릇이니까."

담담하게 말한 에이레이의 말에 셀로브는 긍정한다는 듯 고개를 끄덕였다. 결국 모두는 우연인지 필연인지 알 수 없는 힘에 이끌려 아래로 내려가야 했다.

돌계단은 무척이나 좁았지만 오랫동안 손질해 놓은 듯이 견고해 보였다. 한 줄로 소풍 가는 어린이들처럼 천천히 아래로 내려간 일행들은 점차 공간이 밝아져 오는 것을 알 수 있었다. 선두에 서 있던 슈린은 창을 거두면서 새로운 공간에 발을 디뎠다. 초대형으로 만들어진 원형의 돔이었다.

수백 명이 들어와도 남을 듯한 이런 공간이… 있었다니. 입을 쩍 하니 벌린 니드는 놀랍다는 듯 사방을 둘러보았다.

그리고 그 공간의 반대 편에 다시 아래로 내려가는 문이 보였다. 넓은 공간이어서 꽤 멀어 보였다. 슈린은 조심스럽게 주위를 둘러보았다. 어째서 쓸데없게 이런 공간을 만들어놓은 것일까? 다시 아래로 내려가는 계단은 지금 자신들이 걸어온 계단의 정반대 편에 있다. 미간을 찌푸린 슈린은 창을 허공에 돌려보았다. 황금색의 호선이 아름답게 허공을 메웠다. 그리고 그 호선은 빛의 새가 되어 반대 편의 문쪽으로 날아갔다.

파샤!

그러나 새는 중간에서 소멸되고 말았다. 산산이 부서지는 빛의 입자들을 보며 모두들 입을 쩍 벌렸다. 새가 부딪친 곳은 자신들에게서 얼마 떨어지지 않은 곳이었다. 그것을 본 셀로브가 말했다.

"접근 금지라, 이 말이로군? 하지만 그렇다면 저 문으로는 어떻게 가지?"

모두들 입을 다물고 고민하는 표정이 되었다. 하지만 아무리 생각해도 쉽게 알 수가 없었다. 아래로 내려오라고 한 주제에 이렇게 방해를 해도 되는 거냐? 발끈한 아영이 손을 위로 치켜 올렸다.

"들어갈 수 없다면 부수고 가겠어! 나와라, 샐리온!"

"와악! 그렇게 갑자기 부르지 말라고 했지!"

아영의 몸 주변에서 소용돌이치는 불의 힘은 그녀 자신에게는 아무런 해도 입히지 않지만 일반인들에게는 아니었다. 사람들은 서둘러서 머리를 감싸 쥐고 벽에 등을 붙이며 피신했다. 하여간에 다혈질이라고 생각하면서.

아영의 소환에 응한 샐리온은 거대한 불길이 되어 나타났다. 예전, 주작과 싸울 때의 엘라임처럼 전투형이었다. 붉은색의 갑옷과 화염이 타오르는 검과 방패, 그리고 불길로 만들어진 망토. 돔의 천장까지 닿을 정도로 거대한 그 모습에 모두들 입을 다물고 마른침을 삼켰다. 이곳 전체가 내려앉게 하지 말라고 속으로 빌면서 말이다.

정신계의 정령 왕 히에로스마저 컨트롤할 수 있을 정도로 성장한 아영은 예전의 그녀가 아니었다. 힘은 더욱 강대해졌고, 그래서 그녀가 부리는 사대정령 왕 역시 예전보다 강하게 힘을 받을 수 있었다. 황금색과 붉은색으로 만들어진 투구 아래의 샐리온이 씨익, 하고 미소를 지었다. 그리고 거대한 불의 검을 휘둘렀다.

쩌엉—!

엄청난 소리가 나면서 돔의 천장을 울렸다. 둥글게 만들어진 천장 때문에 소리는 더욱 크게 들렸고, 사람들은 모두 귀를 막으면서 눈을 질끈 감을 정도였다. 하지만 아쉽게도 우웅— 하고 우는 소리만을 낸 방어막은 깨어지지 않았다. 샐리온의 크기가 급격하게 작아졌다. 그는 반쯤 투명해진 원래의 모습으로 돌아가 팔짱을 끼며 고개를 틀어 올렸다.

「헤엥, 확실히 카오스 스톤이 친 방어막답군. 쳇!」

퉁명스럽게 말하는 샐리온을 올려다보면서 아영이 팔을 휘저었다.

"그렇게 여유있게 말할 때야?! 이 아래로 내려가야 카오스 스톤을 만날 수가 있단 말야! 이러고 있을 때에도 세계의 시간은 시시각각 멈춰지고 있는데!"

빽 하니 소리를 지르는 아영의 어깨를 솔루드가 부드럽게 짚었다. 씩씩거리고 있는 아영에게 에오로가 어깨를 으쓱거리면서 말했다.

"가장 공격력이 강한 샐리온이 깨지 못했으니… 다른 정령 왕들도 무리겠네."

그의 말에 아영은 분한 듯이 발을 굴렀다. 대체 카오스 스톤이라는 녀석은 무엇을 생각하고 있기에 이런 막을 쳐놓은 걸까? 내려오라고 했으면, 레드 카펫이라도 깔아서 정중히 모셔야 하는 것 아냐? 그렇게 말도 안 되는 생각을 하면서 아영이 분해하고 있을 때, 슈린은 앞으로 천천히 걸어갔다. 흰색의 코트 자락이 조금 흔들렸다. 조용히 걸어가 막의 바로 앞까지 도착한 슈린은 빛의 창을 땅에 꽂은 후, 두 손을 앞으로 내밀었다. 어느 지점에서인가 파직, 하고 스파크가 튀면서 그의 손을 튕겨냈다.

손은 불에 데인 것처럼 붉게 변했다. 그 모습을 본 니드가 서둘러 그에게 달려왔다.

"다쳤잖아! 조심해야지."

옷의 주머니에서 손수건 하나를 꺼낸 니드는 형처럼 슈린의 손에 수건을 메어주었다. 걱정하는 듯한 그의 표정에 슈린은 미안하다고 짧게 말했다. 하지만 이 막을 어떻게 깨야 하는가? 아영의 힘을 받은 샐리온마저 깨지 못했으니… 그것도 전투형이었는데 말이다. 너무 강한 힘을 준다면 이 돔 자체가 무너져 내릴 위험도 있다. 자신의 생각에 빠져 고개를 숙이고 멍한 얼굴이 된 슈린을 보며 니드는 고개를 갸웃거렸다. 뒤를 보니 다른 사람들 모두 땅에 주저앉은 채로 어떻게 하면 이 막을 깰 수 있을까에 대해 토론을 벌이고 있었다.

저들은 저렇게 고민이라도 할 수 있지만… 니드는 자신에게 힘이 없는 것을 한탄해하면서 한숨을 푹 내쉬었다. 그러던 와중 니드는 자신의 귀에 걸린 자수정 귀고리가 사라졌다는 것을 알아챘다. 저번에 현홍과 함께 있을 때에도 떨어뜨렸었는데! 사방을 두리번거리면서 귀고리를 찾는 니드를 본 에오로가 큰 소리로 소리쳤다.

"니드?! 왜 그래요?"

그의 말에 대답도 하지 않은 채로 니드는 땅바닥에 포복 자세로 주저앉아서 땅을 더듬었다. 슈린조차도 생각에서 깨어나 니드를 내려다보며 물었다.

"뭘 떨어뜨리셨습니까?"

"아, 으응. 귀고리를. 자수정 귀고리인데⋯⋯."

이리저리 두리번거리던 니드는 곧 멀찍이 떨어진 곳에 떨어진 귀고리를 볼 수 있었다. 환한 표정이 된 니드는 지금 자신의 위치도 까맣게 잊은 채로 귀고리를 줍기 위해 움직였다. 그런 그를 슈린은 순간적으로 잡지 못했다. 너무 급하게 움직여서였다. 니드가 발을 들이민 곳은 바로 막의 안쪽, 귀고리가 있는 곳도 막의 안쪽이었다.

"니드! 위험⋯⋯!"

서둘러서 손을 뻗었지만 슈린의 손가락은 애꿎은 니드의 옷자락의 끝만을 스쳤을 뿐이었다. 하지만 슈린이 전혀 예상하지 못했던 일이 일어났다. 니드의 몸이 쑥 하니 막의 안으로 들어간 것이었다. 그 모습을 본 슈린은 그답지 않게 당황한 표정을 지을 수밖에 없었다. 물론, 막의 안으로 들어온 본인 역시 마찬가지였다. 멍청한 표정으로 바닥에 주저앉아 있는 니드는 고개를 갸웃거리며 자리에서 일어났다. 손에 꼭 쥔 자수정 귀고리를 품 안에 집어넣은 니드가 슈린을 보면서 물었다.

"뭐, 뭐지? 나는 왜⋯⋯?"

그 모습을 일행들 모두가 니드에게로 다가왔다. 하지만 슈린이 빛의 창을 들어 올려 그들을 막았다. 이대로 다가가면 다치게 된다. 그런데 왜 니드만은?

니드는 조용히 일행들 쪽으로 걸음을 옮겼다. 하지만 스파크가 튀면서 뒤로 퉁겨났다. 막의 안으로 들어올 수는 있었는데⋯ 나갈 수는 없게 된 것이다. 당황하며 모두들 어찌할 바를 모르고 있을 때 니드가 서 있는 곳을 중심으로 바닥에서 빛이 뿜어져 나왔다. 슈린은 서둘러서 일행들을 뒤로 물러나게 했다.

"자, 잠깐! 니드가!"

아영이 소리를 치면서 니드에게로 뛰어가려고 할 때 그녀의 팔을 붙잡은 것은 솔루드였다.

니드는 발 밑에 빠른 속도로 그려지는 빛의 문장을 보았다. 그것은 마치 주문과 같았다. 빛이 뿜어져 나오는 가운데에서 니드는 망연하게 멀리 있는 일행들을 보았다. 빛은 따스했다. 뜨겁지도… 자신을 고통스럽게 만들지도 않았다. 천천히 니드의 몸이 허공으로 떠올랐다. 사방에 소용돌이치는 빛의 기둥은 솟아올라 돔의 천장에 무늬를 그렸다. 샐리온은 재빨리 화염의 불길을 쏘아냈다.

그러나 불길은 사방에서 쏘아 올려지는 빛에 가로막힐 뿐이었다. 에오로가 니드에게로 뛰어갔다.

"니드! 니드!"

그의 목소리를 들은 니드는 천천히 눈을 떴다. 그는 이미 빛에 둘러싸여서 허공 높이 떠 있었다. 액세서리가 요란한 소리를 내며 부딪쳤고, 옷자락은 사방으로 나풀거렸다. 그의 모습을 밑에서 보던 이들은 모두… 그 모습이 너무나도 아름답다고 생각했다.

빛은 자신을 안아주었다. 괴롭히는 것이 아냐… 니드는 그렇게 중얼거렸다. 이 공간을 가득 메우는 환한 빛 속에서 니드는 누군가가 자신에게로 다가오는 것을 볼 수 있었다.

"누구?"

너무나도 강렬한 빛 때문에 자세히는 볼 수 없었지만… 그 존재는 미소를 지으면서 니드에게 다가왔다.

아래에 있는 사람들은 멍하니 그 모습을 바라볼 수밖에 없었다. 빛에 의해 튕겨져 나온 에오로는 바닥에 주저앉은 채로 니드의 모습을 올려다보았다. 허공에서 니드의 모습은 마치… 마치 신처럼 보였다. 펄럭이는 옷자락과 바다와 같은 푸른 머리카락이 사방에 휘날렸다. 그는 편안해 보이는 얼굴이었다.

니드는 드디어 자신의 곁 가까이까지 다가온 존재를 볼 수 있었다.

"…이, 이스티……?"

자신이 사랑했던 존재… 지금도 사랑하는 사람. 그의 목소리에 그녀는 빙긋 웃으면서 고개를 끄덕였다. 희미하면서도 새하얀 날개가 등에 달린 채로, 그 예전… 지켜주지 못했던 사람이 지금 눈앞에 나타났다. 니드는 너무 놀라서, 미소조차 지을 수 없었다. 덜덜 떨리는 손으로 입을 막은 니드는 그녀에게 손을 뻗으며 중얼거렸다.

"아니, 꿈이지? 왜… 당신이 여기에?"

허공에 휘날리는 연한 보라색의 머리카락과 자애로워 보이는 얼굴… 죽기 직전처럼 아름답고 행복해 보이는 그녀가 바로 여기에 있었다. 이스티는 조용히 팔을 뻗어 니드의 몸을 끌어안으며 말했다.

「오랜만이에요, 니드.」

"아아……!"

니드는 그녀의 몸을 힘껏 끌어안았다. 빛 속에서 서로를 안고 있는 두 사람의 모습을 보며, 다른 사람들은 단 한 마디도 꺼낼 수 없었다. 방해할 수도 없었다. 그러나, 그러나…….

"아, 안 돼! 니드! 그녀를 따라가면 안 돼!"

이 말은 거의 즉흥적이었다. 마음속에서 그렇게 울렸기 때문이다. 자신을 잡고 있는 솔루드를 원망스럽게 쳐다본 아영이 손을 빼내려 안간힘을 썼다. 그녀는 허공을 향해 다시금 소리쳤다.

"니드! 그녀를 따라가면 안 돼! 그녀를 따라가면 죽엇―!"

아영의 목소리에 다른 사람들도 번뜩 정신을 차렸다. 간절하게 자신을 향해 외치는 목소리, 니드는 천천히 고개를 돌려 아래를 내려다보았다. 자신을 올려다보면서 안타까운 얼굴이 된 사람들. 그리고 다시 고개를 돌려 정면을 본 니드는 이스티 역시도 슬픈 미소를 짓고 있다는 것을 깨달았다. 이스티는 조용히 니드의 어깨를 감싸 안은 후, 그의 귓가에 속삭였다.

「저 소녀의 말이 맞아요. 니드… 선택은 당신에게 있어요.」

슬픈 표정으로 자신을 바라보는 이스티에게 니드는 눈을 감고 고개를 저었다.

"슬픈 표정 하지 마. 난, 당신의 미소가 가장 좋았어. 그건 지금도 마찬가지이고."

「니드…….」

자신의 뺨을 살짝 쓰다듬는 이스티의 손을 잡으며 니드는 쓴 미소를 지었다. 이대로, 이대로 영원히 있었으면 좋겠다고 생각했다.

그러나 현실은 그렇게 호락호락하지가 않았다. 니드의 목숨이 위태롭다는 사실을 알게 된 슈린은 황급히 빛의 창에 힘을 쏟아 부으며 니드를 가두고 있는 주문진으로 돌진했다. 슈린이 허공에 창을 몇 번 휘두르자 빛의 주문이 조금 흔들렸다. 그러자 이스티의 모습도 조금 흐릿하게 변했다.

안타까운 마음에 주먹을 굳게 쥔 니드는 아래를 내려다보았다. 말리고 싶었다. 하지만… 저들 역시도 자신을 살리기 위해서…….

선택을 해야 한다. 니드는 이스티와 아래의 친구들을 번갈아 보았다. 그러나 마음속에서부터 이미 대답이 나와 있지 않은가. 자신에게 조소를 보낸 니드는 천천히 이스티의 손을 놓았다. 그의 선택은…….

"슈린……."

니드의 낮은 목소리에 다시 한 번 빛의 주문진을 공격하려던 슈린의 손이 멈추어졌다. 고개를 들어 올린 슈린은 니드의 표정을 볼 수 있었다. 그리고… 그리고 아무 말 없이 뒷걸음질쳤다. 그의 표정은 다른 사람들조차 알기 힘든 표정이었다. 에이레이가 슈린의 팔을 붙잡으면서 소리쳤다.

"뭐 하는 거야! 어서 니드를……!"

그녀의 어깨를 붙잡은 것은 셀로브였다. 그는 굳은 얼굴이 되어 고개를 숙였다. 에이레이는 슈린과 셀로브를 번갈아 보았다. 마지막으로 천천히, 고개를 들어 올려 니드를 본 에이레이는 체념한 듯 바닥에 주저앉았다. 니드는 그런 그들에게 고맙다는 듯 미소 지었다. 이스티는 부드럽게 니드의 등에 얼굴을 묻으면서 말했다.

「이… 이 공간은 처음부터 당신의 영혼을 거둬들이기 위해서 카오스 스톤이 만들어놓은 거예요. 저는 그의 힘을 받아서 이곳에 모습을 드러낼 수 있었죠. 당신이 이곳에서 죽으면… 저들을 막는 막은 사라지고 다음 층으로 내려갈 수가 있어요.」

"아아, 그랬군."

자신만이 방어막의 안으로 들어갈 수 있었던 것이 그 이유일까. 하지만 카오스 스톤도 제법 좋은 점이 있는데… 하고 생각하며 니드는 키득 웃었다. 마지막, 일생의 마지막에 가장 보고 싶었던 사람을 보여주니까. 니드는 천천히 몸을 돌려 이스티를 품에 안았다. 지켜주고 싶었지만 지켜주지 못했다. 자신의 무력함을 깨달으면서, 한없이 죽고만 싶었다. 그러나… 그러나 스스로 목숨을 끊으면 그녀가 있는 곳에 갈 수 없을 것 같아서… 그것이 두려워서, 그래서…….

"사랑해… 이스티, 꼭 다시 한 번 당신을 만나고 싶었어."

그의 말에 이스티는 눈을 꼭 감으면서 그의 팔을 굳게 붙잡았다. 어차피, 어차피 이럴 것이라는 것을 알고 있었다. 사람이든 동물이든… 자신이 죽을 순간은 알고 있다고 하지 않는가. 그런데 이렇게 행복하게 죽게 해준다니, 오히려 감사할 따름이었다. 못내 마음에 걸리는 것이 있다면… 힐끔 시선을 돌린 니드는 자신을 망연자실하게 올려다보는 사람들을 보았다. 이것은 내가 선택한 일이다. 최소한… 저들을 위해서 죽는다는 것, 그리고 마지막으로 사랑하는 사람을 만났다는 것으로 자신은 만족할 수 있다.

하지만 남겨진 사람들은? 그들은… 슬퍼하겠지. 그렇지만 저들이라면 분명 알아줄 것이다라고 니드는 생각했다.

니드의 몸이 천천히 옅어지는 것을 본 에오로가 자신의 머리를 감싸면서 소리쳤다.

"왜, 왜! 왜 일이 이렇게 되는 거야! 니드! 니드─!"

비명처럼 외치는 그의 목소리에 니드는 희미하게 웃었다. 그리고 조용히 아래로 내려왔다. 샐리온처럼 이미 반쯤은 옅어진 니드는 조용히 사람들의 가까이로 다가왔다. 에오로는 연신 손을 내뻗었지만, 니드의 몸은 손에 잡히지 않았다. 허공만을 훑고 있는 에오로의 손을 슈린이 붙잡았다. 그는 무섭도록 굳은 얼굴을 하고 있었다. 그러나 결코 슬픔이나 고통 같은 감정을 얼굴에 드러내 보이지는 않았다. 황금색의 빛 속에서 천천히 사라지고 있는 니드의 모습을 본 에이레이는 입술을 깨물면서 고개를 돌렸다. 이런 모습을 보려고 이곳에 온 것은 아니란 말이다! 셀로브는 그런 그녀를 품에 안으며 고개를 저었다.

솔루드의 손을 꼭 붙잡고 서 있는 아영은 니드와 시선이 마주치자 환한 미소를 지었다. 그러나 그녀의 갈색 눈동자에는 눈물이 가득 고여 있었다. 사랑하는 사람과 있으면 행복해. 그러니까 니드는 행복해지려고 하는 있는 거야, 그렇지? 그녀의 속마음을 들은 사람처럼 니드는 생긋 웃으면서 고개를 끄덕였다. 솔루드는 자신의 손을 잡고 있는 아영의 손에 힘이 들어가는 것을 느끼며 슬픈 얼굴로 눈을 감았다. 에오로는 바닥에 주저앉은 채 고개 숙여 울고 있었다. 니드는 천천히 손을 뻗어 에오로의 눈가에 고인 눈물을 닦아주었다. 서늘한 감촉에 에오로가 고개를 들었다.

눈물 범벅이 된 에오로의 머리를 부드럽게 쓰다듬어 준 니드의 몸은 다시 서서히 떠오르기 시작했다. 그를 잡으려는 듯 자리에서 벌떡 일어선 에오로였지만, 그저 서서 울 수밖에 없었다. 팔로 눈가를 가리며 눈물을 쏟고 있는 에오로의 어깨를 슈린이 자상히 토닥여 주었다. 니드의 몸은 이제 빛과 동화가 되어 거의 보이지 않을 정도였다. 이스티는 천천히 니드의 손을 붙잡았다. 오래전에 헤어졌지만, 이제 다시 함께 있을 수 있어요라고 이스티는 니드의 귓가에 속삭였다.

바닥에서 솟아올랐던 빛의 주문진은 서서히 사라져 갔다. 그와 함께 니드와 이스티의 모습도 사라지려 하고 있었다. 결국 아영은 두 손으로 얼굴을 감싸며 울 수밖에 없었다. 셀로브와 슈린은 애써 그 모습을 보지 않으려는 듯 고개를 돌렸다. 그때였다. 니드의 목소리가⋯ 지금 그들이 서 있는 공간 안을 가득 메웠다.

「시간을 초월하는 것은 단 하나의 마음— 영원을 바라는 목소리
  언제나 귓가에 울려 퍼지는 웃음소리가 그리워, 나는 바란다.
  영원히, 영원히⋯ 사랑하는 이와 함께하기를.

  나만을 위해 웃어주는 사람을 위해, 나만을 위해 눈물 흘려주는 사람을 위해
  나는 지금 나만의 길을 선택했다.

아무리 힘들고, 아무리 슬퍼도 나는 이 선택을 자랑스럽게 생각한다.
남아 있는 이들이 눈물을 흘려도, 내가
내가 원하는 이 마음을 알아줄 정도의 친구들이기에―

부디 슬퍼하지 말길 바래, 나는 항상 생각했으니까.
무엇이 나를 위한 일일까, 무엇이 너희들을 위한 일일까 생각을 했으니까.
이것은 영원으로 가는 나의 선택, 나의 소망…
닿지 않는 하늘을 향해 부르는 나의 마지막 노래.

나의 노래는 소망을 넘어… 영원으로 가는 것.
이젠 진실되게 웃을 수 있어. 내가 바라는 것을 두 손에 넣었으니까.
그러니 슬퍼하지 마. 내 목소리가, 내 노래, 내 소망이…
부디 너희들의 마음에 닿길 바라며…
나는 마지막 노래를 부른다.

그런 슬픈 눈은 하지 말아줘. 나를 위해 웃어줘.
내가 지금, 이 시간 바라는 단 하나의 「소망」.
너희들이 웃을 수 있기를, 너희들이 원하는 것이 이루어지기를.
그럴 수 있다면, 목에서 피가 흘러도 노래할 수 있어.
말해 줘, 행복하다고.
말해 줘, 행복하라고―

나의 남겨진 친구들… 부디, 행복해야 해.
언제까지나, 언제까지나 행복하길… 그것이 나의 남겨진 소망.
내가 부르는 마지막 노래…….」

그리고… 니드와 이스티의 모습은 그들의 앞에서 완전히 사라졌다. 돔을 가득 메우던 니드의 목소리도 지금은 꿈결처럼 사라져서 들리지 않았다. 니드의 노래가, 니드의 마음이 정말로 그들의 마음에 닿은 것일까. 에오로는 고개를 숙인 채 큰 소리로 웃었다. 다만, 눈물만은 막을 수 없었다. 굳은 얼굴로 니드가 있던 허공을 바라보며 슈린은 입술을 달싹였다.

"부디… 영원히 행복하길."

막은 사라지고 없었다. 그들을 막는 것이 사라진 셈이다. 그러나 동시에… 니드도 잃었다. 웃음을 그친 에오로가 눈가를 손등으로 닦아낸 후 다른 사람들을 돌아보았다.

"가자, 더 지체할 필요는 없어."

눈물을 참으려도 이를 악물면서 강하게 보이려고 애쓰는 그의 모습을 보며 모두들 가슴이 아팠다. 하지만 여기서 가슴 아프지 않은 이가 어디 있겠는가. 에오로는 검을 움켜쥔 채로 니드의 도움으로 사라진 막이 있는 곳을 당당히 걸어갔다. 그가 하도 요동을 쳐서 허공을 날고 있던 키케는 다시 에오로의 어깨에 내려앉았다. 키케는 혀로 날개를 핥으며 조용히 니드가 사라진 허공을 바라보았다. 당당히 걸어가는 에오로의 어깨는 희미하게 떨리고 있었다. 겨우 눈물을 그친 아영 역시 솔루드의 손을 꼭 붙잡으면서 걸어갔다.

마음이 아팠다. 하지만 니드가 선택한 것이었다. 사랑하는 사람과… 영원히 행복하게 되는 것. 아영은 슬쩍 자신의 옆에 있는 솔루드를 올려다보았다. 아마, 자신도 니드와 같은 입장에 놓였다면… 솔루드를 선택했을 테지. 그녀의 마음을 아는지 솔루드는 조심스럽게 손을 들어 아영의 머리카락을 쓸어 내렸다.

"…울지 마십시오, 아영님."

그의 자상한 목소리에 아영은 힘차게 고개를 끄덕였다. 물론, 눈물을 참으려 억지로 이를 악물어야 했지만. 에이레이를 부축한 셀로브는 천천히 걸음을 옮겼다. 어쩌면, 이렇게 되리라는 것을 알고 있었다. 셀로브는 입가에 쓰디쓴 미소를 떠올리면서 고개를 저었다. 어쩔 수 없는 것… 아무리 노력해도, 피해 갈 수 없는 운명. 자신도 모르게 스스로에게 환멸을 느낀 셀로브는 굳은 얼굴로 고개를 들었다. 그래도 니드는… 행복한 얼굴을 했다. 행복한 목소리로 노래를 불렀다. 그것만으로도 니드의 선택은 옳았다는 것을 알 수 있었다.

그들이 무거운 발걸음을 옮겨 아래로 통하는 계단을 내려갔을 때, 하나의 존재가 그 공간에 모습을 드러냈다. 일행들이 이곳에 오기 위해 거쳤던 계단을 따라 내려온 그는 조용히 허공을 올려다보았다. 까마귀의 깃털처럼 새까만 코트 자락이 어디서인가부터 불어온 바람에 의해 펄럭였다. 이미 모습은 사라지고 없지만 그의 온기는 느낄 수 있었다. 새하얀 얼굴은 창백할 정도로 질려 있었고, 질끈 깨물고 있는 입술은 붉게 물들었다. 현홍은 조용히 두 손을 허공을 향해 내뻗었다.

만져질 리 없는 사람의 온기를 느끼기 위해, 들리지 않는 그의 목소리에 귀를 기울이기 위해. 미간을 찌푸린 그는 이를 악물고 고개를 숙였다. 짙은 암적색 머리카락에 가리워져 얼굴을 보이지 않았다. 하지만… 하지만 그의 발치에 떨어진 물방울은 대체 무엇을 의미하는 것일까? 두 손을 굳게 쥐면서 현홍은 가슴에 손을 가져갔다. 손으로 가슴의 옷깃을 부여쥐며 현홍은 천천히 무릎을 꿇었다.

"…니드……."

두 번 다시 들을 수 없는 목소리, 두 번 다시 자신에게 '울지 마'라고 말해 줄 수 없겠지. 이 세계에 처음 와서 만난 가장 깊은 인연… 가장, 소중했던 친구. 자신 만만찮게 슬퍼하고 가슴 아파하던 마음 여린 사람……

"멍청이… 넌 바보야."

네가 살고 싶다는 것을 선택했다면, 넌 열 개의 영혼에 해당하지 않을 수도 있었어. 그런데… 그런데 너는 너 하나를 희생해서 다른 이들의 길을 열어주었어. 멍청하게, 너무 멍청하게……. 현홍은 천천히 자리에서 일어났다. 고개를 든 그의 얼굴은 마음 시리도록 차가워 보였다. 그는 천천히 고개를 들어 올려 돔을 올려다보았다. 방금 전까지 니드가 저곳에 있었다. 하지만… 이제는 자신이 사랑했던 사람과 영혼의 세계로 여행을 하고 있을 것이다. 어쩐지 밝게 웃고 있는 니드의 얼굴이 보이는 듯했다. 입꼬리를 살짝 끌어 올린 현홍은 작게 입술을 달싹였다.

"…잘 가, 니드. 바보… 행복하니?"

응, 행복해라고 니드가 대답하는 것 같았다. 현홍은 조용히 이마를 짚으면서 웃었다. 이제 남은 것은 다섯. 피식하고 웃은 현홍은 조용히 손을 내렸다. 손가락의 사이로 보이는 그의 검은 눈동자는 예전의 그라면 상상할 수 없을 정도로 차갑고 살기가 어려 있었다. 다섯 개의 영혼이 남았다. 그의 허리춤에 차여 있는 검이 우웅 하고 길게 울었다. 그 역시 기대하고 있을 것이다. 나머지 다섯 개의 영혼이 모여서 새로운 나무가 탄생하는 것을… 그리고 소망이 이루어지는 것을.

천천히, 현홍은 걸음을 옮겼다. 이제 시간 축은 거의 정지해 있는 것이나 다름이 없었다. 흘러가지 않고 고여 있는 물은 썩는다. 세계 역시 썩어 들어갈 것이다. 이 모든 것이… 카오스 스톤이 바라고 있는 일. 그러나 그의 「소망」은 자신의 것에 반하는 일이었다. 그렇기에, 목숨을 걸고 막을 것이다. 이를 악문 현홍은 다른 사람들이 내려간 계단을 천천히 내려갔다. 저들은 알고 있을까? 자신의 목숨을 버려야 다른 이들이 산다는 것을.

누가 먼저 버리느냐에 따라… 누가 살아남느냐가 결정된다는 것을 말이다. 냉정한 표정으로, 현홍은 검의 손잡이를 움켜쥐었다. 이것은 싸움이다. 자신이 살아남기 위해서는 이기적이어야 한다. 그것이… 생존의 법칙이기도 한 것.

사명을 다한 이들 2

계단을 내려오니 똑같은 풍경이 눈앞에 펼쳐졌다.

다만 다른 것이 있다면 바닥에는 커다랗고 둥근 주문진이 그려져 있었다. 슈린은 조용히 진을 살펴보았다. 반대 편에는 또 문이 있었다. 그것을 보자 아영은 그만 발끈해 버렸다. 카오스 스톤은 지금 자신들을 가지고 장난을 치고 있는 것이다! 그런 생각이 머리 속을 어지럽게 만들었다. 갑자기 아영에게서 힘이 피어오르자 솔루드가 아영의 팔을 붙잡았다. 그러나 그 역시도 평범한 인간, 아영이 가진 정령의 힘을 감당할 수 있을 턱이 없었다. 아영은 지금 눈에 보이는 것이 없었다. 눈앞에서 니드가 희생되었다. 아무리, 아무리 자신이 선택한 것이라고 해도 아영은 카오스 스톤이라는 자를 용서할 수 없었다.

지금이라도 당장 눈앞에 있다면 죽을 각오를 하고 싸우고 싶었다. 그녀의 힘으로 인해서 돔이 흔들리기 시작했다. 사대정령 왕이 모두 소환이 되면 내려앉을 것이다, 이곳은. 솔루드가 아영의 팔을 붙잡으면서 외쳤다.

"아, 아영님! 냉정을 찾으십시오! 니드님은… 니드님은 우리들이 카오스 스톤에게까지 가길 바라고 길을 열어준 것입니다!"

아영은 흠칫 어깨를 움츠리면서 솔루드에게 고개를 돌렸다. 정령의 힘을 받은 솔루드는 숨을 몰아쉬면서 다시 입을 열었다.

"…니드님의 뜻을 헛되이 하고 싶으십니까?"

"……."

한바탕 폭주가 시작되기 이전에 다행히 솔루드가 말려서 진정이 된 아영은 고개를 푹 숙였다. 에이레이는 안도의 한숨을 내뱉으면서 벽에 등을 기대었다. 그리고 주르륵 미끄러져 바닥에 주저앉았다. 힘이 쭉 빠져버렸다. 저런 것이… 앞으로 몇 개가 더 있을까? 여기 있는 모든 이들이 희생을 해야만 세계를 구할 수 있을까? 만약 그렇다면 자신은 어떻게 행동할 수 있을까? 에이레이는 그런 생각에 마음이 무거워졌다. 니드가 눈앞에서 그렇게 된 모습이… 그녀에게는 큰 충격이었다. 하긴 여기 있는 누가 그렇지 않을까. 한숨을 깊이 내쉬는 에이레이의 앞에 셀로브가 무릎을 구부려 앉았다. 그는 진지한 얼굴로 에이레이를 바라보았다.

에이레이 역시 말없이 셀로브의 얼굴을 보았다. 그리고 희미하게 미소지었다. 그러면 자신의 마음을 알고 있을 것이라고 생각해서였다. 그녀의 생각처럼 셀로브는 살짝 턱을 끄덕인 후 에이레이의 뺨을 손으로 쓰다듬었다. 서로 알고 있으니까… 서로의 마음을 너무나도 잘 알고 있으니까. 셀로브는 조용히 얼굴을 에이레이에게 가까이 가져갔다. 그리고 자신의 이마를 에이레이의 이마에 가져다 댄 채 작은 목소리로 말했다.

"난 너와 영원히 함께할 거야. 떨어지지 않을 거야……."

그의 낮은 목소리에 에이레이는 양손을 들어 셀로브의 뺨을 감쌌다. 슈린은 두 사람의 모습을 보면서 입을 다물었다. 창을 든 손에 힘이 저절로 들어갔다. 아무런 말도 할 수가 없었다. 아영은 발을 동동 구르면서 이 일을 어떻게 하냐고 슈린에게 되물었다. 하지만 답은 이미 나왔지 않는가? 슈린은 조용히 솔루드에게 시선을 주었다. 방방 뛰고 있는 아영에게 진정하라고 토닥이고 있던 솔루드는 슈린의 시선을 느끼고 고개를 돌렸다. 그리고 그 역시도 서로 말을 주고받고 있는 에이레이와 셀로브의 모습을 볼 수가 있었다.

솔루드는 굳은 얼굴로 슈린을 보았다. 슈린은 턱을 살짝 끄덕였다. 창백하게 변한 얼굴로 솔루드는 아영의 어깨를 붙잡았다. 평소 강한 심지를 가지고 있는 그라고 하지만 이런 일이 쉽게 견딜 수 있을 정도로, 그렇게 강한 사람은 아니었다. 오히려 강한 겉모습 안에는 다정한 마음이 있는 그런 사람이었다. 에오로는 검의 손잡이를 쥔 채로 연신 한숨을 내뱉고 있었다. 슈린은 천천히 그에게로 다가갔다. 그리고 에오로의 어깨를 붙잡았다. 갑자기 슈린이 자신을 붙잡자 에오로는 의아한 얼굴로 고개를 돌렸다.

"응? 왜 그래, 슈……."

퍼억!

슈린의 손은 빠르게 에오로의 복부를 강타했다. 신음 소리 한 번 질러 보지 못하고 에오로의 몸은 허물어졌다. 그 모습에 아영은 화들짝 놀라면서 슈린에게 달려갔다. 아니, 달려가려고 했다. 그러나 그보다 솔루드의 손이 아영의 뒷목을 치는 것이 더 빨랐다. 아영은 윽, 하고 짧게 신음을 내뱉으며 앞으로 고꾸라졌다. 부드럽게 아영의 허리를 감싸 안은 솔루드는 무거운 얼굴로 중얼거렸다.

"죄송합니다… 부디 용서하십시오."

슈린은 에오로의 팔을 자신의 어깨에 걸쳤다. 키케가 작은 날개를 파닥거리면서 허공을 날고 있었다. 그것은 보라색 눈동자를 돌려 셀로브를 보았다. 셀로브는 슈린은 보며 쓴 미소를 짓고 있었다. 저 녀석이라면 저럴 줄 알았다는 표정으로 말이다. 에이레이의 손목을 붙잡고 자리에서 일어난 셀로브는 말없이 슈린을 응시했다. 그러나 슈린은 그의 얼굴을 보지 않았다. 아니, 볼 수 없었다. 셀로브는 니드와 마찬가지의 선택을 할 셈인 것이다. 한데 자신은 그것을 말리지 않고 있다. 왜냐하면… 이 중 누군가는 그렇게 해야 하니까. 그렇지 않으면 아래로 내려갈 수가 없으니까.

자신에게로 강한 환멸을 느끼면서 슈린은 입술을 깨물었다. 입술에 피멍이 들도록 깨물면서 슈린은 눈을 감았다. 아영을 안고 있는 솔루드는 당장이라도 눈물 한 방울을 흘릴 것 같은 표정이었다. 안타까운 표정으로 솔루드는 셀로브와 에이레이를 번갈아 쳐다보았다. 그러나 에이레이는 빙긋 웃으면서 셀로브의 손을 꼭 붙잡고 있을 뿐, 슬프다거나 한 표정이 아니었다.

원래 그런 것이다. 인간이라는 것은… 사라지는 자는 미련이 없다. 어차피, 어차피 자신들이 선택해서 사라지는 자들은 그렇다. 슬픔과 아픔은 남겨진 자에게 유산처럼 남겨진다. 니드도 그렇게 자신의 마지막을 선택하지 않았는가. 그러면서도 그는 슬픔 표정 한 번 내비치지 않았다. 에이레이의 손을 붙잡고 셀로브는 주문진 쪽으로 걸어갔다. 위층처럼 사람들을 가로막는 막이 있었는지 없었는지는 알 수가 없었다. 두 사람은 아무런 장애 없이 주문진의 중앙으로 걸어갔다. 그때까지 이를 악물며 참고 있던 슈린이 외쳤다.

"…이건 아닙니다, 이건! 돌아오십시오! 다른 방법이 있을 겁니다! 카오스 스톤에게 가지 않고 세계를 구할 수 있는 방법이 있을 겁니다!"

에오로를 바닥에 내려놓은 채로 슈린은 두 사람 쪽으로 달려갔다. 셀로브는 슈린은 보면서 피식 웃었다. 알고 있으면서 무슨 말이냐. 카오스 스톤에게 가지 않으면 세계는 멸망한다는 것을… 시간은 멈추어졌고, 어서 흘러가게 하지 않으면 세계가 썩어버린다는 것… 잘 알고 있으면서.

주문진이 발동했다. 니드 때와 마찬가지로 바닥에서는 빛이 천장으로 쏘아져 올라갔고, 슈린은 중간에 멈추고 말았다. 빛에 의해 튕겨진 슈린은 바닥에 주욱 미끄러지면서 겨우 자세를 바로잡았다. 하지만 고개를 들었을 때 그의 눈에 비친 것은… 정말로 두 번 다시는 보고 싶지 않던 장면이었다.

셀로브는 조용히 에이레이를 껴안고 있었다. 그를 평상시에 만났을 때에도 저렇게 자애롭고… 저렇게 행복해 보이는 얼굴을 한 적이 없었는데. 에이레이는 평화로워 보이는 미소를 띤 채로 슈린을 바라보았다. 그리고 나직하게 말했다.

"니드가 했던 것처럼… 우리 역시 우리 자신들의 운명을 선택한 거야. 그러니 슬퍼하지 마. 아영과 에오로가 깨어나면… 잘 달래줘."

"에, 에이레이……."

사막의 암살자로 태어나 지금의 일행들을 만나기 전에는 험난한 인생을 살아온 그녀였다. 그녀가 가진 암녹색의 머리카락이 빛에 의해 아름답게 반짝였다. 처음 만났을 때, 그녀는 다른 사람들을 불신하고 자기 자신 역시 믿지 않는 사람이었다. 하지만 지금의 친구들을 만나고 울고… 웃으면서 그녀는 지금의 에이레이가 된 것이다. 무엇보다, 목숨보다 소중한 사랑하는 사람을 만났으니까. 셀로브는 에이레이의 허리를 꼭 껴안으면서 슈린을 보았다. 빛에 의해 둘러싸이는 그들의 모습은 한 폭의 그림보다 더 아름답게 비쳤다.

셀로브는 무슨 일이 있어도 에이레이를 붙잡은 손을 놓지 않겠다는 표정이었다.

그런 굳건한 표정으로… 아무렇지도 않은 일을 하는 사람과 같은 표정으로 보지 마십시오! 슈린은 그렇게 외치고 싶었다. 그들은 죽어가는데… 길을 열기 위해서 자신들의 영혼을 내어놓는 일을 하는데 왜 아무렇지도 않은 표정이냔 말이다.

솔루드는 결국 눈을 감으면서 고개를 돌렸다. 두 주먹은 부들부들 떨고 있었다. 셀로브의 낮은 목소리가 들렸다.

"난… 사실 이런 결말을 원했다. 나는 마족, 에이레이는 인간이야. 언젠가… 에이레이가 먼저 영혼의 세계로 떠날 때가 두려웠다. 그렇지만 이걸로 다행이야. 함께… 함께 여행을 할 수 있게 되었으니까. 그리고… 육체는 그다지 중요한 것이 아니야. 중요한 것은 영혼, 지금 나의 영혼은 행복하다. 후훗, 내가 이런 말을 하다니… 우혁이나 진현이 들었으면 웃었겠지."

"그들이 지금 이 모습을 봤으면 정말로 웃었을 거야."

동의하듯 에이레이도 웃으며 그렇게 말했다. 두 사람은 굳게 잡고 있는 손을 놓지 않은 채로 조용히 빛으로 화해 사라졌다. 두 사람의 표정은 지금까지 보아왔던 표정들 중에서 가장 행복해 보였다. 슈린은 고개를 떨군 채로 그 자리에 우두커니 서 있었다. 주문진에서 천장으로 쏘아 올려지는 빛들도, 셀로브와 에이레이가 변한 빛들도 모두 사라지고 없었다. 커다랗고 공허한 공간에는 침묵만이 흘렀다. 날개를 파닥거리면서 날고 있는 키케는 짙은 보라색 눈동자를 몇 번 깜빡였다. 그리고 한참 동안 천장을 올려다보았다.

슈린은 천천히 몸을 돌려 에오로의 팔을 잡아 자신의 어깨에 걸쳤다. 그리고 묵직한 음성으로 말했다.

"가도록 하죠……."

그의 목소리를 들은 솔루드는 무겁게 고개를 끄덕였다. 다음에는 자신의 차례인지도 모른다. 그런 생각이 드는 솔루드였다. 하지만……. 솔루드는 고개를 내려 자신의 품에 안겨 있는 아영의 얼굴을 내려다보았다. 이 사람을 구할 수 있다면 몇 번이고 죽을 수 있다. 죽는 것 따위는 무서운 것 하나 없다. 소중한 사람을 위해서이니까… 정작 두려운 것은, 자신이 사라진 이후… 아영의 눈물이다. 그녀가 흘리는 눈물만큼은 보고 싶지 않았다. 영혼이 되어서도 아영의 곁을 맴돌 텐데 눈물 흘리면서 슬퍼하면… 떠날 수가 없지 않은가.

고개를 저으면서 솔루드는 슈린의 뒤를 따라 다음의 문으로 걸어갔다. 키케는 한참 동안이나 그 장소에서 머물렀다. 그리고 잠시 후, 키케는 조용히 모습을 바꿨다. 그의 원래 모습으로 말이다. 검은색의 안개로 뭉쳐진 그의 몸은 조용히 바닥에 내려섰다. 슈린의 코트와 같은… 아니, 그보다 표백제로 세척을 한 듯이 깨끗하기 그지없는 흰색의 코트 자락을 펄럭이며 그는 손을 들어 자신의 검은 머리카락을 쓸어 넘겼다. 제비꽃을 연상시키는 보라색 눈동자에 이채가 스쳐 지나갔다. 살며시 손가락으로 입술을 매만지며 그는 중얼거렸다.

"…멍청한 녀석."

무슨 뜻으로 그렇게 말하는지 자신도 알 수 없었다. 마계의 제1황자 키스카 드 라헬 헬레스폰트. 그는 마계의 작은 동물로 모습을 바꿔 일부러 이곳에 온 것이었다. 아니면 그런 불편한 모습을 할 리가 없지 않은가. 고개를 살며시 들어 올린 키스카는 천장을 올려다보았다. 방금 전까지 빛으로 문양이 그려졌던 천장은 원래의 모습 그대로 빛이 사라지고 난 후에는 음험하게 보일 정도였다. 코트 자락에 손을 꽂아 넣은 키스카는 한동안 말없이 그 자세 그대로 천장을 바라보았다. 스스로도 무슨 생각을 하는지, 왜 이러고 있는지 알 수 없었으면서…….

또각.

작은 발자국 소리가 들렸다. 키스카는 천천히 고개를 돌려 소리가 들린 곳으로 시선을 옮겼다. 바로 위층에서 이곳으로 내려오는 계단에서 나는 소리였다. 어두운 그림자 속에서 한 형체가 모습을 드러냈다. 자신과는 정반대의 암흑처럼 새까만 코트를 입은 남자였다. 암적색의 머리카락이 만지면 부드러울 것 같다는 느낌을 주었다. 새하얀 얼굴은 약간 창백한 빛을 띠고 있었지만 그것 자체가 더욱 묘한 아름다움을 뿜어내고 있었다. 현홍은 조용히 계단을 내려온 후 고개를 들어 올렸다.

그리고 자신과 조금 떨어진 곳에 서 있는 그를 보았다. 예전에는 항상 검은 옷만을 입고 있었는데 지금은 그렇지가 않았다. 티끌 하나 없는 새하얀 코트를 입고 있었던 것이다. 자신이 입고 있는 검은 코트와는 전혀 상반되게. 그러나 얼굴만은 변하지 않았다. 예전 김진현과 똑같은 외모였다. 검은 비단처럼 결이 아름다운 검은 머리카락, 하얀 얼굴, 자신만만해 보이는 미소. 달라진 것이 있다면 자수정과 같이 묘한 빛을 가진 보라색 눈동자뿐.

두 사람은 한동안 아무 말 없이 서로를 바라보았다. 현홍은 어쩐지 심장이 두근거리는 것을 느낄 수 있었다. 왜, 갑자기 왜? 지금까지 무슨 일이 있어도 평상시의 모습에서 변하지 않도록 그렇게 트레이닝했는데… 왜 이렇게 가슴이 아픈 거야. 자신을 바라보는 키스카의 보라색 눈동자를 응시하는 순간 심장이 욱씬거리면서 아파왔다. 현홍은 이를 악물고 숨을 몰아쉬었다. 이런, 이런 감정은… 진작에 없애 버린 줄 알았는데? 어떤 사람을 만나도, 어떤 말을 들어도 아무런 감정 없이… 그렇게 행동할 수 있을 줄 알았는데?

현홍은 가슴 부근을 움켜쥐면서 입술을 깨물었다. 이럴 리 없다. 그렇게 자신에게 중얼거리곤 현홍은 걸음을 옮겼다. 이곳에 온 이유는 카리안이 했던 말처럼 저 사람을 만나기 위해서가 아니다. 카오스 스톤과… 담판을 지어서 자신의 소망을 이루기 위해서, 그래서였다. 애써 냉랭한 표정을 지어 보이면서 현홍은 천천히… 그러나 단호하게 걸어갔다. 또각거리는 발자국 소리만이 허공을 가득 채웠다. 키스카의 옆을 스칠 듯이 지나친 현홍은 눈을 감았다. 어차피… 어차피 예전 일인 것이다.

김진현이라는 인물은 더 이상 이 세계에 없는 것이다. 구석에서 울고 있으면 항상 다정하게 안아주던 그 손도… 완고하지만 자상한 마음도… 눈물을 닦아주던 그 미소도… 이제는 없다.

툭, 투둑.

차가운 무언가가 마음 깊은 곳에서부터 올라와 눈가를 적셨다. 뺨을 따라 흘러내려 턱에서 떨어지는 그것은… 대체 무엇? 현홍은 손등으로 눈가를 닦아내면서 걸어갔다. 키엘을… 키엘을 자기 손으로 죽인 그 순간부터 무슨 일이 있어도 눈물 흘리지 않겠다고 맹세했으면서 금방 이렇게 마음이 틀어지고 만다. 허리춤에 차고 있던 검이 우웅— 하고 울었다. 벨리알마저도 자신의 마음을 알고 있는 듯했다. 우습다고 생각하며 현홍은 피식 웃었다. 그리고 그때였을까.

와락!

"어……."

누군가가 자신의 팔을 잡아당겼다. 머리를 끌어안고… 부드럽게 자신의 어깨에 팔을 둘렀다. 현홍은 아무런 행동도 취할 수가 없었다. 너무나도 순간적으로 일어난 일이었으니까. 하, 하지만… 어떻게? 자신을 안고 있는 사람은 다름 아닌 진현… 아니, 키스카였다. 너무나도 당황하여 머리 속은 완전히 백지가 되는 것 같았다. 기억하지 못한다. 분명… 분명히 처음 만났을 때는 기억하지 못했잖아? 몸이 자신도 모르게 떨려왔다. 심장이… 심장이 터질 듯이 두근거렸다.

"…현홍……."

"아……?"

꿈이다. 반드시, 무슨 일이 있어도 꿈이다. 현홍은 머리가 뱅뱅 도는 것을 느끼면서 그렇게 자신에게 암시를 걸기 시작했다. 그렇지 않고서야 이런 일이 있을 수가 있단 말이냐?! 이대로 눈 꼭 감고 기절해 버렸음 하고, 현홍은 중얼거렸다. 키스카가 자신의 이름을 불렀다. 기억이 없을 텐데… 그럴 텐데 어떻게? 누가 자신에게 답 좀 말해 주었으면 좋겠다.

"그야… 다 내 덕 아니겠어?"

"…이, 이 목소리는?!"

현홍은 황급하게 키스카의 품에서 빠져나오면서 목소리가 들린 쪽을 바라보았다. 그리고 지금까지 쌓아온 마이 페이스는 몽땅 무너뜨릴 정도로 황당한 표정을 지을 수밖에 없었다. 위층으로 향하는 계단의 앞에 서서 있는 사람, 그는 분명히…….

"주월?!"

자신도 모르게 소리를 지르고 만 현홍은 겨우 정신을 차리고 손으로 입을 막았다. 계단의 입구에는 두 사람이 서 있었다. 한 명은 검은 공단에 황금색의 화려한 용 무늬가 수놓아진 중국식의 복장을 갖추고 있는 인물. 너무나도 익숙한 얼굴이라서 현홍은 순간적으로 환각이 아닌가 생각을 할 정도였다. 눈을 슥슥 비빈 현홍은 다시 한 번 제대로 그를 바라본 후에야 환각이나 환영이 아니라는 것을 깨달았다. 검은 머리카락을 살며시 쓸어 넘긴 주월은 붉은 한지가 붙여진 부채를 펴 부치면서 입을 열었다.

"흐음, 정말로 오랜만이군. 검은색 옷도 잘 어울리는데 그래?"

저 여유만만한 목소리를 듣자니 온몸의 긴장감이 모두 사라지는 것 같았다. 그의 옆에 서 있는 사람은 다름 아닌 우혁이었다. 여전히 변하지 않는 검은 스탠드 칼라의 옷과 그의 애도 파사를 들고 있는 그를 보면서 현홍은 미간을 찌푸렸다. 일이 어떻게 돌아가는 것이지? 왜 이렇게 모인 거야? 마른침을 삼킨 현홍은 시선을 돌려 자신의 옆에 서 있는 키스카를 보았다. 현홍의 시선을 느낀 키스카는 빙긋 웃으면서 현홍의 암적색 머리카락을 부드럽게 쓸어 넘겼다. 그리고 다시 현홍의 허리에 손을 감아 자신에게 끌어당기면서 말했다.

"오랜만이야."

멍청한 표정의 현홍과는 달리 인상을 쓴 주월이 짜증난다는 사람처럼 거칠게 부채를 접으며 손바닥을 쳤다.

"자자, 분위기 잡는 것은 남들이 안 보는 곳에서 하시지 그래?"

우혁은 주월의 말투 속에 질투라는 감정이 들어 있다는 것을 알고 있었지만 과연 누구를 질투하는지 알 수가 없어서 가만히 있기로 했다.

지금 이 사태를 설명해 줄 사람이 정말로 없는 것인가요? 현홍은 속으로 그렇게 질문을 던지면서 어지러운 머리를 진정시켰다. 지금까지 자신이 쌓아온 마이 페이스, 냉정한 표정, 당당한 기품 등은 있는 대로 사라지고 남은 것은 궁금증뿐이었다. 아아, 하고 자조하는 듯 탄식을 내뱉은 현홍의 머리를 키스카는 부드럽게 쓰다듬어 주었다. 화들짝 놀라 고개를 들어 올린 현홍이 키스카를 올려다보았다.

방금 그 느낌은… 분명히 진현의 느낌이었다. 항상 강하게, 그리고 다정하게 자신을 끌어당겨 주는 그 손의 느낌이 분명했다. 하지만… 어떻게? 주월은 천천히 키스카와 현홍에게 다가오면서 입을 열었다.

"흠, 우선은 아무것도 모르는 현홍을 위해서 설명을 해줄까? 네 생각대로 키스카는 현재 마족의 제1황태자이지. 마신이 그를 예전 신족의 육체에 다시 환생을 시키면서 전생의 기억들은 모두 지워졌다. '진현'이었을 때의 기억 역시 모두. 그 망할 영감탱이가 끝까지 자기 옆에 두고 싶어서 그랬겠지."

"그래도 마신인데 그 호칭은 좀……."

하여간에 친구가 괜히 친구인 것이 아닌 모양이다. 우혁은 키스카와 주월을 번갈아 보면서 한숨을 쉬었다. 진현도 그러고 보니 마신이나 신을 늙은이 내지는 영감으로 불렀으니… 이럴 때 보면 정말로 친구라는 것을 알 수 있을 것 같았다. 주월은 상관없다는 듯 손을 내저은 후 말을 이었다.

"하지만 내가 몰래 키스카를 만나서 지금까지 있었던 모든 이야기를 해주었지. 그와 함께 기억 역시 불어넣었고. 그러니까 키스카는……."

"모든 것을 다 기억하고 있는 거야, 현홍아."

키스카는 조용히 미소 지으면서 현홍을 보았다. 멍한 얼굴로 주월의 설명을 듣고 있던 현홍은 입술을 질끈 깨물었다. 고개를 푹 숙인 채로 부들부들 떨고 있는 그를 보면서 주월과 키스카는 고개를 갸웃거렸다. 그러나 우혁만이 팔짱을 낀 채 무뚝뚝한 얼굴로 현홍을 볼 따름이었다. 두 주먹을 불끈 쥔 현홍이 번쩍 고개를 치켜들었다. 분명 이를 악물고 눈물을 참아보았지만… 그의 눈에는 이미 눈물이 그렁그렁 맺혀 있었다. 그 눈물에 주월과 키스카는 움찔하면서 한 발자국 뒤로 물러났다. 지금까지 비밀로 해온 일에 화가 난 것일까? 두 사람은 그렇게 생각하며 사과할 준비를 하는데…….

이윽고 현홍이 소리친 말은 그들의 생각과는 전혀 반대인 내용이었다.

"왜, 왜 그랬어! 만약 기억을 찾지 않았으면… 진현은, 아니… 키스카는 마족의 황태자로 계속 행복하게 살았을 거야! 전생의 슬픈 일들도 모두 기억하지 않고, 마음 아프지도 않고… 그렇게… 살았을 텐데……."

결국 왈칵 눈물이 솟아 나와 현홍은 손등으로 눈가를 가리면서 고개를 숙였다. 주월은 멍한 얼굴로 현홍을 바라보다가 피식 웃으면서 어깨를 으쓱거렸다. 진현으로서의 기억을 찾아서 기쁘면서도 키스카의 인생을 생각하는 저 마음이란, 하긴… 저것이 현홍의 매력적인 부분이지. 항상 자신보다는 남을 생각하는 그 점이 말이다. 그래서… 자신이 제일 아프고 괴로운 길을 선택하기도 하는 강한 면도 가지고 있지만. 키스카는 조용히 현홍을 내려다보았다. 소리 죽여 울고 있는 현홍의 어깨를 살며시 끌어안으며 키스카는 현홍의 귓가에 작은 목소리로 속삭였다.

"괜찮아, 울지 마. 분명히… 안 좋은 기억들도 있었지. 하지만… 나는 널 기억해 낸 것만으로도 가장 큰 행복이야. 널 잊고 싶지 않았으니까……."

키스카의 목소리가, 예전 진현의 목소리와 겹쳐져서… 그리고 다정하게 안아주는 손길이 따뜻해서… 현홍은 그의 품에 안겨서 큰 소리로 울기 시작했다. 힘들었어, 아팠어… 슬퍼서 죽을 것 같았어. 현홍을 품에 안은 키스카는 조용히 그의 등을 쓸어 내려주었다. 얼마나 아팠을까? 이 여린 마음으로, 이 여린 손으로… 도저히 할 수 없을 것 같은 일들을 해 왔다. 다른 사람들에게 미움을 받아도 좋으니까… 원하는 일을 이루기 위해서. 실상 그들을 위한 일이었기에. 측은하면서도 대견했기에 키스카는 자신도 모르게 현홍을 안고 있는 손에 힘을 주었다.

두 사람을 바라보는 주월과 우혁은 고개를 돌리면서 그들을 외면했다. 한시도 아까운 지금 저렇게 안고 있을 때란 말인가. 주월은 그렇게 말해 주고 싶었지만 손에 힘을 주면서 참아냈다. 애꿎은 부채만 부서질 듯했지만. 결국 현홍이 겨우 눈물을 그칠 때쯤이 되어서야 우혁이 말을 할 수 있었다.

"어쨌거나 앞으로의 일이 문제야. 열 개의 영혼들 중에서 일곱 개가 모였어. 나머지 세 개는… 아래로 내려가는 길 도중에 모아지겠지."

"아니, 그것은 아닐 거야. 아래는 바로 카오스 스톤이 있는 곳이거든."

그래? 하고 우혁이 되묻자 주월은 고개를 끄덕였다. 아마도 정말로 최후의 결전이 될 것이다. 카오스 스톤과 싸운다… 그것도 정면으로. 이길 확률은 과연 몇 퍼센트나 될까? 제로에 가깝지는 않겠지만… 거의 희박했다. 슈린과 아영, 그리고 여기 있는 이 멤버가 모인다고 해도 말이다. 세피로트의 나무는 힘을 거의 소진하고 있다지만 카오스 스톤은 그렇지 않지 않은가? 오히려 움직이지 않는 시간의 힘까지 흡수하여 더욱 강해졌을 것이 분명했다. 턱을 쓰다듬고 있는 주월에게 키스카가 낮은 어조로 말했다.

"세피로트가 슈린에게 준 검으로 어떻게 될지 몰라."

그의 말에 주월은 작게 고개를 끄덕였다. 세피로트의 나무의 힘이 깃든 검이다. 그 검의 위력은 실상 자신들이 생각하는 것 이상일 수도 있다. 시간의 샘물을 마르게 할 수 있는 능력, 바로 그때 카오스 스톤은 힘이 최하로 낮아질 것이 분명했다. 그때가 바로 최후의 보루인 셈. 현홍이 자신의 품에 꼬옥 안겨서 움직이지도 못하고 있던 키스카는 현홍의 머리를 쓰다듬어 주면서 살짝 고개를 숙였다. 그의 검은 머리카락이 현홍의 눈가를 어지럽게 만들었다. 눈물에 젖은 눈으로 자신을 올려다보는 현홍에게 그는 작게 입술을 달싹였다. 그의 목소리는 아주 작고 낮아서 현홍의 귀에만 조금 들리는 정도였다.

"…이번 일이 잘되면, 현홍아… 네가 원하던 일들도 이루어질 수 있어. 알고 있지?"

현홍은 멍청한 눈으로 키스카를 바라보았다. 예전 자신을 바라봐 주는 검은 눈동자는 아니었지만 자수정처럼 맑고 투명한 보라색 눈동자를 보며 현홍은 고개를 끄덕였다. 자신이 이곳까지 온 이유가 바로 그것인데 여기에서 포기할 수는 없지 않은가. 자신이 가장 소망하는 것, 가장 마음속 깊이까지 바라는 것을 위해 그동안 자신의 손에 피를 묻혔다. 주먹을 굳게 쥐면서 현홍은 입가에 미소를 띠었다. 그의 미소를 보며 키스카 역시 부드럽게 미소를 지으며 말했다.

"역시 넌, 웃을 때가 가장 아름다워. 내가 가장 사랑하는 모습이다."

우혁과 주월이 소름이 돋은 팔을 서로 보여주면서 투덜거리고 있을 때, 현홍은 두 눈을 깜빡이면서 키스카를 보았다. 예전, 전생의 기억들을 모두 알고 있다고는 하나… 어째 전과 많이 달라 보이기는 했다. 자신의 마음을 되도록 숨기고 돌려 말하는 진현과는 달리 키스카는 당당하게 자신의 마음을 말하고 있는 것이다. 조금 부끄럽기도 해서 현홍은 붉어진 얼굴을 두 손으로 감쌌다. 주월이 부채를 허공에 휘저으면서 중얼거렸다.

"닭털이 날아다니는 것 같군. 이것 봐, 아무리 오랜만에 만났다지만 너… 너무 노골적인 것 아니냐?"

주월의 말에 키스카는 어깨를 으쓱거리면서 고개를 돌렸다. 그리고 두 팔로 현홍을 끌어안으며 입꼬리를 끌어 올렸다.

"훗, 질투나면 질투난다고 말씀하시지. 미안하지만 앤 내 거야. 한동안 아프게 만들기는 했지만 이제는 내 손에서 안 놔줄 거야."

"으윽, 내가 왜 저놈의 기억을 돌려놓았을까! 빌어먹을……."

이미 지난 일을 돌이킬 수 없는 법. 분한 듯이 허공을 향해 소리를 지르는 주월을 간신히 진정시킨 우혁은 말없이 현홍을 바라보았다. 우혁의 시선을 느낀 현홍이 고개를 돌려 그를 보았다. 어딘지 모르게 많이 강해져 보이는 서로를 보면서 두 사람은 자신도 모르게 희미하게 미소를 내보였다. 두 사람 모두 자신이 바라는 것을 위해서 지금까지 서로의 내향을 숨기고 지내왔다. 그리고… 비록 많이 늦기는 했지만 이제야 겨우 서로의 뜻을 알고 만날 수가 있었다. 강해져 있는 모습으로 말이다. 어쨌거나 이제 모든 것이 정상으로 돌아온 느낌이었다.

하지만 이렇게 노닥거리고 있을 시간 따위는 없다. 먼저 내려간 이들에게 무슨 일이 있을지도 모르는 것. 우혁은 조용히 자신의 애도 파사를 뽑아 들면서 나직하게 말했다.

"인간을 우습게 안 카오스 스톤은 용서하지 못해. 절대로… 뜻대로 놔둘 수는 없다."

단호한 우혁의 말에 키스카 역시 조용히 손을 허공에 내밀었다. 그러자 투명한 날을 가진… 그가 예전에 가졌던 운이 그의 손에 모습을 드러냈다. 오랜만에 보는 것이라 현홍 역시 반가운 듯 웃었다. 키스카는 허공에 몇 번 운을 휘돌린 후 천천히 옆으로 뿌리며 싸늘한 표정으로 입을 놀렸다.

"아무리 모든 것의 아버지라고는 하지만… 아무리 부모라고 해도 용서할 수 있는 것과 없는 것이 있지. 절대로 여기서 포기하지는 않아."

"물론이지. 그리고 솔직히 말해서 아무런 도움도 주지 않았지 않은가."

부채를 펴서 부치며 주월은 피식 웃었다. 낳아준 부모라고 해서 모든 것이 다가 아니듯이, 아무리 만물의 어버이라고 해도 그들을 보살피지 않으면 부모가 아닌 것만도 못한 것이다. 무기를 들고 어버이와 싸울 각오를 하는 그들… 그들을 보면서 현홍 역시 조심스레 벨리알이 변한 검을 뽑았다. 우웅— 하고 길게 우는 검의 울음소리를 선두로 그들은 조용하지만 단호한 걸음을 옮겼다. 이제… 이제 드디어 최후의 결전이다. 모든 것의 아픔 따위는 상관하지 않고 자신의 일만을 생각하고 있는 카오스 스톤과의. 그러나… 네 사람의 마음속에는 알 수 없는 감정 또한 있었다.

자신들도… 자신의 소중한 것을 위해서라면 세계도 등질 수 있는 이들이었기에 카오스 스톤의 마음을 이해할 수 있을지도 모른다는 생각 말이다.

아영은 멍청한 표정으로 벽에 등을 기대고 앉아 있었다. 그리고 그것은 에오로 역시 마찬가지였다. 두 사람은 말없이 허공만을 바라보았다. 그리고 그 두 사람에게 솔루드와 슈린은 아무런 말도 할 수 없었다. 무슨 말을 할 수 있겠는가? 자신들이 살자고 셀로브와 에이레이를 희생했다는 얘기? 그들의 죽음은 숭고하다는 허무맹랑한 영웅주의? 웃기지도 않는다. 그저 이해하기만을 바랄 뿐이다. 마음속으로 그들의 목소리와 그들의 마음을 이해할 수 있기를 바랄 뿐.

그들이 있는 곳은 작은 공간이었다. 지금까지 지나왔던 두 개의 공간과는 달리 하나의 방만한 크기였다. 그리고 눈앞에는 쇠로 만들어진 문이 있었다. 문의 규모는 그리 크지 않았다. 하지만 꽤나 두꺼울 것 같은 문이었다. 슈린은 말없이 문을 쳐다보았다. 문에는 아무런 장치도 없었다. 아마도 이 문을 열고 들어가면 카오스 스톤이 있는 곳이 아닐까, 하는 생각이 들었다. 아니, 솔직히 말해서 이미 몸으로 느끼고 있었다. 엄청난 느낌의 위압감이 드는 것을 말이다. 시간을 다루는 자가 있는 곳, 세피로트와는 사뭇 다른 분위기였다.

자신도 모르게 이마에 맺혀져 있던 땀이 뺨을 따라 흘러내렸다. 아마도 보통의 사람인 솔루드와 에오로는 잘 모르겠지만 아영은 알고 있지 않을까? 무거운 아영의 분위기에 쉽사리 입을 열지는 못하는 슈린이었다. 작게 한숨을 내쉰 슈린은 고개를 저었다. 어쩔 수 없다. 저것은… 스스로 이겨내야 한다. 그가 그런 생각을 하고 있을 때, 한 손으로 얼굴을 가리고 고개를 숙이고 있던 에오로가 비틀거리며 자리에서 일어났다. 움찔한 솔루드가 에오로를 부축하려고 했지만 에오로는 그의 손을 뿌리치고 난 후 고개를 들었다.

에오로의 두 눈에는 그 어느 때보다 차가운 감정이 흐르고 있었다. 마치 살인 청부업자와 같은 눈빛이었기 때문에 슈린도 내심 놀랄 정도였다. 하지만 그 감정은 다른 사람들에게 뿜어내는 것이 아니었다. 그 살육의 감정은 분명 자신에게 향해 있는 감정. 지금까지 눈앞에서 소중한 친구들이 스스로 목숨을 내던지는 것을 보며 아무것도 할 수 없는 자신에게… 보이는 감정이었다. 그러나 손을 들어 눈가를 가린 에오로가 다시고개를 들었을 때, 이미 그 감정은 사라지고 없었다.

그리고 그는 입을 열었다.

"저 문 너머에… 카오스 스톤이라는 것이 있어? 모든 것들의… 어버이라는 자가?"

"…그래."

"그렇구나……."

에오로는 비틀거리면서 문 쪽으로 다가갔다. 그때까지 가만히 있던 아영 역시 자리에서 천천히 일어났다. 하지만 에오로와는 다르게 아무 일도 없었던 사람처럼 툭툭, 바지의 먼지를 털어내고 일어난 그녀는 조용히 솔루드에게 다가갔다. 걱정스러운 눈으로 자신을 내려다보고 있는 그의 팔을 살며시 잡아당기면서 아영이 작은 목소리로 말했다.

"솔루드… 내 옆에서 떨어지지 마. 절대로… 약속해야 해."

그녀가 무슨 말을 하고 있는지 솔루드는 잘 알고 있었다. 아무런 힘도 없는 자신을 지켜주려는 것이다. 비참한 감정도 들었다. 사랑하는 사람을 지켜줄 수 있는 힘이 없는 자신이. 그러나 그 작은 자존심 때문에 자신이 죽는다면 아영이 얼마나 슬퍼할지 알고 있었기에 솔루드는 묵묵히 미소 지으며 고개를 끄덕였다. 그는 어느 것이 중요한지 잘 아는 남자였다. 솔루드의 얼굴을 보며 아영은 입술을 깨물고 그의 손을 강하게 붙잡았다. 절대로 놓지 않겠다는 듯이. 에오로는 천천히 쇠로 만들어진 둥근 문고리를 잡았다.

절대로 용서하지 못한다. 아무리… 아무리 대단한 신이라지만 이렇게 한 생명의 목숨을 좌지우지할 수가 있단 말인가. 이를 빠득, 하고 간 에오로는 천천히 문고리를 잡아당겼다. 반드시 물어볼 것이다. 무엇 때문에, 무엇을 그리도 바라기에 이런 짓을 하느냐고 꼭 물어볼 것이다. 그리고… 하찮은 일이라면 결코 용서하지 않으리라. 목숨을 걸어서라도 후회하게 만들고 말 것이라고 스스로에게 맹세하면서 그는 힘껏 문을 열었다.

끼이익—!

낡은 쇠가 끌리는 날카로운 소리가 귀를 자극했다. 아마도 이 문을 연것은 문이 만들어진 후 처음이나 다름없지 않을까. 에오로의 바로 뒤에서 있던 슈린은 세피로트의 나무로부터 받았던 그 검을 소환했다. 은빛으로 반짝이는 검날이 문틈 사이로 스며 나오는 빛에 더욱더 아름다운 빛을 내뿜었다. 그리고 검의 손잡이에 장식되어진 에메랄드가 그 어느 때보다 진한 빛을 흘려보냈다. 녹색이… 짙어진 느낌이 들었다. 느낌일 뿐일까, 그렇게 생각한 슈린은 살짝 고개를 갸웃거렸다. 이윽고 에오로가 연 문 안으로 들어간 네 사람은 한동안은 밝은 빛 속에서 눈을 뜨지 못할 정도였다.

미간을 찌푸리고 눈이 사방의 빛에 익숙해지기를 기다리던 슈린은 눈가를 손으로 문지른 후 제대로 주위를 살폈다. 그리고 생각지도 못한 광경에 짧게 탄성을 내뱉었다. 그것은 다른 이들 모두가 마찬가지였다.

"여, 여기가……."

솔루드는 허공을 바라보았다. 끝도 없이 보이는 파란 하늘… 색색깔의 새들이 날아다니는 평화로운 풍경, 코끝을 간질이는 풀 냄새. 이곳에… 정말로 카오스 스톤이?

"…세피로트의 나무가 있던 곳과……."

슈린은 두 주먹을 불끈 쥐면서 입을 다물었다. 세피로트의 나무가 있던 곳과 같은 풍경이었다. 분명히 그러했다. 지평선이 보일 정도로 넓게 펼쳐진 푸른 대초원과 이 평화로운 아름다움을 잊을 수 있을 리 없지 않나? 그런데 대체 왜? 왜 세피로트의 나무가 있는 곳과 같은 풍경일까? 우연의 일치일까? 아니면 다른 이유가 있는 걸까? 궁금증에 싸인 슈린은 천천히 고개를 돌려 사방을 둘러보았다. 거대한 고목인 세피로트의 나무만이 없다는 것을 제외하면 그곳과 완벽하게 일치했다. 카오스 스톤은 어디 있을까? 어디선가 자신들을 바라보고 있을 것이 분명했다.

검을 굳게 쥔 슈린은 잔뜩 긴장하며 어깨를 움츠렸다. 시선이 느껴졌다. 자신을 바라보는 시선, 다른 사람들을 바라보는 시선이 말이다. 아영 역시 그것을 느낀 것인지 당장이라도 정령 왕을 불러낼 기색이었다. 그녀의 몸 주위로 힘이 천천히 감돌기 시작했으니까. 어디에서부터… 어디에서부터 공격해 올까? 아영과 슈린이 조용히 솔루드와 에오로를 중간에 둔 채로 걸음을 옮길 때 작은 소리가 들려왔다. 흠칫 놀란 아영이 손을 들었다. 그러자 곧장 그녀의 팔 주위로 커다란 소용돌이가 일었다.

바스락, 바스락.

무언가가 풀을 밟으면서 자신들에게로 다가오는 소리였다. 발자국 소리가 깊지 않았다. 이상하게도 말이다. 슈린이 미간을 찌푸리면서 눈을 가늘게 뜨고 정면을 응시했다. 희미하게 그림자가 보였다. 아영이 일으킨 바람으로 인해 사방의 풀과 꽃잎들이 춤을 췄다. 그것은 아름다운 춤이었지만… 동시에 정신을 혼미하게 만들 정도의 향기까지 일으켰다. 셀 수 없을 정도의 많은 꽃잎의 군무 속에서 하나의 존재가 그들에게로 다가왔다.

Part 31

사명 앞에 놓여진 진실

사명 앞에 놓여진 진실 1

「그것」이 그들의 눈앞에 모습을 드러냈을 때, 솔직히 말해서는 조금 충격이었다. 전혀 예상 밖의 모양새여서… 라고 할까. 꽃잎의 폭풍을 손가락 하나로 잠재운 그는 조용히 들판의 언덕 위에 서 있었다. 바람에 살랑거리는 진홍색의 머리카락… 그것을 보며 아영은 가슴이 두근거렸다. 눈을 뗄 수가 없었다. 너무나도 아름다워서 시간이 그대로 정지해 버린 것 같은 느낌이었다. 그것은 여기에 있는 이들 모두가 느낀 것이었다. 새하얀 얼굴과 황금색의 눈동자, 뾰족한 귀… 모두가 다 특이하면서도 아름다워 보이는 것들이었다.

길게 길러진 진홍빛 머리카락이 바람에 흩날렸다. 이마에 박혀 있는 푸른색의 보석이 묘한 빛으로 반짝였다. 그는 천천히 한 발자국 더 앞으로 걸어나왔다. 그의 아름다움에 넋을 잃고 있던 사람들은 흠칫하면서 뒤로 물러났다. 황금색의 수가 아름답게 놓아진 흰 옷자락이 바닥에 끌렸다. 그는 그것을 살며시 손으로 여미면서 고개를 조금 숙였다.

「이곳에 인간이 들어오는 것이… 처음 있는 일이었던가? 나 말고 다른 이를 보는 것이 하도 오랜만이라 제대로 기억조차 나지 않는군.」

잔잔하면서도 힘이 들어 있는 목소리였다. 겉모습은 그저 10대 후반 정도의 에오로와 비슷한 또래로 보이는 소년이었다. 하지만 목소리 하나 만은 세월의 깊이를 알 수 없을 정도로 위압감과 장중함이 깃들어 있었다. 슈린은 그의 목소리를 듣는 것만으로도 목이 조금씩 조여오는 느낌을 받았다. 세피로트의 편안함과는 거리가 멀었다. 부모, 둘 중에서 누가 더 무섭고 자식들에게 엄한가? 그것은 아버지임이 분명하다. 아마도 세피로트가 주는 편안함과 다정함은 어머니의 그것일 것이고, 카오스 스톤이 주는 위압감과 두려움은 아버지의 그것이 아닐까?

야단을 맞는 아이와 같은 입장이 된 슈린이었지만 여기서 물러날 생각은 없었다. 카오스 스톤이 손가락 하나 까닥하면 자신들이 날아갈 수도 있겠지만 싸워보지도 않고 포기하는 것은 성미가 아니었다. 카오스 스톤은 말없이 자신과 멀찍이 떨어져 있는 인간들을 내려다보고 있었다. 그의 황금색 눈동자에는 묘한 이채가 서려 있었다. 그는 천천히 손을 들어 올려 자신의 이마에 있는 보석을 손가락으로 살짝 쓰다듬었다. 그러자 그 보석에서 흰 연기가 스며 나오더니 하나의 검으로 모습을 바꾸었다. 그 검은 세피로트가 슈린에게 준 검과 거의 비슷한 모양이었다.

다른 것이 있다면 검의 손잡이에 박혀 있는 보석이 푸른색 사파이어라는 것뿐. 그가 검을 꺼내 들자 아영과 슈린은 잔뜩 긴장할 수밖에 없었다. 역시나… 전투일까? 아니면 정말로 세계를 회생시킬 방법이 없는 걸까? 그들이 그리 생각하며 전투 태세를 잡으려고 할 때, 에오로가 아영과 슈린을 밀치며 앞으로 걸어나왔다.

"에, 에오로!"

아영이 황급히 그를 붙잡으려고 했지만 고개를 돌린 에오로의 얼굴을 보는 순간 아영은 손을 멈출 수밖에 없었다. 그가 지금까지 보여주지 않았던 진지한 표정… 너무나도 진지하고 무거워서 건드릴 수 없는 표정이었다. 슈린과 아영의 걱정을 아는 에오로는 그리 많이 앞으로 걸어나가지 않았다. 그는 조용히 고개를 들어 낮은 언덕 위에 서 있는 카오스 스톤을 올려다보았다. 그리고 한동안 주위에는 침묵만이 가득했다. 슈린은 혹시나 하는 마음에 카오스 스톤이 공격을 하면 당장 반격할 태세로 검을 거머쥐었다.

문득 에오로는 서글픈 생각이 들었다. 이상하게, 카오스 스톤의 황금빛 눈동자에 묘한 쓸쓸함이 깃들어 있는 것을 본 것 같아서였다. 하지만 지금 중요한 것은 그것이 아니다. 이를 악물고 주먹을 불끈 쥔 에오로는 간신히 입을 열었다.

"당신이… 카오스 스톤?"

그의 물음에 카오스 스톤은 피식하고 미소 지었다. 그리고 조용히 손을 들어 자신의 가슴을 가리키면서 조용히 말했다.

「그렇다, 인간의 아이야. 내가 바로 카오스 스톤, 시간의 샘물을 지키는 타임 키퍼—카오스 스톤이다.」

자신과 비슷한 나이 또래의 소년의 모습으로… 신이라니. 에오로는 솔직히 그런 생각이 들기는 했다. 하지만 신이나 다른 종족에게 있어서 외모라는 것은 그다지 중요하지 않다는 것을 그도 잘 알고 있었다. 긴장한 탓인지 말라 버린 입술을 핥으며 에오로는 두 주먹을 꼭 쥐었다. 꼭… 물어볼 것이 있다. 왜, 이런 짓을 하는 것인지 꼭 물어보고 싶었다. 신과 대면한 사람치고는 꽤 대담한 표정으로 에오로는 턱을 약간 치켜 올리며 다시 말했다.

"그, 그렇다면 왜 이런 일을 하는 거죠? 왜… 이유가 무엇이기에 세계를 파멸시키려고 하는 겁니까? 세계는 당신과 세피로트의 산물… 즉, 자식이나 다름이 없는데 왜?!"

다시 생각나는 키엘의 죽음… 그리고 니드와 셀로브, 에이레이 등의 희생이 에오로의 머리를 아프게 만들었다. 감정이 복받쳐 눈앞이 부옇게 변했다. 하지만 고개를 세차게 저으며 애써 눈물을 참아낸 에오로는 이를 악물고 카오스 스톤을 노려보았다. 카오스 스톤은 한참 동안이나 말이 없었다. 바람이 불어와 그의 진홍색 머리카락을 흩뜨려 놓았다. 비록 질문을 한 것은 자신이 아니지만 아영 역시도 그 대답을 기다리고 있었다. 세계의 어버이이면서 세계를 파멸시키려고 하는 이유… 그것 말이다. 바람에 의해 우석거리는 풀 소리 말고는 아무것도 들리지 않았다. 카오스 스톤은 고개를 조금 숙였다. 그리고 자신이 들고 있는 검의 끝을 바라보며 입술을 움직였다.

「…너희 인간이나 마족, 그리고 신족, 드래곤 족과 정령 족 모두가 자신을 위해서 살아간다. 그렇지?」

에오로는 움찔하여 고개를 끄덕였다. 살며시 검을 들어 자신의 손바닥에 검날을 툭툭 치면서 카오스 스톤은 입가에 미소를 띠었다. 그의 황금색 눈동자가 조금 흔들렸다. 그는 고개를 들어 에오로를 보았다. 카오스 스톤의 시선에 에오로는 숨이 턱 막히는 것 같았다. 왜냐하면 카오스 스톤의 시선은 얼음장보다 더 차가워 보였기 때문이다. 그 눈빛에 심장을 찔린 사람마냥 에오로는 한 발자국 뒤로 물러설 정도였다. 흡, 하고 숨을 몰아쉰 에오로는 심장을 부여쥐면서 입술을 깨물었다. 저 눈빛의 의미는 무엇이란 말인가? 왜… 왜 저렇게 차갑고도 무서운 눈으로 바라보는 것일까? 카오스 스톤의 무서운 표정을 본 슈린이 다급하게 에오로의 앞을 가로막았다.

그리고 카오스 스톤은 슈린이 들고 있는 검에게로 시선을 옮겼다. 세피로트의 나무가 건네준 검… 그것은 시간의 샘물을 일시적으로 마르게 할 수 있는 힘을 가지고 있다는 것을 카오스 스톤 역시 잘 알고 있었다. 물론이다, 세피로트는… 혼돈에게서 함께 태어난 영혼이 이어진 쌍둥이임과 동시에, 자신의 반쪽이니까. 검을 바라보면서 카오스 스톤은 쓸쓸하게 웃었다.

「하지만 자신의 의지로 살아가지 못하는 이들에 대해선 생각해 본 적이 있느냐? 태어나기도 전에… 이미 운명이 결정되어져 하고 싶지 않은 일을 하는 이들에 대해서… 너희들이 생각해 본 적이 있느냐? 아이들아… 왜 너희는 그리도 너희 자신밖에 생각하지 못한단 말이냐.」

무슨 말을 하는지 잘 알 수는 없었지만 그 말에는 무한한 슬픔과 괴로움, 그리고 쓸쓸함이 깃들어 있다는 것 정도는 알 수 있었다. 에오로는 입술을 깨물면서 뭐라고 말하려 했으나 슈린이 그것을 제지했다. 카오스 스톤은 아무리 말을 해도 들을 존재가 아니다. 자신들과는 다른 이상과 다른 생각을 가진 존재이니까 말이다. 안타까운 마음에 에오로는 고개를 숙여 눈을 감았다. 무얼까, 이 두근거리는 느낌은? 심장이… 불규칙적으로 뛰었다. 불안하면서도 알 수 없는 감정들이 소용돌이쳤다. 아영이 한 발자국 앞으로 걸어왔다. 그녀는 카오스 스톤을 올려다보며 소리쳤다.

"무슨 말을 하는지 잘 모르겠지만! 아무리 어버이라고 해도 마음대로 결정할 권리는 없는 거야! 지금 당신이 하는 일은 절대로 용납할 수 없어!"

손가락을 뻗어 자신을 가리키는 아영의 모습에 카오스 스톤은 차가운 미소를 흘렸다. 권리? 그런 것이 있었던가? 키득, 하고 고개를 숙여 웃는 카오스 스톤의 모습에 아영은 고개를 갸웃거렸다.

잠시 후, 카오스 스톤은 이마를 손으로 짚으며 고개를 들었다. 그리고 하늘이 떠나갈 정도로 크게 웃기 시작했다. 웃음을 그친 그는 손으로 얼굴을 덮었다. 눈을 가늘게 뜨며 그는 입을 열었다.

「권리? 권리라고 했나, 아이야? 나에게 그럴 권리가 없다고? 물론이다, 나에게는 그럴 권리가 없다. 하나…….」

카오스 스톤은 입을 다물었다. 그리고 천천히 고개를 들어 하늘을 보았다. 시리도록 푸른 하늘, 흰 구름들이 평화롭게 흘러가는 그 모습을 올려다보고 있는 것이다. 하늘을 올려다보는 카오스 스톤의 얼굴은 평화로웠다. 하지만 잠시 후 천천히 고개를 내리는 그의 얼굴을 본 슈린은 어깨를 떨며 검을 들어 올렸다. 그리고 아영은 서둘러 두 손을 앞으로 내밀었다. 검을 천천히 들어 올린 카오스 스톤의 얼굴에는 광기만이 흘렀다. 붉은 입술이 호선을 그렸다. 그와 동시에 검에서는 검은 불길이 치솟아올랐다.

「너희에게도 그럴 권리 따위는 없다, 하찮은 피조물들아!」

으르르릉—!

검에서 뿜어져 나온 불길은 카오스 스톤의 몸을 뒤덮었다. 공격이 있을 줄 알았는데 불길이 카오스 스톤의 몸을 뒤덮자 아영은 의아함마저 들었다. 그러나 그 의아함은 잠시 후 경악으로 바뀌었다. 점점 넓고 높이 퍼져 나간 검은 불길 속에서 모습을 드러낸 카오스 스톤의 모습에 말이다. 에오로는 후들거리는 다리를 주체할 수 없었다. 비틀거리면서 땅에 주저앉으려는 에오로의 팔을 솔루드가 간신히 붙잡아주었다. 그 역시 공포스러운 것은 사실이었다. 평범한 인간으로서… 이런 공포 앞에서 제대로 정신이 박혀 있을 수 있는 이가 과연 몇 명이 있을까?

검은 불길은 안개처럼 사방을 어둡게 만들었다. 푸른 초원은 불길이 옮겨 붙어서 끔찍하게 변해갔다. 낙원이 곧장 지옥으로 변해가고 있는 것 같았다. 슈린은 눈을 크게 뜨며 고개를 들었다. 그리고 식은땀이 저절로 이마에 맺히는 것을 느꼈다. 카오스 스톤의 몸은 이제 더 이상 소년의 모습이 아니었다. 그는… 하나의 괴물이 되어 있었다. 드래곤의 모습이었다. 검은색의 몸체에 붉은 눈… 이마에 하나의 눈이 더 있는 존재로 변해 있었다. 세 쌍이나 되는 날개의 피막을 천천히 펼치면서 그는 고개를 휘저어 하늘을 향해 입을 벌렸다.

「크오오오—!」

입을 벌리며 괴성을 지르는 카오스 스톤의 바뀐 모습에 아영은 어이가 없을 정도였다. 거대한 몸집은 일반 드래곤의 그것보다 훨씬 더 거대했다. 카오스 스톤은 붉은 두 눈을 부릅뜨면서 자신의 앞에 있는 그들에게로 고개를 돌렸다. 슈린은 검을 들어 올리면서 소리쳤다.

"아영! 방어막을!"

"알았어!"

아영은 두 손을 모으고 힘을 집중시켰다. 네 사람의 주변으로 물방울들이 허공으로 날아올랐다. 그와 동시에 카오스 스톤의 거대한 앞발이 그들에게로 날아들었다. 사람보다 더 큰 발톱이 달린 거대한 앞발이 자신들에게로 날아오자 에오로는 눈을 질끈 감았다.

콰광—!

물로 이루어진 방어막이 큰 소리를 내면서 흔들렸다. 아영이 몸을 비틀거렸으나 다행히도 방어막은 부서지지 않았다. 자신의 공격이 가로막히자 카오스 스톤은 고성을 지르면서 날개를 활짝 펼쳤다. 사방이 어둡게 변할 정도였다. 세 쌍의 날개를 동시에 휘저으면서 카오스 스톤의 거대한 몸은 우스울 정도로 가볍게 허공으로 치솟아올랐다. 그러나 그가 일으키고 간 바람은 대단한 위력이어서 공격이 아닌 한 모든 것을 통과시키는 방어막 속에서 사람들은 그 바람을 맞아야 했다. 바람을 맞으면서… 아프다는 생각이 든 것은 처음이었다. 하늘을 향해 날아오르는 카오스 스톤의 모습은 두려울 정도였지만… 그와 함께 아름답다는 생각도 들었다.

목과 몸통과 꼬리, 그리고 날개가 황금비율을 이루면서 조화로웠다. 검은색의 몸체와 반대로 루비를 박아놓은 듯한 두 눈… 아니, 이마에 박힌 눈까지 합하면 세 개였다. 그것들은 붉은 안광을 뿜어내면서 광기 어려 보였다. 하늘 높이 올라간 카오스 스톤을 보면서 슈린은 이를 악물었다. 아영은 에오로와 솔루드에게서 떨어져서는 안 된다. 그렇다면 지금 현재 카오스 스톤과 정면 대결할 사람은 자신 뿐. 세피로트에게서 받은 검을 부여잡으면서 슈린은 허공으로 천천히 날아올랐다. 신족에게서 받은 힘으로 이 정도쯤이야 우스운 정도였다.

천천히 검에서는 빛이 흘러나왔다. 그것을 보며 슈린은 고개를 끄덕였다. 자신의 힘과 세피로트의 힘이 있다. 허무하게 당하지는 않을 것이다.

"아영! 두 사람의 보호를 부탁합니다."

"자, 잠시만! 너 혼자서는 무리야!"

아영은 서둘러 그를 잡으려고 했다. 그러나 이미 카오스 스톤은 선회를 마치고 자신들에게 빠른 속도로 다가오고 있었다. 그 속도가 어찌나 빠른지 제대로 볼 수조차 없을 정도였다. 커다랗게 벌린 입에서 불길이 쏟아져 나왔다. 그 불길은 예전 주작의 불길과 비슷했지만 위력은 분명 다를 것이다. 불길을 허공에서 피한 슈린은 검을 두 손으로 잡아 들면서 카오스 스톤에게 날아갔다. 세 쌍의 날개를 이용해 허공에서 정지한 카오스 스톤은 자신의 앞에 날아든 슈린을 보면서 나직하게 목을 울렸다.

「크르르르르.」

그 모습을 보면서 슈린은 냉정을 되찾았다. 왜 카오스 스톤은 이러한 모습으로 싸우려고 하는 것일까? 이것이 본모습인가? 그러고 보니 예전의 고서에서 본디 드래곤은 보물의 수호자와 감시자 역할을 하는 존재라고 했다. 카오스 스톤이 이토록 지키고자 하는 것은 분명… 시간의 샘물이겠지. 그런데 시간의 샘물은 과연 어디에? 슈린이 그런 생각을 하며, 힐끔 시선을 다른 곳으로 옮긴 틈을 카오스 스톤은 놓치지 않았다. 귀가 떨어져 나갈 정도로 커다랗게 소리를 지르면서 카오스 스톤은 슈린에게로 달려들었다. 자신의 이빨보다 작은 슈린에게 카오스 스톤은 전력을 다하고 있었다. 그것은 물론 슈린 역시 마찬가지였다. 황급히 몸을 틀어 카오스 스톤의 공격을 피해낸 슈린은 이를 악물면서 검을 들었다.

콰광!

"큭!"

그대로 물어뜯으려는 듯 달려든 카오스 스톤이었지만 자신을 피해 간 슈린에게 곧장 꼬리를 휘저은 것이다. 세피로트의 검으로 막지 않았더라면 그대로 나가떨어지고 말았으리라. 팔이 저릿한 느낌에 슈린은 검에 자신이 가진 빛의 힘을 응축시켰다. 카오스 스톤은 입에 초고온의 불길을 만들어 슈린에게 내뿜었다. 자신에게로 날아오는 불의 강을 바라보며 슈린은 검을 내뻗었다. 세피로트가 가진 성스러운 힘과 슈린이 가진 빛의 힘이 서로 뒤섞여 커다란 빛을 발했다. 카오스 스톤의 불길과 검에서 뿜어져 나온 힘은 거의 막상막하였다. 카오스 스톤과 슈린 사이에서 왔다 갔다 거리던 불길은 결국 그들의 중간에서 굉음을 내며 터져 버렸다.

황급히 뒤로 물러난 슈린은 다시 자세를 바로잡았다. 다행히 카오스 스톤의 공격은 막을 수 있었지만, 아무리 그렇다고 해도 신족이 준 힘에는 한계가 있었다. 인간의 몸으로 쓸 수 있는 힘의 한계가 말이다. 큭, 하고 숨을 몰아쉰 슈린은 입가에서 걸쭉한 무언가가 흐르는 것을 느꼈다. 손등으로 입가를 닦아낸 슈린은 숨을 고르며 시선을 앞으로 고정시켰다. 하지만 카오스 스톤의 모습은 어디에도 보이지 않았다. 연기의 틈 속에 숨은 건가? 몸을 긴장시키면서 주위를 두리번거리는 슈린의 귀에 아영의 비명 소리가 들렸다.

"슈린! 위!"

황급하게 슈린은 고개를 돌려 자신의 머리 위를 보았다. 그러나 이미 카오스 스톤은 슈린의 빈틈을 잡았다. 아차, 하는 순간에 슈린은 카오스 스톤의 거대한 몸체에 그대로 몸을 부딪치고 말았다. 저렇게 거대한 몸체로… 눈에 거의 보이지 않을 정도로 빠르게 움직일 수 있다니……! 아무리 드래곤이라고 해도 저렇게까지는 움직일 수 없는데, 역시… 세피로트와 더불어 세계를 창조한 아버지. 꼬리만을 맞았을 때도 검으로 보호를 했는데 팔이 저릿했다. 하지만 지금 슈린은 검으로 방어조차 못하고 정면으로 카오스 스톤의 거체에 몸을 부딪쳤다.

"커억!"

입에서 작은 핏방울이 튀며 슈린은 그대로 땅으로 추락했다. 그것도 엄청난 속도로. 거대한 굉음과 함께 슈린이 떨어진 땅에서 연기가 피어올랐다. 그 모습을 본 에오로가 황급히 슈린에게로 달려나갔다. 그런 그를 아영이 붙잡으려고 했지만 자신들에게로 날아오는 카오스 스톤의 모습에 방어막을 풀 수가 없었다.

「꿰애애액—!」

고성을 토하면서 카오스 스톤은 그대로 두 발로 방어막을 찍고 다시 허공으로 날아갔다. 쩌적, 하는 소리와 함께 아영이 만들어낸 물의 방어막은 그대로 깨어지고 말았다.

"까아악!"

산산조각으로 깨어진 파편이 허공을 날아다녔다. 그리고 곧 물로 화해 땅에 떨어졌다. 그녀의 옆에 서 있던 솔루드가 황급히 그녀를 붙잡았다. 방어막이 깨진 고통이 아영의 몸에도 전달되었는지 아영은 자신의 팔을 끌어안으며 고통스러운 표정을 지었다. 솔루드는 그런 그녀를 보며 다시금 자신에게 힘이 없는 것을 한탄할 수밖에 없었다. 땅에 떨어진 슈린에게로 에오로는 전속력으로 달려갔다. 땅에서 피어오른 먼지구름 때문에 제대로 앞으로 볼 수가 없었다. 그러나 손을 휘저어 먼지를 걷어낸 에오로는 구멍의 중심에 쓰러져 있는 슈린을 볼 수 있었다.

저번 주작과 메피스토펠레스가 싸울 때 평원에 생긴 구덩이와 비슷한 규모였다. 이런 구멍이 생길 정도로 크게 땅에 떨어졌으니 슈린의 몸이 말짱할 리가 없다. 구덩이를 내려간 에오로는 서둘러 슈린의 몸을 부축했다. 흰색의 코트는 곳곳이 뜯겨져 있었고 흙먼지도 잔뜩 묻어 있었다.

"슈린! 슈린, 정신 차려!"

큭, 하고 신음 소리를 낸 슈린은 천천히 눈을 떴다. 온몸을 엄습하는 근육통 때문에 손가락 하나 움직일 수 없을 정도로 고통스러웠다. 갈비뼈가 하나쯤은 부러진 것 같아서 슈린은 천천히 손으로 복부를 움켜쥐며 몸을 일으켰다. 다행히 검은 그대로 손에 들려 있었다. 세피로트가 건네준 검에서는 우울한 푸른빛이 흘러나왔다. 무엇을 의미하는 것일까. 슈린은 검을 땅에 꽂아 지지대처럼 이용해 일어섰다. 하지만 그의 옆에 서 있던 에오로가 음울한 목소리로 말했다.

"…이길 수 없어."

그의 말에 슈린은 고개를 돌려 그를 보았다. 숨조차 제대로 내쉬기 힘들 정도로 갈비뼈와 온몸이 아파왔지만 슈린은 간신히 고개를 돌릴 수 있었다. 손가락 하나 까닥하는 것만으로도 온몸이 저릴 정도였다. 하늘을 날아다니는 검은 거체를 올려다보면서 에오로는 모든 것을 포기해 버린 사람의 얼굴이 되었다. 어떻게 이길 수 있단 말인가, 저런 괴물을. 아니, 처음부터 이곳에 온 것 자체가 잘못되었는지도 모른다. 신과 협상을 해? 하찮은 인간인 자신들이? 하, 하고 어이없는 웃음을 흘리며 에오로는 이마를 손으로 짚었다.

"말도 안 돼. 신을… 그것도 세계를 창조한 신을 우리들만으로 이길 수 있을 리 없잖아? 말도 안 돼, 정말로··· 말도 안 돼."

그리고 에오로는 바닥에 털썩 주저앉고 말았다. 그 모습을 보며 슈린은 아무런 말도 할 수 없었다. 에오로의 말이··· 틀린 것은 아니었기 때문이다. 거대한 드래곤으로 모습을 바꾼 카오스 스톤은 제정신이 아닌 것처럼 보였다. 이제는 여기에 있는 사람들만이 아닌 다른 모든 곳으로 불길을 토해내고 있었다. 모든 것을 없애 버릴 것처럼 날뛰고 있는 그를 보면서 누군들 그런 생각이 안 들겠는가. 카오스 스톤의 불길이 바로 에오로와 슈린의 옆으로 훑고 지나갔다. 불길의 파도가 소용돌이치는 가운데에서도 에오로는 일어날 생각을 하지 않았다.

입술을 깨물며 슈린은 고개를 돌렸다.

손에 든 검을 겨우 들어 올려 불길을 향해 휘둘렀다. 그러자 불길은 점점 잠잠해져 갔다. 이 검에 있는 힘은 카오스 스톤의 힘을 약화시키는 능력도 가지고 있는 것이다. 하지만 그것도 한계가 있는 법. 이제 어떻게 해야 하는가. 그때 방어막이 깨져서 화가 나 있던 아영이 두 손을 하늘로 들어 올리며 소리를 치는 모습이 슈린의 눈에 비쳤다. 아마도 정령 왕들을 소환할 모양새인 듯했다.

"사대정령 왕이여, 자신의 사명을 위해 내 부름을 통해 이곳에 모습을 나타내라!"

그녀의 말이 떨어짐과 동시에 허공에서는 찬연한 빛과 함께 사대정령 왕이 서서히 모습을 드러냈다. 그들의 힘을 느낀 것일까? 하염없이 불길을 토해내며 날뛰고 있던 카오스 스톤의 움직임이 멈추어졌다. 그리고 서서히 고개를 돌리면서 목을 울렸다.

「크르르르.」

사대정령 왕 중에서 가장 먼저 모습을 드러낸 것은 땅의 정령 왕인 노아스였다. 흙색의 갑옷을 몸에 두르고, 흡사 돌로 만들어진 듯한 거대한 창을 들고 나타난 그의 모습은 대지와 같이 굳건해 보였다. 그의 옆으로 은색의 갑옷과 투구를 쓴 엘라임이 나타났다. 그녀는 물의 속성으로 만들어진 검을 이용해 주변의 불길을 꺼뜨렸다. 가장 화려한 모습으로 나타난 것은 불의 정령 왕 샐리온이었다. 화려하게 타오르는 불길의 망토와 붉은 갑옷, 그리고 방패와 검까지 든 그의 모습은 누가 보아도 위압적이었다. 마지막으로 나타난 것은 바람의 정령 왕 실피드. 연한 녹색 빛이 도는 갑옷과 거대한 활을 든 그는 평상시와 마찬가지로 무표정한 얼굴이었다.

그는 천천히 활의 시위를 잡아당겼다. 그러자 주변의 공기가 압축되어져 화살이 되었다. 그것이 시작이었다. 단단히 당겨진 시위를 놓자 공기의 화살은 카오스 스톤을 향해 맹렬한 속도로 날아갔다. 동시에 나머지 세 정령 왕들도 몸을 움직였다. 물로 이루어진 날개를 펴 허공으로 날아간 엘라임은 자신의 검을 카오스 스톤에게 겨눈 채로 하늘로 치솟았다. 실피드의 화살을 몸을 뒤틀어 피해낸 카오스 스톤은 허공을 향해 목이 터지도록 고성을 질렀다.

「꽤애애액─!」

입을 쩍하니 벌린 카오스 스톤은 동시다발적으로 불길을 내뿜었다. 방금 전까지의 공격과는 차원이 달랐다. 다 연발 미사일처럼 집채만한 불덩어리들이 사방으로 쏘아졌다.

두두두두─! 쾅, 콰과광!

아영은 미간을 찌푸리면서 고개를 숙였다. 솔루드는 그녀의 어깨를 붙잡아 안으면서 바닥에 무릎을 꿇었다. 아영의 곁에 남아 있던 실피드가 서둘러서 바람의 장막을 주위에 뒤덮었다. 슈린은 검을 들어 올려 불덩어리들을 막아냈다. 머리를 감싸면서 에오로는 고개를 숙였다. 저런 힘을 가진 신을 어떻게 이길 생각이란 말인가. 두려움과 공포가 밀려와 몸이 떨려왔다. 이것은 어쩔 수 없는 것, 인간으로의 당연한 본능이다. 거대한 힘 앞에서 두려움에 떠는 것은 말이다. 슈린은 서둘러 에오로의 곁으로 다가갔다. 창백하게 질린 얼굴로 에오로는 고개를 들어 슈린을 보았다. 그의 표정을 보면서 슈린은 안타깝기까지 했다.

왜 이곳에 데리고 왔을까. 그렇지 않았더라면 니드도 셀로브도, 에이레이도 희생되지 않았을 텐데. 이를 악물고 슈린은 눈을 감았다. 허공으로 치솟아올라 카오스 스톤의 주변에 포진한 정령 왕들은 카오스 스톤의 공격을 막아내기 급급했다. 그리고 그 틈을 타서 땅에 남아 있던 실피드가 활시위를 당겼다. 그가 가진 활은 원거리 공격에서 가장 큰 데미지를 입히기 때문에 혼자 아영의 곁에 남아 있었던 것이다. 하나의 화살을 날린 후 곧장 서너 개의 화살을 손에 보이지 않을 정도로 빠르게 날려 보냈다.

쐐애액— 하고 바람 가르는 소리를 내며 날아오는 화살들을 본 카오스 스톤은 공격을 멈추고 몸을 틀어 화살들을 피해냈다. 그리고 그 틈을 샐리온은 놓치지 않았다. 불길이 이글거리는 검을 들어 카오스 스톤의 날갯죽지에 꽂아 넣은 것이다. 암적색의 피가 분수처럼 솟구쳤다. 고통에 찬 비명을 지른 카오스 스톤은 이빨을 드러내더니 샐리온의 목을 물어뜯었다. 덩치로 따지면 카오스 스톤의 몸체는 정령 왕 넷을 모은 것보다 거대했다. 샐리온이 목을 물어뜯기는 것을 보며 아영은 비명을 질렀다.

"샐리온!"

그러나 샐리온은 카오스 스톤의 날개에 꽂힌 검을 뽑지 않고 그대로 버텼다. 그때 노아스의 창날이 빠르게 날아와 카오스 스톤의 다리를 꿰뚫었다. 그러나 카오스 스톤은 그것에도 아랑곳하지 않고 거대한 꼬리를 휘둘러 노아스의 몸을 날려 버렸다. 갑옷과 비늘이 부딪치는 소리가 허공에 울러 퍼졌다. 노아스는 멀찍이 떨어진 후 몸을 비틀거렸으나 다시금 창을 부여잡은 채로 카오스 스톤에게로 달려들었다.

지옥이었다. 물과 불, 그리고 대지, 바람이 한군데에 뭉쳐서 용솟음쳤다. 그리고 그 중앙에는 카오스 스톤이 있었다. 괴상한 울음소리와 폭발 소리, 피구름들이 허공에서 땅으로 쏟아져 내렸다. 카오스 스톤은 몸 곳곳에 상처를 입고 있었다. 하지만 그것은 빠르게 치유되어 갔다. 그에 비해서 정령 왕들의 갑옷은 떨어져 나가고 찢겨졌다. 그 모습을 보면서 아영은 덜덜 떨었다. 자신이 아무리 힘을 보내줘도 카오스 스톤과 싸우기에는 무리가 있다는 것을 자신의 두 눈으로 보고 있었으니까. 피 냄새가 코를 찔렀다. 그것은 카오스 스톤의 피이면서… 정령 왕들의 피일 것이다.

정령 왕들은 속성에 의해서 존재하므로 소멸하거나 죽는 경우는 없다. 다만 심한 타격을 받으면 정령계로 돌아가야 한다. 노아스의 창을 입으로 물어뜯은 카오스 스톤은 그것으로 노아스의 복부를 찔러 버렸다. 갑옷을 뚫려 버린 노아스는 휘청거리며 이를 악물었다. 주인의 명령은 절대적… 더불어 주인의 목숨을 위협하는 존재는 제아무리 창조주라고 해도 용서할 수 없다. 간신히 목이 떨어져 나가지 않은 샐리온은 자신도 힘이 들지만 서둘러 노아스에게 불의 기운을 씌워주었다. 노아스의 상처는 그대로 회복되었다. 샐리온의 상처를 올려다본 실피드는 화살에 자신의 기운을 불어넣었다. 그리고 그 화살을 샐리온을 향해 쏘아주었다.

바람의 기운을 받은 샐리온의 상처가 사라졌다. 이대로 가다가는 끝이 없을 것 같았다. 카오스 스톤의 이빨이 엘라임의 팔 하나를 뜯어놓았다. 거대한 세 쌍의 날개에 의해 정령 왕들은 근처에 다가가지도 못했다. 꼬리나 발에 체여도 타격이 컸다. 카오스 스톤의 힘이 팔, 다리, 날개 각각에 스며 있어서 그의 몸 자체가 힘의 결정체처럼 만들어놓은 것이었다.

그 거대하고도 두려워 보이는 몸 자체가 카오스 스톤의 힘인 것이다. 정령 왕들이 할 수 있는 방법은 더 이상 없었다. 아무리 상처를 입혀도 곧 재생이 되어버리는 카오스 스톤은 이제 독기만이 남아 있었다. 붉은 눈동자에서는 광기가 흘러나왔다. 발악을 하듯 날갯짓을 한 카오스 스톤이 엄청난 속도로 하늘을 향해 날아올랐다. 당황한 정령 왕들이 서둘러 그 뒤를 따르려 했지만 카오스 스톤의 속도는 정령 왕조차도 보기 힘들 정도로 빨랐다.

아영은 점으로 보일 정도로 높게 올라가 버린 카오스 스톤을 보면서 고개를 갸웃거렸다. 다시 공격인가? 그녀는 정령 왕들에게 힘을 보내주기 위해 두 손을 모으고 정신을 집중했다. 정령계가 아닌 다른 곳에 모습을 드러낸 정령들에게 있어서 주인의 정신 집중 능력은 무엇보다 더 중요했다. 이마에는 식은땀이 총총히 맺혔다. 그때 아영의 뒤로 흐릿한 무언가가 나타나는 것을 본 솔루드가 눈을 크게 떴다. 마치 그녀를 보살피는 수호신처럼 아영의 어깨를 두 손으로 짚고 있는 그는 정신계의 정령왕 히에로스였다.

「내 힘을 빌려주마, 아영. 자, 힘을 내라.」

그의 목소리를 들은 아영은 입가에 미소를 지으면서 고개를 끄덕였다.

사대정령 왕은 부쩍 몸속의 힘이 늘어났다는 것을 알아차렸다. 상처도 모두 회복이 되었고, 무기 역시 강도가 세졌다. 저 먼 하늘에서 선회를 하는 카오스 스톤의 모습이 보였다. 과연 어떤 공격을 할 것인가? 정령왕들은 모두 무기를 들어 올리면서 공격에 대비했다. 히에로스의 힘마저 빌렸으니 그렇게 간단하게는 당하지 않으리라. 그들은 모두 그렇게 생각했다.

「아니?!」

하지만 그들의 생각은 모두 빗나가고 말았다. 무서운 속도로 날고 있

224 잃어버린 세계

던 카오스 스톤은 세 쌍의 날개를 모두 뒤로 젖혔다. 그것은 터보 엔진이나 다름이 없었다. 갑자기 카오스 스톤의 몸은 하나의 빛줄기로 변했다. 정령 왕들은 모두 무기를 자신의 앞에 들어 올리면서 공격을 막으려고 했다. 붉은색과 검은색의 빛이 소용돌이처럼 뒤엉켜 허리케인처럼 폭발적으로 정령 왕들 쪽으로 날아들었다. 그 모습을 보며 정령 왕들은 몸을 움직이지도 못했다. 이것이… 이것이 바로 세계를 굽어보는 존재의 힘!

콰광, 쾅―! 콰콰과광!

마치 당구의 공이 다른 공들을 치고 나가는 것처럼 허리케인처럼 변한 카오스 스톤의 몸은 세 정령 왕들의 몸을 차례차례 치고 지나갔다. 무기는 부서져 자신의 속성으로 사라져 버렸고, 샐리온은 보통의 모습으로 변해 땅으로 떨어져 내렸다. 그러나 그는 다행인 편에 속했다. 엘라임과 노아스는 원자 분해가 되어 정령계로 돌아가야만 했으니까. 그 모습을 본 아영은 결국 바닥에 털썩 주저앉고 말았다. 히에로스는 안타까운 표정으로 눈을 감았다. 전투 모드를 해제한 실피드는 황급히 샐리온의 몸을 허공에 띄웠다.

이렇게… 무력하게 사대정령 왕이 박살나다니. 샐리온에게 자신의 기운을 불어넣으면서 실피드는 고개를 돌려 히에로스를 바라보았다. 아영의 뒤에서 고개를 들고 하늘을 올려다본 히에로스는 실피드를 보며 고개를 저었다. 그의 모습을 본 실피드는 이를 악물며 눈을 감았다. 승산이 없었다. 사대정령 왕 각자의 힘만이 아닌 그들의 힘 전부를 초월하는 정신계의 정령 왕 히에로스의 힘마저 빌렸건만……

샐리온은 실피드의 품에서 겨우 정신을 차렸다. 그는 고통스러운 표정으로 눈을 뜨며 허공을 올려다보았다. 그리고 엘라임과 노아스가 사라졌다는 것을 알곤 인상을 쓰면서 짧게 욕지거리를 내뱉었다.

「빌어먹을……!」

정령 왕이 되어서 이리도 철저하게 기만당한 경우가 있었던가? 마계의 고위 악마들도 자신들과의 싸움에서 한 수를 접는다고 알려져 있는데… 오랜 세월을 존재하면서 이런 경우는 처음이었다. 그러나 인정할 수밖에 없었다. 저리도 대단한 자와 싸웠다니… 손을 들어 눈가를 가리고 이를 악무는 샐리온의 모습을 실피드는 말없이 내려다보았다. 사대정령 왕의 힘도 결국에는 소용없다는 것을 보며 슈린은 아무런 말도 할 수가 없었다. 이 정도… 이 정도일 줄이야. 그나마 싸움 후에 힘이라도 약화되었으면 좋으련만, 지금 카오스 스톤의 모습을 보면 그런 것도 아닌 것 같았다.

주먹을 쥔 슈린은 하늘을 향해 고개를 들었다. 세 정령 왕들을 모두 한 방에 격퇴시켜 버린 카오스 스톤은 다시 드래곤의 모습으로 돌아왔다. 세 쌍의 날개를 활짝 펴며 허공에 멈춘 그는 고개를 내려 땅에 있는 이들을 내려다보았다. 붉게 빛나는 세 개의 눈동자가 천천히 황금색으로 변해갔다. 그리고 그는 천천히 입을 열었다.

「아무리 발버둥 쳐도 변하는 것은 없다. 시간은 멈추어졌고, 세계는 멸망할 것이다. 이 나, 카오스 스톤의 손 아래에.」

단호한 그의 말에 아영은 발끈하여 고개를 치켜 올렸다. 왜, 대체 왜! 비틀거리면서 자리에서 일어난 아영이 소리를 질렀다.

"그래, 너 잘났다! 이유나 한번 들어보자! 왜 세계를 멸망시키려는 건지! 왜, 왜 너 혼자만의 이유 때문에 우리가 죽어야 하는지!"

씩씩거리는 아영의 어깨를 솔루드가 서둘러 붙잡았지만, 이미 흥분한 아영은 솔루드의 손을 뿌리치면서 눈물 어린 눈으로 카오스 스톤을 노려보았다. 솔직히 말해서 억울하지 않은가. 가만히 있다가 자기보다 강한 사람에게… 그것도 세계의 아버지라고 하는 작자의 손에 하루아침에 멸망하게 생겼으니까. 정말로 억울하고 분해서 견딜 수가 없었다. 너무 화가 나서 온몸이 부들부들 떨릴 정도였다. 슈린은 바닥에 주저앉아 있는 에오로의 팔을 잡아 일으켰다. 그리고 카오스 스톤을 살피며 조심스럽게 아영이 있는 곳까지 걸어갔다.

카오스 스톤은 한참 동안 날갯짓 한번 하지 않은 상태로 하늘 높이 떠 있었다. 잠시 후 카오스 스톤의 장중한 목소리가 그가 있는 이 공간 자체를 울렸다. 그것은 마치… 거대한 범종이 울리는 듯한 기분이었다.

「나 혼자만의 이유? 그래… 그럴지도 모르겠군. 하지만 그것은 너희들도 마찬가지이지 않나? 집을 짓기 위해 나무를 베고, 박제를 만들기 위해서 먹지도 않을 동물을 잡아죽인다. 살아가는 데 필요하지 않은 모든 것을 죽이고… 불태워 버리면서 사는 것이 너희 인간이 아니더냐? 난 최소한 너희 인간들을 멸망시키는 데에 대한 죄책감은 일말도 없다.」

아영은 입을 다물고 말았다. 저렇게 말하는데 더 이상 무슨 말을 할 수 있겠는가? 너무나도 단호하게 말해서 변명도 할 수 없게 만들었다. 하지만 그렇다면 인간만의 세계를 멸망시키면 되지 왜 시간을 멈춘 것일까? 지금 저 모습 그대로 인간계에 나타나서 모든 것을 다 불태워 버리면 되는 것 아닌가? 그녀의 궁금증을 아는 듯 카오스 스톤은 천천히 기다란 목을 내려 아영을 보았다. 세 개의 눈이 자신을 바라보자 아영은 움찔하면서 마른침을 삼켰다. 카오스 스톤의 목소리는 다시금 들려왔다.

「이유라… 이유는 분명히 있다. 하지만 너희들이 이해할 수 있을까? 태어나기도 전에 운명이 정해져 버린 내 마음을… 가장 소중한 존재임에도 불구하고 가장 멀리 떨어져 있어야 하는 내 마음을… 영혼이 이어져 있지만 영원히 떨어져 있어야 하는 내 마음을……!」

카오스 스톤의 목소리는 점점 커졌고, 그와 함께 황금색의 눈동자에는 다시 붉은 광기가 흘렀다. 목을 길게 하늘로 향해 치켜 올린 카오스 스톤이 다시 길게 울었다. 아영은 카오스 스톤이 말한 소중한 존재는 잘 모르지만 그의 말에 얼마나 강한 슬픔이 깃들어 있는지는 알 수 있었다. 저렇게 강한 신조차도… 자기 마음대로 되지 않는 일이 있을까? 아영은 조용히 카오스 스톤의 울음소리를 들었다. 그곳에 있는 모든 이들 또한 아영과 마찬가지였다. 아무런 말도 할 수가 없었다. 허공을 가득 울리는 카오스 스톤의 구슬픈 울음소리가… 너무나도 가슴 아프게 들려왔기 때문이다.

아영은 말없이 자신의 옆에 서 있는 솔루드를 돌아보았다. 그녀의 시선을 느낀 솔루드가 천천히 고개를 돌렸다. 그는 희미하게 미소 지었다. 아영은 손을 뻗어 솔루드의 손을 꼭 붙잡으면서 중얼거리듯 말했다.

"…그래도 다행이야. 마지막에 너랑 함께할 수 있어서."

많은 뜻을 담고 있는 그녀의 말에 솔루드는 아무 말 없이 손에 힘을 주었다. 도망칠 수는 없다. 이제 정말로 세계는 파멸될 것이다. 이곳에서 카오스 스톤을 막을 수 없으니까. 시간은 이미 멈추어졌고 어서 빨리 제대로 돌리지 않는다면 밑둥치부터 썩어 들어갈 것이 불 보듯 뻔하지 않은가. 슈린은 욱씬거리는 가슴을 움켜쥐면서 고개를 숙였다. 여기서 무릎을 꿇어야 하는가? 아니, 그럴 수는 없다. 그래서는 안 된다! 힘겹게 검을 들어 올린 슈린은 다시 자신이 가진 힘을 검에 쏟아 부었다. 그 모습을 본 아영이 소리쳤다.

"너, 다쳤으면서!"

그러나 아영의 외침도 슈린의 귀에는 들리지 않았다. 슈린의 흰 코트가 바람에 흩날렸다. 그의 주변으로 황금색의 주문진이 펼쳐졌다. 실피드는 그 주문진을 보면서 황급하게 슈린의 얼굴을 보았다. 슈린의 두 눈을 본 순간, 실피드는 입을 다물었다. 저지할 수 없었다. 황금색으로 반짝이는 주문진의 중심에 슈린이 있었다. 그는 검을 가슴까지 들어 올려 보았다. 손잡이에 박힌 에메랄드가 환한 빛을 내며 반짝였다. 그것을 보며, 슈린은 피식하고 미소를 지었다. 옆에 서 있던 에오로는 이미 실피드에 의해 슈린에게서 떨어져 나왔다.

자신을 왜 끌어당기는지, 에오로는 알 수가 없었다. 다만, 지금 여기서 슈린을 말리지 않으면… 큰일이 날 것 같다는 생각만이 머리 속을 맴돌 뿐. 실피드의 손을 뿌리치려 발버둥 치면서 에오로가 외쳤다.

"자, 잠깐! 슈린!"

그의 다급한 외침에도 불구하고 슈린의 몸은 천천히 허공에 떠올랐다. 황금의 주문진 속에서 떠오르는 그의 모습은 너무나도 아름다워 보였다. 몸에 난 상처는 이미 모두 다 회복이 되어 있었다. 아영은 멍한 시선으로 하늘로 날아오르는 슈린의 모습을 보았다. 그는… 인간같이 보이지 않았다. 신… 천사, 빛의 광휘 속에서 아름답게 반짝이는 날개를 달고 내려오는 천사의 모습과도 같았다. 그리고 아영은 슈린의 표정을 볼 수가 있었다. 검은 머리카락 사이에 가려 잘 보이지는 않았지만… 그의 입가에 띄워진 미소만은 분명히.

그 미소가 무엇을 뜻하는지… 아영은 알고 있었다. 그렇기에 더 더욱 슈린을 말릴 수가 없었다. 카오스 스톤은 그르릉거리면서 고개를 돌려 슈린을 보았다. 황금색의 빛의 가루가 슈린의 몸 주변에서 반짝였다. 조금 전, 카오스 스톤이 정령 왕들을 공격했을 때만큼의 속도로 슈린은 카오스 스톤의 바로 앞까지 날아왔다. 조금 당황한 카오스 스톤은 이빨을 드러내면서 고개를 숙이고 경계를 했다. 슈린의 손에 들린 검에서는 녹색의 빛이 스며져 나왔다. 아마도 카오스 스톤이 경계하는 것이 이것이리라. 슈린은 천천히 검을 들어 올려 카오스 스톤을 겨누며 나직하게 말했다.

"…당신을 없애지는 못해도 힘만이라도 소진시킬 수 있다면 그것으로 만족입니다."

그것으로 인해 내 목숨을 바친다고 해도. 슈린은 두 손으로 검의 손잡이를 붙잡았다. 그때까지 경계하는 듯 몸을 웅크리고 있던 카오스 스톤이 세 쌍의 날개를 활짝 펼치면서 슈린에게로 달려들었다.

「꿰애애액—!」

귀가 먹어버릴 만큼 거대한 소리가 쩌렁쩌렁 울렸다. 그러나 슈린은 피하지도 않은 채 그 자리에 우두커니 서 있었다. 눈을 감고 슈린은 중얼거렸다.

"이걸로… 만족이야……."

그래, 최소한 카오스 스톤에게 타격을 줄 수 있다면… 그의 힘을 약간이라도 줄일 수가 있다면. 감고 있던 눈을 부릅뜬 슈린이 허공으로 검을 치켜 올리면서 소리쳤다.

"내 모든 것을… 그대의 힘으로!"

검에 박혀 있던 에메랄드에서는 눈도 뜰 수 없을 정도의 광채가 터져 나왔다. 그와 동시에 카오스 스톤은 움찔하면서 움직임을 멈추었지만 입에서는 불길이 쏟아져 나와 슈린을 덮쳤다. 검의 끝으로부터 황금색의 무늬가 빠른 속도로 그려져 나갔다. 그것은 바로 아래에 황금색으로 그려졌던 주문진이었다. 하늘에 커다랗게 그려진 황금의 주문진은 카오스 스톤의 몸체 쪽으로 날아갔다. 황급히 그것을 피해보려, 카오스 스톤은 공격을 멈추고 날갯짓을 했다. 하지만 주문진은 마치 도장이라도 찍은 것마냥 카오스 스톤의 몸체에 내리찍혔다. 꽝음과 함께… 거대한 폭발이 카오스 스톤의 몸에서 터져 나왔다.

「크에에에엑—!」

카오스 스톤의 목에서는 고통에 겨운 비명이 터졌다. 피구름이 자욱하게 사방을 메웠다. 세 쌍의 날개를 휘저으면서 카오스 스톤은 허공에서 몸을 뒤틀었다. 아무래도 상처가 쉽게 잘 낫지 않아서인 듯했다. 그 모습을 올려다보고 있던 아영은 입을 쩍 벌렸다. 저 정도로 강한 마법을 가지고 있었다면 왜 진작에 쓰지 않았을까? 아영은 주먹을 꼭 쥐면서 슈린의 모습을 살펴보았다. 여전히 고통에 겨운 듯 몸을 뒤트는 카오스 스톤은 저 멀찍이 허공으로 날아올랐다. 그의 몸에서는 길게 피구름이 이어졌다. 연기가 가시자 허공에 떠 있는 슈린의 모습이 보였다.

아영은 환하게 웃으면서 그를 향해 소리 지르려고 했다. 공격이 성공했다, 라고. 하지만 그녀가 말을 내뱉기도 전에 슈린이 먼저 몸을 움직였다. 흰색의 코트를 입은 그는 천천히 아래로 떨어져 내렸던 것이다. 두 손으로 입을 틀어막은 아영이 그 모습을 보며 앞으로 뛰쳐나갔다.

"슈, 슈린!"

그녀의 뒤를 따라 에오로도 창백하게 질린 표정으로 달려갔다. 반짝이는 빛의 가루들이 슈린의 몸에서 하늘로 퍼져 나갔다. 천천히 떨어져 내리던 슈린은 멍한 시선으로 몸부림치는 카오스 스톤을 보았다. 이제 남은 힘은 아무것도 없다. 그래도… 다행이다. 자신의 모든 것을 세피로트가 준 검에 담아 공격한 것이… 이 정도의 타격을 줄 수 있을 줄이야. 이걸로, 자신이 할 수 있는 일은 모두 다 했다. 이상하게 귓가에 목소리가 들리는 것 같았다. 그럴 리가 없을 텐데… 이제 자신의 오감은 모두 사라지고 있는데.

슈린은 조용히 눈을 감았다. 자고 싶었다. 오랫동안… 편안하게 잠을 자고 싶었다. 그는 마지막 힘을 짜내어 미소를 지었다. 더 이상은 움직여지지 않는 손가락, 더 이상… 아무것도 들리지 않았다. 그렇게 생각하며 슈린은 아래로… 아래로 떨어져 내렸다.

"슈린—!"

사명 앞에 놓여진 진실 2

"슈린—!"

에오로는 아래로 떨어져 내리는 슈린을 보면서 달려나갔다. 왜 바보같이 다친 상태에서 저런 짓을 하는 거야?! 왜? 슈린이 무사하다면 반드시 멱살을 붙잡고 그렇게 물어볼 것이다. 그러니 우선은 제발 무사해야 해. 그렇게 생각하며 뛰어나간 에오로는 문득 허공에 하나의 빛줄기가 스쳐 지나가는 것을 보았다. 떨어져 내리는 슈린의 근처를 스쳐 지나간 빛은 그대로 슈린의 몸을 휘감았다. 마찬가지로 그것을 본 아영이 고개를 갸웃거리면서 뒤를 돌아보았다. 혹시 실피드나 샐리온이 아닐까 하는 생각에서였다.

그러나 실피드와 샐리온 역시 자신과 같이 허공을 향해 고개를 들어 올리고 있었다. 그렇다면 저건 대체? 슈린이 사라졌다. 화들짝 놀란 에오로와 아영은 주변을 두리번거렸다. 카오스 스톤은 상처를 치유하기 위해 허공에 멈춰 선 채로 가만히 있는 중이었다. 사방을 둘러보던 아영은 그대로 얼어버렸다. 자신의 눈에 비친 것을 믿지 못해서였다. 그것은 에오로도 마찬가지였다. 그는 손을 들어 입을 막았다. 귀신이라도 본 사람의 표정이랄까. 아영은 덜덜 떨리는 손을 들어 한쪽 방향을 손가락으로 가리켰다.

"세, 세상에……!"

자신들이 나왔던 그 문의 앞에 네 명의 사람이 서 있었다. 그중 한 사람은 슈린을 안고 있었다. 지금 이것이 꿈이 아닐까? 설마설마 하며 뺨을 꼬집은 그녀는 아야, 하고 짧게 소리를 지르고는 뺨을 감쌌다. 꿈은 아니었다. 그렇다면… 어떻게, 저 사람들이 모두 여기에 있을 수가 있단 말인가. 주위의 풍경을 둘러보던 주월은 천천히 부채를 펴서 부치며 퉁명스럽게 입을 열었다.

"흥, 힘 자랑을 꽤 한 셈이군. 본체로까지 돌아가 있으니 당연한가?"

자신의 긴 검은 머리카락을 부드럽게 쓸어 넘긴 그는 한 발자국 앞으로 걸어갔다. 그리고 그의 옆에 서 있던 우혁은 파사를 손에 거머쥔 채로 허공을 향해 시선을 옮겼다. 그가 쥐고 있던 파사에서는 손을 대면 시린 느낌이 들 것 같은 푸른 빛이 서서히 스며져 나왔다. 실피드는 미간을 찌푸리고 그들을 보았다. 그들이 가진 힘이… 네 사람이 합친 힘이 거의 카오스 스톤과 동급이라는 사실에 놀라서였다.

슈린을 품에 안고 있던 그는 천천히 앞으로 걸어나왔다. 흰색의 코트 자락이 바람결에 살랑거렸다. 머리 색깔만을 제외하곤 온통 흰색으로 치장을 한 그는 입가에 고요한 미소를 머금고 있었다.

조용히 슈린의 몸을 바닥에 누인 그는 손을 들어 머리카락을 쓸어 넘기며 중얼거렸다.

"…저것이 카오스 스톤이로군."

그 목소리를 들은 아영은 더 이상 참지 못하고 그들에게로 달려갔다.

넘어질 듯이 달려오는 아영을 보며 키스카는 눈을 감고 미소를 지었다. 그의 뒤에 서 있던 현홍 역시 마찬가지였다. 그는 예전의 그로 돌아와 있었다. 다른 것이 있다면 더욱 강인해진 마음이랄까. 검은 코트가 생각 외로 그와 잘 어울렸다. 아영은 눈 앞이 부옇게 변해져 가는 것을 느꼈다. 너무 기쁜데… 왜 이렇게 눈물이 나는 걸까? 아영은 손등으로 눈물을 훔친 다음 재빨리 키스카를 지나 현홍에게 달려가 안겼다.

"…너무하는군."

졸지에 무시된 키스카는 음울한 어조로 중얼거렸다. 왜 자신에게 안기지 않고 지나쳐서 현홍에게 안긴단 말인가. 투덜투덜거리는 그의 말을 들은 아영은 현홍의 목에 팔을 두르고는 고개를 갸웃거렸다.

"어라, 기억하는 거야?"

"…아니면 내가 왜 여기 있겠냐."

이마를 짚고 고개를 숙이는 키스카를 보면서 아영은 아아, 그래 하고 웃으면서 말했다. 누구에게 안기느냐가 그게 무슨 상관일까. 마음 같아서는 여기 있는 사람들 모두를 안아주고 싶은데. 아니, 한 사람 빼고. 부채를 이용해 입을 가리고 눈을 가늘게 뜨고 있는 한 사람. 여성 혐오증이라서 자신은 근처에도 못 오게 하는 모 인간은 제외해야 마땅할 것이다. 어느새 근처로까지 달려온 에오로는 머뭇거리며 키스카를 보았다. 예전 주작과 메피스토펠레스와의 싸움에서 만났던 그 마족의 황태자? 그런데 왜 이곳에 있는 걸까? 진현으로서의 기억은… 하지 못한다고 했지 않은가?

궁금증이 가득 담긴 눈으로 자신을 바라보는 에오로에게 키스카는 생긋 미소 지으면서 약간 고개를 숙였다.

"오랜만에 뵙습니다, 에오로 군."

진현이다! 진현이 분명해! 에오로는 그렇게 생각하며 환한 표정을 지었다. 진현으로서의 기억을 되찾은 걸까? 하지만 지금은 그것보다 중요한 것이 있지 않은가? 바닥에 눕혀진 슈린의 곁에 무릎을 굽히고 앉은 에오로는 걱정스러운 눈으로 슈린을 내려다보았다. 눈을 감고 누워 있는 모습이 죽은 사람처럼 보였다. 얼굴도 창백한 빛을 띠었다. 설마 하는 마음에 슈린의 손을 잡은 에오로는 미약하게나마 맥박이 뛰는 것을 확인하곤 안도의 한숨을 내쉬었다. 그의 옆으로 키스카 역시 조심스럽게 코트의 옷자락을 여미면서 한쪽 무릎을 꿇고 앉았다.

그는 손을 내밀어 슈린의 이마를 짚었다. 지그시 눈을 감은 키스카의 손에서 희미한 기운이 퍼져 슈린의 몸으로 옮겨갔다. 다시 눈을 뜬 키스카는 한숨을 내쉬며 고개를 저었다. 어쩌려고 그런 주문을 쓸 생각을 했습니까, 슈린 군. 깨어나면 그렇게 묻고 싶었지만 이미 대답은 나와 있지 않은가? 쓴 미소를 지은 키스카는 슈린의 머리카락을 쓸어주면서 에오로에게로 고개를 돌렸다.

"슈린 군의 몸은 지금 극도로 쇠약해져 있습니다. 방금 전의 주문은…음, 굉장히 많은 힘을 필요로 하는 것이었기 때문입니다. 잘 보살펴 주십시오."

얼떨떨한 표정으로 고개를 끄덕인 에오로는 슈린의 몸을 부축해서 일으켰다. 자리에서 일어난 키스카는 굳은 표정으로 슈린을 내려다보았다. 사실은 목숨과 맞바꾸어 써야 하는 주문입니다… 라고 말했어야 하지만. 실피드의 기운을 받아서 거의 회복이 된 샐리온과 실피드가 그들에게로 다가왔다. 물론 솔루드도 함께. 아직은 카오스 스톤의 움직임이 없지만 언제 다시 공격을 자행할지 모른다. 서둘러 방법을 찾지 않으면 세계는 완전히 멸망해 버릴 것이다. 그때 정신계의 정령 왕 히에로스가 입을 열었다.

「방법이 있을 거라고 생각하나?」

회의적인 그의 말에 주변 사람들의 분위기가 싸해졌다. 아영이 눈치없이 말하지 말라고 면박을 주는 듯한 눈길로 그를 쩌려보았지만 히에로스의 표정은 변하지 않았다. 천을 눈가에 동여메고 있어서 확실한 표정은 알 수 없었지만 미소를 짓고 있지 않은 입가에는 무거운 감정만이 묻어났다. 그러나 그의 말에도 불구하고 현홍은 고개를 숙이곤 미소를 짓고 있었다. 그는 천천히 고개를 들어 올린 후 자신의 가슴을 손으로 짚으면서 말했다.

"확실한 것은 없어. 중요한 것은… 얼마나 최선을 다하느냐에 달려 있어. 나는… 확실하지 않아도 싸우겠어. 가만히 앉아서 손가락 빨고 있을 수는 없잖아? 최소한… 나는 그렇게 생각해."

단호한 어조, 분명한 마음이 깃든 목소리. 그것을 들으며 히에로스의 입가에는 묘한 미소가 떠올랐다. 부채를 접어 자신의 손바닥을 툭툭, 치고 있던 주월이 부채를 들어 허공을 가리켰다.

"움직인다."

그의 말에 모두들 방어 태세로 돌입했다. 높다란 하늘에 정지해 아무런 움직임도 없던 카오스 스톤이 서서해 고개를 들어 올렸다. 슈린의 주문진에 의해서 입었던 상처는 거의 대부분이 치유가 되어 있었다. 완전히 붉게 변한 세 개의 눈에서 불꽃이 튀는 듯했다. 상처로 인해 신경이 날카로워진 듯 보였다. 키스카는 자신의 검, 운을 들어 올려 허공을 향해 몇 번 그어 보이면서 다른 사람들에게 빠르게 말했다.

"상처를 치유할 틈을 주지 않는다. 하나의 공격을 한 후 연속적으로 다른 공격들이 들어가면 제아무리 빠른 치유력을 보인다고 해도 타격이 안 갈 수는 없겠지. 내 말 알겠지?"

고개를 끄덕인 우혁은 조용히 자신의 기운을 몸 전체에 퍼뜨렸다. 푸른색의 빛으로 반짝이는 그의 몸이 허공에 떠올랐다. 그와 함께 주월 역시 허공에 몸을 띄웠다. 그는 붉은 기운이 퍼져 나오는 부채를 천천히 들어 올렸다. 붉은 한지가 붙여진 부채에는 황금색의 용이 그려져 있었는데, 그것이 몇 차례 반짝이더니 부채에서 무언가가 튀어나왔다. 그것은 다름 아닌 용이었다. 황금색의 비늘을 가진 용을 보면서 아영과 에오로는 입을 쩍 벌렸다. 카오스 스톤의 몸체만큼 커다랗지는 않지만 그래도 길이가 길었기 때문에 카오스 스톤과도 좋은 대응을 보였다. 황금색의 용이 주월을 향해 목을 그르릉 울렸다. 주월과 우혁과 용이 함께 카오스 스톤 쪽으로 빠르게 이동했다.

뒤이어 현홍이 벨리알이 변한 검을 빼 들며 몸을 띄웠다. 그는 자신을 걱정스러운 눈으로 쳐다보는 아영과 에오로를 보고 희미하게 미소 지었다. 왜 미워하지 않는 걸까? 키엘을… 그 작고 착하던 아이를 자신의 손으로 그렇게 만들었는데, 왜 자신에게 살인자라고 욕하지 않는지… 현홍은 궁금했다. 현홍의 손을 잡아챈 아영이 말했다.

"이제… 안 그럴 거지?"

"응?"

아영의 말을 잘 이해하지 못한 현홍은 고개를 작게 갸웃거렸다. 그러자 아영은 두 손으로 현홍의 손을 붙잡으면서 소리쳤다.

"바보처럼 혼자서 가슴 아픈 짓 하지 않을 거지?! 혼자서… 혼자서 울지 않을 거지?"

아아, 하고 현홍은 작게 탄성을 내뱉었다. 이미 알고 있었구나, 내가 얼마나 바보 같은 짓을 하고 있는지. 이상하게 눈물이 흐를 것 같아서 현홍은 이를 악물었다. 그리고 천천히 고개를 끄덕였다.

"응… 안 할게."

그의 대답을 듣자 아영은 손을 놓아주었다. 키스카는 실피드와 샐리온을 보면서 말했다.

"최대한 이쪽으로는 피해가 오지 않게 전투를 할 것입니다. 그러나 싸움에는 예외라는 경우가 있습니다. 그러니 부탁드리겠습니다. 사람들을… 보호해 주십시오."

실피드는 대답없이 키스카의 얼굴을 바라보았다. 본 적이 있었다. 아주 오래전… 세월을 따질 수도 없을 만큼 오래전에 딱 한 번 만난 적이 있는 인물이었다. 마족의 황태자인 키스카라는 인물을 말이다. 그리고 후에는 신족의 보좌관으로서 살아가고 있는 세이드를 만났다. 다시 오랜 시간이 지나 만났을 때에는 인간인 진현이라는 인물로… 이렇게 계속하여 바뀌는 인생을 살아가고 있었지만 변하지 않는 것은 그 아름다움이었다. 그에 깃들어 있는 강인한 마음도… 변하지 않았다. 알았다는 듯 고개를 숙여 보이는 실피드에게 키스카는 나직하게 고맙다고 말했다.

키스카는 주위를 둘러보았다. 슈린이 가지고 있던 세피로트가 준 검은 어디에 떨어진 것일까? 저 멀리 초록색의 빛이 반짝이는 것을 본 키스카는 황급히 그쪽으로 달려갔다. 세피로트의 검은 전혀 손상이 없었다. 오히려 방금 새로 닦아놓은 것마냥 빛이 찬연하게 검 전체에 흐르고 있었다. 키스카는 천천히 검을 들어보았다. 그런 그의 귓가에 나직한 여성의 목소리가 들렸다.

「처음 만난다고 해야겠지… 마족의 황태자?」

분명 처음 듣는 목소리였지만 키스카는 그 목소리가 누구의 것인지 알 수 있었다. 어딘지 모르게 다정한 느낌, 포근하게 감싸 안아주는 느낌… 이것은 단 한 사람밖에 해줄 수 없는 일이니까. 키스카는 희미하게 미소를 지으면서 고개를 끄덕였다.

「…그는 이미 미쳤어. 나도… 그를 말릴 수가 없어. 그를 편하게 해줘.」

"세피로트……."

키스카는 고개를 들어 카오스 스톤을 올려다보았다. 세피로트의 말대로 더 이상 카오스 스톤이 가지고 있는 이성은 없는 듯했다. 하지만 정말로 이런 결말밖에 없는 것일까? 카오스 스톤을 소멸시키면… 더 이상 시간의 샘물을 지킬 자는 없게 된다. 그렇게 되면 마음만 먹으면 누구나 시간의 샘물을 더럽힐 수 있게 되는데. 그의 의문을 아는 것인지 세피로트의 목소리가 다시금 들려왔다.

「걱정 마, 시간의 샘물은… 다른 누군가가 다가갈 수 없는 곳에 존재하니까. 더욱이… 더럽힐 수조차 없어.」

"하지만 세피로트, 카오스 스톤을 소멸시키면… 당신 역시도……."

「괜찮아. 이건 내가 바라는 일… 부탁이니까 내 소망을 들어줘. 그를… 카오스 스톤을 편하게…….」

세피로트의 목소리는 조금씩 작아져 갔다. 지금 이 검을 통해 말을 하고 있는 것도 그녀에게는 무리일 것이다. 말라 버린 세피로트의 나무는 더 이상 손을 쓸 수 없을 정도로 소멸에 가까워지고 있다. 하나의 축이 사라져 가는데… 나머지 축인 카오스 스톤마저 저런 모습이니. 키스카는 검을 쥔 손에 힘을 주면서 눈을 감았다. 카오스 스톤의 울음소리에 천지가 진동했다. 더 이상은 지체하고 있을 시간이 없다. 망설임 따위는 버리자, 그렇게 스스로에게 다짐을 한 키스카는 허공으로 몸을 띄웠다. 먼지 바람에 미간을 찌푸린 그는 카오스 스톤과 대치 중인 주월 쪽으로 황급히 날아갔다. 고개를 낮게 숙인 채 목을 울리고 있던 카오스 스톤의 입에서 연기가 뿜어져 나왔다.

"주월! 조심해!"

아무래도 주월이 소환한 용이 거추장스럽다고 생각을 한 모양인지 카오스 스톤은 세 쌍의 날개를 활짝 펼치며 용에게로 달려들었다. 용의 바로 옆에 있던 주월은 서둘러 옆으로 비껴났다. 카오스 스톤의 입에서 뿜어져 나온 불길이 용의 비늘을 태웠다. 고통에 찬 비명을 지르던 용 역시도 가만히 있지는 않았다. 앞발에 들고 있던 여의주가 빛나며 붉은 광선이 되어 카오스 스톤 쪽으로 날아들었다. 날개를 관통당한 카오스 스톤이었지만 그 딴 상처로는 아랑곳하지 않겠다는 듯 용의 목을 물어뜯었다.

용 역시 자신의 긴 몸으로 카오스 스톤의 거체를 휘감으며 철저하게 저항했다. 두 마리의 괴수에 의해 하늘에서는 천둥이 치고 바람의 회오리가 불었다. 서로의 몸에서 뿜어져 나온 핏줄기가 땅을 적시고 대지를 메마르게 만들었다. 그 모습을 보면서 현홍은 손으로 입을 막았다. 그런 그의 어깨를 키스카가 조용히 짚으며 말했다.

"지금은 동정하고 있을 때가 아냐. 여기서 무조건 카오스 스톤을 저지해야 해. 알고 있지, 현홍아?"

그의 얼굴에도 깊은 수심이 가득했다. 현홍은 고개를 끄덕이며 무기를 거머쥐었다. 자신이 소환한 소환수가 조금씩 밀리는 것을 보며 주월은 입술을 깨물었다. 그리고 부채를 앞으로 내밀면서 중얼거렸다.

"移動－封印－玄雨!"

주월의 말이 끝날 즈음 갑자기 하늘에는 먹구름이 몰려오기 시작했다. 하늘을 힐끔 올려다본 우혁은 서둘러 카오스 스톤에게서 멀어졌다. 그리고 키스카 역시 현홍을 끌고 카오스 스톤과의 거리를 벌렸다. 비디오를 빠르게 돌리는 것처럼 눈 깜빡할 사이에 몰려온 먹구름 속에서 무언가가 번쩍거렸다. 그때 카오스 스톤과 몸을 뒤엉켜 싸우던 용의 모습이 온데간데없이 사라져 버렸다. 카오스 스톤마저도 어리둥절한 모습으로 주위를 두리번거릴 정도였다. 하지만 그것에서 끝난 것이 아니었다. 카오스 스톤의 몸이 갑자기 밧줄에 묶긴 듯 움직이지 못하는 것이 아닌가? 고통스러운 듯 비명을 토하는 카오스 스톤의 머리 위까지 몰려온 먹구름 속에서 검은 빗줄기가 쏟아졌다.

그 비는 비이되 비가 아닌 것. 쇠를 뚫을 정도로 단단하고, 철을 녹일 정도의 산성을 가진 검은 비였다. 몸을 움직이지 못하여 꼼짝없이 검은 비의 세례를 받게 된 카오스 스톤은 고개를 빼 들고 사납게 울부짖었다.

「꿰애애애액―!」

피막으로 된 날개는 너덜거릴 정도로 구멍들이 생겨났고, 온몸에도 상처가 나서 카오스 스톤의 몰골은 흉측하게 변했다. 온몸에서는 연기가 피어올랐다. 그러나 카오스 스톤의 눈에서는 더욱더 사나운 기운이 뿜어져 나왔다. 자신의 옆으로 이동한 황금색 용의 머리를 쓰다듬으며 주월은 혀를 챘다.

"꽤나 독기 어린 눈초리로군 그래."

그런 그의 말에 동의라도 하듯 카오스 스톤은 귀가 먹을 듯한 커다란 소리로 울부짖으며 주월에게로 달려들었다. 그 속도가 어찌나 빠르던지 눈에도 비치지 않을 정도였다. 주월은 부채를 펼치며 자신의 앞으로 방어막을 펼쳤다. 카오스 스톤의 입에서 불길이 쏟아졌다. 불길을 간신히 막아낸 주월이 방어막을 사라지게 만들 때, 카오스 스톤은 그 틈을 노리고 거대한 꼬리를 휘둘렀다. 낭패다, 라고 중얼거린 주월은 꼬리에 받쳐서 그래도 땅으로 곤두박질쳤다.

"제길!"

그래도 본능적으로 방어를 한 덕분인지 큰 상처를 입지 않은 채 주월은 허공에 멈출 수가 있었다. 잠시 몸을 비틀거리는 주월에게 다가간 현홍이 걱정스러운 어투로 물었다.

"괜찮아? 응?"

현홍의 부축을 받은 주월은 입가에 흐르는 핏줄기를 손등으로 닦아내면서 고개를 끄덕였다. 생각 외로 몸통치기도 꽤 센 감이 있다. 1~2급

마법 정도의 위력이 있을 줄이야. 입에서 토하는 불길과 마법만 조심하면 될 것이라고 생각했는데 꽤 큰 오산이었던 것 같다. 소환자인 주월이 내상을 입자 용의 모습이 흐릿해졌다. 그리고 그것을 본 카오스 스톤은 용의 몸통을 발톱으로 찢으며 머리를 잡아뜯어 버렸다. 비명을 지를 사이도 없이 용의 몸은 걸레 조각처럼 분해가 되어 먼지로 변해 사라졌다.

"컥!"

소환수가 당하자 주월 역시도 타격을 입는 것은 어쩔 수 없는 것. 입에서 쏟아져 나오는 피를 보면서 현홍은 어찌할 바를 몰랐다. 괜찮다는 듯 손을 들어 올린 주월은 시선을 옮겨 키스카를 보았다. 자신을 내려다보고 있던 키스카와 눈이 마주치자 주월은 조심스럽게 눈을 감고 고개를 저었다. 자신이 쓸 수 있는 마력의 한계가 얼마 남지 않았다. 그렇지 않아도 이곳은 이차원이라 힘을 다 끌어내 쓸 수도 없는데… 그의 뜻을 잘 이해한 키스카는 우혁 쪽으로 다가가며 입을 열었다.

"주월은 앞으로 한두 번 정도의 공격이 다일 거다. 내가 먼저 공격할 테니 곧 이어 공격을 해야 한다. 상처가 치유될 틈을 주지 마라."

고개를 끄덕인 우혁은 파사의 손잡이를 거머쥐었다. 한 손으로 검을 부여쥔 키스카는 천천히 카오스 스톤 쪽으로 다가갔다. 공격할 대상이 사라진 카오스 스톤이 키스카 쪽으로 고개를 돌렸다. 완전히 정신이 나가 버린 모습… 광기가 흐르는 붉은 눈에는 무엇이든 다 파괴하고자 하는 의지밖에 없는 듯 보였다. 어째서 그 눈빛이 이리도 가슴에 걸리는 것일까. 키스카는 괜한 생각이라고 자신을 자책하면서 고개를 저었다. 이대로 가다가는 세계가 썩어 들어간다. 한시라도 빨리… 시간을 흘려보내지 않으면 안 된다.

붉은빛을 띤 검은색의 기운이 검 전체에 퍼졌다. 슈린이 가진 빛의 기운이라면 세피로트가 준 이 검에 100% 흡수될 수 있을 텐데… 세피로트의 속성은 토양과 빛, 자신과는 반대되는 속성인 어둠의 힘을 절반쯤은 겉으로 흘려보내고 있는 검을 보면서 키스카는 혀를 찼다. 힘만 소비할 수는 없는 노릇, 한 번이라도 더 공격을 해야 한다. 그렇게 생각한 키스카는 이를 악물고 카오스 스톤을 향해 검을 휘둘렀다. 완벽하게 융화가 되지 않은 상태에서의 공격이 얼마나 먹힐지… 그것은 미지수였다.

자신에게로 날아오는 거대한 기운을 본 카오스 스톤은 입을 쩍 벌리며 불길을 토해냈다. 그리고 동시에 그의 입에서 날아온 불길은 일곱 갈래로 갈라져 키스카를 향해 날아갔다. 눈 뜨고 맞고 있을 키스카가 아니었기에 그는 재빨리 불길을 피하기 위해 몸을 틀었다.

"아니?!"

하지만 불길들은 살아 있는 것처럼 방향을 틀어 키스카를 계속해서 뒤쫓아왔다. 카오스 스톤은 이미 키스카의 공격을 피해 허공으로 치솟아올랐다. 할 수 없이 검을 들어 불길들을 하나하나 소멸시키던 키스카는 문득 자신의 머리 위로 검은 그림자가 드리운 것을 보았다. 황급히 고개를 들어 올리자 시뻘건 카오스 스톤의 입속이 눈에 들어왔다. 이대로는… 잡힌다! 자신을 향해 날아오는 불길과 카오스 스톤의 이빨이 동시에 키스카를 위협하는 순간이었다.

콰콰광―!

「크에에엑―!」

카오스 스톤의 흉측한 이빨이 키스카의 몸을 유린하기 전, 카오스 스톤의 정수리에 무언가가 작렬했다. 피를 내뿜으며 발광을 하는 카오스 스톤의 날개에 다시 검은 광선이 내리꽂혔다. 순식간에 두 개의 공격을 받은 카오스 스톤은 몸을 비틀거렸다. 키스카의 옆으로 소리도 없이 다가온 것은 우혁이었다. 그는 파사의 흐르는 푸른 검기를 손으로 쓰다듬으며 나직하게 말했다.

"어디에 정신을 놓고 있는 거야? 잘하라고 한 것은 형이었어."

그의 옆으로 검은 코트 자락을 흩날리며 현홍이 내려왔다. 그의 손에 들린 검에서는 붉은 검기가 피어오르고 있었다. 그렇다면 첫 번째 공격은 우혁이었고 두 번째 공격은 현홍이 한 것인가? 스스로 부끄러워서 이마를 짚고 고개를 저은 키스카가 입을 열었다.

"아아, 미안. 하지만 이 검이 내 힘을 전부 흡수하지 못하고 있어. 아무래도 빛과 어둠의 힘은 상극이라서……."

"…그렇다면 그 검은 역시 제가 맡아야 하는 것이군요."

갑작스레 들린 목소리에 키스카는 미간을 찌푸리며 고개를 돌렸다. 그의 뒤에는 주월의 부축을 받고 있는 슈린이 있었다. 아직은 눈을 뜰 힘도 없을 텐데… 어떻게 이 정도까지? 키스카의 생각대로 슈린의 얼굴은 하얗다 못해서 창백하기까지 했다. 그러나 그는 주먹을 굳게 쥐면서 쓰게 웃었다.

"누워 있을 수만은 없습니다. 그리고… 지금 여기서 세피로트가 건네준 검을 완벽하게 다룰 수 있는 사람은 저뿐입니다."

무엇보다 그녀에게서 자신이 직접 받은 검이었다. 그것을 남에게 넘겨주고 싶지 않았다. 가슴이 욱신거리고 온몸이 저릿해서 손가락 하나 까닥하기 힘들 정도였다. 그때 상처로 인해 몸을 움직이지 못하던 카오스 스톤이 고개를 하늘에 쳐 들며 괴성을 질렀다. 정신이 나가 버린 상태에서는… 저 정도의 상처는 끄떡도 하지 않는단 말인가? 웬만한 상급의 신조차 엄청난 데미지를 입을 정도의 상처에? 현홍은 어쩐지 오싹한 한기마저 느껴야 했다. 무엇이 저리도 카오스 스톤을 강하게 만드는 것일까? 무엇 때문에… 저렇게 아프면서도 싸워야 하는 것일까?

답은 이미 나와 있지 않은가? 자신도 그것 때문에 싸웠는데. 어쩐지 무기를 들고 있는 손에 힘이 쭉 빠져 버리는 것 같았다. 현홍이 창백한 안색으로 고개를 숙이자 우혁은 말없이 키스카의 어깨를 두드렸다. 그리고 보라는 듯 현홍을 가리켰다. 흠칫, 어깨를 떤 키스카가 재빨리 현홍의 어깨를 붙잡으면서 걱정스러운 얼굴로 물었다.

"현홍아? 현홍아, 어디 아픈 곳이라도……."

"아, 아니… 괜찮아."

괜찮다는 듯 손을 들어 올린 현홍이었지만 이마에 맺힌 식은땀은 어쩔 수 없었다. 왜 현홍이 이러는 것인지 알 것 같은 키스카는 아무 말 없이 현홍의 어깨를 끌어안았다. 그리고 천천히 현홍의 등을 쓸어 내려주었다. 네가 아프지 않기를 바랄 뿐인데… 지금의 이 일은 네게 너무나도 힘든 일이구나. 그런 생각에 키스카는 눈을 감고 입술을 깨물었다. 단지 자신의 바람은 그것 하나뿐인데… 이리도 가로막는 일이 많다니. 지금은 마음 아파할 틈도 없건만. 작게 혀를 찬 키스카가 현홍을 안고 있던 팔을 풀면서 현홍의 귓가에 속삭였다.

"네가 망설이는 것도 알고 있어. 하지만… 카오스 스톤의 바람을 위하려면 이곳에 있는 모두가 죽는 것만으로 끝나지 않아. 카오스 스톤이 바라는 것은… 절대로 이룰 수 없는 일이거든."

"응?"

현홍은 눈물 어린 눈을 들어 키스카를 보았다. 그러나 키스카는 고개를 저으면서 더 이상 아무 말도 하지 않았다. 키스카는 알고 있는 걸까? 카오스 스톤이 바라는 소망이 무엇인지… 진정한 바람이 무엇인지를. 묻고 싶었지만, 아무래도 대답해 주지 않을 것 같아서 현홍은 관두기로 했다.

슈린은 키스카에게서 검을 건네받았다. 덜덜 떨리는 손에는 힘이 제대로 들어가지 않았지만, 이를 악물고 검을 굳게 거머쥔 슈린은 자신의 어깨에 누군가가 손을 올리는 것을 알아챘다. 키스카였다. 그는 슈린의 어깨에 손을 짚은 채로 눈을 감았다. 그러자 키스카의 손에서 밝은 빛이 확하고 뿜어졌다.

분명 키스카는 마계의 황태자⋯ 빛의 힘을 조정할 수는 없을 텐데? 어딘지 모르게 몸속이 개운해진 것 같아서 슈린은 놀란 눈으로 키스카를 바라보았다. 하지만 키스카는 희미하게 미소를 지을 뿐이었다. 카오스 스톤의 눈길이 그들에게로 향했다. 도란도란 얘기를 나누고 있을 때가 아니긴 하다. 우혁은 파사를 들어 올리며 허공으로 치솟았다. 본디 맹수라는 것은 움직이는 것을 사냥한다. 카오스 스톤은 고개를 잔뜩 낮추고 있다가 갑자기 이를 드러내며 우혁 쪽으로 날아들었다.

「꿰애애액—!」

거친 음성으로 우는 카오스 스톤을 내려다보면서 우혁은 작은 목소리로 중얼거렸다.

"파사破邪, 마빙월천魔氷月天."

단조로운 음성으로 내뱉은 그의 말에 반응을 하듯 파사의 검날에서는 얼음처럼 차가운 푸른 기가 허공으로 내뿜어졌다. 방금 전 키스카에게로 내뱉었던 불길과 같은 공격이 우혁에게로 쏟아져 나갔다. 자신에게로 날아오는 일곱 개의 불길들을 무심한 눈으로 쳐다본 우혁이 검을 허공에 휘둘렀다. 그러자 푸른 기운은 차가운 얼음 기둥으로 만들어져 불길들을 향해 날아갔다.

쾅, 콰광—!

불길과 얼음은 부딪쳐 수증기로 변해 사라져 갔다. 그리고 우혁은 눈을 가늘게 뜨며 카오스 스톤의 머리 위로 이동했다. 너무나도 빠른 속도에 카오스 스톤은 잠시 동안 주위를 두리번거릴 정도였다. 그가 눈치를 채고 자신의 위에 있는 우혁을 향해 이를 드러냈다. 두 손으로 검을 거머쥔 우혁은 그대로 검날을 들어 카오스 스톤의 날개를 후려쳤다. 푸른 섬

광이 시리도록 맑은 달을 연상케 했다.

「쿠에에엑─!」

길게 비명을 지른 카오스 스톤은 떨어져 나갈 듯 너덜거리는 한쪽 날개를 보며 사납게 울부짖었다. 우혁에 의해 여섯 장의 날개 중 하나가 망가져 버렸다. 카오스 스톤의 울부짖음은 하늘을 울리고 땅을 흔들게 만들 정도였다. 우혁은 검을 거두면서 코웃음을 쳤다. 그의 싸움을 보면서 현홍은 입을 쩍 벌렸다. 예전에도 분명 강하기는 했지만 이 정도는 아니었는데? 작게 손바닥을 치면서 구경하던 주월이 어렵사리 입을 열었다.

"저 녀석도 자신이 원하는 일을 위해 특별 수련을 한 몸이야. 드래곤족이 살고 있는 차원계로 가서 말이지."

"그, 그래서 그때 사라진 거였어?"

현홍의 물음에 주월은 가볍게 고개를 끄덕였다. 그렇다, 모두가 이렇게 노력하고 있는 것이다. 이 노력을… 수포로 돌아가게 할 수는 없다. 이를 악문 현홍은 검을 부여쥐면서 카오스 스톤 쪽으로 날아갔다. 고통에 겨워 신음을 흘리고 있던 카오스 스톤은 자신 쪽으로 다가오는 현홍을 보며 입을 벌렸다. 다연발 미사일처럼 입에서 뿜어져 나오는 불길을 재빨리 피해낸 현홍은 미간을 찌푸렸다.

'상처의 아픔 때문에 움직임이 둔해진 건가? 저 상처도 조금 있으면 치료가 되겠지? 그전에…….'

더 이상의 망설임은 없었다. 그리고 이 일이 카오스 스톤을 위해 더 잘된 것이라고 생각했다. 미쳐서 날뛰고 있는 그를 보며 가슴이 아픈 것은 사실이었다. 하지만 이렇게 놔둘 것인가? 미쳐 날뛰면서 상처 입도록? 차라리… 차라리 고통이 없도록 편하게 해주는 것이 더 나은 일이라고 생각했다. 그런 결심을 하자 마음은 놀랍도록 차분해졌다. 목표가 있는 이상 더 이상 곁눈질은 하지 않았다. 그래, 이것이 나만의 진실이니까. 그 누가 거짓이라고 욕해도 이것이 나의 마음속 진실이다. 검을 치켜 올리며 현홍은 어느새 카오스 스톤의 머리 위에 있었다. 카오스 스톤의 거대한 날개가 자신의 움직임을 방해했다.

검은 불길이 검에서 뿜어져 나와 검의 길이를 더욱더 길게 만들었다. 그것은 현홍의 힘이자 검 자체인 벨리알의 힘! 검은 불길에 데인 날개는 거멓게 탈 정도였다. 악에 받친 카오스 스톤의 비명을 뒤로한 채 현홍의 검은 카오스 스톤의 오른쪽 눈을 꿰뚫었다.

「크아아아아―!」

눈에서 핏줄기가 분수처럼 솟구쳤다. 현홍의 검은 코트에도 붉은 피가 튀었다. 그러자 피가 묻은 코트가 타 들어가는 것을 본 현홍은 황급히 코트를 벗어 허공으로 내던졌다. 카오스 스톤의 피는 마치 산성액처럼 보였다. 피는 하염없이 흘러 땅으로 떨어졌다. 그와 함께 대지에서는 불길이 타올랐다. 이것은… 대체? 당황하여 뒤로 물러난 현홍의 팔을 키스카가 잡아당겼다.

"위험해! 다친 곳은 없는 거야?"

그의 걱정스러운 물음에 현홍은 어리둥절한 표정으로 고개를 끄덕였다. 어느새 자신의 곁에 모인 사람들 중 주월이 부채로 입가를 가리며 말했다.

"카오스 스톤의 피는 용암과도 같아. 뼈는 철과도 같고… 가죽은 대지와도 같지. 뭐, 피가 용암인 것 정도야 당연하지 않을까? 그건 그렇고 곤란하군. 완전히 재로 만들지 않으면……."

한쪽 눈을 잃은 카오스 스톤은 사방을 향해 불길을 내뿜었다. 세 쌍의 날개를 퍼덕이면서 더 높은 곳으로 날아오른 카오스 스톤의 남은 두 개의 눈에서 빛이 뿜어졌다. 그리고 그는 날개를 한껏 뒤로 젖혔다. 인상을 굳힌 슈린이 소리를 질렀다.

"몸을 보호하십시오! 저 공격은 보통이 아닙……!"

말이 채 끝나기도 전에 카오스 스톤은 붉고 검은 빛이 뒤섞인 형체의 회오리가 되었다. 그 속도는 엄청나서 채 몸을 보호할 수도 없을 정도였다. 광속에 가까운 속도였기 때문이다. 더욱이 이번에는 아주 작정한 것인지 빛 속에서는 셀 수도 없을 정도의 검은 광선이 사방으로 내쏟아졌다. 일순간에 사람들은 방어도 하지 못하고 공격을 받아야 했다. 대지에 있는 이들 역시 마찬가지였다. 이대로 차원 자체가 파괴되는 것이 아닐까, 생각이 들 정도였다. 규모를 가늠할 수 없는 허리케인처럼 카오스 스톤의 몸은 모든 것을 황폐화시켰다. 대지에 패인 구멍은 원폭이라도 맞은 것 같았고, 남아 있는 것은 없었다.

재가 허공으로 날아올라가 먹구름이 낄 정도였다. 사방이 마치… 비가 오기 바로 전처럼 어둡게 변했다. 자신이 목표로 했던 이들이 모두 날아가 버렸는데도 카오스 스톤의 광기 어린 공격은 멈추지 않았다. 하나의 회오리가 되어 사방으로 공격을 자행하는 그 모습은 정말로 세계의 종말을 보는 것 같았다. 이대로는 정말로… 차원의 결계가 깨져 버릴지도 모른다. 울컥, 하고 피를 토한 주월은 땅에 떨어진 채로 천천히 몸을 일으켰다. 제대로 한 방을 맞았는지 부채는 산산조각이 나 사라져 버렸다. 짧게 욕지거리를 내뱉은 주월은 고개를 돌려 자신의 왼팔을 보았다. 반쯤은 뜯겨져 나가 더 이상 제구실은 할 수 없을 것 같았다.

어차피 자신의 성으로 돌아가 재생 마법을 시행하면 되겠지만 지금은……. 이를 악문 주월은 오른손으로 왼팔을 잡았다. 너덜거리는 팔 따위는 걸리적거려! 그리고 힘을 주어 왼팔을 잡아뜯었다. 카오스 스톤의 공격으로 떨어져 나갈 정도로 상처 입은 왼팔은 쉽게 뜯겨졌다. 손목까지는 남아 있지만 손이 없으니… 고통스러웠지만 이 정도쯤은 수없이 많이 겪어본 주월이었다. 깊게 한숨을 내뱉으며 주월은 옷자락을 뜯어 손목에 휘감았다. 계속해서 들려오는 파괴의 울음소리가… 귓가를 맴돌았다. 몸을 추스르면서 일어난 주월은 미간을 찌푸리면서 주위를 돌아보았다.

카오스 스톤이 내뿜은 광선이 자신의 바로 옆을 지나가자 주월은 인상을 쓰면서 하늘을 향해 고개를 들어 올렸다. 원래의 모습으로 돌아와 있었다. 그러나 상처는 이미 회복이 되어 있었고, 입에서 뿜어내는 불길은 그 위력이 아까부터 수십 배는 더욱 향상되어져 있었다. 저런 힘이 대체 어디서 나오는 것이란 말인가. 확실히… 세계를 굽어보는 존재라는 위명은 헛말이 아닌 듯했다. 이를 악문 주월은 비틀거리면서 걸음을 옮겼다. 얼마쯤 걸어간 그는 부러진 파사의 검을 쥔 채로 바닥에 무릎을 꿇고 있는 우혁을 볼 수 있었다.

"살아 있나?"

정말로 죽지 않은 것이 다행이다. 우혁은 천천히 고개를 돌려 주월의 모습을 보았다. 그리고 주월의 왼팔을 보며 미간을 찌푸렸다. 거의 무표정한 그로서는 굉장한 자기 표현임이 분명했다. 어깨를 으쓱거린 주월은 대수롭지 않다는 말투로 말했다.

"별것 아냐. 나중에 재생시킬 수 있어. 그것보다… 저거, 힘들겠지?"

그의 말이 무엇을 뜻하는지 우혁은 잘 알 수 있었다. 그러나 그는 지금 그것을 신경 쓰고 싶지 않았다. 부러진 파사의 검날을 그는 우울한 눈으로 내려다보았다. 만약 파사가 자신의 한계치를 넘는 기운으로 방어를 하지 않았다면 목숨이 왔다 갔다 할 정도로 큰 부상을 입었을 것이다. 그래서 파사는… 우혁을 구하기 위해서 한계를 넘는 그의 힘을 끌어다 썼다. 그리고 부러져 버린 것이다. 한숨을 쉰 우혁은 눈을 감고 고개를 저었다. 가슴 부근을 손으로 짚은 채 힘겹게 일어난 우혁은 다시 깊게 숨을 내쉬면서 이를 악물었다. 그런 그를 보며 주월이 퉁명스럽게 말했다.

"늑골 몇 개 부러졌냐?"

"…2, 3, 4번 늑골에 금이 갔고 5번 늑골은 박살났습니다."

그런 사람치고는 제법 말짱해 보이지만… 우혁 역시 초인의 경지에 오른 참을성을 가진 이였다. 이마에는 절로 식은땀이 맺혔다. 우혁은 고개를 돌려 주위를 보았다. 다른 사람들은… 괜찮을까? 비틀거리면서 걸음을 옮기는 그의 뒷모습에 주월은 피식, 웃고 말았다. 그때 조금 떨어진 곳에서 현홍의 목소리가 들려왔다.

"우혁아! 주월! 살아 있어?!"

울음기 섞인 그의 목소리를 들은 우혁은 자신이 갈비뼈가 왕창 부러진 사람이라는 것도 잊으며 재빨리 뛰었다. 주월 역시도 서둘러서 걸음을 옮겼다. 현홍의 품에는 키스카가 안겨 있었다. 그의 가슴에는 검으로 베인 듯한 상처가 길게 가로질러 나 있었다. 새하얀 코트에는 그의 피가 가득 묻어 새빨갛게 변해 있을 정도였다. 내심 당황한 우혁이 눈물이 그렁그렁한 현홍의 곁에 무릎을 구부려 앉으며 물었다.

"형이… 왜?"

"흑, 나… 나 때문이야. 내가 멍청하게 있어서 진현이가… 진현이가 날 구하려고 하다가……!"

결국 눈물을 쏟아내면서 현홍은 고개를 숙였다. 그럴 줄 알았다. 현홍의 기억을 되찾은 그가… 현홍이 다치는 것을 보고 있을 수는 없었을 테니까. 현홍의 무릎에 머리를 베고 누워 있는 키스카가 기침을 내뱉으면서 눈을 떴다. 다행히도 죽을 정도는 아니었나 보다. 눈물을 흘리던 현홍이 재빨리 키스카의 뺨을 두 손으로 감싸면서 고개를 숙였다. 자신의 얼굴 위로 눈물방울이 하염없이 떨어지는 것을 본 키스카는 희미하게 미소를 지으면서 힘겹게 입을 열었다.

"괜찮아… 죽지 않으니까, 이 정도로는. 윽… 하긴, 인간이었다면 벌써 갔을 수도 있겠군."

꽤 상처가 깊어 보이는데 키스카는 현홍의 팔을 붙잡으며 천천히 몸을 일으켰다. 상처 부위가 욱신거리며 쑤시고 아려서 당장이라도 기절할 정도의 아픔이었다. 뼈마디 역시 마찬가지로 성한 곳이 없었다. 그래도 죽을 정도는 아니었기에 몸은 움직일 수 있을 것 같았다. 그가 가장 걱정인 것은 현홍이 어디 다친 것이 아닐까 하는 것. 하지만 온몸을 던져 현홍을 지킨 덕분에 현홍은 조금의 상처도 입지 않았다. 다행이야, 라고 중얼거리면서 현홍의 부축을 받아 몸을 일으킨 키스카는 고개를 들어 하늘을 보았다. 재로 덮여진 하늘이 우울해 보였다.

이 정도로 승산이 없을 줄이야. 아니, 너무 가볍게 자극을 한 자신들의 잘못도 크다. 키스카가 무사하다는 것을 확인한 우혁은 아영 일행을 찾기 위해서 몸을 일으켜 사방을 살폈다. 멀찍이 떨어진 곳에서 비틀거리면서 자신들에게로 다가오는 슈린의 모습을 볼 수 있었다. 다리를 끌며 다가오는 그의 흰 코트는 너덜거리면서 구멍이 나 있었고, 얼굴과 몸 이곳저곳에도 상처가 가득했다. 세피로트의 검을 들 힘조차 없는지 그는 검을 땅에 끌면서 일행들에게로 걸어왔다. 깊은 숨을 내쉰 슈린은 이를 악물며 입을 열었다.

"다른… 사람들은 무사합니다. 히에로스님께서 보살핀 덕분입니다……."

다행이군, 이라고 짧게 답한 우혁은 말없이 사람들을 쳐다보았다. 그러나 답이 쉽게 나올 리가 없다. 이 정도의 힘을 가지고 있을 줄은 꿈에도 몰랐다. 기껏해야… 그래, 기껏해야 상급 신 정도일 것이라고 생각했는데 완전히 오산이었다. 주월이 무거운 어조로 말했다.

"…도저히 이길 방법이 없어. 역시 힘으로 이기는 것은 무리였단 말인가."

그의 말에 주위 사람들은 입을 다물어 버렸다. 그의 말이 맞았다. 힘으로는 이길 수 없을 신이다. 이 정도… 힘이었다. 세계를 창조한 두 신 중의 하나의 힘이란 이런 것……. 모든 것을 재로 만들기 전에는 멈추지 않을 기세로 카오스 스톤의 무자비한 공격은 멈추지 않았다. 힘이 밑도 끝도 없는 것인지, 오히려 그 기세는 더해져만 갔다. 카오스 스톤에게서 뿜어져 나온 불길은 대지를 뒤덮었고, 대지에서 피어오른 연기와 재는 하늘을 덮었다. 성서에 그려진 세계의 마지막 날이… 이런 모습일까. 현홍은 힘이 쭉 빠져 버리는 것 같았다. 멍청한 얼굴로 사람들이 카오스 스톤을 바라보고 있을 때였다.

갑자기 어디에선가 수없이 많은 빛줄기가 카오스 스톤 쪽으로 향해 날아가는 것이 아닌가! 사람들 모두가 두 눈을 크게 뜨고 당황하고 있을 때, 수없이 많은 유성우처럼 날아간 빛줄기들은 카오스 스톤의 몸에 꽂혔다.

「꿰애애액!」

비명을 토한 카오스 스톤의 몸이 크게 흔들렸다. 그러나 그것도 잠시였다. 거대한 날개를 휘저은 카오스 스톤의 몸이 위로 솟구쳤다. 그 빛줄기의 행방을 쫓던 일행들의 눈에 새하얀 빛으로 둘러싸인 이들이 나타났다. 허공에 나타난 그들은 하나같이 은빛의 갑옷으로 몸을 감싸고 있었다. 그리고 더불어 등에는 새하얀 날개가 달려 있었다. 창과 방패, 검 등의 무기를 든 그들을 보면서 키스카가 중얼거리듯 내뱉었다.

"투천사鬪天使? 어째서 여기에……!"

백에 가까운 수의 투천사들은 하나같이 무기를 들고 카오스 스톤과 대치를 했다. 순백의 날개에서는 빛의 가루들이 떨어져 나와 사방을 환하게 뒤덮었다. 그들의 선두에는 낯이 많이 익은 천사가 하나 있었다. 그를 보면서 슈린이 소리쳤다.

"샤, 샤테이엘?!"

그의 목소리를 들은 것일까? 투천사 무리의 선두에서 흰 옷자락을 여미고 있던 존재가 천천히 고개를 돌렸다. 푸른빛이 도는 은발과 단아하지만 화려한 감도 없지 않은 흰옷을 입은 샤테이엘은 곱게 미소를 지으며 입을 열었다.

"후훗, 오랜만에 뵙사옵니다. 모양새를 보아하니 꽤 많이 당하신 듯하군요. 하나 이제 심려 거두십시오. 이제는 저희들이 알아서 할 터이니……."

옷자락을 들어 올려 입가를 가린 샤테이엘은 그렇게 말하며 손가락을 뻗어 카오스 스톤을 가리켰다. 그러자 명령을 기다리며 허공에 멈춰 있던 천사들은 무기를 들고 하나의 빛으로 화해 카오스 스톤 쪽으로 빠르게 날아들었다.

사명 앞에 놓여진 진실 3

투천사들의 힘은 웬만한 중, 상위급 악마에 필적한다. 그러나 제아무리 많이 몰려와도 카오스 스톤을 저지할 수 있을 리 없다. 무모한 도전인 셈이다. 왜냐하면 저들은 주월 혼자서도 해치울 수 있을 정도이니까. 주월과 동급이거나 상급의 힘을 가진 몇 명이 모였는데도 없애지 못한 카오스 스톤이다. 죽으려고 불에 뛰어드는 불나방 같은 투천사들을 보고 현홍이 새파랗게 질려서 소리를 질렀다.

"그, 그만둬! 너희들의 힘으로는 어림도 없어!"

뛰쳐나가려는 현홍의 팔을 붙잡은 것은 키스카였다. 그는 깊은 상처 때문에 제대로 일어서지도 못했지만 같이 나갔다가 싸움에 휘말릴 수도 있는 현홍을 보고 있을 수는 없었다. 그는 굳은 얼굴로 현홍의 팔을 붙잡은 채로 고개를 저었다.

"그들도 그 사실은 잘 알고 있어. 뭔가 생각이 있겠지. 아니면 천계에서도 고위 인력에 속하는 투천사들을 무방비로 내보낼 리 없어."

키스카는 그렇게 말했지만 그래로 현홍은 안심이 되지 않았다. 비록 그들과는 몇 차례 전투를 한 현홍이었지만 그때에도 미안한 마음이 없었던 것은 분명 아니다. 오히려 마음이 너무 아파서 눈물이 나올 정도였지만 피가 날 정도로 입술을 깨물고 참아온 것. 이제는 싸움의 대상이 아닌 그들의 희생을 가만히 놔두고 볼 수는 없지 않은가. 키스카의 손을 뿌리치고 달려가려는 현홍의 귀에 낮은 슈린의 목소리가 들렸다.

"그 말이 맞습니다. 용의주도한 신족이 함부로 행동할 리 없지 않습니까? 그들은⋯ 이렇게 나타날 것이라는 것을 선택받은 우리들에게조차 이야기하지 않았습니다."

그 말에 동의라도 하듯 우혁이 무겁게 고개를 끄덕였다. 주월은 자신의 손으로 뜯어버린 팔을 다른 손으로 쓰다듬으면서 입을 열었다.

"우선은 지켜보자고. 무슨 속셈인지를 말야⋯⋯."

"⋯⋯."

하얗게 질려 버린 얼굴이 된 현홍이었지만 이들이 이리도 말리니 함부로 나설 수가 없었다. 그는 주먹을 불끈 쥐면서 고개를 숙였다. 일급 투천사들은 빛으로 이루어진 창과 검을 들이밀면서 카오스 스톤 쪽으로 쏘아져 나아갔다. 그들의 모습은 자신들이 들고 있는 무기처럼 하나의 빛으로 변해 날아들었다. 그 모습은 마치 밤하늘에서 쏟아져 내리는 유성우처럼 너무나도 화려하고, 아름다웠다. 그러나 그 아름다움이 과연 무엇을 뜻하는지 아는 사람은 아무도 없었다.

카오스 스톤은 거대한 이를 드러내면서 사방으로 고개를 휘저었다. 자신에게로 날아드는 수많은 빛줄기를 경계하는 태도가 역력했다. 과연 무슨 효과가 있을까?

그때였다. 빛줄기로 변한 천사들이 하나의 고리가 되기 시작한 것이다. 동그란 빛의 고리가 된 천사들은 말 그대로 부메랑처럼 눈에 보이지도 않을 정도로 빠르게 움직였다. 그 모습을 본 사람들은 입을 쩍 벌리고 허공을 응시할 수밖에 없었다. 물론 카오스 스톤 역시도 당황하여 조금 날개를 움츠릴 정도였다. 방향을 수시로 바꾸어가며 날아드는 빛의 고리들 쪽으로 카오스 스톤은 불길을 뿜어냈다. 있는 대로 화가 난 그인만큼 위력은 상상을 초월하는 것이었다.

수십 개의 빛의 고리들이 그 불길을 맞고 빛의 가루로 변해서 소멸되었다. 그 모습을 본 현홍은 입을 막으면서 고개를 돌렸다. 동료의 소멸에도 아랑곳하지 않고 카오스 스톤의 주위에 포진한 빛의 고리들은 서로서로 연계하며 강한 자기장을 띠었다. 움찔한 카오스 스톤이 재빨리 날개를 펼치며 몸을 움직이려고 했다. 그러나 그것보다 남아 있는 빛의 고리들이 하나의 철창을 만드는 속도가 더 빨랐다. 고리들에서는 자기장을 띤 빛이 뿜어져 나와 카오스 스톤의 몸을 옭아맸다. 좁은 새장에 갇힌 새처럼 날개도 제대로 펼치지 못한 카오스 스톤이 괴로운 신음 소리를 질렀다.

「크오오오!」

그 모습을 멍하니 지켜보던 주월이 입을 열었다.

"빛의 철창! 저것은 신족들 사이에서도 최고의 비전으로 내려오는 것인데… 과연 카오스 스톤이 저것마저 깨뜨릴 수 있을까?"

궁금증에 가득 찬 주월의 말에 다른 사람들 역시 얼굴을 굳히며 카오스 스톤의 반응을 살폈다. 수십 개의 빛의 고리들이 내뿜은 빛의 철창에 갇혀 버린 카오스 스톤이 연신 몸부림을 쳤다. 그럴 때마다 빛의 고리들 틈 사이가 느슨해지기도 했지만 역시나 신족에게서 전해져 내려오는 비전의 수법인 모양이었다. 고리들은 발버둥을 치면 칠수록 카오스 스톤의 몸을 더욱더 옭죄는 것이었다. 고개를 길게 빼고 허공을 향해 긴 괴성을 내지른 카오스 스톤의 몸이 아래로 아래로 떨어지기 시작했다.

화들짝 놀란 사람들이 몸을 피할 동안 카오스 스톤의 거체는 귀를 떨어지게 만들 정도로 커다란 소리를 내면서 대지에 충돌했다. 피어오른 모래연기 때문에 사람들은 카오스 스톤의 몸을 한동안 볼 수가 없었다.

때를 못 참은 주월이 한 손을 힘겹게 휘젓자 강한 돌풍이 불어와 모래를 멀찌감치 밀어내 버렸다. 카오스 스톤의 몸은 여전히 요동 치고 있었다. 그러나 검은 산을 보는 듯한 그의 몸은 빛의 철창에 갇힌 채 꿈틀거릴 뿐이었다. 세 쌍의 날개가 파르르, 떨렸다. 허연 이를 드러낸 카오스 스톤은 목에 줄이 메인 사나운 개처럼 으르렁거렸다.

어느 틈엔가 샤테이엘은 날개를 퍼덕이며 일행들의 위로 날아와 있었다. 흰색의 얇은 옷을 몇 겹으로 입고 있는 그는 카오스 스톤의 모습을 보더니 미소를 지었다. 아무래도 제법 만족한 모양이었다. 그는 소맷자락을 들어 입가를 가리며 작게 웃음소리를 내뱉었다.

"후훗, 역시나 어렵게 신께 허락을 받은 보람이 있군요. 저 모습을 보아하니, 제아무리 세계를 굽어보시는 카오스 스톤이라고 하여도 빠져나오는 것은 무리가 아닐까 사료되옵니다."

살며시 옷자락을 펄럭이면서 바닥에 발을 디디는 샤테이엘의 모습에 다른 이들은 모두 무거운 표정을 지었다. 그중에서 제일 먼저 입을 연 것은 우혁이었다. 그는 기절할 정도의 욱신거리는 아픔에도 불구하고 이를 악물며 버티는 중이었다. 덕분에 그의 입에서 흘러나오는 목소리는 평소의 그보다 무겁고 힘겹게 들렸다.

"…카오스 스톤을 저대로 둘 것인가? 저렇게… 유폐시킨 상태에서? 아무리 폭주했다고 해도 그는 너희를 창조한 아버지라는 존재인데……?"

우혁의 질문에 샤테이엘은 자신의 푸른빛이 도는 은발을 살며시 쓸어내려 보았다. 그는 한동안 입을 다문 채로 약간 고개를 숙이고 있었다.

입가에는 잔잔한 미소가 떠어져 있는 것이 보였지만 어딘지 모르게 말 못할 정도로 쓸쓸함이 감돌았다. 그가 저런 표정을 짓는 것은 아무도 보지 못했기에 다른 이들의 머리 속에는 많은 생각들이 떠돌았다. 그중 키스카는 더했다. 예전의 모든 기억을 가지고 있는 그였으니까 말이다. 신에게서 '침묵' 이라는 권능을 위임받은 샤테이엘은 분명히 마음에 드는 존재가 아님에는 분명했다.

그것은 키스카 자신이 '셰이드' 라는 이름을 가지고 살았던 신족 때부터 가지고 있던 생각이었다. 표면상에서는 굉장히 예의 바르고 남을 위하는 것처럼 보이지만 실상 그는 굉장한 모략가 기질을 가지고 있었다. 알게 모르게 사람을 가지고 노는 타입이라고 할까? 그런 샤테이엘이 쓸쓸한 표정이라니… 솔직히 말해서 믿지 못할 정도였다. 잠시 후, 샤테이엘은 고개를 더욱더 숙이면서 중얼거리듯 대답했다.

"…제아무리 부모라고 해도 자식을 돌보지 않으면 부모라 할 수 없지요. 지금 카오스 스톤께서는… 자신의 의무를 저버리고 계십니다. 자신의 '마음' 때문에 말입니다. 그 '마음' 의 무게를 이기지 못하시고… 스스로를 잊어버리고 계신 겁니다."

"그렇다면 신족은 카오스 스톤에게서 등을 돌리는 것이란 말이군."

키스카의 말에 샤테이엘은 아무런 말도 하지 않았다. 다만 무표정한 얼굴로 카오스 스톤을 바라볼 따름이었다. 무슨 생각을 하는지 알 수 없을 정도로 무표정했다.

점점 지쳐 가는 것인지 카오스 스톤의 움직임이 멈추어져 갔다. 포기한 것일까? 아무리 발버둥을 쳐도 벗어날 수 없다는 사실을 인식한 것일까? 슈린은 비틀거리면서 몇 발자국 앞으로 걸어갔다. 그리고 자신의 손에 들려진, 이제는 짐이나 다름없는 검을 내려다보았다. 왜 검의 손잡이에 박혀져 있는 에메랄드의 빛이 이리도 서글프게 보이는 걸까? 무엇 때문에… 세피로트는 지금 무엇을 생각하고 있을까? 그런 생각에 슈린은 우울해졌다.

카오스 스톤이 바라는 '마음의 소망'은 과연 무엇일지 슈린은 문득 궁금해졌다. 카오스 스톤은 세 쌍의 날개를 접고 고개를 축 늘어뜨렸다. 붉은 안광이 타오르던 눈 역시 차분히 감고 있었다. 마치 죽은 것처럼 말이다. 그 모습을 본 주월이 중얼거렸다.

"포기… 한 건가?"

이리도 간단하게? 이상하리만치 간단하지 않은가? 이 정도에 포기할 카오스 스톤이라면 처음 자신들의 공격을 받았을 때 그 아픔을 견디지 못하고 포기해 버렸을 것이다. 한차례 바람이 불어와 옷자락을 펄럭이게 만들었다. 멍한 시선으로 현홍은 카오스 스톤을 보았다. 자신을 고통스럽게 만들었던 장본인이다. 그가 시간을 멈추게 만들지 않았다면… 세계를 멸망의 길로 접어들도록 만들지 않았더라면 자신은 '그런 짓'을 하지 않았을 텐데……. 그런 생각을 하면 카오스 스톤이 무한정으로 미워졌다. 마음 같아서는 이를 악물고 죽이고 싶었다.

처음 사건의 뒤에 있는 배후의 인물이 카오스 스톤이라는 사실을 알고 그렇게 하고 싶었다. 그렇지만… 왜 이리도 마음이 아파올까. 현홍은 손을 들어 가슴을 움켜쥐었다. 지끈거리는 심장이 너무 아파서 눈물이 날 것 같았다. 자신 역시도 스스로의 소망을 위해서 움직였다. 소중한 사람… 소중한 것들을 지키기 위해서 싸웠다. 카오스 스톤 역시도… 자신의 소망을 위해서 싸우고 있었다. 그 마음을 잘 알기에, 얼마나 그것이 슬프고, 아프고, 힘든 일인지 잘 알기에……. 눈물이 흘렀다.

가늘게 흘러내리는 눈물을 닦아내는 현홍을 본 키스카는 입을 다물고 시선을 옮겼다. 어쩔 수 없는 것이다. 두 가지를 동시에 얻어낼 수는 없다. 서로 상반되는 소망과 소망이 부딪치면 남는 것과 사라지는 것이 있기 마련이다. 카오스 스톤의 소망은… 결코 이룰 수 없는 것. 카오스 스톤의 소망이 무엇인지 알고 있는 키스카는 고개를 저었다. 이룰 수 없는 것을 갈망하는 그가 키스카 역시도 안타까웠다. 차라리 몰랐다면 이런 일은 일어나지 않았을 터. 모든 이들이 착잡한 마음으로 카오스 스톤을 바라보았다.

키유우웅―!

공기가 갈라지는 소리, 귀가 찢어지는 듯했다. 현홍은 두 손으로 귀를 막고 바닥에 무릎을 꿇었다. 그것은 다른 사람들 모두 마찬가지였다. 갑자기 무슨 일일까? 귀가 아파서 눈앞이 하얗게 변했지만 그런 생각에 모두들 소리가 들린 방향으로 반사적으로 고개를 돌렸다. 그리고 그 자리에서 멈춰 서버렸다.

투천사 무리가 나타난 방향과 같은 곳이었다. 그곳에 투천사들의 은빛 갑옷과는 상반되는 칠흑처럼 검은 갑옷으로 몸을 감싸고 있는 무리가 나타났다. 검은 투구에 가려져 얼굴도, 표정도 제대로 알아볼 수 없을 정도였다. 어둠의 기운이 물씬 흘러나오는 그들을 보면서 키스카는 아픔도 잊은 채로 벌떡 몸을 일으켰다.

"블랙 레인저?"

신족에게 투천사 무리가 있다면 마족들에게는 블랙 레인저들이 있다. 그들은 투천사와 마찬가지로 전문적인 전투 집단이며, 더욱이 그 힘은 고위의 악마들이 만들어낸 인공적인 생명체답게 대단하다고 일컬어진다. 하지만 투천사 무리가 상급 천사들의 명령을 받는 경우와는 달리 블랙 레인저들은 절대적으로 마신의 명령 아래에서 움직인다. 그런 그들의 모습을 본 것 또한 오랜만일 정도였다. 미간을 찌푸린 키스카는 이를 악물며 다시 입을 열었다.

"메피스토……."

검은 갑옷을 입고 정렬해 있는 블랙 레인저들의 앞으로 흰색의 가운이 펄럭였다. 검은 셔츠 자락을 손으로 툭툭, 정리하면서 메피스토펠레스는 씨익 미소를 지었다. 제법 멀리 떨어진 거리임에도 불구하고 키스카의 목소리를 들은 모양이었다. 그는 천천히 고개를 들어 올려 앞머리를 쓸어 넘기면서 말했다.

"이곳에 계실 줄 알았습니다, 황태자 전하."

평소의 그와 똑같이 여유로워 보이는 미소였다. 그러나 키스카는 아무런 말도 하지 않았다. 다만 입을 다물고 무거운 표정을 지으면서 메피스토펠레스를 바라볼 뿐. 가운 주머니에 두 손을 꽂아 넣은 메피스토펠레스는 턱을 살짝 치켜 올렸다. 그러자 인형처럼 서 있기만 하던 블랙 레인저들의 검은 망토가 펄럭였다. 망토의 틈 사이에서 펼쳐진 것은 박쥐의 날개처럼 보이는 검은 날개였다. 그리고 그들은 허공으로 치솟아올랐다. 그 모습에 샤테이엘은 움찔하면서 두 주먹을 불끈 쥐었다.

"무슨 짓을 하려는 겁니까?!"

그 외침을 들은 메피스토펠레스는 손을 들어 허공에 살며시 저어 보이며 너스레를 떨었다.

"아아, 별것 아냐. 나 역시도 너를 도와주려고 하는 것뿐. 조금은 다른 결말이지만 말야."

"제대로 설명을 하십시오!"

샤테이엘답지 않게 흥분하고 있는 그를 보면서 메피스토펠레스는 어깨를 으쓱거렸다. 하늘을 향해 날아간 블랙 레인저들은 투천사들이 그랬던 것처럼 검은 빛으로 변해 카오스 스톤 쪽으로 날아가고 있었다. 그것을 본 주월이 미간을 찌푸렸다. 이미 카오스 스톤은 더 이상 손을 쓸 수 없을 것 같은데 이 이상 무엇을 한단 말인가? 그가 그런 의문을 가지고 카오스 스톤에게로 시선을 돌렸을 때, 그는 눈을 동그랗게 떴다. 주월의 표정을 본 이들 역시 황급히 뒤돌아보았고, 창백하게 질려 버렸다. 빛의 고리들로 연결되어져 만들어진 빛의 철창이 흔들리고 있었다.

카오스 스톤의 몸이 천천히 검은 찰흙처럼 뭉쳐져 움직이고 있었던 것이다. 그리고 그것들은 슬라임이 좁은 문틈을 빠져나가는 것처럼 서서히 빛의 고리들의 틈새를 공략했다. 그러니 철창이 삐걱거릴 수밖에. 멍청한 표정을 짓던 샤테이엘은 손을 들어 입을 막으며 새된 목소리로 외쳤다.

"이, 이럴 수가… 그 어떤 존재도 빠져나갈 수 없다고 전해지던 그 빛의 철창을?!"

살며시 날아와 어느새 샤테이엘의 옆에 내려선 메피스토펠레스는 흐트러진 자신의 머리카락을 쓰다듬으며 말했다.

"이제까지는 없었다로 고쳐야겠군."

기분 나쁜 표정으로 샤테이엘은 메피스토펠레스를 쏘아보았다. 상극이라면 상극일 수 있으니 당연하겠지만, 단 일 분 일 초라도 악마와는 함께 있고 싶지 않은 샤테이엘은 자신의 옷자락을 여미면서 옆으로 물러났다. 그런 그의 태도에도 아랑곳하지 않고 메피스토펠레스는 유들유들한 말투로 말했다.

"카오스 스톤이 지배하는 것은 시간이다. 그 자신이 시간인 셈이나 마찬가지야. 시간을… 그것을 멈출 수 있는 것은 무엇도 없어. 하물며 가둘 수조차."

"그, 그런……!"

분한 듯한 표정이었지만 샤테이엘의 안색은 눈에 띄게 나빠져 있었다.

이제는 인간이 아닌 마족의 몸인 키스카의 상처는 점점 회복되어져 갔다. 아물고 있는 상처를 내려다보면서 키스카는 자신도 모르게 미간을 찌푸렸다. 인간이 아닌 것을 다행이라고 해야 하나, 현홍과는 다른 존재임을 다행이라고 생각해야 할까? 묘한 기분이 들어서였다. 어쨌든 지금은 그것이 중요한 것이 아니었다. 카오스 스톤은 물컹거리는 검은 물질로 변해 빛의 철창의 틈 사이로 흘러나왔다. 그때마다 빛의 고리들은 심각하게 흔들렸다. 곧장 떨어져 나갈 것처럼 말이다.

카오스 스톤의 몸이 계속해서 흘러내리고 있을 때, 검은 빛으로 바뀌어져 날아간 블랙 레인저들이 빛의 철창에 부딪쳤다. 그러자 놀랍게도 빛의 고리들은 산산이 분해가 되어 허공으로 떨어져 나가는 것이 아닌가! 입을 쩍 하고 벌린 샤테이엘은 두 주먹을 불끈 쥐고 당장에라도 공격할 태세가 되어 메피스토펠레스를 바라보았다. 그는 입술을 깨물면서 소리쳤다.

"도와준다고요?! 저것이 도와주는 것입니까?! 막지는 못할망정……!"

"자자, 흥분하지 말고. 내가 받은 명령은 가두는 것이 아니다."

"무… 슨?"

의아한 표정을 짓고 있는 샤테이엘을 힐끔 바라본 메피스토펠레스는 조용히 한 손을 들어 올렸다. 그러자 호곡선으로 사방을 날아다니던 검은 빛줄기들이 카오스 스톤 쪽으로 날아갔다. 자신을 가두고 있던 빛의 철창이 사라지자 때를 기다렸다는 듯이 카오스 스톤은 다시금 모습을 바꾸었다. 그런 그의 모습을 본 이들은 모두 경악을 금치 못했다. 좀 전보다 더욱 거대해진 몸은 하나의 산을 바라보는 것 같았다. 하늘을 덮는 네 쌍의 날개의 피막은 칠흑과 같은 어둠을 연상케 했다. 그리고 시뻘건 입을 드러낸 세 개의 머리. 시간이 멈추어짐에 따라 흘러가던 시간은 축적되어 카오스 스톤의 힘을 더욱 강하게 만들고 있었던 것이다.

메피스토펠레스는 움찔하였지만 이를 악물고 손을 저어 허공에 검은 원을 그렸다. 그러자 검은 원의 안에서 복잡한 무늬가 빠르게 그려졌다. 초조하게 그의 모습을 지켜보는 샤테이엘과 다른 사람들에게 메피스토펠레스는 무거운 목소리로 말했다.

"샤테이엘이 투천사들을 데리고 신계를 떠난 직후 신은 마신과 다른 종족들의 대표를 불러 긴급 회의를 열었다. 카오스 스톤의 행동에 대한 회의였지. 그리고 그 회의의 결론은… 카오스 스톤의 소거이다."

"소거라고?!"

창백한 얼굴로 현홍은 자신도 모르게 목소리를 높였다. 그리고는 자신이 자신의 목소리에 놀라 입을 꾹 다물었다.

갈비뼈가 부러져서 고통스러울 텐데도 우혁은 평상시의 표정과 별반 변화가 없었다. 물론 이마에는 식은땀이 총총히 맺혀 있었지만. 그는 이를 악물고 있다가 천천히 입을 열었다.

"소거… 라는 말은 좋지만 그럴 방법은 있는가? 카오스 스톤을 누를 방법 말이다."

우혁의 말에 대답을 하는 대신 메피스토펠레스는 손을 들어 올려 자신의 앞에 그려진 마법진으로 가져갔다. 잠시 후 검은 무늬의 마법진에서는 황금색의 기운이 번쩍였다. 눈을 찌르는 빛에 모두가 고개를 돌렸을 때였다. 갑작스러운 돌풍이 그들의 곁을 스쳐 지나갔다. 황급히 눈을 뜨고 허공을 바라본 모두는 자신의 눈을 믿지 못했다. 마법진에서 흘러나온 것은… 그것은 카오스 스톤과 거의 동급으로 보이는 규모를 가진 거대한 드래곤이었다. 드래곤일까? 하여간에 모습은 드래곤같이 보였다. 대신 다른 것이 있다면 카오스 스톤이 새까만 칠흑색이라면 새로이 나타난 그것은 눈부시도록 희다는 것뿐.

빛을 모두 받아서 반짝이는 아름다운 흰색의 비늘, 세 쌍의 날개와 푸른 하늘을 연상케 하는 아이스 블루의 눈동자를 가지고 있었다. 날개를 활짝 펼치고 하늘에 멈춰 서 있는 그것을 본 카오스 스톤이 날개를 움찔거렸다. 그는 고개를 살짝 숙이고는 낮게 목을 울렸다. 그가 생각하기에도 이번에 나타난 저것은 대단한 힘을 가지고 있다고 여겨진 걸까? 카오스 스톤은 중간에 있는 머리에만 세 개의 눈이 달려 있었고 나머지는 모두 두 개가 있었다. 총 일곱 개의 눈이 모두 흰색의 드래곤을 응시했다. 붉은 안광이 흘러나왔다. 점점 이를 드러내고 공격을 하려는 자세를 잡는 카오스 스톤과는 달리 마법진에서 나타난 그것은 미동조차 하지 않았다. 다만 종종 아이스 블루의 눈동자를 굴려 사방을 바라볼 뿐.

주월은 흰색의 드래곤을 보면서 인상을 썼다.

"저 기운은……?"

그는 무언가 말을 하려다가 입을 다물었다. 자신을 바라보는 메피스토 펠레스와 키스카의 시선을 느꼈기 때문이었다. 다른 이들은 모두 입을 헤벌린 채 흰색의 드래곤을 보는 반면 두 사람만은 자신에게로 시선을 주었다. 마치 말하지 말라는 듯한 눈빛으로. 그것이 왜인지 알 것 같아 주월은 한숨을 쉬고는 고개를 저었다. 역시… 결론은 이것이란 말인가? 그런 생각을 한 그는 주먹을 굳게 쥐면서 눈을 감았다. 네 쌍의 날개를 접고 자세를 낮추던 카오스 스톤이 갑자기 허공을 향해 도약했다. 그것은 마치 먹이를 향해 사납게 덤비는 맹수와 같이 보였다.

활짝 펼쳐진 검은 날개가 사방을 어둡게 만들었다. 땅이 거대하게 울림과 동시에 허공에서는 카오스 스톤의 괴성이 귀를 멀게 만들 정도로 거대하게 들려왔다.

「꽤애애액—!」

자신을 위협하는 존재에게 카오스 스톤은 시뻘건 불길을 뿜어냈다. 세 개의 입에서 토해져 나간 불길은 모든 것을 태우는 '사악'의 불길이었다. 자신을 향해 날아오는 불길을 보고도 흰색의 드래곤은 꿈쩍도 하지 않았다. 다만 거대한 날개 중 한 장을 펼쳐서 자신의 앞을 가릴 뿐이었다. 현홍은 자신도 모르게 짧게 비명을 토해냈다.

"위험해!"

하지만 그의 생각과는 달리 카오스 스톤의 불길은 흰 눈처럼 새하얀 날개를 맞고 그대로 튕겨져 나왔다.

"이, 이럴 수가……!"

놀라움에 겨워 샤테이엘은 눈을 동그랗게 뜨고 두 손으로 입을 막았다. 카오스 스톤의 공격을 막아내다니, 놀랍지 않을 수 없지 않은가? 그러나 그 놀라움도 잠시였다. 카오스 스톤의 거체가 어느새 흰색의 드래곤 바로 코앞까지 다가온 것이었다. 한 번 물리면 그대로 끝장이다.

세 개의 입이 동시에 흰 드래곤의 목을 향해 내리꽂혔다. 날개를 휘저은 흰 드래곤이 수직으로 상승했다. 허공을 문 카오스 스톤은 약이 오른 것인지 다시금 괴성을 지르며 흰 드래곤에게 날아갔다. 그리고 그때부터가 난투였다. 도저히 눈을 뜨고 볼 수 없을 정도였다.

흰 드래곤은 더 이상 피하지 않았다. 카오스 스톤의 이빨이 날개와 다리를 물어뜯었다. 아름다워 보였던 그의 몸에서 붉은 피가 사방으로 뿜어졌다. 그러나 공격만을 받을 뿐 그는 반항하거나 공격하지 않았다. 마치 죽기 일보 직전의 체념한 사람마냥으로, 그렇게 멍한 시선을 허공에 꽂은 채 카오스 스톤의 이빨에 난자당했다. 이 상황을 어떻게 해석해야 하는지 알 턱이 없던 현홍이 도저히 참지 못했는지 앞으로 뛰어나갔다. 물론 시선은 먼 하늘에서 뒤엉킨 채로 싸우고, 아니, 일방적으로 공격당하는 흰 드래곤에게 가 있었다.

"그, 그만둬!"

그가 하늘을 향해 날아가기 직전 그의 손을 낚아챈 것은 키스카였다. 비틀거리면서 다시 땅에 내려선 현홍이 험한 얼굴로 고개를 돌렸다. 그의 눈가에는 어느새 눈물이 맺혔고, 표정은 당장이라도 울음을 토해낼 것 같았다. 하지만 현홍의 그런 표정을 보고도 키스카의 굳은 표정은 풀릴 줄 몰랐다. 입을 굳게 다물고, 그저… 그저 애처로운 눈길만을 줄 뿐이었다. 키스카의 그 표정에 더욱 눈물이 복받치는 것일까. 결국 현홍은 키스카의 가슴에 얼굴을 묻으면서 그의 팔을 굳게 잡았다. 자신이 가도… 아무런 일도 할 수 없다는 사실이 너무나도 가슴이 아팠다.

소리 죽여서 눈물만을 흘리는 현홍의 등을 키스카는 차분히 쓸어 내려 주었다. 저것이 저들의 운명이다. 어쩔 수 없는… 입이 쓰도록 서글픈 운명 말이다. 너무나도 안타까운. 카오스 스톤에 의해 난자당한 흰 드래곤의 거체가 천천히 땅으로 떨어져 내렸다. 어느새 원형으로 돌아간 블랙 레인저와 투천사들은 멀찌감치 떨어진 하늘에서 그것을 무표정하게 바라보았다. 천천히… 왜 그리도 느릿하게 보이는 것인지. 흰 드래곤의 몸이 땅을 뒤흔들 정도로 큰 소리를 내며 바닥에 부딪쳤다. 자욱하게 먼지 구름과 함께 핏방울 섞인 흙먼지 또한 뿜어져 나왔다.

미간을 꿈틀거린 우혁이 부러진 파사의 손잡이를 굳게 붙잡았다. 그때까지만 해도 그 흰 드래곤의 정체를 몰랐던 그였다. 하지만 대지에 떨어진 그것의 정체는 쉽게 파악할 수 있었다. 동시에 우혁의 안색은 눈에 띄게 나빠졌다. 피와 먼지가 뒤섞여서 흰 드래곤의 몸은 파악할 수도 없을 정도였다. 우혁은 조용히 눈을 감고 고개를 숙였다. 왜 이다지도 서글픈 운명의 길을 걸어야 하는 존재란 말인가, 저들은. 지금 자신이 할 수 있는 일은 그저 마음속으로 슬퍼하는 것뿐이었다.

멍하니 허공을 바라보던 슈린이 고개를 천천히 내렸다. 그의 얼굴에는 아무런 표정도 찾아볼 수가 없었다. 모든 것을 체념한 사람의 표정이었다. 자신의 손에 들린 세피로트가 건네준 검을 내려다본 슈린은 입술을 깨물면서 고개를 살짝 저었다. 푸르게 반짝이던 에메랄드의 빛은… 어느새 꺼져 있었다.

"…세피로트……."

작은 목소리로 중얼거린 슈린의 눈동자에서는 자신도 알 수 없는 새에 눈물이 흘렀다. 허공을 날던 카오스 스톤은 네 쌍의 날개를 활짝 펼치면서 허공을 향해 크게 울었다. 자신의 승리를 자축하는 것일까? 그는 땅에 널브러져 있는 자신의 전유물을 향해 고개를 내렸다. 그리고 그때였다, 카오스 스톤의 움직임이 비디오를 끈 것마냥 멈추어진 것은.

땅에 처박혀 있는 것은 자신이 물어뜯은 흰 드래곤이 아니었다. 먼지 구름이 가라앉으면서 땅에 쓰러져 있는 존재는… 그것은 분명…….

「세피… 로트?」

칠흑의 검은 머리카락이 바닥을 뒤덮고 있었다. 황금색의 아름다운 눈동자는 더 이상 떠질 줄 몰랐다. 새하얀 옷자락은 피로 범벅이 되어 있었지만 그녀의 아름다움은 변하지 않았다. 아니, 오히려 창백한 푸른빛이 도는 흰 피부는 더욱 묘한 아름다움을 뿜어냈다. 그 누구도 상상할 수 없을 정도의 아름다운 모습으로 그녀는 잠을 자듯 바닥에 누워 있었다. 바람이 불어 그녀의 검은 머리카락과 흰 옷자락을 흩날리게 만들었다. 카오스 스톤은 고개를 갸웃거렸다. 그것은 마치 이해할 수 없다는 표현과 같았다.

그의 검은 몸체가 서서히 사라졌다.

모든 이들의 시선이 이리저리 움직이는 가운데 잠시 후 모두의 시선이 멈춘 곳은 세피로트가 누워 있는 곳이었다. 그녀의 옆으로 처음 이곳에 왔을 때 보았던 10대 후반 정도의 소년이 서 있었다. 그의 눈동자에는 초점이 없었다. 멍하니 허공을 보던 그는 시선을 옮겨 바닥에 있는 세피로트를… 자신의 반쪽을 보았다. 사실 처음 보는 그녀의 모습이었다. 태어나자마자 같지도 않은 운명에 의해 서로 가장 가까우면서도 가장 멀리 떨어져 버렸으니까. 하지만 알 수 있었다. 그녀가 자신의 반쪽이라는 것을. 그런데… 왜 이런 모습으로?

이해할 수 없다는 듯 카오스 스톤의 입가에는 천천히 미소가 번졌다. 그 미소에 웃음기는 분명 단 한 조각도 찾아볼 수 없었지만. 대지로 세피로트의 피가 스며들었다. 이마에 박혀져 있는 녹색의 보석은 어느새 검은색으로 바뀌어져 가고 있었다. 그것이 무엇을 의미하는지 카오스 스톤은 천천히 손을 들어 자신의 이마 정중앙에 박힌 보석을 손끝으로 매만졌다. 손끝에 닿는 느낌은 차가웠다. 지극히도 차가워서 얼어버리는 것이 아닐까 생각이 들 정도로. 카오스 스톤은 살며시 걸음을 옮겼다. 표정 없이 잠을 자듯 누워 있는 세피로트의 옆 가까이 다가선 카오스 스톤은 조용히 무릎을 꿇었다.

그런 그의 모습을 다른 이들은 아무 말 없이 바라보아야 했다. 무슨 말을 할 수 있을까? 지금 상황에서. 이리도 슬픈 운명의 종착점에서 무슨 말을… 할 수 있을까. 현홍은 입술을 깨물며 눈이 아플 정도로 눈물을 토해냈다. 가슴이 메여와서 견딜 수가 없었다. 결국 그는 다리에 힘이 빠져 바닥에 주저앉았다. 고개를 숙이고 소리 내어 펑펑 우는 현홍의 모습에 키스카 역시 마음이 무거웠다. 이런 결말이… 올 줄 알고 있었다. 이리도 슬픈 결말이…….

「세피로트… 아니지?」

무릎을 꿇고 세피로트의 머리맡에 앉은 카오스 스톤은 손을 뻗어 세피로트의 머리를 자신의 무릎 위에 올려놓았다. 하지만 세피로트의 몸은 미동조차 하지 않았다. 차가워진 그녀의 몸을 카오스 스톤은 한동안 멍청하게 내려다보았다. 무슨 생각을 하는지 도무지 알 수 없을 정도였다. 그의 손끝이 점점 떨리기 시작했다. 그리고 미소가 걸쳐진 입술이 파르르 떨렸다. 세피로트의 얼굴 앞에 어른거리는 자신의 진홍색 머리카락 때문에… 시야가 어지러웠다. 왈칵 눈물이 솟구쳤다. 눈에서 갑자기 물이 흘러내리자 카오스 스톤은 한 손을 들어 눈가를 매만졌다. 자신이 존재한 이래로… 이런 것을 흘려본 적은 단 한 번도 없었다.

그런데 지금… 눈물이 흐르고 있었다. 차가워진 세피로트의 뺨으로 그의 눈물이 방울져 떨어졌다. 입술을 질끈 깨문 카오스 스톤이 입을 열었다.

「세피로트… 세피로트… 드디어, 드디어 만났는데… 왜? 왜…….」

절대로 만날 수 없는 두 존재였다. 세계의 끝으로 떨어져 영혼은 이어져 있지만 떨어져 있어야만 하는 존재였다. 세계를 떠받치는 세피로트와 세계를 굽어보는 카오스 스톤이었기 때문이다. 모든 것의 어머니인 혼돈으로부터 태어난 영혼의 쌍둥이. 가장 사랑하지만 결코 만날 수 없었던 두 존재… 결국 하나의 존재가 사라진 지금에서야 만날 수 있게 되었다. 도저히 눈물을 멈출 수가 없었다. 눈물샘이 고장난 것처럼 카오스 스톤의 흰 뺨을 타고 흘러내린 눈물은 세피로트의 얼굴을 적셨다.

「안 돼… 안 돼, 세피로트. 이제야… 이제야 겨우 만났는데, 얼마나 널 보고 싶었는데… 얼마나 너와 얘기하고 싶었는데… 세피로트…….」

아아, 하고 울음소리를 내뱉은 카오스 스톤은 세피로트의 늘어진 몸을 껴안고 허공을 향해 고개를 들었다. 그리고 하늘을 향해 슬픔 가득한 목소리로 울었다. 그의 눈물이, 그의 울부짖음이 사람들의 가슴을 아리게 만들었다.

슈린은 살며시 검을 땅에 꽂고 한쪽 무릎을 꿇고 앉았다. 두 손을 모아 쥔 그는 눈을 감았다. 잠들어 버린 어머니를 위해서 말이다.

대지가 눈물을 흘리는 것 같았다. 귀가 찡하니 울려왔다. 손을 들어 귀를 막은 우혁은 무표정한 얼굴로 카오스 스톤과 세피로트의 모습을 바라볼 따름이었다.

이런 결말이 준비되어 있었나? 주월은 자신에게 질문을 던지며 허공을 향해 시선을 던졌다. 그리고 한숨을 내쉬었다. 자신의 유일하다 싶은 두 아이들이 이리도 아파하는데… 모든 것들의 『어머니』께서는 과연 무슨 생각을 하시고 계실까?

샤테이엘은 머뭇거리면서 고개를 돌렸다. 이렇게 되어버릴 줄은 그 자신도 전혀 예상을 못했기 때문이었다. 기껏해야, 그래… 기껏해야 카오스 스톤을 유폐시키는 정도로만 생각했었는데 말이다.

메피스토펠레스는 어느새 입에 담배 한 개피를 물고 있었다. 길게 내뿜어진 회색의 연기가 그의 마음을 대변하는 것 같았다. 이걸로 끝이 났다. 자신의 '마음'의 깊이 때문에 '임무'를 저버린 카오스 스톤은… 스스로의 손으로 가장 소중한 것을 사라지게 만들었다. 이리도… 이리도 서글픈 결론을 내어버릴지, 그 스스로도 알 수 없었을 것이다. 제아무리 신이라는 존재와 세계를 보살피는 어버이라고 해도… 그들 역시도 '운명'이라는 존재에 휘둘리고 있었으니까.

만물 창세의 『어머니』인 혼돈이라는 존재가 만든 운명에 의해서 카오스 스톤의 눈물 어린 울부짖음이 하늘을 메우고 있을 때, 세피로트의 몸은 천천히 빛으로 화해 사라지기 시작했다. 그리고 동시에 카오스 스톤의 새된 목소리가 터져 나왔다.

「아, 안 돼! 안 돼! 세피로트!」

어쩔 줄 모르는 어린아이처럼 허둥거리면서 자리에서 일어난 카오스 스톤은 허공을 향해 손을 뻗었다. 그러나 빛이 손에 잡힐 리 없었다. 빛의 가루들은 잿빛 하늘을 향해 아름답게 반짝이며 날아갔다. 카오스 스톤의 눈가에 흐르는 눈물은 땅으로 떨어져 내렸다.

무엇이든지 다 할 수 있다고 생각했던 적이 있었다. 하지만 아무리 노력해도 못하는 일도 있었다. 그것이 바로 자신의 반쪽을 만나는 일이었다. 만나서 이야기를 하고 싶었다. 존재를 느끼면서… 멀리 떨어져 있어야 하는 것은 고문이었기에. 그런데 처음 만남이 곧바로 헤어짐으로 연결되고 만 것이다. 그것도 자신의 손으로……

두 손을 허공으로 뻗으며 사라져 가는 세피로트를 보던 카오스 스톤은 제자리에 풀썩 주저앉고 말았다. 목이 메어서 더 이상은 목소리를 낼 수도 없었다. 눈물은 방울져서 떨어져 내렸다. 가슴이 아프다는 것, 눈물이 흐른다는 것을 처음으로 느껴본 카오스 스톤은 고개를 숙이고 가슴을 움켜쥐었다. 아아, 하고 울음소리를 낸 카오스 스톤은 눈을 감고 입술을 깨물었다. 소중한 존재를 잃었을 때의 슬픔을… 그는 경험할 수 있었다. 지금껏 자신이 했던 행동으로 인해 사라져 간 생명들… 그들을 소중히 여기던 다른 이들의 슬픔과 아픔과 고통을 그 역시도 깨달았다.

주저앉아서 눈물을 흘리던 현홍이 비틀거리면서 자리에서 일어났다. 그리고 조용히 걸음을 옮겼다. 다른 이들이 모두 고개를 갸웃거림에도 불구하고 현홍은 넋 잃은 사람처럼 멍한 표정이었다. 그가 가고 있는 방향은 분명 카오스 스톤이 주저앉아 있는 곳이었다. 서둘러 현홍을 잡으려고 하는 슈린의 팔을 붙잡은 키스카가 고개를 살며시 저었다. 꽤 먼 거리였기도 하고, 사람들 마음의 무거움 때문인지 현홍이 카인스 스톤에게 걸어가는 시간은 마치 몇 년처럼 느껴졌다. 카오스 스톤은 그저 고개를 숙이고 눈물을 흘릴 뿐이었다.

"…아프죠?"

가느다랗게 떨리는 목소리. 아름다운 미성이었다. 카오스 스톤은 멍청한 눈으로 고개를 들어 올렸다. 자신의 눈을 찔렀던 인간이다. 그리고 스스로의 소망을 위해서 소중한 이들을 자신의 손으로 죽였던 남자이다. 기억이 났다. 너무나도 유약해 보였지만 결정을 내린 순간 너무나도 강하게 바뀌었던 인간. 눈물로 범벅이 된 눈으로 자신을 올려다보는 카오스 스톤을 보며 현홍은 다시금 입을 열었다.

"너무 아파서… 심장이 터져 나가는 것 같죠? 너무 아파서… 죽어버릴 것 같죠?"

그의 목소리가 귓가에 울리자 카오스 스톤은 자신도 모르게 고개를 끄덕였다. 그러나 표정에는 한 치의 변화도 없었다. 그저 생기를 잃어버린 눈으로 무표정한 얼굴일 뿐이었다. 눈에서는 눈물이 끝도 없이 흘러나왔다. 현홍은 조용히 한쪽 무릎을 꿇고 앉았다. 그의 눈에도 역시 눈물이 넘쳐흐르고 있었다. 그 모습에 카오스 스톤은 눈앞이 어지러웠다. 아롱져 흘러내리는 눈물방울들이… 너무나도 서글프게 보였다. 자신이… 그렇게 만들었는데. 현홍은 조용히 손을 뻗었다. 그리고 카오스 스톤의 흐트러진 진홍색 머리카락을 쓸어 내려주면서 입가에 미소를 띠었다.

마음을 편하게 해주는 미소. 너무나도 부드럽고 사랑스러워 보이는 미소였다.

"…소중한 사람이, 소중한 무언가가 사라지면… 다른 모든 사람들도 이렇게 아파요. 왜 이제야 깨달은 거죠? 왜… 왜 이렇게 아프게… 그 소중한 것을 잃은 다음에야… 그 마음을, 깨달은… 거예요……."

더 이상 참을 수 없었는지 현홍은 흐윽 하고 울음을 삼키면서 카오스 스톤의 어깨를 껴안았다. 그리고 그의 어깨에 얼굴을 묻고 다시 큰 소리를 내어 눈물을 흘렸다. 멍한 표정으로 있던 카오스 스톤의 눈에 점점 빛이 돌아왔다.

이… 인간의 말 그대로다. 왜 이렇게 늦게 깨달은 것이란 말인가? 자신이 마음 아프면… 다른 모든 생명들도 마찬가지일 텐데… 왜 이리도 늦게…….

카오스 스톤은 천천히 눈을 감았다. 검고 긴 속눈썹에 얽혀 있던 눈물 한 방울이 하얀 뺨을 타고 흘렀다.

차가운 바람이 불어와 황량한 벌판을 훑고 지나갔다. 그리고 그때였다.

허공에서 밝은 빛 한 덩어리가 생겨났다. 모든 이들의 시선이 하늘을 향해 옮겨졌다. 회색의 하늘은 보는 사람의 마음 역시 얼어붙게 만들 정도로 싸늘해 보였다. 그러나 그 하늘로부터 한줄기의 빛이 구름을 뚫고 땅으로 쏟아졌다. 그 빛이 하나둘… 점점 늘어남에 따라 회색의 구름들은 자신들이 있을 곳을 잃고 말았다. 구름을 뚫고 땅으로 쏟아지는 빛줄기들은 마치 신이 강림할 때처럼 성스럽고… 아름다웠다.

환한 빛 때문에 미간을 찌푸리고 하늘을 보던 주월은 어깨를 떨면서 손으로 입을 막았다. 이런 일은 없을 거라고… 그렇게 아무리 생각해 보아도 지금 자신이 느끼고 있는 힘은 분명히…….

빛과 함께 모든 이들의 마음을 감싸는 것은 거대한 힘이었다. 평범한 인간마저 알 수 있을 정도로 분명하고 강하면서… 그렇지만 부드럽고 자애로운 힘.

"저분은……!"

샤테이엘은 두 손으로 입을 막으며 한 발자국 뒤로 물러났다. 그의 등에 달린 흰 날개가 파르르 떨렸다. 창백하게 변한 샤테이엘과 마찬가지로 메피스토펠레스 역시 당황하기는 마찬가지였다. 세계가 존재할 때부터 오랜 세월 동안 살아온 자신마저도 단 한 번 본 적이 없는 이였다. 신이나 마신과도 스스럼없이 얘기를 나누는 자신이었지만… 도저히 그럴 수 없는 존재도 있는 것이다. 신, 그리고 마신 역시도 태어나고 힘이 다해 눈을 감을 때 말고는 볼 수 없는 존재… 그 누구도 대화를 나누어본 적이 없을 그런 존재. 그것은 아마도 여기에 있는 모든 이들도 그러할 것이라고 메피스토펠레스는 생각했다.

하지만 그렇지 않은 존재도 분명 있었다.

키스카는 말없이 고개만을 들어 올리고 하늘을 바라보았다. 그 언젠가 느껴보았던 따스한 힘이 주변에 스며들고 있었다. 사방에는 환한 빛이

신의 축복처럼 쏟아져 내렸고 카오스 스톤으로 인해 황폐하게 변했던 대지는 빛이 났다. 메마른 대지 위에 새싹들이 솟아올랐고, 회색 구름은 점점 사라지기 시작했다. 황혼녘의 하늘처럼 낮게 깔린 흰 구름의 틈으로 빛줄기가 내려왔다. 살아나고 있었다. 무법의 힘에서 벗어나 모든 것을 가슴으로 안아주는 『어머니』의 손길에 의해서 말이다.

키스카는 눈가에 손을 가져간 채 고개를 들어 하늘을 보았다. 빛의 무리들 속에서 옅은 형상이 나타났다. 그것은 희미한 안개와 같아서 어떠한 모습인지 제대로 보기 힘들 정도였다. 그러나 키스카는 알 수 있었다. 단 한 번… 만나서 이야기를 나누었다. 그것은 아마도… 지금과 같은 상황에서였던 것 같았다. 그다지 좋지 않은 옛일을 기억해 버린 키스카는 머쓱한 표정으로 머리를 긁적였다. 어쨌거나 『어머니』는 어머니라는 걸까. 가장 아프고… 가장 슬플 때 나타나는 것을 보면……

희미하게 허공에서 나타난 그 존재는 밝은 빛으로 자신의 몸을 감싸고 있었다. 모든 것을 감싸 안아주듯이 살며시 벌리고 있는 양팔에는 빛의 덩어리가 존재했다. 새하얀 옷과 눈이 부시도록 새하얀 입가의 미소… 정말로 성모처럼 보였다.

Part 32

시간을 넘어서 영원히 함께

시간을 넘어서 영원히 함께

만물 창세의 『어머니』.

모든 것을 태어나게 만든 생명의 나무 '세피로트'와 시간의 샘물 '카오스 스톤'의 어머니이기도 한 자. 그녀의 이름은 혼돈이었다. 금빛의 몸이 찬연하게 빛나 사방을 밝혔다. 더 이상은 재생도 하지 못할 것처럼 파괴되었던 대지가 다시 숨을 내쉬었다. 황량한 모래 벌판은 새롭게 태어나 새싹과 나무, 꽃이 피었고 산들바람이 불어와 공기를 맑게 정화시켰다. 자연이 되살아났다.

카오스 스톤의 어깨를 끌어안고 있던 현홍은 멍청한 표정으로 사방을 둘러보았다. 갑자기… 어떻게 된 것일까? 허공에서 내려오던 빛줄기들이 하나씩 옅어져 갔다.

그러나 그 빛줄기들의 틈 속에서 모습을 드러낸 그녀는 사라지지 않았다. 황금색의 빛으로 둘러싸인 그녀가 천천히 눈을 떴다. 너무나도 아름답고 고귀하게 빛나고 있어서 얼굴도 제대로 알아보지 못할 정도였다.

하지만 그녀의 입가에는 선명한 미소가 떠올려져 있었다. 허공에 잠시 동안 모습을 나타낸 그녀는 조용히 자신의 양팔에 안겨 있는 무언가를 놓아주었다. 직후 그녀의 모습은 사라지기 시작했다. 키스카는 잘 알고 있었다. 그녀가 품고 있었던 것이 무엇인지… 자신의 사랑스러운 두 아이 중 하나. 자신의 소중한 것을 위해 스스로를 희생했던 존재.

현홍은 카오스 스톤을 놓고 자리에서 벌떡 일어났다. 깃털이 떨어지듯이 천천히 아래로 내려오는 작은 빛 쪽으로 달려갔다. 그 역시도 알 수 있을 것 같아서였다. 현홍의 발에 채인 풀 조각들이 사방으로 휘날렸다. 이제는 너무나도 평화로워 보이는 분위기를 가진 새하얀 구름과 눈부시도록 맑은 하늘에 시선을 고정한 채로 현홍은 달려나갔다. 그리고 눈물 한 방울을 떨구면서 두 손을 앞으로 내밀었다. 그와 함께 두 손에 느껴지는 따스한 온기에 다시금 눈물이 났다. 하지만 그는 웃었다.

빛 속에 들어 있는 것은 분명 새로운 나무가 될 새싹이었다. 앞으로 먼 미래에는 예전의 그 나무보다 더욱 크고 아름다우면서, 그때보다 더욱더 자상한 마음을 가질 나무. 현홍은 그것을 품에 안으면서 조용히 무릎을 꿇고 안았다. 바람에 의해 사방으로 날려진 꽃잎들의 향기가 코끝을 간지럽게 만들었다.

"새로운 나무가… 탄생했다."

주월의 중얼거림을 들은 이들은 모두 입가에 희미한 미소를 떠올렸다. 메피스토펠레스는 머쓱한 표정으로 머리를 긁적였다. 처음부터 이럴 줄 알았다면 좋았을 것을… 이라고 생각하면서. 하지만 곧 메피스토펠레스는 자신의 생각에 피식 웃고 말았다. 미래는 알 수 없기 때문에 흥미진진한 것이다. 알고 있다면… 재미없을 테지. 머리를 긁적인 그는 조용히 흰 가운의 주머니에 두 손을 꽂고 등을 돌렸다.

자신이 데려온 부하와 함께 마계로 돌아가는 그를 보면서 샤테이엘 역시도 소리 소문 없이 신계로 돌아갔다. 마지막으로 그는 작게 중얼거렸다.

"나도… 아직 멀었구나."

그 말의 의미가 무엇인지는 스스로만이 알 뿐이었다. 카오스 스톤이 현홍의 곁에 다가가는 모습을 보던 슈린은 무언가가 머리 위로부터 반짝이면서 내려오는 것을 느낄 수 있었다. 뭘까, 중얼거리면서 고개를 든 슈린은 처음 빛줄기가 내려오는 것처럼 몇 개의 빛덩어리가 아래로 아래로 떨어져 내리는 것을 볼 수 있었다. 그는 그것이 무엇인지 알 수 있었다. 당연히… 당연히 말이다. 슈린은 입가에 미소를 떠올리며 두 손을 벌렸다. 우혁과 키스카 역시도 자신들 쪽으로 내려오는 몇 개의 빛덩어리를 보며 쓴 미소를 머금었다.

자신들이 생각했던 것보다 더욱 『어머니』라는 존재는 자애롭다고 생각하면서.

차마 열 개의 영혼이 모이는 것을 보고 싶지 않았던 어머니는 결국 자신의 손으로 일을 해결했다. 그와 함께… 자신의 선택과 운명으로 사라져 간 생명들을 부활시켰다. 어쩌면 처음부터 그녀가 나섰으면 될 일이었지만… 아이들의 일에 간섭을 거의 하지 않는 그녀로서는 지금 나선 것만으로도 대단히 놀라운 일임이 분명했다. 후에… 신계나 마계에서는 이 일이 두 번 다시는 없을 일이라고 칭할 정도였다.

*   *   *

「난 너무 많은 것을 바랬던 것인가…….」

장엄하고 힘있는 그의 목소리였지만 지금 그는 조금 쓸쓸해 보였다. 모든 것이 어둠뿐인 이 방에서 그는 자신의 옥좌에 앉은 채로 삐딱하니 고개를 틀고 있었다. 바닥까지 흘러내리는 머리카락은 빛조차 비치지 않을 정도로 새까만 칠흑빛이었다. 색이 있는 것이라고는 창백한 빛을 가진 피부뿐일까. 온통 검은 구조물들로 되어 있는 방에는 또 다른 이도 있었다. 흰색의 가운을 입고 있는 그는 소파에 편해 보이는 자세로 앉아서 말없이 자신의 앞에 있는 그를 바라볼 따름이었다. 검은색의 옷과 검은색의 장신구… 그리고 그 누가 보아도 위압감이 넘쳐 보이는 외모.

얼굴을 가리우는 긴 머리카락을 쓸어 넘기면서 그는 두 눈을 감았다. 그가 바란 것은 그리 큰 것이 아니었다. 하지만 단 하나, 그가 간과한 것이 있었다. 인간의 마음이… 사랑하는 것을 바라고 지키려는 그 마음. 그것이 하찮을 것이라고 생각했었다는 것뿐. 결국 마신이 바랬던 단 한 가지 소망은 아주 뒤로 미루어야 했다. 처음 키스카가 모든 것을 기억한 직후 자신에게 했던 말이 문득 생각이 났다. 원래의 그였다면 두 번 다시 얼굴도 보지 않겠다고 길길이 날뛰었을 것이다. 원래의… 그래, 원래 '키스카'라는 존재였다면 말이다.

하지만 그는 아니었다. 기억을 다 되찾은 후 그는 자신에게 나타나 말했다.

"처음 모든 것을 기억했을 때에는 당신이 밉다고 생각했습니다. 하지만 차분히 생각을 정리해 본 저는 그 감정이 아니었습니다. 이제는 이해할 수 있습니다, 당신을. 소중한 것을… 자신이 사랑하는 것을 곁에 두려고 하는 당신의 마음을 이해합니다. 저 역시 그러하니까요. 언젠가는… 당신과 함께할 날도 올 것입니다. 그때까지… 편안히 계십시오… 아버님."

「후훗, 바보 같은 녀석…….」
갑자기 마신이 손으로 얼굴을 덮은 채 나직하게 웃자 메피스토펠레스는 고개를 갸웃거렸다. 자신이 너무나도 초라하게 느껴진 마신이었다. 아들을 너무 어린아이로 생각했던 것일까? 자신의 생각보다 많은 것을 배우고, 많은 것을 깨달은 아들 녀석이 조금은 대견하게 느껴져서 마신은 자신도 모르게 웃음이 나왔다.

작게 한숨을 내쉰 마신은 조용히 고개를 돌려 천장을 바라보았다. 탁자 위에 놓여진 찻잔을 들어 올리던 메피스토펠레스는 자신의 귀에 낮은 음성이 들리자 고개를 들어 마신을 보았다.

「너는 네가 바라는 것은 다 이루었는가?」

그의 질문에 메피스토펠레스는 잠시 동안 입을 다물었다. 그리고 찻잔을 탁자 위에 내려놓으면서 머리카락을 쓸어 내렸다. 다 이루었던가? 아니, 그것은 아니다. 소파에 팔을 걸치고 고개를 들어 천장을 보면서 메피스토펠레스는 입술을 움직였다.

"아니오, 그것은 아닌 것 같습니다. 뭐, 제일 중요했던 것은 이루었지만… 다른 몇 개는 포기해야 했지요."

「'그'를 데리고 오지 못한 것 말인가?」

마신의 질문에 정곡을 찔린 메피스토펠레스는 배를 잡고 한참 동안 웃었다. 눈가에 고인 눈물을 손가락으로 훔친 메피스토펠레스는 웃음을 진정시키면서 고개를 숙였다. 흘러내린 머리카락에 가려져 그의 눈가는 잘 보이지 않았다. 그러나 입가에 걸쳐진 미소는 분명… 쓰디써 보였다.

"…글쎄요, 꼭 그렇게 생각해 보지는 않았습니다만. 후우, 시간은 많습니다. 그 녀석이 지칠 때까지… 저 역시 기다릴 수 있고요."

이번 생이 끝나서 다음 생이 이어질 때까지도 기다릴 수 있었다. 그렇게 오래 기다리는 것도 아니니까. 눈가를 가리며 피식 웃은 메피스토펠레스는 말없이 고개를 돌렸다. 자신이 가장 바라던 소망… '소중한 존재와 함께 살아가고 있는 이 세계가 그대로 유지되는 것'은 이루어졌다.

그러니 작은 소망은 어느 정도 참아주어야겠지. 그렇게 생각하며 메피스토펠레스는 입에 담배를 물었다.

*   *   *

멍청한 표정으로 아영은 창문을 통해 밖을 바라보았다. 황혼녘의 하늘을 바라보면서 그녀는 말없이 고개를 숙여 자신의 무릎 사이에 묻었다. 밖에서는 하인들과 하녀들이 대청소를 한다고 제법 소란스러웠다. 그들에게 있어서 지금은 그저 막 잠에서 깨어난 직후밖에 되지 않는 것. 그동안 무슨 일이 있었는지 그들은 알지 못한다. 카오스 스톤과의 싸움 중에 정신을 잃은 아영이 눈을 떴을 때 자신은 어느새 저택으로 돌아와 있었다. 많은 것이 흘러갔겠지만 자신조차도 싸움 중에 무슨 일이 있었는지 몰랐다.

그래도 다행이라고 생각했다. 정말로… 정말로 다행이라고 생각한다. 입가에 희미한 미소를 머금은 그녀는 자신의 옆에 놓인 커다란 배낭을 바라보았다. 이젠 떠나갈 시간이 왔다. 시간은 흘러갔고 시간 축도 정상으로 돌아갔다. 새로운 나무가 될 '그녀' 덕분이었다. 자신의 희생을 통해 새로운 힘을 받았기에. 카오스 스톤과는 다시금 떨어졌지만 그들은 이제 자신들의 마음을 알고 있으니까 더 이상 아픔은 없을 것이다. 아영은 자신의 긴 갈색 머리카락을 하나로 묶으면서 고개를 들었다. 붉은 햇살이 창문을 통해 흘러 들어왔다.

떨어져 있어도 마음만은 연결되어 있을 테니까 괜찮을 거야. 그래도… 그래도 이상하게 눈물이 흘렀다. 흑, 하고 작게 울먹인 아영은 눈가를 거칠게 손으로 닦아내면서 고개를 저었다. 그렇게 마음을 굳게 먹었으면서 또 이러면 어쩌란 거야! 자신에게 화를 낸 아영은 의자에서 일어나 가방을 들었다. 가족을 잃을 수는 없다. 자신의 소중한 친구들도… 자신이 살아온 21년의 인생을 버릴 수는 없었다. 이를 악문 아영은 성큼성큼 문 쪽으로 걸어갔다.

그리고 있는 힘껏 문고리를 잡아당겨 열었다. 약간은 어둑했던 자신의 방과는 달리 저녁 햇살과 촛불의 불빛들로 환한 복도에 검은 그림자 하나가 서 있었다. 흠칫 놀라면서 고개를 든 아영은 눈가에서 주르르 흘러내리는 눈물을 막을 수가 없었다. 아무리 강한 척해도, 아무리 이를 악물어도 자신은 어쨌거나… 사랑에 빠진 평범한 여자이니까. 부드럽게 웃고 있는 저 미소를… 더 이상은 볼 수 없다.

툭.

손에 들려진 가방을 떨어뜨린 아영은 두 손을 들어 얼굴을 덮었다. 울고 싶지 않아. 하지만 눈물이 나오는걸. 이렇게 하염없이…… 가슴이 아파와서. 더 이상 볼 수 없다는 생각에. 그런 그녀를 보며 솔루드는 아무 말 없이 부드럽게 아영의 어깨를 감싸 안았다. 시간이 흘러서 이 마음이 조금 무뎌질 때가 되면 분명히 잊을 수 있을 것이다. 아니, 잊지는 못해도… 지금의 이 불같은 감정은 식어가겠지.

사랑하는 사람과의 헤어짐도… 그 아픔은 점점 무뎌져서 잊혀져 가겠지. 솔루드는 조용히 아영의 손을 붙잡아 올렸다. 그리고 조용히 그녀의 손바닥에 입을 맞추면서 중얼거렸다.

"전 강인한 당신을 사랑합니다."

"…솔루드."

"전 항상 웃고 있는 당신을 사랑합니다."

솔루드는 희미하게 미소 지었다. 그의 그런 미소가 너무나도 서글퍼 보인다는 것을 아영은 알 수 있었다. 하지만 눈가에 고인 눈물 때문에 너무나도 앞이 흐릿하게 보였다. 마지막이니까, 솔루드의 얼굴을 자세히 보고 싶었는데 볼 수가 없었다. 솔루드의 부드러운 손길이 양 뺨에 느껴졌다. 천천히 눈을 감았다. 그리고 입술 끝에 느껴지는… 조금은 차갑지만 부드러운 느낌. 아영은 조용히 눈물을 흘리면서 그의 입술을 받아들였다. 조용히 솔루드가 그녀의 입술에서 자신의 입술을 떼어냈을 때, 그녀의 모습은 이미 없었다.

남은 것이라고는 그녀의 낡은 배낭뿐. 살며시 무릎을 구부리고 앉은 솔루드는 그 가방을 매만지면서 눈을 감았다. 하얀 뺨을 타고 흘러내리는 눈물 한 방울이 가죽으로 된 가방에 미끄러져 아래로 떨어졌다.

"…안녕……."

마음은 이어져 있습니다, 아영님. 전 당신을 영원토록 기억할 것이고, 영원토록 사랑할 것입니다. 이 세상을 떠나는 마지막 날이 지나고 새롭게 다른 인생을 살아갈 그날, 당신을 만나길 기약합니다.

입술을 깨물며 솔루드는 고개를 숙였다. 자신의 눈물을… 아영이 보지 않은 것을 천만다행이라고 생각하며.

그런 그의 모습을 멀찍이 떨어진 곳에서 본 사람이 있었다. 그는 물론 솔루드의 눈물을 잘 이해했다. 자신 역시도… 이제는 떠나야 하는 존재이니까. 복도를 돌아 나온 우혁은 천천히 걸음을 옮겼다. 더 이상 자신이 이곳에 있을 필요가 없어졌다.

하나밖에 없는 어머니를 홀로… 놔둘 수는 없었다. 그렇다, 이것이 자신이 한 선택이었다. 조용히 복도를 걸어가는 그의 등 뒤에서 나직한 목소리가 들렸다.

"당신도 떠나가십니까?"

그 목소리를 들은 우혁은 평소대로 무표정한 얼굴을 돌렸다. 복도의 벽에 기대어서 있는 사람은 다름 아닌 니드였다. 짙은 바다를 연상케 하는 푸른 머리카락이 황혼의 빛을 받아 아름답게 반짝였다. 벽에 등을 기대고 우혁의 시선과는 반대로 복도에 난 창문을 바라보는 그의 시선은 어딘지 모르게 슬퍼 보였다. 비록 알고 지낸 지 그리 오래된 사이는 아니었지만 어디까지나 '동료'라고는 부를 수 있는 상대가 아닌가. 카오스 스톤에게로 가는 도중 그는 분명히 영혼이 거두어진… 말 그대로 죽은 존재였다. 하지만 마지막… 결국 『어머니』라는 존재로 인해 다시금 새 삶을 살 수 있도록 도움을 받은 이였다.

니드는 조용히 등을 떼고 우혁을 똑바로 바라볼 수 있도록 섰다. 희미하게 미소를 머금고 있는 얼굴을 보며 우혁은 살짝 고개를 끄덕였다.

"가야 할 것 같습니다."

"그렇군요……."

조용한 목소리로 중얼거린 니드는 한참 동안 입을 다물었다. 그가 무슨 생각을 하고 있는지 우혁은 알 수 있었다. 그는 작게 한숨을 내쉰 후 입을 열었다.

"…루, 그 아이를 잘 부탁드립니다."

니드는 대답하지 않았다. 다만 슬픈 표정으로 우혁을 바라볼 따름이었다. 비록 대답하지 않아도 니드가 잘 하리라는 것을 우혁은 믿었다. 살며시 고개를 숙여 인사를 해 보인 우혁은 다시 걸음을 옮겼다. 등으로 느껴지는 니드의 시선을 받으면서. 하인들은 우혁의 모습을 보지 못한 사람들처럼 아무런 인사도 없이 그를 지나쳤다. 그도 그럴 수밖에. 이미… 그래, 이미 그는 이 세계의 사람이 아니니까 말이다. 서둘러 살던 곳으로 돌아가지 않으면 안 되는 몸이다. 자신을 볼 수 있는 존재는… 자신과 인연의 끈이 닿아 있었던 친구와 동료들뿐. 어느새 우혁은 어느 방의 앞에 서 있었다. 붉은 황혼이 그의 등을 비추는 가운데 그는 천천히 방문을 열었다.

그리고 그는 보았다. 침대에 걸터앉아서 자신을 바라보고 있는 그 아이를……. 마치 자신이 이곳에 오리라는 것을 알고 있었다는 사람처럼 루는 조용히 문 쪽을 응시하고 있었다. 순간적으로 심장이 멈추는 줄 알았다. 그렇지만 그는 이를 악물고 방 안으로 걸어 들어갔다. 방에는 초 하나 켜져 있지 않았기 때문에 조금 어둑한 편이었다. 하지만 황혼이 지기에는 아직 조금의 시간이 남아 있었기 때문에 서로 얘기를 나누기에는 불편함이 없었다. 루는 차분한 얼굴로 우혁을 올려다보았다. 잠옷을 입은 채로 침대에 앉아 있는 루의 머리를 쓰다듬어 주면서 우혁은 어렵사리 말했다.

"감기 기운이 있다고 하던데… 조금 더 자야지."

"…형도 가지?"

뜨끔한 나머지 우혁은 자신도 모르게 손가락을 움츠렸다. 이 작은 아이가 얼마만큼 알고 있는 걸까. 그러나 그는 곧 생각을 달리했다. 항상 자신을 귀찮게 하던 그 아이… 잔소리만 했지만 정말로… 정말로 소중했던 그 아이 역시도 외려 자신보다 더 많은 것을 생각하고, 많은 것을 알고 있었지 않은가. 머리가 아파서 이마를 짚은 그의 손을 루는 따스하게 잡아주었다. 놀라서 손을 내린 우혁의 눈에 미소 짓고 있는 루의 얼굴이 보였다. 루는 천천히 우혁의 뺨을 쓰다듬으면서 말했다.

"괜찮아, 형. 나… 괜찮으니까, 꼭 언젠가 다시 만날 수 있으니까… 잘 가."

그의 말이 들린 직후 우혁은 자신의 눈가에서 무언가 뜨거운 것이 흘러내리는 것을 느꼈다. 이제는 다 컸다고… 더 이상 자신이 없어도 혼자 울지 않을 것이라고 우혁은 생각했다. 그리고 조용히 그는 자신의 품에서 부러진 파사를 꺼내어 루의 무릎 위에 올려놓았다. 자신을 대신해 이 아이를 부디 영원토록 지켜주길 바란다는 염원을 담은 우혁은 천천히 사라졌다. 눈앞에 있던 우혁이 희미해져 가는 것을 본 루는 아무런 말 없이 고개를 숙였다. 그리고 자신의 무릎 위에 놓인 파사의 손잡이를 잡았다. 그것을 뺨에 가져가면서 루는 중얼거렸다.

"잘 가, 형. 이제는… 이제는 혼자 울지 않을게. 강해질게……."

그러나 또르륵 굴러 떨어지는 눈물 몇 방울은 어쩔 수 없었나 보다. 문밖에서 조용히 흐느껴 우는 루를 곁눈질로 바라본 슈린은 작게 고개를 저으면서 발걸음을 옮겼다. 차라리 모든 기억을 없애고 가버리면 좋을 것을… 왜 그리도 인간이라는 존재는 추억이라는 것에 연연하는지 모르겠다. 자신 역시도 그러한 인간이라고 생각하며 슈린은 어쩔 수 없다는 듯 한숨을 내쉬었다. 모두와 이별을 고하고 그들은 자신이 있을 곳으로 떠나갔다. 아니, 아직 두 사람이 남아 있지만 그들 역시도 조금 있으면 떠날 것이다. 이제 황혼은 얼마 남지 않았으니까.

그가 발길을 옮긴 곳은 응접실이었다. 항상 모여서 이야기를 하고, 떠들고 놀던 그 장소였다. 그리고 그곳에 두 사람이 있었다. 정확히는 세 사람이었지만. 짐을 들고 이제 곧 떠나는 사람이 지을 표정이 아닌 다른 표정을 짓고 있는 두 사람… 현홍과 키스카, 아니… 진현이 있었다. 소파에 앉아 있는 에오로의 얼굴은 곧장 눈물이라도 흘릴 것 같은 표정이었지만 자존심 때문인지 그러지 못하는 것 같았다. 탁자 위에 작은 가방을 올린 현홍은 검은 코트를 벗고 원래의 그가 자주 입던 평범해 보이는 티와 바지를 입고 있었다. 이제야 그가 진짜 현홍으로 보였다. 입가에는 늘 짓고 있던 부드러워 보이는 미소가 걸쳐져 보는 사람마저 즐겁게 만들었다. 물론 지금은 아니지만.

현홍은 문을 열고 들어온 슈린을 보고 환하게 미소 지었다.

"어서 와. 인사하러 왔니?"

그의 물음에 슈린은 그저 고개를 끄덕이고 대답은 하지 않았다. 대답 따위는 머리 속에 떠오르지 않았기 때문이다. 무슨 말을 할까? 루처럼

'잘 가' 라거나… '언젠가 다시 만날 수 있을까?' 라는 말? 도저히 그런 말을 할 자신은 없었다. 뾰루퉁한 표정을 한 에오로의 어깨를 살며시 짚으면서 현홍이 허리를 숙였다. 생긋 미소 지은 현홍이 입을 열었다.

"…잘 있고, 건강해야 해. 알았지?"

현홍은 가볍게 여행을 떠나는 사람처럼 말했다. 부드러운 음성에 에오로는 결국 눈물을 흘리고 말았다. 이런, 하고 난처한 듯한 표정을 지은 현홍은 가만히 에오로를 껴안고 그의 머리를 쓰다듬어 주었다. 항상 친구처럼 편안해 보이던 그가… 지금은 자신보다 한참 나이가 많은 형처럼 보였다. 아무 말도 못하고 입술을 꼭 깨물고만 있는 에오로의 등을 쓸어내리면서 현홍은 자신의 턱을 에오로의 머리 위에 올리며 말했다.

"난 이곳에서 많은 사람들을 만난 것을 정말로 고맙게 생각해. 많은 일들이 있었지만… 에오로, 니드, 슈린, 셀로브, 에이레이, 키엘 등을 만난 것을… 정말로 행복한 일이라고 생각해. 만남이 있으면 헤어짐이 반드시 따르기 마련이야. 나는… 그 헤어짐이 두려워 만남을 피하고 싶지는 않아. 에오로, 나도 네가 보고 싶고… 그리울 거야. 우리들의 추억이 너무나도 행복했던 것처럼, 그 추억의 깊이만큼 그리울 거야."

"가지 마… 현홍아. 응?"

울음 섞인 목소리로 말하는 그를 내려다본 현홍은 다시금 입가에 미소를 띠면서도 고개를 살짝 저었다.

"여기서 네가 날 보내고 싶지 않은 것처럼… 원래 내가 살던 곳에서 쌓았던 추억과 사람들도 나에게 그런 말을 할 거야. 이곳이 싫은 것은 아니야. 하지만 난 내가 살아온 곳으로 돌아가야 해."

"흑……!"

결국 고개를 숙이고 하염없이 눈물만을 흘리는 에오로에게서 떨어져 나온 현홍은 고개를 돌려 슈린을 보았다. 그의 깊고 따스한 검은 눈동자를 바라보자 슈린은 자신도 모르게 주먹을 굳게 쥐었다. 자신도 울어버리릴 것 같아서였다. 이상하게 머리로는 현홍이 한 말을 모두 이해해도 마음으로는 이해하기가 힘들었다. 소중한데… 항상 같이 웃고 떠들고 싶은데 왜 헤어져야 하는가? 에오로와 자신이 다른 점이 있다면 에오로는 그것을 알고 솔직하게 말한다, '가지 말라고'. 그러나 자신은… 그것을 알지만 말하지 않는다. 그리고 나중에 후회한다.

현홍의 옆에 서 있던 그가 움직이는 것이 보였다. 그는 어느새 자신의 앞에 서 있었다. 자신보다 조금 더 큰 그는 살며시 손을 들어 올려 머리카락을 쓰다듬어 주었다. 그리고 말했다.

"지금까지 고마웠습니다, 슈린 군."

낮고 정확하게 들려오는 진현의 목소리에 슈린은 눈을 감았다. 처음 만났을 때 그 냉정하고 차갑던 그의 모습이 떠올랐다. 그 뒤로 항상 자신들을 뒤에서 보살펴 주는 그러한 존재였다. 어느샌가 그를 형처럼 느껴버린 자신의 마음도 슈린은 잊지 않았다. 살며시 고개를 저은 슈린이 간신히 입술을 움직였다.

"…고마우실 것, 없지 않습니까. 제가 뭘… 뭘 한 것이 있다고요. 오히려 그 말은… 제가 해야죠."

왜 이리 떨리는 걸까. 왜 이렇게… 아프고 왜 이렇게 가슴이 저려오는 걸까. 그리고 그 순간 슈린은 고개를 들었다. 뭘까… 손끝에 느껴지는 차가운 느낌은? 그는 어느새 눈물을 흘리고 있었다. 자신도 알지 못했다. 그저 눈에서 물방울들이 떨어지는 것 같다는 것만을 느낄 뿐… 그 모습을 바라본 현홍은 눈을 동그랗게 떴다. 하지만 진현만은 그저 부드럽게 미소 지으며 슈린을 내려다보았다. 에오로마저도 눈물을 흘리는 슈린의 모습을 본 적이 거의 없었기에 울음을 멈추고 멍한 얼굴로 슈린을 바라볼 정도였다.

슈린은 손을 들어 자신의 눈가를 매만져 보았다. 이렇게… 사람들 앞에서 울어본 적이 있었던가? 솔직하게 자신의 마음을 담아서 이렇게……. 슈린은 손으로 눈가를 덮으면서 고개를 숙였다. 이를 악물고 소리를 죽여서 울고 있는 그의 어깨를 진현은 말없이 토닥여 주었다. 무슨 말이든 필요가 없을 것이다. 그래, 위로도 무엇도 필요없이 스스로가 이해해 나가겠지. 언젠가는 뒤돌아보고 추억할 수 있을 정도가 되면 지금의 기억도 행복한 한순간의 얘깃거리가 되겠지. 그렇게 잊혀져 가고 추억하게 된다. 인간이란, 그렇게 슬픈 일도… 잊을 수가 있다.

헤어짐만이 슬픈 건 아니다. 헤어짐을 슬퍼하는 이유는 그만큼 그 존재가 중요하고, 소중했던 존재라는 것이니까. 오히려 당사자로서는 행복한 일. 슈린의 눈물을 살며시 닦아준 진현은 중얼거리듯 말했다.

"솔직해지셨군요, 슈린 군. 예전의 당신도 좋지만… 지금의 당신은 더욱 좋습니다. 이대로… 자신의 마음에 솔직하게 답해주십시오. 그리고 언젠가는… 또다시 만날 날이 있을 겁니다. 행복하십시오."

천천히 작아져 가는 목소리. 황혼은 어느새 뒤로 걸어 들어오는 어둠에 의해 밀려 나가 있었다. 에오로는 사라져 버린 현홍과 진현이 있던 자리를 보면서 손등으로 눈물을 훔쳤다. 뒤늦게 셀로브와 에이레이가 응접실의 문을 열고 안으로 들어왔다. 하지만 이미 늦어버린 것. 에이레이는 안타까운 얼굴이 되어 눈물 한 방울을 떨궜지만 셀로브는 머쓱한 표정만을 지었다. 그리고 짧게 중얼거렸다.

"쳇, 마지막까지… 폼 잡고 가는군."

그의 한마디가 촉진제가 되어 슈린은 소파를 손으로 짚으면서 다른 손으로 얼굴을 덮었다. 이제는 더 이상 만날 수가 없겠지? 헤어짐은 사람을 강하게 만들지만… 또한 한없이 눈물을 흘리게 만든다. 영원히 행복하길… 슈린은 속으로 그렇게 중얼거렸다. 그리고 나직한 목소리로 말했다.

"…지금까지 고마웠습니다, 진현."

*　　　*　　　*

"꺄악, 아영아!"

아영은 멍한 얼굴로 눈을 떠 주위를 둘러보았다. 이게 어찌 된 일일까? 주위를 둘러보니 사방은 하얀 방이었다. 아, 정확히 말하자면 이미지가 그랬던 것이다. 그리고 곧장 자신의 품으로 뛰어드는 여성 때문에 숨이 막혀왔다. 캑캑거리면서 손을 저어 보인 아영은 겨우 그 여성을 떼어놓을 수 있었다. 하지만 곧 황당한 얼굴이 되었다. 자신에게 달려든 그 여성은 다름 아닌 자신의 어머니였기 때문이다. 멍청한 표정이 된 아영의 귀에 톡 쏘는 듯한 목소리가 들려왔다.

"너 말야, 몸도 건강한 녀석이 갑자기 쓰러져서는……!"

말투는 조금 거슬렸지만 분명히 깃들어 있는 감정은 걱정스러움이었다. 고개를 들어보니 자신의 막내오빠인 진우가 걱정스러운 얼굴이 되어 있었다. 아영은 지금 이 상황이 무슨 일인지 알 수가 없어서 주변을 두리번거렸다. 침대 위에 누워 있는 자신, 그리고 따끔한 감각에 눈을 돌려보니 왼손에는 바늘이 꽂혀 있었다. 링거를 맞고 있는 것이다. 생전 병원과는 인연이 없던 자신이 병원 침대에 누워 링거를 맞고 있다니! 기적과도 같은 상황에서 아영은 어리둥절한 표정을 지었다.

아영의 어머니인 지숙은 눈가에 맺힌 눈물을 닦으면서 말했다.

"그래, 그래. 정신이 없겠지. 그날… 학교에서 수업하다가 네가 쓰러졌을 때 얼마나 놀랐는 줄 아니? 그러길래 내가 요즘에 네가 몸이 안 좋아졌다고 몇 번이나 말했니. 그때 쓰러져서 사흘 동안 의식이 없었어. 흑, 얼마나 걱정했는데……."

그렇게 말하면서 지숙은 다시 눈물을 흘리며 아영의 무릎에 얼굴을 묻었다. 멍한 표정으로 천장을 올려다보다가 아영은 대충 이해를 할 수 있었다. 자신이 이계로 날아간 직후 이곳에서 자신의 시간은 멈추어졌다. 그런데 그곳에서 머물던 시간이 길어짐에 따라서⋯ 더 이상 시간을 멈출 수 없자 시간이 돌아가 버렸고⋯ 정신이 빠져나간 육체는 쓰러져 버린 것이다. 대충 이런 식으로 이해를 한 아영은 속으로 시켈, 이 나쁜 놈! 이라고 짧게 욕지거리를 내뱉었다. 이렇게 사람들 걱정하는 방법을 쓰다니. 뭐, 그대로 행방불명되는 것보다는 나은 방법이었지만.

환자복을 입고 있는 기분이 그리 나쁘지가 않아서 아영은 실실 웃었다. 그리고 지숙의 어깨를 꼭 껴안으면서 말했다.

"미안해, 엄마. 하지만⋯ 나 괜찮아, 이제⋯ 괜찮아."

아영아, 하고 어리둥절해하는 지숙의 얼굴을 보면서 아영은 눈을 감았다. 그래, 괜찮아. 소중한 사람들이 살고 있는 이 터전을 지켜낼 수 있었으니까⋯ 정말로 괜찮아. 그러나 눈가에 눈물이 고이는 것은 어쩔 수가 없었다. 더 이상은 그 사람을 볼 수 없으니까. 사랑하는 그 사람을 볼 수 없으니까⋯ 그래서 이렇게 눈물이 났다. 바보 같지만 어쩔 수 없어.

아영이 갑자기 일어나 흐느껴 울자 지숙은 당황해서 서둘러 의사를 불렀다. 진우가 허둥거리면서 의사와 간호사를 불러왔다. 흰색의 가운을 입고 들어온 의사는 조용히 아영의 곁으로 다가갔다.

간호사들이 서둘러서 차트를 의사에게 넘겨주었고, 몇 번의 대화가 오갔다. 그때까지도 아영은 고개를 숙인 채로 울고 있었다. 눈물이 멈추지 않았다. 다시금 생각나 버려서⋯ 남기고 온 그의 추억과 그 따스함 때문에. 괜찮다고 중얼거려 보아도 도저히 참을 수가 없었다. 그런 그녀가 고개를 든 것은 자신의 어깨를 짚는 커다랗고 따스한 손 때문이었다. 흠칫, 어깨를 떤 아영은 천천히 고개를 들어 올렸다.

눈물이 고인 눈동자로 아영은 멍청한 표정을 지었다. 자신을 내려다보고 있는 의사의 얼굴이 눈물 때문에 흐릿하게 보였다. 천천히 선명해져 가는 그의 얼굴을 보면서 아영은 자신도 모르게 눈을 동그랗게 떴다. 부드럽게 미소를 머금은 입가와… 염색을 했는지 바람에 살랑거리는 세피아 색 머리카락. 무엇보다 자신의 눈물을 그치게 만들어주었던 크고 따스한 손길은… 분명히 예전에 느껴보았던 그것. 흰 가운을 입은 그는 부드럽게 미소를 지으면서 입을 열었다.

"처음 뵙겠습니다, 아영 씨……."

따스한 그의 목소리에 아영은 더 이상 눈물을 멈출 수가 없었다. 그녀는 손을 뻗어 그 사람의… 품을 끌어안았다. 그리고 커다란 소리를 내어 울었다. 이제는 떨어져 있지 않아도 돼. 새롭게, 새로운 사랑을 다시 시작하는 거야. 분명히… 이번에는 헤어질 일이 없을 테니까. 간호사들의 작은 비명 소리와 그 의사의 당황한 목소리가 병실을 가득 메웠다. 그러나 분명히 잘될 것이다. 복도에서 가만히 안을 살피던 우혁은 피식 웃으면서 등을 벽에 기대었다. 그 역시도 아영과 같은 환자복을 입고 있었다. 눈을 떴을 때 처음 보이던 것은… 자신을 걱정스럽게 내려다보던 어머니의 얼굴이었다.

그리고… 또 한 가지. 복도에 마련되어진 벤치에 앉아 새근거리면서 자고 있는 아이. 우혁은 힐끔 눈을 돌려 그 아이를 바라보았다. 정말로… 『어머니』의 배려를 새삼 느낄 수가 있었다. 피식 웃어버린 우혁은 손을 들어 이마를 짚었다. 어쩌면 짓궂은 존재라고 할 정도로 그녀는 많은 것을 알고, 많은 것을 이루어주는 존재였다.

"그렇지, 연우야?"

잠에 겨워 뒤척이는 연우는 대답하지 않았지만 우혁은 그의 옆에 앉아 다정히 연우의 어깨를 감싸주었다. 더 이상은 혼자 내버려 두지 않을 것이다. 혼자서 울도록, 혼자서 아파하도록 내버려 두는 일은 없을 것이다. 그렇게 생각하며 우혁은 조용히 눈을 감았다.

그런 그를 바라보던 한 여성은 생긋 웃으면서 등을 돌렸다. 까만 원피스를 입고 허리까지 오도록 길게 머리카락을 기른 그녀는 병원의 복도를 천천히 걸어갔다. 주변에서는 그녀의 아름다운 모습에 넋을 빼놓을 정도였다. 약간 웨이브가 지도록 기른 짙은 금발의 머리카락과 독특한 패션 스타일 때문이기도 했다.

검은 원피스에 큰 장식은 없었다. 팔에 걸친 갈색 숄 역시도 화려하지 않았다. 그녀의 모습은 화려하다기보다 단아함과 품위가 흘러나왔다. 흰색으로 도배가 된 병원의 복도를 걸어가던 그녀는 문득 한쪽 벽에 등을 기대고 선 남자를 만나게 되었다. 이 병원의 것으로 보이는 환자복을 헐렁하게 입고 있는 검은 머리카락의 청년. 그녀는 그를 향해 부드럽게 미소 지어주었다.

"오랜만이구나."

한없이 따스하고 자상함이 깃든 목소리. 환자복을 입었는데도 멋지게 보이는 그 남자는 눈을 가늘게 뜨면서 입을 열었다.

"예… 오랜만입니다."

다소곳하게 두 손을 모으고 선 여성을 보면서 진현은 한참 동안 입을 열 수가 없었다. 여성은 진현을 지나쳐 걸어갔다. 그리고 진현은 아무런 말 없이 그녀의 뒤를 따라 걸었다. 병원 사람들의 시선을 받으면서 두 사람은 어느새 병원 뒤에 마련되어진 정원에 도착해 있었다. 종종 간호사가 밀어주는 휠체어를 탄 환자와 벤치에 앉아 이야기를 나누는 환자들 말고는 조용한 곳이었다. 이곳에서라면 이야기를 나눌 수 있을 것이다. 검은 원피스의 여성은 생긋 미소 지으면서 입을 열었다.

"그래, 많은 일들이 있었겠지? 지금까지 말이다."

"…알고 계시다시피요."

약간은 가시가 있는 그의 말에 여성은 살짝 어깨를 으쓱거렸다. 그리고 천천히 벤치에 앉으면서 진현에게 손을 내밀었다.

"자, 앉으렴."

자상하게 건네는 말 한마디 한마디가 진현은 조금 거슬렸다. 지금 그녀가 이렇게 여기 있는 것조차도 말이다. 그의 마음을 안 것인지 여성은 조용히 손을 거두고 고개를 약간 숙였다. 그들 사이에서는 한참 동안 대화가 없었다. 다만 가을을 알리는 서늘한 바람만이 스쳐 지나갈 뿐. 먼저 입을 연 것은 진현이었다. 팔짱을 끼고 선 그는 눈을 감으면서 말했다.

"왜 나타난 겁니까? 당신의 아이들이 아파할 때에도… 모습을 드러내지 않았으면서."

진현은 차갑게 말했다. 분명히, 분명히 이런 뜻으로 말하려고 한 것은 아니었다. 그렇지만 이상하게 화가 났다. 왜 꼭! 꼭… 필요한 존재들은 마지막에 나타나는 것인지 이해할 수가 없어서. 꼭 울게 만들고, 아프게 만든 후에 나타나서 그 상처를 어루만져 주는 것인지… 알 수가 없어서. 손을 들어 얼굴을 덮은 진현은 잠시 후 자신의 머리를 쓰다듬어 주는 손길에 눈을 뜨고 고개를 들었다. 환하게 비치는 밝은 빛… 그때 보았던 그 빛이다. 황금 빛으로 반짝이는 그녀는 성모처럼 보였다. 확실히 성모임에는 분명하지만.

검은 원피스나 하늘거리는 짙은 금색의 머리카락은 여전했지만 그녀의 몸에서 흘러나오는 기운은 병원과 이 도시와 지구 전체로 퍼져 나갈 정도였다. 따스한 기운, 사람을 행복하고 편안하게 만드는 기운이었다. 어둠이 무서워 울고 있는 아이에게 다가와서 부드럽게 감싸 안아주는 어머니. 그녀는 『어머니』였다. 진현의 머리를 살며시 끌어당겨 품에 안은 그녀는 부드러운 목소리로 말했다.

「난 내 아이들이 강하게 자라길 바랐단다. 그래서 그 아이들이 울어도 달래주지 않았어. 아이들이 울고 아파할 때… 항상 달래주는 부모는 없단다, 애야. 그럼으로 해서… 그 아이가 자신이 없어도 강하게 자라길 바라니까. 혼자서도… 울지 않을 수 있게.」

귀를 울리는 그녀의 목소리에 진현은 가만히 눈을 감았다. 그 언제가 느껴보았던 따스한 손길… 분명 그때가 처음이자 마지막이었다. 이렇게… 다시 그녀의 손길을 느껴볼 수 있을 거라고는 생각하지 못했다. 천천히… 그녀의 모습이 옅어지기 시작했다. 그렇다, 그녀는 한곳에 머무를 수 없는 행운과 마찬가지인 존재였다. 수없이 많은 자신의 아이들을 다 돌볼 수는 없어도… 그녀는 알고 있다. 아이들의 눈물과 미소와 아픔과 기쁨, 이 모두를 말이다. 멍청한 표정으로 그녀의 품에 안겨 있던 그가 다시 고개를 들었을 때, 이미 어머니의 모습은 어디에도 보이지 않았다.

다만 부드러운 바람이 불어와 진현의 검은 머리카락을 스치고 지나갈 뿐. 기분 좋은 바람에 눈을 감자 어디선가 소곤거리는 목소리가 들려왔다.

「이 생에서는 더 이상 만날 일이 없겠지만… 부디 행복하거라, 내 아이야. 내가… 사랑을 해서 태어난 유일한 아이야…….」

그 말을 끝으로 부드러운 기운도, 자상한 목소리도 더 이상은 들리지 않았다. 진현은 입을 다물고 고개를 들어 하늘을 보았다. 그녀는… 자신의 어머니였다. 물론 모든 이들의 어머니이기도 했지만. 단 한 번… 인간의 모습으로 마신을 만나 사랑을 하고… 자신을 낳아주었던 어머니. 바로 그녀였다. 희미하게 미소를 지은 진현은 하늘을 향해 중얼거렸다.

"예, 어머니… 지켜봐 주십시오."

언젠가 다시 당신을 만났을 때 웃으면서 당신에게 이야기를 할 수 있도록… 행복해지겠습니다.

"진현아, 거기서 뭐 해!"

저 멀리서 손을 흔들며 자신에게로 뛰어오는 존재가 보였다. 진현은 피식 웃으면서 고개를 돌려 그쪽으로 걸어갔다. 소중한 존재와 가장 행복해지도록 노력하겠습니다, …어머니.

그녀의 부드러운 미소와 말은 바람이 되어 아이들의 머리를 쓰다듬어 주었다.

힘내렴… 이 말은 귀에는 들리지 않지만 모든 이들이 느낄 수 있는 어머니의 말이었다.

에필로그

에필로그

"슈린! 슈린! 이것 봐, 현홍에게서 편지가 왔어!"

산들바람이 조용히 불어오는 어느 날, 에오로는 편지 봉투 하나를 들고 언덕 위를 달려왔다.

커다란 나무 한 그루가 있는 낮은 언덕 위에 몇몇 사람이 피크닉을 즐기고 있었다. 시리도록 푸른 하늘은 아직 가을임을 알려주는 듯했지만 쌀쌀한 바람은 서서히 겨울이 오고 있음을 느끼게 해주었다. 대나무로 짜여진 피크닉 가방을 연 에이레이가 반갑다는 얼굴로 환하게 웃었다. 그녀의 옆에는 여전히 떨어지지 않고 있는 셀로브가 있었다. 그리고 그들 사이에는 평화로운 표정으로 잠든 키엘도 있었다.

어깨에 닿을 듯 말 듯했던 검은 머리카락을 산뜻하게 자른 슈린이 눈을 돌려 뛰어오는 에오로를 보았다. 이제 내년이면 스무 살이 되는 에오로이건만 변한 것은 키와 외모뿐, 성격은 여전히 촐랑거렸다. 한숨을 내쉰 슈린은 고개를 절레절레 저었다. 숨을 몰아쉬며 두 손으로 무릎을 짚은 에오로는 힘들어 보이는 얼굴이었지만 웃고 있었다. 그만큼⋯ 그가 가지고 온 편지는 중요한 것이었으니까. 니드는 서둘러 에오로의 어깨를 토닥이면서 재촉했다.

"자, 어서 읽어봐!"

그의 옆에 앉아 있던 이스티는 재촉하지 말라는 듯 니드의 팔을 붙잡았다. 그녀의 품에는 작년에 태어난 니드와 이스티의 아이가 곤한 표정으로 안겨 있었다. 천에 싸여 있던 아이는 니드의 목소리에 잠이 깼는지 흐에엥~ 하며 작게 울었고, 그 모습에 니드는 화들짝 놀라며 서둘러서 아이 앞에서 어리광을 피워야 했다. 그 모습에 셀로브와 에이레이는 웃음을 멈추지 못했고, 슈린의 옆에 털썩 주저앉은 에오로는 두근거리는 마음을 진정시키면서 편지 봉투를 뜯어냈다.

현홍의 취향이 그대로 보이는 옅은 녹색의 봉투에는 예쁘게 나뭇잎들이 그려져 있었다. 진한 초록색의 잉크가 눈길을 끌었다. 편지는 총 세 장, 서너 달에 한 번 보내는 편지였기에 지금 이곳에 모인 이들에게는 굉장히 기다려지는 날이 바로 오늘이었다. 모든 이들이 말을 멈추고 조용해졌다. 에오로는 숨을 몰아쉰 다음 편지를 천천히 읽어 내려갔다.

모두에게.

잘 지내고 있어? 난 여전히 건강하게 잘 지내고 있어. 건강밖에 없는 내가 건강하지 않으면 안 되겠지? 그쪽 사람들은 어때? 건강하게 잘 지내고 있으리라 믿어. 여기 사람들도 모두 건강하게 자신의 생활을 하면서 지내고 있어.

"풋! 건강밖에 없다고? 항상 감기 걸리고 빌빌거렸으면서!"

에오로의 한마디에 주변 사람들은 미소를 지으면서 그때를 회상했다.

건강할 때는 무식할 정도로 건강했었다. 하지만 한 번 아프면 주변 사람들 다 걱정시키지 않았는가. 예전 생각이 나서 잠시 동안 웃고 난 후에 오로는 다시금 편지를 읽었다.

내가 전에 말했지? 이쪽에서 난 가게를 하나 하고 있어. 홍차 전문점인데… 얼마 전에 새롭게 자리를 옮겨 다시 하고 있거든. 그런데 굉장히 성황이어서 요즘에는 아르바이트를 몇 명 쓸 정도야. 젊은 주인이라서 약점 잡히지 않으려고 엄청 노력 중이지. 진현이도 일이 한가할 때에는 와서 도와주곤 하는데 그 때문인지 여자 손님들이 엄청나. 좋기도 하고 어딘지 모르게 묘한 마음도 들어. 요즘 내가 이상해진 것 같아.

"역시 현홍이는 둔해."
"이하동문이다."
에오로의 중얼거림에 셀로브 역시 작게 고개를 끄덕여 보일 정도였다.

아, 그리고 좋은 소식 하나 있어! 다음 달에 아영이가 결혼하게 됐어. 상대는 물론 그 의사이고 말야. 운명은 운명인가 봐. 솔로드가 그쪽에서 사라진 직후에 그와 똑같이 생긴 사람이 나타난 걸 보면 말야. 어쨌거나 그 남자(이름은 정훈이라고 해)도 아영에게 첫눈에 반했고, 아영이야 당연히… 뭐, 그래서 사귀다가 다음 달에 결혼하기로 했나 봐. 아영의 나이가 올해로 23이니까 빠른 편이지만 두 사람 모두 행복해하는 것 같으니까 다행이지. 그리고 결혼한 후에는 아영의 미술 공부를 위해서 같이 파리로 떠나기로 했대. 덧붙여서… 아영이는 이미 임신 3개월. 속도위반이어서 일찍 결혼하기로 했다는 후문도 있어.

"……"

에오로는 말없이 슈린을 바라보았고, 슈린은 조금 창백해진 얼굴로 고개를 저었다. 자신들의 머리 속에 있는 그녀가 어머니가 되면 과연 어떨까? 상상을 조금 했다가… 순간 무서워져서 서둘러 현실로 돌아와야 했다. 그것은 니드와 셀로브, 에이레이도 마찬가지였나 보다. 그녀를 자세히 모르는 이스티만이 고개를 갸웃거릴 뿐이었다. 니드는 손으로 이마를 짚고 더듬거리면서 말했다.

"…세, 세상에는 많은 사람들이 있으니까요. 아, 아영도 어머니가 되면… 음, 잘하겠죠… 예."

에이레이는 두 손을 모으고 하얗게 질려 있었다. 아아, 하고 자조하는 듯 신음 소리를 내뱉은 그녀는 곧 이어 태어날 아이의 운명을 위해 기도해야 했다. 천성이 그러한 아영이… 과연 아이가 태어난다고 해서 뭔가가 바뀔까? 아마도 이 자리에 아영이 있었다면 사람들의 표정을 보고 곧장 난리가 났을 것이다. 태어날 아이는 제발… 어머니를 닮지 말기를.

…모두들 무슨 상상하는지 눈에 보여. 하지만 아영이는 나름대로 잘하고 있다고. 태교에도 신경 쓰는 것 같고 말야. 하긴 나도 애가 애를 낳는 것 같아서 걱정이 되지만. 어쨌거나 서로만 좋으면 됐지 뭘 그래.

그리고 우혁이는… 음, 여전히 그 성격은 변하지 않았어. 그렇지만 다른 사람들이 보기에 많이 부드러워졌어. 연우가 있어서 그런가 봐. 이상한 것은… 처음부터 연우가 죽지 않은 것으로 모두들 기억한다는 것. 물론 그쪽 세계에 다녀온 우리들은 제외하고 말야. 아마도 무슨 특별한 일이 있었던 것 같아. 누군가가 도와줬다든가 말야.

이상하게 그의 말에는 묘한 여운이 깃들어 있었다. 바람이 불어 모두의 머리를 쓰다듬고 지나갔다. 슈린은 말없이 고개를 들어 하늘을 보았다. 푸른 하늘로 흘러가는 흰 구름들이 마음을 여유롭게 만들었다. 잠시 편지를 읽어 내려가는 것을 중단한 에오로는 한숨을 쉰 후 다시 시선을 편지로 옮겼다.

벌써 2년이 흘렀어. 이곳의 사람들은 변한 것이 없어. 우리들도 거의 변하지 않았어. 하지만 여전히 너희들이 그리워. 항상 보고 싶고 얘기도 하고 싶어. 다행히도 시공을 옮겨 다닐 수 있는 주월이 도와주어서 이렇게 편지로나마 이야기를 나눌 수 있는 것은 좋은 일이지만 말야. 언젠가, 언젠가 기회가 되면 꼭 다시 만나고 싶어. 너무 많은 것을 바라는 걸까? 항상 이렇게 편지를 쓰지만 이야기를 하는 것과는 다르니까… 나는 너희들이 보고 싶어. 너희들도 그렇겠지?

에오로는 피식 웃으면서 한 손으로 턱을 괴었다.
"당연하지, 바보야."
작게 중얼거리듯이 말하는 그의 음성에는 이상하게 울음기가 섞여 나왔다. 셀로브는 말없이 그런 그를 보다가 고개를 돌려 언덕 아래에 보이는 평지로 시선을 옮겼다. 잠시 동안 숨을 고른 에오로는 다시 한 손으로 편지를 넘겨 다음 장을 읽었다.

에이, 괜히 우울해지지 말자고. 아, 나도 미술 공부를 계속하기로 했어. 고등학교 때 부모님이 돌아가셔서 그만뒀었는데 이상하게 요즘 들어 계속 그림을 그리고 싶어지더라고. 다음에는 내가 그린 그림도 보내줄게.
아, 진현이 얘기를 빼먹었구나. 진현이는 여전히 일벌레처럼 일하고 있어. 언제나 새벽에 나가서 밤늦게 들어오곤 해. 그렇지만 예전처럼 며칠씩 집에 들어오지 않는다든가 하지는 않아. 항상 전화를 하고 안부를 물어. 너희들 안부도 물어왔고. '행복하게 잘 지내고 있습니까?'라고 물어달라고 했어. 간단하지?

슈린은 자신도 모르게 고개를 끄덕였다. 행복하게… 잘 지내고 있다, 라고 생각했다. 자신이 바라던 것을 모두 얻었다. 소중한 사람들, 그들이 살아가는 터전과 미래를 지켰으니까. 자신의 소망은 바로 그것이었다. 어쩌면 아마도 자신과 같이 싸우던 모든 이들도 그것을 바라지 않았을까? 가장 단순한 것이 가장 이루기 힘든 일이다. 그래서 그들은 끝까지 싸웠고… 소망을 이루었다. 그러한 의미에서 자신은 행복했다. 피식 웃은 슈린은 말없이 시선을 돌려 자신의 주위에 앉아 있는 이들을 보았다. 그들 역시… 행복해 보였다. 이것으로 진현의 물음에 대한 대답이 될까?

마치 그들의 속마음을 아는 것처럼 현홍의 뒷얘기는 이어졌다.

알고 있어. 행복하고 잘 지내고 있는 것 말야. 얘기를 나누지 않아도 우리는 마음으로 이어진… '인연'이 닿아 있는 사람들이니까. 진현이도 알고 있으면서 그냥 물어보는 거야. 음, 사진을 동봉했으니까 보고. 나중에 답장은 주월한테 시켜서 보내줘. 아하하, 주월한테 미안해지네. 집배원 역할을 맡아서 하는구나. 그 녀석이 시공을 넘나드는 능력이 있어도 이렇게 자주 움직이는 것은 좋지 않대. 그러니까… 조금 편지가 늦어져도 이해해 주길 바래. 알고 있지? 이만 펜 놓을게. 그동안 건강하고, 잘 지내야 해.

그 말을 끝으로 현홍의 편지 글은 끝났다. 그의 말대로 그들의 세계에서는 '사진'이라고 부르는 작은 그림 몇 장이 팔랑거리며 떨어졌다. 조심스럽게 그것을 주워 든 에오로는 사진을 보면서 나직하게 중얼거렸다.

"모두 변한 것이 없네."

이제는 스물여섯 살이 되었을 현홍은 여전히 10대와 같은 모습이었다. 밝고 환하게 웃으면서 'V' 자를 그린 손가락을 쭉 펴고 있는 모습을 보며 에오로는 피식 웃었다. 슈린은 다른 사진을 집어 들었다. 서류를 보고 있는 진현의 모습이었다. 사진 찍는 것을 싫어한다는 말을 현홍이 편지에 써놓았었던 적이 있었다. 안경을 쓰고 미간을 찌푸리고 있는 그의 모습 또한 2년 전의 그와 변함이 없었다. 검은색의 양복이 처음 그를 만났을 때를 떠올리게 만들었다.

다른 사진들에는 이상한 옷을 입고 검을 든 우혁의 모습과 솔루드와 똑같이 생긴 흰 가운을 걸친 의사와 팔짱을 끼고 서 있는 아영의 모습이 있었다. 우혁이 사라진 직후 함께 모습을 감추었던 루와 닮아 있는 한 아이는 부쩍 자라 있었다. 그들의 모습을 보면서 모두들 예전 기억을 떠올렸다. 아프고 슬프고 힘들었던 기억들이 많았다. 그렇지만 그 기억들의 틈 속에서도 유난히 웃었고, 유난히 행복했었던 기억도 분명 존재했다. 이스티는 자신과 니드의 아이를 어르면서 사진들을 내려다보며 말했다.

"다들 건강하고 행복해 보이네요."

그녀의 말 한마디에 모두들 미소를 떠올렸다. 그래, 떨어져 있어도 이렇게 서로의 존재를 알 수 있다. 현홍의 말대로… 자신들은 인연이 닿은 존재들이니까. 마음으로 알 수 있는 그런… 존재이니까 말이다. 슈린은 고개를 들어 올렸다. 상쾌한 바람이 불어 머리카락을 흩뜨려 놓았다. 무릎을 모으고 앉은 에오로는 자신의 턱을 무릎 사이에 올려놓으면서 지평선을 바라보았다. 어느새 부쩍 길어진 암녹색의 머리카락을 쓸어 넘기면서 에이레이는 셀로브의 어깨에 기대었다. 셀로브는 조용히 에이레이의 어깨를 감싸 안아주었다.

니드는 조용히 이스티의 곁에 다가가 앉은 후 자신의 아이를 내려다보았다. 이 아이가 볼 미래를 꿈꾸면서. 미래를 위해 싸웠던 많은 사람들을 기억하면서… 그들은 과거를 추억하며 미래를 꿈꾼다.

＊　　　　＊　　　　＊

"앗, 잠깐만! 이거 너무 타이트하지 않아? 뱃속에 애도 있는데!"

현홍은 멍청한 표정으로 의자에 앉아서 허공을 바라보았다. 애아버지가 바쁜 나머지 자신이 이런 뒤치다꺼리까지 해야 하다니. 물론 자신은 그나마 낫다. 남편 대신에 턱시도 입는 누구누구보다는 훨씬 낫다. 거울에 이리저리 자신의 모습을 비춰보던 아영이 고개를 돌리면서 현홍을 보았다.

"이건 어때? 아까 것보다 나은가?"

"아영아, 적당히 해. 벌써 몇 벌째인지 알아?"

"어머나! 여자에게는 단 한 번뿐인 결혼식이라고! 웨딩드레스는 여자의 로망이자 삶의 꿈! 그런 꿈이 바로 앞에 다가왔는데 웨딩드레스를 대충 고르라고?!"

꽥꽥 소리를 지르는 아영 때문에 머리가 아파와서 현홍은 고개를 저었다. 온통 흰색의 아름다운 웨딩드레스들뿐인 이곳에 자신은 어울리지 않아. 그렇게 중얼거리면서 현홍은 입술을 샐쭉 내밀었다. 아영의 옆에 붙어 선 웨딩플래너 2명도 힘들다는 기색이 역력했다. 아영의 취향이 보통 까다로운 것이 아니었기 때문이다. 조금 붙는 옷이면 애가 어쩌고, 좀 투박한 디자인이면 너무 아줌마 같지 않냐는 등 정말이지 입어본 웨딩드레스만 해도 열 벌이 넘을 것이고 시간도 두 시간이 넘어갔다. 가장 막내이면서 가장 먼저 결혼을 하는 아영을 보며 현홍은 다시금 한숨을 내쉬었다.

애만 생기지 않았어도 이렇게 일찍 결혼하지는 않았을 텐데, 피임이나 잘하지. 생긴 것은 애 같아도 현홍 역시 알 것은 다 아는 사내(물론 어울리지는 않는다). 뭐, 아기가 생길 운명인데 용을 써봤자 무슨 소용이겠는가. 태몽도 거창한 것으로 꿨다고 자랑을 하는데…….

"아, 글쎄 내가 말야. 애를 가졌다는 것을 알았을 때 꿈에 비늘이 엄~청 예쁘고 큰 용을 봤지 뭐야. 그 용이 입에 문 여의주를 나한테 주더라고! 정말, 정말 좋은 꿈이지? 아마도 엄청나게 잘난 아들이 태어나지 않을까? 오호홋, 나랑 정훈 씨를 닮았으면 분명히 잘난 녀석이겠지만!"

"……."

태어날 아이는 부디 저 성격만을 닮지 않으면 하는 바람을 가지면서 현홍은 이마를 손으로 짚었다. 그 후 몇 번 더 웨딩드레스를 갈아입은 후에 아영은 겨우 자기 마음에 드는 옷을 결정할 수 있었다. 그리고 그녀가 거울을 보면서 빙글빙글 돌고 있을 때 옆에 있던 문이 열리면서 한 남자가 안으로 들어왔다.

그런 그를 본 현홍은 자신도 모르게 웃음이 터져 나와 입을 막아야 했다. 흰색의 말끔한 턱시도를 차려입은 것은 다름 아닌, 진현이었다. 아영과 결혼하게 될 정훈이 하필이면 오늘 중요한 환자가 있다면서 턱시도를 고르는 데 오지 못했기 때문이다.

정훈과 체격과 이미지가 비슷한 대역으로 고른 것이 바로 진현이었다. 사실은 우혁이 더 정훈과는 닮아 있었지만 어디서 소문을 들었는지 우혁은 연우와 함께 일본으로 여행을 떠나 버린 것이 아닌가(도망간 것이 확실하다고 현홍과 진현은 생각했다). 진현은 자신이 이런 턱시도를… 그것도 결혼식에 입을 옷을 입게 되리라고는 꿈에도 상상하지 않았기에 창백하게 질린 얼굴이었다. 아영을 따라나선 웨딩플래너 두 명의 얼굴이 동시에 붉게 물들었다. 아마도 저런 남성과 결혼식장에 들어가는 것을 꿈꾸고 있지 않을까?

현홍은 결국 배를 붙잡고 박장대소를 터뜨렸다.

"푸하하하! 진짜로 안 어울린다! 아하하핫!"

발을 구르면서 웃고 있는 현홍과 마찬가지로 아영 역시 배를 붙잡고 깔깔거렸다.

"아이고, 배야! 진짜 안 어울린다! 마 시장에 소 끌고 나온 것 같네! 아, 아야… 애 떨어지겠다."

"앗, 아영아! 넌 웃는 것도 조심해야 한다고!"

"에잇, 이 정도는 괜찮아."

손사래를 치면서 고개를 든 아영은 낄낄거리며 진현을 보았다. 대체 싫다는 사람을 누가 끌고 나온 것인데… 적반하장도 유분수라고 했던가? 분한 마음을 억누르면서 진현은 간신히 입을 열었다.

"흠! 어쨌거나 내가 본 것 중에서는 이 옷이 제일 나은 것 같은데… 네 덕분에 나도 몇 벌이나 갈아입은 줄 알기나 하는 거냐? 네 웨딩드레스랑 맞춘다고 말이다."

"뭐 어때. 후훗, 그건 그렇고… 나 잘 어울려?"

살며시 웨딩드레스의 스커트 자락을 붙잡고 몸을 빙글 돌리는 아영의 모습을 보면서 진현은 머쓱한 표정으로 고개를 끄덕였다. 생긋, 미소를 지은 아영은 진현에게로 다가가 그의 팔짱을 끼면서 자신과 진현의 모습을 거울에 비춰보았다. 두 사람이 서도 그럭저럭 잘 어울리는 그림이 되었다. 두 사람 모두 미모로는 한미모 하는 인물들이었으니까. 하얀 턱시도가 진현에게는 어색해 보인다는 점을 뺀다면 말이다.

결국 세 사람이 몇 시간 만에 웨딩드레스와 턱시도를 고르고 난 직후 아영은 시댁으로 향했다.

진현의 차로 집으로 향하면서 현홍은 차창 밖을 보았다. 파랗던 하늘에는 겨울의 기운이 감돌았다. 어느새 시간은 이계와 거의 같은 걸음을 걷고 있었다. 저렇게 아름답고 파란 하늘이… 그 세계에도 그대로 펼쳐지고 있겠지. 그렇게 생각한 현홍은 생긋 웃으면서 턱을 괴었다. 운전을 하던 진현은 곁눈질을 힐끔하며 현홍에게 말했다.

"무슨 생각 하는 거야?"

즐거워 보이는 미소를 짓는 현홍의 모습에 문득 궁금해진 진현이었다. 살며시 고개를 돌린 현홍은 진현을 향해 웃어 보이며 입가에 검지손가락 하나를 펴 보였다.

"비밀."

"……?"

갑자기 왜 저리 즐거워 보이는지 알 수 없는 진현은 그저 고개만을 갸웃거릴 뿐이었다. 오른손으로 핸들을 잡아 움직이고 왼팔은 차창에 올린 채로 진현은 유유히 차를 몰아갔다. 자신이 아끼는 차 중 하나인 재규어 S 타입은 도로에서 모든 사람들의 시선을 받으며 바람과 같이 달려나갔다. 벤츠나 BMW보다 희소성이 높고 그다지 보인 적이 없는 차이기에 더욱 사람들의 시선을 받았다. 진현은 그러한 시선을 즐기는 사람이었다. 그래서 차를 좋아했고, 운전사를 두지 않고 자신이 모는 것이었다.

현홍은 두 팔을 들어 올려 머리를 받치면서 허공을 보았다.

신호에 걸려 차가 멈추었을 때 현홍은 입을 열었다.

"만약에… 만약에 말야. 다시 그쪽 세계로 갈 수 있다고 한다면 어떡하겠어? 왔다 갔다 할 수 있다면……."

"난 가지 않아."

심플하게 대답을 하는 진현의 옆모습을 현홍은 뚫어져라 쳐다보았다.

다시 가서 못 온다는 것도 아니고, 이쪽 세계와 저쪽 세계를 번갈아가면서 지낼 수 있다는데… 그래도 안 가겠다고? 의아한 표정이 된 현홍을 내버려 두고 진현은 기어를 바꾸면서 다시 차의 엑셀을 밟았다. 답을 구한다는 표정으로 현홍은 한참 동안이나 진현을 응시했다. 스물여섯이나 되었으면서 하는 짓은 여전한 그였기에 진현은 별수없이 손들었다는 표정으로 입을 열었다.

"아무리 그렇게 지내도… 언젠가는 헤어져. 병들어 죽거나 사고로 죽거나, 아니면 명이 다해 죽거나 다 마찬가지야. 그것이 얼마나 빨리 오느냐, 늦게 오느냐의 차이일 뿐이지. 우리는 차라리 좋게 헤어진 거야. 슬픈 결말로 헤어지지 않았으니까. 행복해 보이는 그들을 보고… 올 수 있었잖아. 너는 그들의 죽음을 보고 울지 않을 자신이 있어? 그들 역시… 우리의 죽음을 보고 울지 않을까?"

무슨 말인지 이해는 할 수 있었지만… 그래도 이대로 영원히 보지 못한다는 것은 안타깝지 않을까. 우울해지는 현홍의 표정을 보면서 진현은 한숨을 푹 내쉬었다. 이대로… 그저 편지만을 주고받는 편이 낫다. 그리고 언젠가 그 편지가 더 이상 오지 않아도… 슬프지 않도록 적응을 해가야 한다. 나이가 들고 늙어가면서 말이다. 그다지 오래 살고 싶은 생각이 있는 것이 아닌 진현은 머리를 긁적였다. 그렇다고 현홍을 놔두고 죽는 것은 또한 싫으니 말이다. 현홍의 가게 앞에 차를 댄 진현은 쓸데없는 생각 하지 말라고 현홍에게 말했다.

고개를 끄덕인 현홍이 축 늘어진 어깨로 가게 안으로 들어가는 것까지 본 진현은 회사로 가기 위해 차를 돌렸다. 한참을 그렇게 달렸을까. 자신의 옆으로 느껴지는 은빛의 기운에 진현은 고개를 돌려 옆 좌석을 보았다. 보통 사람이라면 엄청 놀라서 브레이크를 밟거나 심장이 멎었을 테지만… 그는 그다지 놀란 기색 없이 입을 열었다.

"오랜만이군, 카리안."

그의 말투는 평상시보다 더욱 낮아져 있었다. 새하얀 코트를 입고 은빛의 머리카락을 가진 카리안은 조용히 좌석에 몸을 묻고 있었다. 흰 벨벳 장갑을 낀 손을 들어 자신의 머리카락을 매만지며 카리안은 정면만을 바라볼 뿐이었다. 잠시 동안 두 사람 사이에는 대화가 오가지 않았다. 차의 엔진 돌아가는 소리와 창문 밖으로 들리는 작은 소리만을 제외하면 지독히도 조용했다. 먼저 입을 연 것은 카리안이었다.

"…인사를 하러 왔어."

카리안의 퉁명스러운 목소리에 진현은 힐끔, 그의 옆얼굴을 보았다. 무표정해 보이는 얼굴에 많은 감정들이 뒤섞여 있는 카리안을 본 진현은 미간을 찌푸리며 되물었다.

"인사라… 무슨 의미지?"

"그냥 그런 의미야. 말 그대로 '인사' 지. 이제는… 더 이상 만날 일이 없을 테니까."

진현은 입을 다물었다. 실상 지금 카리안이 이곳에 모습을 드러낸 것도 이상한 일이었다. 아무리 마계의 고위 악마라고 해도 이 '지구' 라는 공간은 특별했다. 천사와 악마 모두가 손을 델 수 있는 공간임에는 분명하지만 더불어서… 싸움은 있을 수 없는 공간이기도 했다. 뜻 그래도 풀이하자면 휴전 지역 정도가 될까? 이곳에서의 악마와 천사는 서로 만나도 모른 척 지나가 주어야 한다. 지구는 공간과 공간의 틈 사이에 있는 존재였다. 그렇기에 대규모의 힘이 서로 부딪치면 공간의 틈이 벌어지고 차원의 변이가 일어날 수 있기 때문이었다.

비록 자신의 힘에 제재를 가한다고는 하지만 카리안 정도 되는 초고위급 악마가 모습을 드러내는 일은 백만 분의 일도 되지 않았다. 팔짱을 끼고 턱을 살짝 들어 올린 카리안은 등을 의자 깊숙이 묻었다. 눈을 살짝 감은 카리안이 다시 입을 열었다.

"이곳에 나온 것도 주월의 힘을 빌려서 온 거야. 아마도… 이번 생에서 형을 만나는 일은 두 번 다시 없을 테지. 뭐, 형이 일찍 죽는다면 상관없을 테지만."

"그렇게 말하지 않아도 인간으로서의 삶은 너희 악마가 보기에는 초라할 정도로 짧다. 일부러 그런 인사를 하기 위해서 온 거냐?"

정곡을 찌르는 진현의 말에 카리안은 장갑을 낀 손을 들어 자신의 입술을 살며시 매만졌다. 그리고 다시 침묵.

후우, 하고 작게 한숨을 내쉰 진현이 단도직입적으로 말했다.

"물어보고 싶은 것이 있다면 물어봐라."

보라색 눈동자를 굴려 진현을 본 카리안은 입술을 깨물었다. 어디서부터가 잘못된 것일까? 진현이 마계를 뛰쳐나갔을 때부터? 아니면… 자신의 어머니를 죽인 그때부터? 묻고 싶은 것은 산더미와 같았다. 카리안은 인상을 쓰면서 손으로 입을 막았다. 마구잡이로 말이 쏟아져 나올 것 같아서였다. 천천히 차의 바퀴가 멈추기 시작했다. 어느새 진현은 자신의 회사 근처까지 다가와 있었다. 시간은 없었다. 어깨를 떤 카리안이 뭐라고 말을 하기 전 진현은 자신의 회사를 돌아 다시 핸들을 꺾었다. 오던 방향을 다시 돌아가는 진현을 보면서 카리안은 의아함을 느꼈다.

자신에게 시간을 주기 위해서? 눈을 크게 뜨고 자신을 바라보는 카리안을 곁눈질로 바라본 진현은 어디쯤에선가 차를 멈추었다. 주위는 고요했다. 들리는 것은 나무의 우석거림뿐. 핸들을 두 손으로 붙잡은 진현은 조용히 핸들에 이마를 가져갔다. 그리고 천천히… 아주 천천히 입을 열었다.

"너의 어머니는 아름다웠다."

"······!"

뜻밖의 말에 카리안은 흠칫 놀라면서 주먹을 굳게 쥐었다. 그러나 진현의 말은 멈추지 않았다.

"비록 정략결혼과 같은 형태이지만··· 아버지의 신부로 어울리는 여성이었지. 당당하고 고귀했으며, 어머니의 입장에 맞게 자애로웠다. 일찍이 어머니를 잃은 나를··· 너와 마찬가지로 친아들처럼 여겨주셨던 분이다."

카리안은 이를 악물었다. 그랬다, 정말로··· 자신의 어머니는 키스카를··· 형을 친아들처럼 여기며 아꼈다. 측실의 아들인 그를 말이다. 마신이 진정으로 사랑했던··· 자신을 배신하고 다른 여자와의 사이에서 난 자식을 사랑해 주었다. 그런데 키스카는······! 그때의 생각이 떠올라 카리안은 뭔가 마음속에서 울컥하는 기분이 들었다. 입술을 깨물면서 고개를 돌리는 카리안의 모습에 진현은 자조하는 듯한 표정을 지었다. 그래, 그것은 변치 않을 사실··· 아무리 변명해도 변하지 않을 사실이다. 조용히 고개를 들어 올리면서 진현은 말을 이었다.

"하지만 어느 시점에서인가··· 그녀는 미쳐 가고 있었다."

"뭐, 뭐라고?!"

뜻하지도 않은 말. 카리안은 어머니를 모욕하지 말라고 외치려 했다. 그러나 그의 외침은 진현의 표정에 가로막히고 말았다. 핸들 위에 손을 올린 채 그는 지독히도 서글픈 표정으로 정면을 바라보고 있었다. 그의 붉은 입술이 나지막하게 움직였다.

"그것은 '독' 이었다. 사랑이라는 이름의 독······. 그녀는 진정으로 마신인 아버지를 사랑했지만 아버지는 그녀를 사랑하지 않았지. 그런 와중에 '나' 라는 존재가 있었다. 사랑하는 남자가 다른 여성을 빌어 태어나게 만든 그의 분신이. 너무나도 사랑스럽지만··· 반대로 너무나도 증오했

던 내가 있었다. 그녀는 미쳐 갔다. 내가 그런 그녀의 상태를 알았을 때
는 이미 손을 쓸 수도 없을 만큼… 그녀는 변했지. 언제부터인가 만나지
말라는 아버지의 명령으로 우리 둘은 그녀를 한동안 보지 못했던 적이
있었지?"

"아……"

자신이 마계의 나이로 500살 정도가 되었을 때—인간으로 치자면 사춘
기의 청소년쯤—언제부터인가 어머니의 모습은 보이지 않았다. 마신은 카
리안과 키스카에게 그녀에게 다가가지 말라는 명령을 내려놓은 상태였
다. 의아하고 어머니가 보고 싶었지만 마신인 아버지의 명령을 어길 수
는 없었다. 진현은 피식 웃으면서 살짝 고개를 끄덕였다.

"그래… 바로 그때, 우리가 모르던 그때부터 그녀는 미쳤던 거다.
나는 아버지의 명령을 무시하고 그녀를 만나기 위해서 그녀의 침실로
찾아갔다. 그리고 그때 볼 수 있었지. 항상 자애로운 미소만을 짓던,
항상 따스하고 안아주던 그녀가… 얼마만큼 파괴되어져 있는지를. 그
녀의 눈에 나에게서 아버지가 사랑하던 다른 여자의 모습이 비추었던
것 같다. 그것은 견디기 힘든 고문이었겠지. 그래서… 날 죽이려고 했
다."

"어, 어머니가 형을?!"

진현은 고개를 끄덕였다. 카리안의 얼굴은 창백하게 변했다. 그런, 그
런 일이 있었단 말인가. 그래서… 아버지 역시도 키스카를 문책하지 않
은 것이고. 제아무리 키스카라고 해도 마계 권력자의 딸이자 마신의 정
실 아내를 죽이고도 무사할 수는 없었다. 그런데 웬일인지 마신은 그 일
을 그대로 묻어버렸다. 키스카에게는 단 하나의 제재도 가해지지 않았
다. 죽이려고 했다면… 본능대로 살려고 상대를 죽일 수도 있는 것이 마
계의 법칙. 아무리 높은 신분의 자라고 해도, 자신을 죽이려고 달려들었

을 때 정당방위로써 죽일 수가 있다. 물론 힘이 뒷받침되어 줘야 한다는 전제가 붙지만.

핸들을 잡은 진현의 두 손에 자그맣게 힘이 들어갔다. 그는 망연자실해 있는 카리안을 보며 억지스레 미소를 지었다.

"…그녀는 나에게 공격을 받고 거의 숨이 끊어지는 순간에 제정신으로 돌아왔다. 하지만 그 당시의 나로서는 손을 쓸 수도 없을 정도의 중상이었지. 그런 그녀가 나에게 마지막으로 말했다. 부디 자신이 이러한 꼴로 죽게 되었다는 것을… 미쳤었다는 것을 어린 너에게 알리지 말라고."

그리고 그는 마계를 떠났다. 카리안은 말없이 고개를 숙이고 있었다. 그런 그의 어깨를 진현은 말없이 토닥여 주었다. 그 예전, 어린 자신을 마신의 자리에 앉히겠다고 웃으면서 말했던 키스카와 같은 얼굴이었다. 카리안은 조용히 희미하게 모습을 변화시켰다. 이번 생에는 더 이상 만날 일은 없지만… 이번 생도 그리 길지 않은 인간의 생임에 아마도 얼마 지나지 않아 다시 만날 수 있겠지. 그때에는… 그때에는 진정으로 마음을 담아 예전처럼 불러야겠다. 그러한 생각을 하면서 카리안은 조용히 마계로 사라졌다.

마지막에 그가 지은 투명한 미소가 진현의 뇌리에 지워지지 않고 기억되었다. 한숨을 내쉰 진현은 머리를 의자에 기대고 편히 앉았다. 몸을 축 늘어뜨린 그는 차 창문을 내렸다. 지잉— 하고 작은 소리를 내며 검게 코팅이 되었던 차창이 내려지자 그의 시선에 비친 것은 시리도록 맑은 하늘이었다. 코끝을 간지럽게 만드는 풀 냄새가 그의 기분을 좋게 만들었다. 바람이 불어와 머리카락을 흩뜨려 놓았고 그는 팔을 차창에 걸치면서 하늘을 향해 중얼거렸다.

"기분 좋은 하루로군."

묘한 느낌이 젖어드는 그의 목소리는 허공 속으로 스며들었고, 진현은 천천히 눈을 감았다. 기분 좋은 미소를 입가에 머금은 채 그는 한참 동안 그렇게 있었다. 앞으로의 미래를 상상하고 과거를 회상하면서 그는 살아갈 것이다. 지금까지 살아왔던 세월만큼의 시간을 더 살아갈 것이다.

〈끝〉